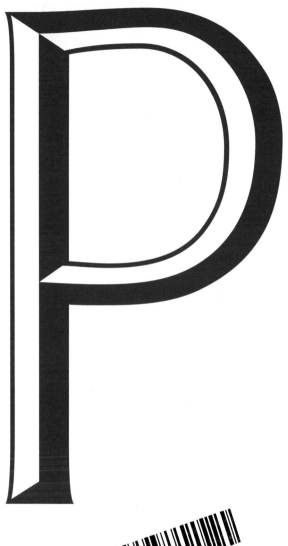

KB034310

성배를 찾아서

볼프람 폰 에셴바흐 원작
아우구스테 레히너 풀어지음
김숙희 옮김

파르치팔의 모험

문학과지성사

파르치팔의 모험
성배를 찾아서

제1판 제1쇄 2017년 7월 15일

원작자 볼프람 폰 에셴바흐
풀어지은이 아우구스테 레히너
옮긴이 김숙희
펴낸이 우찬제 이광호
펴낸곳 ㈜문학과지성사
등록번호 제1993-000098호
주소 04034 서울 마포구 잔다리로7길 18 (서교동 377-20)
전화 02) 338-7224
팩스 02) 323-4180(편집) 02) 338-7221(영업)
전자우편 moonji@moonji.com
홈페이지 www.moonji.com

ISBN 978-89-320-3025-8 04850
ISBN 978-89-320-3020-3 04850 (세트)

이 도서의 국립중앙도서관 출판예정도서목록(CIP)은 서지정보유통지원시스템 홈페이지
(http://seoji.nl.go.kr)와 국가자료공동목록시스템(http://www.nl.go.kr/kolisnet)에서
이용하실 수 있습니다.(CIP제어번호: CIP2017016489)

차례

1

안쇼우베 왕국의 간딘 왕은 승하하시면서 나라 전체를 장남 갈로에스에게 물려주었다. 토지, 성城, 도시 등 모든 것을. 차남 가무레트에게는 아무것도 남기지 않았다. 예로부터 전해 내려온 법이 그렇게 규정하고 있었다. 안쇼우베 왕국의 권력과 재산이 분할되어 줄지 않도록 하기 위해서였다.

그리하여 가무레트는 대관식 날, 형이 나라의 모든 기사와 귀족으로부터 봉신封臣의 맹세를 받고 그들의 봉토*를 다시 수여하기 위해 앉아 있는 왕좌의 왼쪽에 서 있었다.

그, 가무레트는 아무것도 소유하지 못하리라. 그도 잘 알

---

* 중세 시대의 왕은 영주들에게 땅과 일정한 권리를 수여했다. 이를 봉토라고 한다. 즉 왕이 영주들에게 이 땅을 사용하도록 수여하는 대신, 영주는 전쟁이 일어나면 충성과 도움의 의무를 져야 했다. 이리하여 봉건 군주와 봉신의 제도가 유지될 수 있었다.

고 있었다. 그러나 가무레트는 조금도 걱정하거나 화내지 않았다.

그는 호기심 어린 눈으로 느긋하게 축제의 예식을 지켜보고 있다가, 갑자기 정신을 차렸다.

봉신들 중 가장 연장자가 또다시 왕에게로 나아갔던 것이다.

"폐하." 늙은 신하가 말했다. "원컨대 제 청을 들어주시옵소서! 우리 모두가 봉토를 얻게 되는데, 폐하의 동생분께서 빈손이신 것은 불공평하다 생각되옵니다. 단지 그가……"

신하는 말을 멈추었다. 갈로에스 왕이 갑자기 몸을 일으켰기 때문이다.

"변경백!* 이 문제를 짐에게 환기시킬 필요는 없소." 왕이 말했다. "내 아우는 나와 똑같은 안쇼우베의 왕자요. 그래서 나는 내가 가진 모든 것의 절반을 아우가 가져야 한다고 결정했소. 또 내 아우는 왕궁에 그대로 살면서 나의 제일가는 신하가 될 것이오!"

"아이고, 안 돼요!" 놀란 가무레트는 앞으로 벌떡 튀어나갔다. 기사들이 박수를 크게 쳐, 아무도 그의 말을 듣지 못한

---

* 높은 영주의 명칭. 원래는 왕으로부터 국경 지대를 지키는 임무를 부여받은 영주를 말한다.

것이 다행이었다. 갈로에스 왕이 그를 향해 몸을 돌렸다. 이제 그는 마땅히 왕의 자비에 감사를 표해야 할 판이었다. 그러나 사자에게서 자유를 빼앗아 황금 우리에 가두는 것이 과연 자비로운 일일까?

"감사하옵니다. 저의 군주시며 형님이시여!" 가무레트는 이 자리에 어울리는 공손한 어조로 말했다. "하지만 저는 이제 폐하의 신하도, 다른 군주의 신하도 되고 싶지 않습니다. 모든 기독교 왕국의 왕들보다 더 위대하고 더 강력한 군주를 찾게 된다면 또 모르지요. 또한 저는 이곳에서 느긋한 삶을 즐기며, 통풍이 제 다리를 갉아먹을 때까지 늙어가는 것도 싫습니다. 저는 떠나야겠습니다. 넓은 세계로 나가 싸움과 모험을 경험하고 싶습니다."

왕은 똑바로 그를 바라보았다. "그대, 그대가 떠나겠다고?"

"그렇습니다!" 가무레트는 거리낌 없이 대답했다. "만약 형님께서 지금 하신 약속을 지키고 싶으시다면, 형님이 갖고 계신 동산動産*의 절반과 시종 두어 명을 제게 주십시오. 제가 거느린 사람들만으로는 저 같은 기사에게 부족하니까요."

"원하는 것을 다 가져가게!" 갈로에스 왕이 말했다. "하지

---

* 부동산이 아니고 움직일 수 있는, 지니고 갈 수 있는 소유물.

만 언제 돌아올 생각인지 말해주시게!"

가무레트는 어깨를 으쓱하며 웃었다. "어찌 알겠습니까? 한번 말안장에 올라앉으면 좀처럼 내리게 되지 않는 걸요! 제가 보지 못한 이방의 나라들이 많이 있고, 또 제가 대결해보지 못한 용감한 기사들도 많습니다! 저는 바다 건너 낯선 해안에 내려 육지로 들어가렵니다. 아는 얼굴이 날 반겨주지 않고 신과 나 자신 외에는 아무도 날 도와주지 않는 곳으로요!"

이렇게 시작이 되었다.

얼마 뒤 가무레트는 아버지의 성과 왕국의 수도를 떠났다. 시종들과 어린 보급대원들, 요리사, 바이올린 연주자, 고수鼓手들로 이뤄진 화려한 수행 대열과 함께 걱정 없이 즐거운 마음으로 떠났다. 행렬에는 보좌신부도 빠지지 않았다. 신부는 행렬의 꽁무니에서 무거운 짐을 싣고 따라가는 노새들의 뒤, 부드러운 암말의 등에 앉아 있었다.

그들은 남쪽으로 계속 가서 해안에 닿았다. 가무레트는 지빌예에서 뱃머리가 높은 범선을 한 척 빌렸다. 영리하고 노련한 선장과 함께였다. 그들은 오랫동안 동쪽으로 항해하면서 여러 항구에 정박했으며, 해안에 자리 잡은 나라들을 탐사하고 갖가지 모험을 경험했다. 그러나 가무레트의 거친 마음은 계속 그를 앞으로 몰고 갔다.

동쪽으로 갈수록 그들은 항구 도시들과 성, 숙소 등 도처에서 사람들이 바그다드의 위대한 칼리프*에 대해 얘기하는 것을 듣게 되었다. 동서방을 막론하고 온통 그의 명성으로 가득 차 있었다.

"이분이야말로 내가 섬기고 싶은 군주다." 칼리프에 대해 충분히 들은 가무레트는 이렇게 소리치고, 다음 항구에서 닻을 내려 시종들과 말들을 끌고 바그다드로 향했다.

그들은 말을 달려 황야를 지나고, 시도 때도 없이 바람처럼 날쌘 말을 타고 출몰하는 도둑떼와 싸워가며, 마침내 유프라테스와 티그리스 강 앞에 자리 잡은 그 비옥한 지역에 도착했다.

그러던 어느 날, 사막의 태양에 바싹 마르고 약간 뺨이 홀쭉해진 모습으로 가무레트는 칼리프 앞에 나타났고, 칼리프는 서방에서 온 왕자를 대단히 정중하게 맞이했다.

그리고 그날부터 싸움과 모험으로 가득 찬 거칠고 찬란한 삶이 시작되었다. 그랬다. 가무레트는 이제 자신이 소망한 모든 목표에 도달했다고 생각할 정도였다. 그는 바빌론** 및 니

---

* (옮긴이) 이슬람 교단의 군주. 선지자 마호메트의 후계자를 말한다.
** (옮긴이) 바빌로니아의 수도. 고대의 가장 중요한 도시들 중 하나.

네베*의 왕들과 싸웠으며, 할랍**과 다마스쿠스의 성문 앞에서 이름난 시리아 지도자들에게 결투를 신청하기도 했다.

가무레트의 공격을 받은 바빌론의 이포미돈은 그의 형과 남은 군대를 이끌고 알렉산드리아***로 도망쳤다. 그러자 가무레트는 어느 날 칼리프의 기사단을 이끌고 알렉산드리아의 성벽 앞에 다시 나타났다.

이포미돈은 방패 문장紋章에 닻이 새겨진 이 빛나는 기사를 금방 알아보았다. 니네베 성문 앞에서 창으로 자신을 찔러 말 안장에서 쓰러뜨린 바로 그자였다. 자존심 강한 군주 이포미돈은 결코 이 일을 잊을 수 없었다. 그는 격분하여 이 증오스러운 적을 향해 말에 박차를 가했다. 그러나 이번에도 그는 마구 칼을 휘두르는 가무레트의 무시무시한 공격을 그리 오래 버텨낼 수 없었다. 그는 말안장에서 굴러떨어지며 정신을 잃었다. 정신을 차렸을 때 주변은 고요했고, 그는 죽은 병사들과 부상병들 사이에 누워 있었다. 그의 말은 사라지고 없었다. 자기 재산의 절반이라도 기꺼이 내던졌을, 그 귀하디귀한 수컷

---

* (옮긴이) 고대 아시리아의 수도. 티그리스 강 좌안. 오늘날의 이라크에 있는 도시.
** (옮긴이) 알레포의 다른 이름. 북부 시리아의 도시.
*** (옮긴이) 지중해 연안에 위치한 이집트의 도시. 기원전 331년 알렉산드로스 대왕이 건설하여 헬레니즘 세계의 중심지가 되었다.

말. 그렇다. 자신을 두 번이나 이긴 그 몹쓸 프랑크족*의 그자가 이제 그 말을 타리라. 그는 힘들게 일으킨 몸뚱이를 끌고 가며 가무레트에게 무시무시한 복수를 맹세했다.

물론 가무레트는 이런 사실을 전혀 모르고 있었다. 설사 알았다 해도 그리 걱정하지 않았을 것이다. 그는 물 만난 고기처럼 모험을 하거나 싸움터를 이리저리 돌아다니고 있었다. 그러나 밤에 막사에 누워 있을 때면, 그는 가끔 이상한 생각에 빠져들곤 했다. 그, 기독교 기사인 그가 이교도의 지배자를 위해 싸우고 있다니! 그럴 때면 그는 이 부담스러운 생각을 재빨리 털어버렸다. 가무레트는 아직은 지금의 거친 삶이 너무나 좋았다.

물론 이 문제를 두고 크게 걱정하는 한 사람이 있었다. 가무레트의 보좌신부였다. 신부는 오래전에 고향으로 돌아갈 수도 있었다. 하지만 그는 가무레트 곁에 머물러 있어야 했다. 언젠가는 자신이 가무레트에게 꼭 필요한 존재가 될 것이므로. 그리하여 지금 보좌신부가 할 수 있는 일이라고는, 이

---

* (옮긴이) 대大게르만 종족들 중의 하나. 2~3세기 로마에 점령된 게르마니아 지역 일부에서 여러 소부족이 통합하여 형성되었다. '프랑크'라는 말은 용감한 자, 대담한 자라는 뜻이다.

모든 이교 활동 속에서도 가무레트가 영혼의 구원만은 이룰 수 있도록 기도하는 것뿐이었다.

거의 3년이 흘러갔다. 젊은 기사 가무레트는 점차 주변이 고요하게만 느껴졌다. 어느 날 시종 탐파니스가 머뭇거리며 말했다. "왕자님, 오랫동안 싸움을 하지 않고 지낸 것 같은데요."

"내 생각도 그래." 가무레트가 투덜거렸다. "이교도들에게 무슨 일이 일어났는지 궁금하구나. 아무도 나와 싸우려고 하지 않는단 말이야! 심지어 맞붙어 싸우면서도 날 피하는 것 같다니까!"

탐파니스가 이를 드러내며 웃었다. "제 생각도 그래요. 저들은 왕자님에게 너무 많이 당했어요. 이제 질렸나 봅니다! 왕자님은 온 동방에서 공포의 존재가 된 거죠!"

가무레트는 어두운 표정으로 멍하니 앞을 바라보다가, 갑자기 벌떡 일어나 시종의 어깨를 움켜잡았다. "맙소사, 탐파니스. 우리가 너무 오래 여기 있었구나! 이제 이교도들 대신 정직한 기독교인들을 다시 보고 싶구나!"

"아이고, 고맙습니다." 이 말을 들은 보좌신부는 열렬하게 부르짖었다. 주군이 마침내 올바른 길에 들어선 것이리라! 신부는 그렇게 희망했다. 그러나 머나먼 해안에서 가무레트를 기다리고 있는 것은 또다시 이상한 운명이었다. 그리고 그것은 아름다운 검은 여인의 얼굴을 하고 있었다.

칼리프는 마지못해 이 용감한 프랑크족 기사를 떠나보냈다. "그대는 내 제국에 크나큰 명예를 가져다주었네. 앞서 그 어떤 서방 기사도 하지 못한 일이지." 그는 작별 인사를 하면서 말했다. "이제 그대는 다시 서쪽으로 가겠지. 아마 그럴 테지. 하지만 그대 같은 남자들은 고향에서 평화롭게 살 운명이 아니야. 그대는 점점 더 멀리 가야 할 거야. 그러니 짐이 어느 날 다시 그대를 본다고 해도 그리 놀랄 일이 아닐 거야. 짐이 언제나 그대를 환영한다는 건 알고 있겠지."

사흘 뒤, 말 탄 남자들과 짐을 실은 짐승들로 이루어진 길고 화려한 행렬이 서쪽을 향해 해안으로 움직이고 있었다.

가무레트는 늘 화려하고 번쩍이는 것을 좋아했다. 값비싼 의복, 무기나 투구, 갑옷에 붙은 장식품 같은 것 말이다. 그리고 그는 동방에서 그런 온갖 것들에 대해 더 많이 알게 되었다.

무거운 짐을 진 노새들, 전리품으로 빼앗은 훌륭한 말들, 기사의 세 배로 불어나 호화롭게 치장한 호위병들을 이끌고 가는 가무레트를 본 사람이라면, 아마도 그 화려함과 재물을 그냥 지나치지 못하리라.

"언제쯤 사막의 도둑떼가 우릴 덮칠지 궁금하네요." 탐파니스가 말했다. 행렬은 뜨거운 모래밭을 천천히 지나가고 있었다.

그들은 그리 오래 기다릴 필요가 없었다.

그것은 꽤 이상한 습격이었다. 시리아의 사막 한가운데 어디쯤, 구릉들 사이에서 약탈에 굶주린 도둑 한 무리가 뛰쳐나와 괴성을 지르며 가무레트의 행렬을 덮쳤다.

그러나 도둑떼의 두목은 갑자기 말을 되돌렸다. 가무레트의 문장을 알아본 것이다.

"그 프랑크족이다!" 두목이 소리쳤다. "도망가라. 안 그러면 우리 모두 죽는다!" 그러자 순식간에 도둑떼는 사라져버렸다. 흔들리는 말꼬리 두어 개만 보일 뿐이었다.

가무레트의 부하들은 크게 웃었다. 그러나 가무레트의 얼굴은 어두웠다. "정말이지 이 나라에 등을 돌려야 할 때로군!" 그는 투덜거렸다. "도둑들조차 나와 싸우려고 하지 않는구나! 빨리 항구에 가 닿았으면 좋겠군. 늙은 선장도 우릴 기다리고 있다면 좋을 텐데!"

자주는 아니지만 가끔, 이 세상에서 우리의 소망은 생각보다 빨리 성취되기도 한다.

그들이 시리아의 작은 항구 지빌예에 도착했을 때 항구에 기항해 있는 배는 몇 척 되지 않았고, 선장은 돛대 앞에 웅크리고 앉아 잠들어 있었다.

"신이 우릴 도우시는군!" 탐파니스는 비바람에 시달린 선장의 노회한 얼굴을 보고 중얼거렸다. "근데 저 늙은 건달이 우릴 기다린 건 3년이 채 되지 않았네!"

가무레트가 어떻게 지냈느냐고 묻자, 선장은 이를 드러내며 웃었다. "지빌예에서 다마스쿠스로 가 무기 공방에 들렀지요. 근데 검은 수염을 기른 사막의 도둑떼 중 하나가 그곳에 칼을 사러 왔습지요. 그가 사막에서 왕자님을 만났다고 하더군요. 그래서 왕자님이 언제쯤 이곳에 당도해 내 배를 필요로 하실까를 계산할 수 있었답니다. 아주 간단하지요. 그리고 왕자님처럼 고상한 주인님은 사람들이 아주 좋아하며 기다린답니다!"

그들은 열흘 동안 서쪽으로 항해했다. 바다 표면은 기름을 바른 것처럼 매끄러웠고, 하늘은 푸른 비단 같았다. 그러나 열하루째 되는 날, 아침이 찾아오지 않으려는 것처럼 보였다.

갑자기 잔잔하던 바다에 파도가 우글대기 시작했고, 변해버린 바다 위로 하늘은 납처럼 무겁고 어둡게 걸려 있었다. 파도는 하얀 머리빗들처럼 배를 둘러싸고 머리카락을 빗기듯 빗어 내리면서 날뛰고 있었다. 돛은 돛대 위로 힘없이 늘어져 있고, 아래쪽에서 노를 젓는 규칙적인 소리 외에는 아무 소리도 들리지 않았다.

가무레트는 무언가에 놀라 소스라치며 잠에서 깨어났다. 그는 갑판 위로 올라가, 매우 긴장된 자세로 키 앞에 서 있는 선장 곁으로 갔다.

가무레트는 주름 잡힌 선장의 얼굴을 쳐다보고 곧 위험을 감지했다.

"무엇을 두려워하는가?" 가무레트가 물었다. 선장은 그를 쳐다보지 않았다.

"춤추는 파도는 곧 가라앉을 겁니다." 선장은 이렇게만 말했다. 평소 내보이던 복종의 자취는 찾아볼 수 없었다.

선장은 돛대들과 난간 앞에 서 있는 하인들에게 어깨 너머로 짤막한 명령을 내리기 시작했다.

갑자기 공기 중에서 노래 부르는 듯한 이상한 소리가 들려왔다. 파도의 굉음인가, 아니 오히려 높은 곳에서 떨어지는 둔탁한 천둥소리 같았다······ 그 순간 밀치고 들어온 첫번째 폭풍의 타격이 배를 덮쳤다.

폭풍은 마치 보이지 않는 벽을 향해 전속력으로 달려와 솟구친 것 같았다. 급격하게 뒤뚱거리는 갑판 위를 비틀거리며 걸어오던 누군가가 가무레트 쪽으로 쓰러졌다. 가무레트는 자신을 향해 쓰러진 무거운 몸체를 떨쳐버리려고 기를 썼다. "저리 가, 내 숨통을 막을 셈이냐!" 그가 헐떡였다. "그러죠, 왕자님!" 쓰러진 자가 신음했다. 그는 탐파니스를 알아보았다. "제 머리가 두 동강 난 것 같아요. 그리고······" 탐파니스의 목소리는 그르렁거리는 비명 속에 잠겨버렸다. 배의 벽면에 수직으로 솟구쳐 올라온 거대한 파도가 갑판을 덮치더니, 탐파니스를 옆으로 밀고 가버렸다.

얼마 뒤 가무레트는 자신이 조타 장치 바로 옆 난간에 기대고 있음을 깨달았다. 선장이 온몸으로 방향타에 매달려 있는 것이 보였다. 맙소사, 언제까지 그렇게 버틸 수 있단 말인가—언제까지 키가 견디겠는가?

또다시 그들의 머리 위로 폭풍이 울부짖었다. 큰 돛이 검은 하늘을 배경으로 거대한 회색 반원이 되어 펄럭거렸다. 그 안으로 거센 바람이 왕창 몰려들더니, 뱃머리가 높은 무거운 배를 앞으로 밀쳤다. 그 배가 어디로 갈 것인지는 신만이 아실 일이었다…… 돛대는 신음 소리를 냈으나 부러지지는 않았다. 돛도 찢어지지 않았다. 질긴 아마포로 된 새 돛이었다.

배에 탄 사람들은 어찌할 바를 몰랐다. 그들이 아는 것은, 자기들이 절망적으로 어디엔가 매달리려고 기를 쓰고 있다는 사실, 어디에서고 물이 머리 위로 쏟아지고 있다는 사실, 배가 터무니없이 무서운 속도로 앞으로 내몰리고 있다는 사실뿐이었다.

돛을 받치고 있는 밧줄을 잘라야 해, 가무레트는 막연하게 생각하면서 양손과 양 무릎으로 기어 돛대 쪽으로 가려고 했다. 이때 그는 무슨 소리를 들었다. 쪼개지고 갈라지는 소리―그 소란 중에 그리 큰 소리는 아니었다. 그러나 그 순간 그는 골수가 얼어붙는 듯했다. 일어날 수 있는 최악의 일이 일어났음을 그는 알아차렸다. 키가 부러진 것이다. 그리고 키 없는 배는 이 폭풍우 속에서 파멸할 수밖에 없는 것이다.

"신이여, 자비를 베푸소서!" 가무레트의 귀 가까이에서 선장이 외쳤다. 뒤이어 일어난 일은 지옥의 무도회 같았다. 그것이 한 시간 정도 계속됐는지 아니면 반나절이나 계속됐는지, 후일 아무도 말할 수 없을 지경이었다.

그러다가 어느 때인가 그들은 무시무시한 충격을 받았다. 귀가 찢어질 듯 삐걱거리는 소리가 저 밑에서부터 올라오더니…… 배가 멈춰 섰다.

다시 한 번 폭풍이 돛을 때렸다. 그러나 더 강한 힘이 배를 그 자리에 붙잡아 두었다. 배는 암초 사이에 끼어 꼼짝도 못하고 있었다. 미친 듯 질주하는 항해를 멈추게 한 것은 바로 암초였다.

얼마 뒤 선실로 내려가는 들창이 열리고 한 남자가 나타났다. 유령처럼 보이는 이 남자는 보좌신부였다.

그는 비스듬히 걸려 있는 갑판 위를 비틀거리며 걸어왔다. 그리고 그가 키 바로 옆에 막 도착한 순간, 물에 젖은 덩어리처럼 난간 앞에 누워 있던 세 남자가 꿈틀거리기 시작했다.

다행히 폭풍은 차츰 잦아들었다. 그리고 날이 다시 환하게 밝아져서, 신부는 널브러진 무더기 속에서 주군을 찾아낼 수 있었다. 그는 가무레트를—가무레트는 머리를 앞뒤로 흔들고 있었다—최소한 쓰러지지 않게끔 아쉬운 대로 벽과 키 사이의 구석에 기대놓았다.

여기 이자는 아마도 탐파니스겠지. 탐파니스는 이마에 달걀만 한 큰 혹이 생겨나 꽤 낯설어 보였다. 그사이 선장은 혼자 힘으로 일어나, 배가 얼마나 망가졌는지 살펴보기 위해 난간을 따라 비틀거리며 갑판을 걷기 시작했다. 배를 살펴보는 그의 얼굴이 밝아졌다. 암초는 배 외벽을 이루는 두꺼운 각목들만 부숴놓았을 뿐, 그 외에는 아무런 손상도 입히지 않았던 것이다.

그러나 해변으로 눈을 돌린 선장은 소스라치게 놀랐다. 오, 맙소사. 그들은 어디로 굴러왔단 말인가! 천천히, 그리고 대단히 어두운 표정으로 그는 다른 사람들에게 되돌아왔다.

그사이 가무레트도 차츰 정신이 들었다. 자신이 살아 있음을 깨달은 그는 금세 가벼운 마음이 되어 즐거워졌다. 그는 천성이 그런 사람이었다. 그는 호기심 어린 얼굴로 주위를 둘러보았다.

"이봐 탐파니스, 그사이 머리에 뿔이 하나 생겼어?" 가무레트는 어이가 없다는 듯 물었다. 이 말을 들은 탐파니스의 얼굴에 희미한 미소가 번졌다.

가무레트는 막 자기 앞에 와서 선 선장을 바라보았다. "그렇게 화난 얼굴로 쳐다보지 말게! 다 잘됐잖나! 우리가 어디 있는지나 말해보게!"

"직접 보십시오!" 선장은 시무룩하게 말했다. "저쪽을 보세요!"

가무레트는 의아해하면서 주변을 둘러보았다. 그는 배가 바위 해안에 바싹 붙어 있는 것을 보았다. 그리고 저기 육지 안쪽으로는 하얗고 높은 벽과 요철형의 성첩城堞, 탑 들이 있는 성이 있었다. 돌출창과 기둥 들에는 이국적인 장식이 붙어 있고, 창 윗부분의 아치는 우아하게 부풀어 올라 있었다.

이 모든 것을 본 가무레트는 두려운 생각이 들었다.

"우리가, 우리가 또다시 동방으로 왔단 말인가?"

선장은 웃었다. "아닙니다. 우리가 온 곳은 히스파니아*입니다. 여기는 파텔라문트고요. 저것은 사라센 여왕** 벨라카네의 성이죠. 저 이교도족이 바다를 건너 이곳으로 온 뒤 저 멀리까지 보이는 땅이 모두 여왕의 소유랍니다!" 선장은 갑자기 공중에 대고 성난 수탉 같은 소리를 내질렀다! "저들이 보이세요? 벌써 모든 창문이 검은 머리들로 가득 찼잖아요! 덫에 걸린 생쥐 꼴로 자기들 코앞에 있는 우리를 보고 적잖이 비웃을 겁니다!"

가무레트는 아무 말도 하지 않았다. 그는 별나게 긴장한 표

---

* (옮긴이) 이베리아 반도─현재의 스페인, 포르투갈, 안도라, 지브롤터─에 대한 라틴어 이름 혹은 스페인(에스파냐)의 옛 이름.
** 아랍인 및 다른 이슬람 종족에 대한 총체적인 명칭.

정으로 사라센 성 쪽을 바라보더니 천천히 몸을 돌렸다. 얼굴에는 빛나는 미소가 떠올라 있었고, 두 눈은 모험의 욕구로 반짝였다.

그러는 동안 배의 들창에서 눈이 움푹 들어간 더러운 몰골의 형체들이 하나둘씩 올라왔다. 시종들, 어린 보급대원들과 선원들이었다.

"잘 들어라!" 잠시 호기심 어린 눈으로 그들을 훑어본 뒤 가무레트가 말했다. "우리는 오늘 중으로 저 건너편 이교도의 성으로 말을 타고 들어간다. 모두들 가장 화려한 옷을 걸쳐라. 궤짝에서 가장 비싼 말의 재갈을 꺼내고 가장 훌륭한 말들에 안장을 얹어라. 너희들 한 사람 한 사람이 모두 영주처럼 보여야 한다!"

보좌신부가 그런 세속적인 허영을 말리려고 몰래 두 손을 비볐지만, 무슨 소용이란 말인가?

한 시간 뒤, 이제까지 본 적 없는 화려한 무리가 다리를 건너 육지로 올라갔다. 보좌신부 역시 좋든 싫든 말을 타고 주군을 뒤따라갈 수밖에 없었다. 그들은 해안의 바위들을 뒤로 했다. 그들이 성 앞에 펼쳐진 넓은 모래 황야로 나왔을 때, 문장을 들고 앞서가던 탐파니스가 퍅 하고 말을 멈춰 세우더니 놀라서 말했다. "왕자님, 저기 많은 천막이 있습니다."

가무레트도 그것을 보았다. 성을 중심으로 작은 군대 진영이 빙 둘러 있고, 바다로 나가는 길만 뚫려 있었다. 가무레트는 재빨리 생각했다. 그들 일행은 갑옷이나 다른 무기 없이 단검만 지니고 있었다! 만약 저 천막들에서 낯모르는 전사들이 뛰어나와 그들을 공격한다면, 혹은 그가 여왕을 방문하려는 사실이 저 사라센인들의 마음에 들지 않는다면 어떡한단 말인가?

하지만 그런 걱정을 하기엔 너무 늦었군, 가무레트는 마음을 다잡았다.

"앞으로 전진!" 그는 명령했다. "우리는 성안으로 들어간다!"

가무레트가 탄 새까만 수말이 경쾌하게 모래밭을 걸어가자, 말발굽 사이로 작은 먼지구름이 일었다. 그것은 그가 알렉산드리아의 성벽 앞에서 바빌로니아 왕 이포미돈에게서 빼앗은 바로 그 수컷 말이었다.

보좌신부 역시 그의 말을 재촉해 따라가면서, 어째서 신은 자신들을 기독교 나라의 해안 절벽에 내던지지 않고, 또다시 이교도들에게 내주셨는지에 대해 슬퍼하고 있었다.

　그러다가 앞선 가무레트가 갑자기 고삐를 잡아채 말이 공중으로 곧게 치솟자, 신부는 기겁했다. 주군의 시선을 따라가던 신부는 더욱 소스라치게 놀랐다. 이제 새로운 위험이 시작되고 있었다. 저 위쪽 우아한 발코니에 한 여성이 모습을 드러냈던 것이다.

　그녀의 얼굴은 검었고, 태도에는 자부심과 꾸밈없는 기품이 깃들어 있었다. 우리의 가련한 보좌신부의 눈에도 그녀가 어찌나 아름답게 보이던지, 신부는 그래도 어쩌면 이 일이 좋게 끝날지도 모른다는 모든 희망을 포기했다.

　여인은 무어족* 여왕 벨라카네였고, 아래쪽 성문 앞에는 젊은 기사 가무레트가 멈춰 서서 마법에 홀린 듯 그녀를 우러러보고 있었다.

　여인 뒤에서 한 남자가 발코니로 들어섰다. 그는 난쟁이에 가까워 보였다. 그의 어깨에 얹힌 머리통은 너무 컸다. 그러나 그는 볼품없는 체구와 용모를 영리함으로 대신하고 있는 신하였다. 벨라카네 여왕은 이 신하가 모든 것을 알고 있다고

---

* 원래는 모리타니인. 이슬람화된 뒤 스페인을 정복함. (옮긴이) 피부가 검은 사람들을 일컫는 독일어 표현. 무어인이란 인종학적 명칭이 아니라 북아프리카나 아시아의 이슬람교도에게도 적용되는 명칭.

믿었고, 신하 역시 그녀를 거의 실망시키지 않았다.

"저 군주는 누구인가?" 여왕은 고개를 돌리지 않은 채 신하에게 물었다. "알렉산드리아 성문 앞에서 닻이 그려진 저 문장을 본 일이 있지요. 저 문장은 칼리프의 군대에서 싸우며 용감한 기적을 행했다고 전해지는 바로 그 프랑크족 왕자의 것입니다! 여왕님, 우리가 행운을 잡은 것 같네요. 여왕님께서 저 기사가 우리를 위해 싸우도록 만드실 수 있다면, 아마 우리는 단번에 모든 적으로부터 놓여날 수 있을 겁니다!"

"저 기사는 기독교인이니 날 위해 싸우려 들지 않을 거야." 그녀가 침울하게 말했다.

신하는 교활하게 미소 지었다. "그는 칼리프를 위해서 싸운 사람입니다. 제 생각에, 그의 봉사를 얻어내는 것이 여왕님께 그리 어려운 일은 아닐 듯한데요. 이 기독교 기사들은 약자와 억압받는 자를 돕겠다고 맹세를 했답니다. 여왕님은 온통 적들에게 둘러싸여 위협받는 약한 여성이 아니십니까?"

여왕은 생각에 잠겨 신하를 바라보았다. "아마도 그대 말이 맞겠지. 저 프랑크인이 우리의 구원자가 될지 몰라. 그래, 무엇을 충고하겠는가?"

"그를 더 이상 저 아래 서 있게 하지 마십시오!" 그가 대답했다. "제가 내려가서 그를 하얀 얼굴의 수행원들, 또 저 신부와 함께 성안으로 인도하겠습니다. 그다음에 여왕님께서 무슨 말을 해야 하실지는 일러드릴 필요가 없겠지요!"

그리하여 아래쪽에서는 곧장 성문이 열렸고, 난쟁이 신하는 열과 성을 다해 귀한 손님을 마중 나갔다.

가무레트는 이 작자가, 그리고 아첨하는 그의 태도가 마음에 들지 않았다. 그러나 그는 틀림없이 동화 속 인물처럼 아름다운 저 여왕의 지체 높은 신하이리라.

"저는 여왕의 궁내부 대신* 라흐필리로스트 샤흐텔라쿤트라고 합니다."

가무레트는 놀라며 한숨을 내쉬었다. "라흐…… 그다음에 무엇이라고? 대신?"

그러나 잠시 후 가무레트는 그의 이름이고 대신이고 뭐고, 이 세상의 모든 것을 잊어버렸다.

가무레트는 마치 마법에라도 걸린 듯 홀 안의 비단 쿠션 위에 자리를 잡았고, 그의 곁에는 여왕이 있었다. 그는 그녀의 노래하는 듯한 목소리에 귀 기울이면서, 약간 슬픈 듯한 아름다운 두 눈을 바라보았다. 가무레트는 그의 젊은 인생에서 이

---

* 원래 중세 궁정의 마구간과 말들을 책임지던 높은 관직.

제껏 느껴보지 못한 이상한 기분이 들었다.

"아침에 저 바깥 암초 사이에 낀 그대의 배를 보았을 때, 저는 무서웠어요." 여왕은 슬픈 눈으로 미소 지으며 말했다. "절 겁주려고 더 많은 적이 쳐들어온 거라고 생각했어요. 왜냐하면 이 성으로 손님이 찾아온 것은 정말 오랜만의 일이거든요. 모두가 날 피하면서 쫓고 있어요. 그들은 말하지요. 이젠하르트가 죽은 건 제 책임이라고요." 그녀가 말을 맺었다. 검은 두 눈이 긴 속눈썹 뒤로 반짝하고 사라졌다.

가무레트는 귀를 기울였다. 이젠하르트라고? 언젠가 기사 이젠하르트와 사라센 여왕에 대한 얘기를 듣기는 했었다……

여왕은 이야기를 이어나갔다. "그들은 제게 잘못하고 있는 거예요! 전 그의 죽음을 바라지 않았어요. 그는 북쪽에서 왔는데, 날 몹시 사랑하니 아내로 삼고 싶다고 말했어요. 하지만 그가 정말 날 사랑하는지 아닌지, 제가 어찌 알겠어요? 그는 제게 증명해 보이려고 절 위해 많은 싸움에서 이겼지요! 그는 언제나 승리했어요. 그래서 전 그건 그의 칼과 무기가 훌륭하기 때문이라고 말해주었지요. 그는 슬퍼하고 화를 내면서 가버렸답니다. 다음 날 아침 그는 갑옷도 입지 않고 아주 평범한 칼 한 자루만 쥔 채, 우리 종족의 유명한 전사들과

29

결투하러 말을 타고 왔지요. 그렇게 해서 그는 죽었답니다. 가무레트 기사님, 말씀해주세요. 제가 그를 죽음으로 내몰았다는 건 틀린 말이죠?"

그랬다. 벨라카네보다 더 슬프고 죄 없어 보이는 사람은 없었다. 젊은 영웅 가무레트 역시 위로의 말과 함께 그렇다고 말해주었다. 갑옷도 입지 않고 결투하러 가다니, 이젠하르트 기사는 정말 바보였다고, 아무도 그것을 두고 여왕을 비난할 수 없다고.

거의 비웃는 듯한 이상한 표정이 여왕의 얼굴을 스쳐 지나갔다. 그러나 가무레트는 알아채지 못했다. 그녀가 그의 손을 잡고 발코니로 끌고 나갔기 때문이다.

"저기 아래를 보세요!" 여왕이 말했다. "날 비난하고 벌주려고 이젠하르트의 온 일족이 와 있답니다. 저들은 제게 이 나라를 떠나라고 압박하고 있어요. 저의 가장 훌륭한 전사들에게 싸움을 요구하고 있답니다. 제 성은 이미 부상병들로 가득해요. 많은 병사가 죽었고요."

가무레트는 아래쪽 진영을 내려다보았다. "원, 서방의 기사들이 총출동한 것 같군." 천막들 위에서 낯익은 문장들을 알아본 그는 어이가 없다는 듯 중얼거렸다.

한순간 그는 상당히 불길한 느낌이 들었다. 믿지 못할 기분 같은 것이 그를 밀고 들어왔다. 그는 여왕의 얼굴을 흘깃 바라보았다. 하지만 아, 그녀는 너무나 아름다웠고, 가무레트는 너무나 젊었다. 이런 그에게 어떻게 보좌신부가 원하는 결과를 바라겠는가?

이리하여 그녀가 슬픈 목소리로 "더 이상 절 위해 싸워줄 사람은 없을 거예요"라고 말했을 때, 그는 "내가 그대를 위해 싸우겠소, 여왕!" 하고 부르짖었다.

한번 약속한 이상, 그의 운명은 이제 예정된 길을 따를 수밖에 없는 것이다.

"감사합니다!" 그녀는 말하면서 빛나는 눈으로 그를 바라보았다. 그러더니 갑자기 그녀는 덧붙였다. "전 적들에게서 절 구원해주는 기사를 남편으로 맞기로 맹세했답니다!"

벨라카네는 거짓말을 하고 있었다. 이 젊고 용감한 프랑크족 기사가 마음에 들었으므로, 순간적으로 결심한 것이다. 그러나 가무레트는 이보다 더 큰 행복은 없을 거라고 생각했다!

저녁 늦게 여왕이 시녀들을 이끌고 자기 방으로 가고 나자, 군비부 대신은 가무레트의 시종들을 성에서 멀리 떨어진 홀로 데려갔다. 하지만 대신은 신부만은 많은 계단과 복도를 지나 탑이 딸린 방으로 안내한 뒤, 곱사등을 깊이 구부려 인사하고는 물러갔다. 가련한 신부는, 만약 주군에게 볼일이 있을 경우 이 크디큰 성에서 어떻게 그를 찾을 것인지, 침울한 마음으로 혼자 묻고 있었다.

그러나 가무레트는 그 곱사등이와 함께 가버리고 없었다.

"이 누추한 곳에서 지내셔야겠습니다." 라흐필리로스트 샤흐텔라쿤트가 가무레트에게 말했다. 그는 목적을 이룰 때까지 이 귀중한 손님을 눈에서 놓치지 않을 작정이었다.

물론 궁내부 대신이 이 누추한 곳이라고 말한 데는 실제로는 찬란한 궁전이었다. 그리고 대신이 가무레트를 이끌고 간 침실은 동방의 온갖 화려함으로 치장되어 있었다.

가무레트는 비단 담요와 부드러운 쿠션이 깔린 침상에 누웠지만, 잠을 이룰 수가 없었다. 그는 여왕을, 그리고 내일 치러야 할 전투를 생각했다.

마침내 그는 몸을 일으켰다. 별들을 올려다보고 벌써 새벽 서너 시가 되었음을 짐작했다. 그래도 잠을 이룰 수 없었던 가무레트는 날이 밝으면 곧장 전투태세를 갖출 수 있게끔, 지금 말을 타고 배로 가서 갑옷을 챙겨 입고 무기를 가져오자고 생각했다.

왜냐하면 벨라카네가 이렇게 말했던 것이다. "매일 아침 저들 중 몇 명이 성문 앞으로 말을 타고 온답니다. 그들은 깃발을 들고 있는데, 그 깃발에는 가슴에 창이 꽂힌 기사의 그림이 그려져 있지요. 그렇게 매일같이 저들은 제게 이젠하르트 기사의 죽음을 상기시키면서, 제 전사들 중 한 명이 절 위해 싸우러 나오기를 기다리지요."

가무레트는 이 무방비 상태의 여인을 그토록 괴롭히는 남자들에게 몹시 화가 났다. 이제, 내일이면 끝장을 내리라, 가무레트는 소리 없이 침실을 나오면서 생각했다. 그는 마구간으로 내려가 짚더미 위에서 자고 있는 하인을 깨우고는, 자신의 말에 안장을 얹으라고 명령했다. 그리고 곧장 성문 밖으로 달려 나갔다.

그가 해안에 당도했을 때, 돛대 위에 선장이 앉아 이쪽을 살피고 있었다. 선장은 날쌔게 아래로 내려와 다리를 건너 육지 쪽으로 달려왔다.

"맙소사, 주인님이시로군요!" 그가 외쳤다. "무서워서 밤새 눈 한번 붙이지 못했습니다. 이교도들이 모두를 죽였을까 봐 얼마나 걱정했다고요. 생각해보세요, 주인님. 그리되면 주인님의 보물을 제가 어찌해야 하겠습니까!"

가무레트는 소리 내어 웃었다. "그리되면 내 걸 다 차지해도 좋아, 이 늙은 건달아! 그럼 자넨 평생 부자로 살 수 있겠지! 하지만 지금은 내가 갑옷을 챙겨 입도록 도와주게. 곧 다시 가야 하니까!"

"가신다고요? 대체 어딜 혼자 가십니까? 주인님처럼 지체 높으신 분께 어울리지 않게 말입니다!"

가무레트는 벌써 다리를 건너와 있었다. "걱정 말게. 성으로 돌아간다네. 여왕을 위해 싸우기로 약속했거든."

"뭐라고요?" 선장은 놀라서 비명을 지르며, 이성을 잃었음에 틀림없는 이 기사의 옷자락을 움켜쥐었다. "뭐라고 하셨나요, 주인님? 그, 그 사라센 여인을 위해 싸우신다고요?" 그는 힘없이 물었다.

"그렇다네. 대체 무슨 상관인가? 날 내버려 두게!" 가무레트의 음성이 언짢은 듯 들려왔다.

이제 선장은 아무 말도 하지 않았다. 그는 갑옷을 챙겨 입는 가무레트를 묵묵히 도왔다. 선장은 무거운 발걸음으로 가무레트를 뒤따라 갑판으로 올라가 다리를 건넜다. 그는 말의 고삐를 죄었다.

"주인님." 선장은 가무레트를 보지 않은 채 말했다. "주인님이 참 안타깝습니다. 주인님은 절 몹시 실망시키셨습니다. 그렇지만 이런 바보 같으신 분께 오래전에 홀딱 반하고 말았으니, 계속 충성을 지켜야지요. 제 배가 출항할 수 있게 되면 저는 곧바로 몰래 지빌예로 돌아갈 겁니다. 언젠가 주인님께서 또다시 제 봉사가 필요하시다면, 저를 어디로 찾아오면 되는지 아시겠지요. 안녕히 가세요, 주인님!"

이 말과 함께 선장은 배로 되돌아갔다. 다시 돌아보지 않고.

가무레트는 성으로 말을 몰았다.

성문에서 그리 멀지 않은 곳에 다다랐을 때, 가무레트는 천막들 쪽에서 기사 서너 명이 오는 것을 보았다. 맨 앞에는 깃발을 든 기사의 시종이 말을 타고 있었다. 기旗에는 창에 가슴을 찔린 기사 그림이 그려져 있었다.

가무레트는 분노에 가득 차 그것을 바라보았다. 그러고는 성문 앞으로 말을 몰고 가 낯모르는 기사들에게로 몸을 돌려, 투구를 닫고 투창*을 땅에 내리꽂았다.

가무레트는 그들이 멈칫하는 것을 알아차렸다. 그러나 그들은 계속 말을 타고 왔다. 그는 그 기사들을 호기심 어린 눈

---

* 철심이 박혀 있는 창.

으로 바라보았다. 붉은 수염을 기른 거대한 몸집의 전사는 가무레트도 아는 자였다. 그는 스코틀랜드의 휘테게르였다. 바다 괴물이 그려진 문장을 든 두번째 기사는 노르만인* 가쉬어임에 틀림없었다. 그리고 세번째 기사—그가 누구인지는 젊은 영웅 가무레트도 추측하기 어려웠다. 그런데 타조가 그려진 방패를 들고 있는 것을 보니, 그는 사촌인 톨레도**의 카일레트임이 분명했다! 세 기사는 멈칫거리며 가까이 왔다. 그들은 혼자 성문 앞에 나와 있는 이 전사를 의아해하며 자세히 훑어보았다.

"저 사라센 여왕이 자신을 위해 머리통이 깨져도 좋은 바보를 또 한 명 찾아낸 모양이지?" 휘테게르가 으르렁거렸다. "근데 자세히 좀 보게. 저기 저자가 무어인이라면 나 자신도 무어인이라고 해야겠네. 하지만 프랑크인이 어떻게 이리로 왔지?"

"저기 바깥쪽 암초에 끼인 배를 잊었는가?" 카일레트가 소리쳤다. "틀림없이 그 잘 차려입은 풋내기일 거야. 어제 많은 수행원을 끌고 성으로 들어간 그자 말이야!"

---

* (옮긴이) 중세 모든 스칸디나비아인에게 적용되던 명칭. 좁은 의미로는 노르망디 공국의 스칸디나비아 지도층 및 그 추종자들을 말한다.
** (옮긴이) 에스파냐(스페인) 마드리드 남남서 65킬로미터에 위치한 톨레도 성의 주도.

"방패에 그려진 닻이 안 보이는가?" 가쉬어가 생각에 잠겨 말했다. "그 방패가 어느 가문의 것인지는 잊었네만, 대단히 고귀한 가문의 것임에는 틀림없어."

휘테게르가 고개를 저었다. "상관없어! 저 기사가 이교도 여인을 위해 싸우길 원한다면, 싸워야 하겠지." 그는 자신의 말에 박차를 가했다.

가무레트는 이 기사를 눈에서 놓치지 않았다. 그가 탄 이포미돈의 검은 말이 화살처럼 앞으로 튀어나갔다. 그들은 모래 위에서 서로를 향해 달렸다······ 그들이 부딪치면서 휘테게르의 창이 산산조각 났다. 이 거구의 기사는 안장에서 나가떨어졌다. 가무레트의 투창이 그의 팔에 꽂혔다. 휘테게르가 몸을 일으킨 순간, 가무레트는 말에서 뛰어내렸다.

휘테게르는 상처에서 투창을 뽑아 멀리 던졌다. 투구를 벗은 그의 얼굴은 말에서 떨어진 분노로 말미암아 불처럼 빨갰다.

"날 이긴 자가 누구냐?" 그는 거칠게 물었다.

"나는 가무레트 안셰빈이다." 젊은 기사가 정중하게 대답했다. 그러자 휘테게르의 회색 눈이 더할 수 없이 상냥해졌다.

"그래, 그대가 간딘 왕의 아들이란 말이지? 그대가 이렇게 멀리까지 찾아 나선 임무가 그대 부친의 마음에 들었을지 알고 싶군! 이제 날 이겼으니, 내게 요구하는 것이 무엇인가?”

“그대의 기사들을 데리고 고향으로 돌아가시게. 여왕을 평화롭게 놓아줘!” 가무레트가 말했다.

그러자 휘테게르는 걱정스러운 표정이 되었다. “자네 미쳤는가?” 그는 이를 갈면서, 주먹을 쥐고 상대를 향해 달려들 기세였다.

“기사의 명예를 지켜주기 바라네.” 가무레트가 엄숙하게 말했다.

휘테게르는 물러섰다. 그는 이 젊은 바보가 옳다는 걸 알았다. 이 젊은이는 사라센 여인을 위해 싸웠고, 이긴 것이다. 그리고 패자는 승자가 요구하는 대로 따라야 하는 법이다.

“기사의 명예를 걸고 약속하지!” 휘테게르는 몸을 돌려 말에 올랐다. 떠나가면서 가무레트에게 인사를 하지는 않았다.

나머지 두 기사는 꼼짝하지 않은 채 이 광경을 지켜보고 있었다.

이제 노르만 기사 가쉬어가 투창을 겨누었다. 그는 유명한 전사였으므로 승리를 확신하며 말에 껑충 뛰어올라 다가갔다. 그러나 의식을 되찾았을 때, 가쉬어는 자기 말 뒤에 있는 모래 더미 속에 파묻혀 있었다. 이 이상한 기사 가무레트는 정중하게 말했다. "함께 온 전사들에게로 돌아가 이곳을 떠나시게."

가쉬어가 달리 무엇을 할 수 있겠는가?

이에 격분한 카일레트가 순식간에 말을 타고 달려왔다. 뭘 어떻게 하면 좋을지 가무레트가 생각할 시간을 갖기도 전이었다. 그래도 가무레트는 사촌을 찌를 수는 없었다. 별다른 수가 떠오르지 않자 그는 카일레트가 창으로 막 찌르려는 순간, 말을 잡아채 박차를 가하고는 단숨에 성문을 향해 내달렸다.

카일레트가 분노의 외침을 쏟아냈다. 어떻게 도망간다는 생각을 할 수 있단 말인가?

"태양 아래 가장 비겁한 겁쟁이가 아니라면 멈춰 서라!" 그는 냅다 소리를 질렀다.

그러나 가무레트는 이미 사라지고 없었다.

카일레트는 좋든 싫든 말을 돌려 천막으로 돌아올 수밖에 없었다. 그가 만난 첫번째 기사는 휘테게르였다. 휘테게르는 분해하면서 입을 비죽였다. "그가 자네도 안장에서 떨어뜨렸는가?"

"결단코 아닐세!" 카일레트도 화가 나서 대답했다. "비단

옷의 그 고상한 자는 줄행랑을 쳤다네!"

"뭐라고?" 휘테게르가 소리 질렀다. "그러고도 기사라는 거야?" 그러다가 그는 어이없다는 듯 카일레트를 바라보더니, 갑자기 소리 내어 웃기 시작했다.

"맙소사!" 그가 말했다. "그가 자네 사촌인 걸 잊고 있었군! 그래도 자네 사촌 가무레트가 그 이교도 여인 때문에 자네를 말에서 떨어뜨릴 수는 없었나 보군!"

카일레트는 분노로 얼굴이 창백해졌다. "그가 내 사촌 가무레트 안셰빈이야? 그렇다면 내가 그를……"

휘테게르는 뛰쳐나가려는 카일레트의 옷자락을 붙잡았다. "내버려 두게! 언젠가는 정신을 차리겠지! 자기 때문에 사촌 간에 다툰다고 저 사라센 여인이 비웃어서는 안 되잖나!"

"자네 말이 옳아." 카일레트는 어쩔 수 없이 시인했다. "언젠가는 그를 다시 만나겠지. 그러나 지금은 이곳에서 떠나자고! 아침마다 창문에서 검은 얼굴들이 빤히 내다보는 데 정말 질렸어!"

같은 시각 저 위쪽 궁전에서는 라흐필리로스트가 침상에서 몸을 일으켰다. 그는 손님을 깨우러 손님 방으로 갔다. 그러나 커튼을 젖혔을 때 침실은 비어 있었고, 손님은 가고 없었다. 궁내부 대신의 커다란 머리통 속에서 뜨거운 기운이 끓어올랐다. 그 이방인이 몰래 방을 빠져나간 거야? 그렇다면, 그렇다면 자신은 실패한 것이다. 왜냐하면 여왕님이 어제 밤늦게 그를 따로 불러 곧장 이렇게 말했던 것이다. "저 프랑크인이 마음에 들어요! 그를 남편으로 삼아야겠어요. 그가 이곳에서 잘 지내도록, 그가 궁전을 떠나지 않도록 목숨을 걸고 책임지세요."

여왕의 말은 진심이었다. 여왕에게 꼭 필요한 사람인 자신에게 진심을 다해 말한 것임을 그도 잘 알고 있었다.

라흐필리로스트는 마구간으로 급히 달려 내려가, 맨 처음에 눈에 띈 말 시중꾼의 윗도리를 거머잡았다. "프랑크족 기사를 보았느냐?"

"네, 대신님." 하인은 소스라치게 놀라 말했다. "기사님은 새벽 일찍 마구간으로 오셔서 당신 말에 안장을 얹으라고 명령하셨죠. 그러곤 곧장 말을 타고 나가셨습니다!"

라흐필리로스트는 이제 성문으로 달렸다. "그 프랑크족 기사는 어디 있느냐?" 궁내부 대신을 보자, 성 문지기의 얼굴은 창백해졌다. "오, 대신님, 그분은 성문으로 오셔서 문을 열라고 명령하시고는 바다 쪽으로 달려가셨습니다……"

성 문지기는 어처구니없어 하며 말을 멈췄다. 궁내부 대신은 이미 몸을 돌려 고개를 떨어뜨린 채 천천히 성으로 되돌아가고 있었다.

그래, 아무 소용 없게 되었어. 원하든 원하지 않든 그는 여왕님께 이 불쾌한 소식을 전해야만 했다!

벨라카네 여왕은 홀에 없었다. 그러나 바깥 발코니에서 여왕의 목소리가 들려오고 있었다. 등을 지고 있던 그녀는 대신이 온 것을 알아채지 못했다. 그녀는 큰 소리로 떠들며 웃고 있었고, 몹시 즐거워 보였다. 그래, 이제 곧 종말이 오겠지!

"여왕님." 그는 서두르며 말했다. "용서하세요. 하지만 그 프랑크족 기사는 가버린 것……" 그는 갑자기 말을 멈췄다. 그 순간 가무레트를 보았던 것이다. 벨라카네가 놀라서 몸을 돌렸다. 그녀의 얼굴 위로 빛나는 미소가 번져나갔다. "궁내부 대신, 손님이 다시 돌아오신 걸 아시겠죠. 그대가 자고 있는 동안 이분은 우리의 적들을 물리쳤답니다. 건너다보세요. 저들이 벌써 천막을 걷고 있잖아요!"

궁내부 대신이 한마디 대꾸도 하기 전에 여왕은 말을 이었다. "대신, 곧 나가보셔야 할 거예요. 하실 일이 아주 많으니까요. 일주일 뒤에 가무레트 기사님과 결혼식을 올릴 거예요."

라흐필리로스트는 말없이 물러났다. 가무레트는 여왕 곁을 지키면서, 이제 자신은 소망을 이루었다고 다시 한 번 생각했다.

화려하지만 감옥과 다름없는 탑에서 머물던 보좌신부는 하인들로부터 이 소식을 들었다.

"날 가무레트 님께 데려다오!" 신부는 간청했지만, 그들은 온갖 구실을 만들어 주군을 볼 수 없게 했다. 다음 날도, 그다음 날도 마찬가지였다.

엿새째 되는 날 아침, 신부는 가무레트의 침실 앞에서 기다렸다. 신부는 걱정으로 여윈 얼굴이었고, 가무레트는 그를 만나지 않는 편이 좋았을 것이다.

"주군님, 이교도 여인을 아내로 맞을 수는 없습니다." 신부가 말했다.

가무레트의 시선이 신부를 흘깃 스쳐 지나갔다. "여왕은 기독교로 개종할 거라네!" 그는 언짢아하며 대꾸했다.

신부는 슬퍼하며 머리를 흔들었다. "저는 안 그러실 거라고 확신합니다."

"그렇다면 어쩔 수 없지!" 가무레트가 차갑게 대꾸했다.

그리하여 기사 가무레트 안셰빈은 벨라카네 여왕과 여왕 나라의 예법에 따라 결혼식을 올렸다. 그리고 히스파니아에 있는 사라센 왕국의 왕이 되었다.

그러나 궁전에서는 차츰차츰 처음과는 다르게 진행되는 일들이 생겨났다.

결혼식을 올리고 나자, 가무레트에게는 모든 일이 바라던 것과 다르게 보이기 시작했다.

이 궁전은 정말 조용하군. 다른 성에서 기사가 손님으로 찾아오는 일도 없어. 무어인들만 성문으로 들락날락하는군.

서방 세계에서는 이제 아무도 기사 가무레트를 기억하지 못하는 것 같았다. 그것이 그의 마음을 어둡게 만들었다.

그는 아름다운 아내를 전과 다름없이 사랑하고 있었으나, 길들여지지 않은 타고난 천성은 그를 가만히 내버려 두지 않았다. 그는 점점 더 모험을, 자신과 같은 부류의 사람들과의 생활을 그리워하게 되었다.

그가 벨라카네에게 기독교로 개종하라고 얘기할 때면, 그녀는 고개를 흔들며 부드러운 음성으로 말하곤 했다. "아니에요, 여보. 그건 요구하지 마세요." 그리고 가무레트는 자신의 바람이 소용없는 일임을 깨달았다.

그렇게 석 달이 지나갔다. 타고난 거친 마음이 어쩔 수 없이 그를 몰아대자, 가무레트는 어느 날 말을 타고 지빌예로 가서 선장을 찾았다. 선장은 오래전부터 그를 기다리고 있었던 듯 이렇게만 물었다. "언제 떠나시렵니까? 주인님." 그리하여 두 사람은 사흘째 되는 날 밤, 배를 암초들 앞에 세워놓기로 약속했다. "제 지하 창고에 아주 잘 보관해두었던 주인님의 보물을 배에 옮겨놓겠습니다." 이 영리한 건달은 덧붙였다. "아무것도 가진 것 없이 몰래 빠져나오신다면, 그게 필요하실 테니까요."

그리하여 가무레트는 사흘째 되는 날 저녁, 두어 시간 나라 안을 돌아다니곤 하던 평소 습관대로 시종들과 보좌신부를 데리고 말에 올라 파텔라문트 성을 빠져나왔다.

그들은 우회로로 돌아 해안에 도착했다. 배는 이미 그곳에 정박해 있었다.

"어디로 갈까요? 주인님." 선장이 물었다.

"바람이 우릴 몰아가는 곳으로!" 가무레트가 대답했다. 오랫동안 갑갑했던 그의 마음은 그토록 가벼웠다.

날이 채 밝기 전 잠에서 깨어난 여왕은 가무레트가 없어진 것을 발견하고는 몸을 일으켰다.

사실, 남편이 밤이면 불안감을 이기지 못해 말을 타고 나가던 일은 종종 있었다. 그러나 이번에는 다르다는 것을 그녀는 직감했다. 가무레트의 편지를 발견하기도 전에 그녀는 그것을 알아챘다.

편지에는 이렇게 씌어 있었다. "날 용서해주오. 하지만 나는 떠나야겠소. 나는 계속 멀리 가야만 하오. 어째서 내가 이렇게 불안정한 존재인지는 신만이 아실 거요. 할 수만 있다면, 언젠가 다시 돌아오겠소."

벨라카네가 미친 듯이 펄펄 뛰며 소리 지르고 울어대는 통에, 궁내부 대신부터 어린 마구간 하인에 이르기까지 온 신하들은 불안과 공포에 떨어야 했다. 그녀는 비단 쿠션들을 잡아 뜯고 시녀들을 두들겨 팼다.

그녀는 자신의 유명한 남편이 새로운 모험을 찾아 떠났으며, 언젠가는 더욱 유명해져서 자기에게 돌아오리라고 믿는 데 점점 익숙해졌다.

때가 되어 여왕은 아들을 낳았다. 기묘한 아기였다. 피부는 하얗지도 검지도 않고 기이하게 얼룩덜룩했으며, 머리카락도 밝은색과 검은색 뭉치로 이뤄져 있었다. 여왕은 아기를 파이레피스라 이름 짓고, 그가 안쇼우베 왕국의 후손임을 자랑스럽게 여겼다.

그러나 출산한 지 닷새 후 열병이 덮쳐 여왕은 죽고 말았다.

이때 가무레트는 멀리 북해 건너편에 있는 나라들을 돌아다니고 있었으며, 1년이 지난 뒤에야 이 소식을 들었다. 그는 의무와 책임감으로 아들을 돌보려고 했으나, 파텔라문트로 돌아오는 것은 그의 운명이 아니었다.

2

　프랑켄 제국의 해안에서 남쪽으로 항해하는 동안, 비단 같
은 푸른 하늘 아래 태양은 눈부시고 대기는 점점 부드러워졌
다. 그러나 가무레트에게는 아무 소용이 없었다.

　가무레트는 오래전부터 자신을 사로잡고 있는 기이한 슬픔
이 그를 떠나주기를 기다렸지만, 헛일이었다.

　처음에 그는 이 회색빛 우울함이 지역의 안개 때문이라고
생각했다. 이렇게 그는 각지에서 모여들어 점점 늘어난 이상
한 추종자 무리와 함께 계속 남쪽으로 항해했다.

　"주인님." 선장이 말했다. "제 배는 이제 곧 주인님의 추종
자들을 감당할 수 없게 될 겁니다. 히스파니아에 가게 되면
조선소에 들러 더 큰 배를 만들어달라고 해야겠어요!"

"그것으로 얼마나 더 내 황금 주머니를 뜯어낼 생각인가?"
가무레트가 조롱하듯이 물었다.

갖은 풍상을 겪은 선장의 얼굴에 입을 비죽이는 교활한 미소가 번져나갔다. "오, 주인님은 언제나 관대한 분이셨어요. 그러니 그것도 조용히 주인님의 처분에 맡겨야지요!"

가무레트는 그에게 화를 내면서도 머리를 끄덕였다. "그래 그래, 자네가 옳아, 이 늙은 건달 양반아! 부자 주인을 만나면 잘 먹고 잘사는 법이지. 부자 주인에겐 곡식 부대에 쥐들이 들끓듯, 사람들이 흘러들어오지."

선장은 시무룩해하는 가무레트를 훔쳐보고는 고개를 숙이고 그곳을 떠났다. 유명하고 부자이고 귀족인 남자가 그렇게 우울한 기분이라니, 선장은 정말이지 왜 그런지 알고 싶었다. 그러나 가무레트 자신도 그 이유를 몰랐다.

가무레트는 난간에 서서 건너편 육지를 바라보았다. 바로 맞은편에 큰 강이 흐르고 있었고, 그것은 안쇼우베 왕국을 가로질러 흐르는 강이었다. 원하기만 하면 그는 방향을 돌려 형의 궁전이 있는 수도로 갈 수도 있었다.

그러나 그는 그렇게 하지 않았다. 형 갈로에스가 그를 어떻게 맞아줄지가 영 확실하지 않았기 때문이다. 아마도 기독교도 왕인 형은 그가 사라센 여인을 아내로 맞았다는 사실을 용서할 수 없을 것이다. 어쩌면 왕을 비롯해 그의 일족, 그리고 전 서방의 기사 계급이 자기 같은 변절자에 대해 아무 관심도 두지 않을 터였다.

이런 생각을 하자 난생처음으로 참기 힘든 무시무시한 외로움이 몰려들었다. 그는 결심했다. "확실히 알아야겠다." 그는 도전적인 어조로 혼잣말을 했다. "사촌 카일레트에게 가봐야겠어. 기사 계급이 높은 명성을 누리는 톨레도 궁전에서 날 명예롭게 받아들이지 않는다면, 그야말로 이상한 일일 것이다! 맹세코 그들은 날 보고 놀라게 될 거야!"

그는 강 입구에 닻을 내리게 했다. 그곳에서 내륙 안쪽으로 멀리 들어가면 톨레도 성의 수도였다.

가무레트는 직접 탐파니스 및 하인 두어 명과 함께 배의 지하로 내려가 궤짝을 열게 하고, 그 안에 든 귀중품들을 그들에게 넉넉히 분배했다. 탐파니스가 "가장무도회 같다"느니 "사육제 익살꾼 같다"느니 하면서 중얼중얼거리며 짜증을 냈는데도 불구하고 말이다. 다음 날 아침, 긴 행렬이 강 위쪽을 향해 움직이고 있었다. 그런데 맙소사, 그 행렬은 프랑크족 기사의 시종들이라기보다는 호사벽이 있는 동방 영주의 행렬에 훨씬 더 가까워 보였다! 바빌론의 이포미돈이나 칼리프조차도 우리보다 더 화려해 보이진 않을 거야. 탐파니스는 말 탄 행렬이 그를 앞서가게 두고는, 온갖 나라에서 모여든 잡종들로 이루어진 듯한 전사의 무리를 언짢아하며 바라보았다.

짐을 실은 짐승들 뒤에는 보좌신부가 모직 셔츠에 모자도 쓰지 않은 채 혼자서 가고 있었다. 바람이 불어와, 요 몇 년 새 하얗게 세어버린 그의 머리카락을 헝클어놓았다.

갑판에 서서 손으로 가죽 모자를 이리저리 돌리던 선장은 고개를 갸우뚱하며 행렬을 지켜보았다. "지나친 건 끝이 좋을 수 없어!" 그는 툴툴거리면서 선실 지하로 내려갔다. 궤짝 안에 귀중품들이 아직 충분하게 남아 있는지 보기 위해서였다. 주인이 돌아오지 않더라도 자신이 손해 보는 일은 없어야 하니까.

하지만 가무레트는 또다시 배로 돌아와야 했다. 그러기까지는 많은 시간이 흘러야 했지만 말이다. 가무레트 일행이 톨레도에 도착했을 때, 카일레트는 그곳에 없었다. 한 늙은 기사가 성문에서 그들을 맞았다.

"오랫동안 먼 곳에 나가 계셨군요, 가무레트 님." 늙은 기사가 말했다. "그러니 당연히 모르실 수밖에요. 카일레트 왕과 거의 모든 봉신과 손님 들이 헤르첼로이데 여왕님께서 포고하신 큰 마상무술시합에 참가하려고 떠나신 걸 말입니다."

그렇군. 온갖 치장으로 화려하게 차려입은 가무레트는 몹시 실망했다. 그를 보고 감탄해줄 사람이 아무도 없었으니 말이다. 그런데 마상무술시합이라니, 누가 알겠는가……

"방금 헤르첼로이데 여왕이라고 그랬는가?" 가무레트가 생각에 잠겨 그 말을 반복했다.

가무레트 역시 저 위 북쪽에서 두 개의 왕국을 통치하고 있다는, 젊고 예쁘다고 소문난 이 여왕에 대해 들은 바가 많았다.

온 서방의 영주들이 그녀를 얻고 또 발라이스와 노르갈스 두 나라도 차지하기 위해 여왕의 수도 콘볼라이스에 와 있었다. 그러나 그녀의 마음에 드는 사람은 없었다. 결국 그녀는 그들에게 아니라고, 자기는 아직 남편을 맞고 싶은 생각이 없다고, 그들이 이곳에 온 것을 소용없게 만들어 미안하다고 말하곤 했다. 다정한 미소를 지으면서 말이다. 이렇게 영주들은 여왕과 부유한 두 나라를 차지하지 못한 것을 애통해하며 떠나갔다.

"그렇습니다." 늙은 기사는 말을 이었다. "여왕의 신하들은 오래전부터 그들이 다시 여왕이 아닌 왕을 섬겨야 한다고 주장해서, 마침내 여왕이 동의하게 만들었지요. 그래서 여왕은 콘볼라이스의 마상무술시합에서 가장 많은 적을 안장에서 떨어뜨린 자가 자기 남편이요 왕이 될 것이라고 공표하게 된 거랍니다. 기독교 나라들의 거의 모든 기사가 그곳에 모여 있다고 들었습니다. 하지만 아무도 성공하지 못한 듯합니다. 한 기사가 상대를 말에서 떨어뜨리면, 또 다른 상대가 나타나 앞선 기사에게 같은 운명을 겪게 만드니까 말이지요!"

가무레트는 아무 말 없이 조용히 앉아 있었다. 그러나 주군의 얼굴을 돌아다본 탐파니스는 경악했다. 이런 얼굴, 그리고 눈에서 튀는 이 불꽃─탐파니스는 알고 있었다!

그래, 벌써 그렇게 되고 말았군!

"고맙네, 고귀한 기사여." 가무레트의 얼굴이 빛났다. "이제 콘볼라이스로 가야겠네! 잘 계시게!" 다음 순간 그는 말의 뒷다리를 걷어차고는 다시 좁은 길을 뒤로하고 있었다. 그래, 가무레트 님의 시종이 되는 건 때로 쉽지 않다니까. 이런 생각이 들자 탐파니스는 마음이 쓰렸다.

그들은 말을 달리고 또 달렸다. 콘볼라이스는 세상 끝에 있는 것처럼 보였다. 싫증 내지 않고 있는 사람은 오직 가무레트뿐이었다. 마침내 발라이스 왕국 수도의 회색 성벽과 두꺼운 둥근 탑들과 박공지붕들이 하늘로 솟아 있는 것이 보이자, 가무레트는 기분이 즐거워졌다. 오랜만에 느껴보는 감정이었다. 그들은 도시에 약간 못 미친 곳에서 멈췄다. 더 이상 말을 타고 들어가는 것이 불가능해 보였다. 성벽을 빙 둘러 천막들이 줄줄이 세워져 있고, 그 위에는 문장이 그려진 깃발들이 펄럭이고 있었기 때문이다. 시종들이 말들을 이리저리 모느라 소란스러웠고, 저 멀리 바깥쪽 평원에서는 창들이 서로 맞부딪치며 깨져나가는 결투가 한창이었다.

이 모든 것을 지켜본 가무레트는 지금 당장이라도 무장하고 첫번째로 만나는 기사에게 결투를 신청하고 싶었다. 그러나 궁정의 법도는 그것을 금하고 있었다. 그는 먼저 카일레트나 형 갈로에스, 아니면 다른 친척이라도 찾아보아야 했다. 그런 다음에 여왕에게 인사를 드려야 하리라.

그는 천막을 치라고 명령을 내리고, 시종들과 바이올린 연주자들, 고수들 그리고 적수笛手들을 불러 모았다. 뒤이어 탐파니스에게 녹색 우단으로 된 긴 망토를 가져오게 했다. 검은 담비와 황금 버클로 장식된 모자도 함께 가져오라고 명하고는, 말에 올라타 시내를 향해 행군하기 시작했다.

그러는 동안 가무레트 일행이 전혀 눈에 띄지 않은 것은 아니었다. 그를 알아본 첫번째 기사는 노르만인 가쉬어였다. 그는 당장 카일레트의 천막으로 달려갔다.

"자네 사촌 가무레트가 여기 와 있어." 그가 말했다.

카일레트가 벌떡 일어났다. 그는 낮게 욕설을 내뱉고는 엉덩이 쪽으로 손을 가져갔다. 바로 한 시간 전에 말안장에서 세게 나가떨어지는 바람에, 그 부위가 심하게 아파왔던 것이다. 이 불행한 마상무술시합이 시작된 후 늘 이런 식이었다. 한 기사가 다른 기사를 말에서 찔러 넘어뜨리면, 뒤이어 넘어뜨린 자가 굴러떨어지곤 했다.

"이리로 안 왔다면 이상했겠지." 카일레트는 언짢아하며 말했다. "어디서 시합이 벌어지면, 가만히 참고 있기가 힘든 인물이니까 말일세. 아마도 그가 이곳에서의 소란에 곧 종지부를 찍을 것 같은 예감이 드는군. 그러면 좋겠어! 아니면 자넨 매일 세 번씩 말 뒤꽁무니 모래 더미 속에 웅크리고 있는 게 좋은가? 아니면 상대방을 안장에서 거꾸로 떨어뜨리는 게 재미있는가? 이 모든 것이 그저 저 가련한 여왕 헤르첼로이데가 언젠가 원치도 않는 남편을 맞아들이게 하기 위해서 말이지!"

"자네 말이 옳아." 가쉬어도 풀 죽은 목소리로 동의했다. "또 한 번 가무레트와 싸우고 싶은 생각은 털끝만큼도 없네. 파텔라문트 성 앞에서 나가떨어졌던 일을 생각하면 지금도 뼈가 쑤신다네."

"파텔라문트라!" 카일레트가 말했다. "오래전 일이로군! 그 이교도 여인 때문에 난 한때 내 사촌에게 몹시 화가 났다네. 하지만 이제 벨라카네도 죽고, 난 그가 평화롭게 지내도록 놔둘 생각이네. 자, 그에게 인사하러 가세."

그들이 성문으로 이어지는 천막들 사이로 난 골목에 이르자, 카일레트는 갑자기 말을 끌어당겼다. "여왕님일세!" 그가 말했다. 그들은 말에서 뛰어내려 고삐를 잡고 섰다.

이즈음 그들은 헤르첼로이데 여왕을 보는 일이 잦았다. 하지만 그때마다 그들은 이토록 빛나는 미인이 저 높은 성벽 안에서 혼자 살고 있다는 사실이 믿기지가 않았다. 그녀는 하얀 암말에 올라타고 좁은 길을 내려왔다. 젊은 시녀들과 성안의 시종들이 스승 기사들과 함께 뒤따르고 있었다.

카일레트를 알아본 여왕이 가던 길을 멈추었다. 그는 그녀와 먼 친척뻘이었다. "상처가 너무 심하게 아프지 않았으면 좋겠네요." 그녀가 다정하게 말했다.

"아닙니다, 여왕님." 기사 카일레트는 용감하게 거짓말을 둘러댔다.

"그래도 제가 고통을 멎게 하는 고약을 보내드릴게요." 이렇게 약속하고, 그녀는 잠깐 그의 어깨에 손을 얹고는 가던 길을 갔다.

카일레트는 끙끙대면서 안장에 올라앉으려고 애쓰다가, 갑자기 놀라 멈춰 섰다. 저쪽 어딘가에서, 바이올린과 피리와 크고 작은 북소리가 어우러진 무시무시한 소음이 들려왔던 것이다. 그 소리는 빠르게 다가왔다. 카일레트는 얼굴이 하얘지면서 노르만인 기사 가쉬어를 바라보았다. "맙소사!" 카일레트가 신음 소리를 냈다. "저건 가무레트야! 동방에서 저런 걸 배웠군! 그곳에선 저렇게 시끄럽게 하는 것이 예의지! 저 끔찍한 고적대를 끌고 곧바로 여왕에게 갈 걸세! 내기해도 좋아."

에스파냐 톨레도의 카일레트 왕은 또다시 사촌에게 몹시 화가 났다. 물론 모든 군주에게는 자기 악대가 있었다. 그러나 방금 들은 소리는 시장터에서나 들을 수 있음 직한 몹시 야만적인 것이어서, 고상한 군주 카일레트는 자기 친척이 부끄러웠다. 그가 가무레트를 어떻게 생각하는지 똑똑히 말해주어야겠다고, 화를 내며 다짐했다.

그러나 그럴 필요는 없었다. 그사이 가무레트는 정말로 여왕을 만난 것이다.

천막들이 늘어선 좁은 골목 모퉁이에서 가무레트 일행은 갑자기 멈춰 섰다. 헤르첼로이데 여왕을 맞닥뜨린 것이다. 놀란 여왕이 이 잡동사니들의 소란스러운 행렬을 차갑게 바라보았을 때, 이름난 영웅 가무레트는 수천 킬로미터 저 밖으로 도망가고 싶었다.

가무레트는 안장에서 뛰어내리면서, 시종 탐파니스가 화를 내며 고적대에게 멈추라는 신호를 보내는 것을 보고 안도의 한숨을 내쉬었다.

가무레트는 검은담비 털이 달린 화려한 모자를 벗었다. 그는 말고삐를 쥐고 여왕에게 다가가 깊이 허리 숙여 인사했다. "저는 가무레트 안셰빈이라고 합니다." 그는 치렁치렁 길게 내려와 끝단의 금색 레이스가 모랫바닥에 질질 끌리는 망토를 저주하며 말했다.

"어서 오세요, 가무레트 님! 잘 오셨습니다!" 여왕의 음성은 친절했지만, 약간 피곤하게 들렸다.

주군 뒤에 멈춰 선 보좌신부는, 가무레트가 고개를 번쩍 들어 헤르첼로이데 여왕을 똑바로 쳐다보는 것을 보았다. 가무레트는 여왕을 바라보면서 양손을 깍지 끼어 말의 고삐를 감쌌다.

맙소사, 신부는 걱정으로 가득 찼다. 이 모든 것을 본 적이 있었지. 또다시 시작이로구나! 그렇지만 고맙네. 적어도 이번에는 기독교 여인에다 검은 피부는 아니지 않은가.

여왕이 지나간 뒤에도 가무레트는 여전히 그곳에 서서 마치 풋내기 소년처럼 그녀를 바라보고 있었다.

그는 카일레트의 안달루시아산 수말이 바로 얼굴 앞에서 씩씩거릴 때에야 비로소 움찔하고 놀랐다. "잘 있었나, 사촌." 카일레트가 말했다. "그대를 다시 보게 되어 기쁘네. 오랜만이군."

"정말 그렇군, 카일레트!" 가무레트는 환한 얼굴로 그를 보고 미소 지었다. 아름다운 꿈에서 막 깨어난 것 같았다. 톨레도의 왕은 이 역시 상당히 못마땅했다.

"함께 내 천막으로 가세." 카일레트가 서둘러 말했다. "우리 할 얘기가 많을 것 같은데!"

"그러지." 가무레트도 기꺼이 동의했다. "이 시합에 누가 와 있는지 어서 말해주게. 그래야 누가 나의 적수인지 알 게 아닌가!"

"천천히 하게!" 카일레트가 툴툴거렸다. "그들 모두를 안
장에서 날리려면, 어쨌든 할 일이 많을 거야. 아직도 두 나라
와 아름답고 젊은 여왕을 싸워 얻을 수 있다고 착각하는 브르
타뉴의 늙은 왕 우트레판드라군을 비롯해, 모두가 여기 와 있
다네. 노르웨이의 로트 님, 아일랜드의 모르홀트 님, 브라반
트* 공작, 그리고 건방진 알레만** 공작도 두어 명 와 있어. 가
스코뉴***의 왕과 로나이스 영주 리발린, 또……"

"됐네, 그만하게!" 가무레트는 웃었다. "보아하니 적들이
적지 않은 모양이군! 그런데 갈로에스 형이 이곳에 와 있는지
말해주겠나?"

카일레트는 고개를 흔들었다. "안 왔네. 무엇 때문에 그가
오지 않았는지, 우리도 궁금해하고 있다네!"

다행이라고, 가무레트는 속으로 안도했다. 여왕을 얻겠다
고 어떻게 친형과 싸우겠는가?

그러나 만약 싸워야 한다면, 그는 싸울 것이다. 그리고 이
길 것이다. 가무레트에게 세상에 이보다 더 확실한 건 없어

---

* (옮긴이) 역사적으로 네덜란드와 벨기에에 해당하는 지역. 현재의 벨기에 중부 지역.
** (옮긴이) 고대 및 초기 중세 시대 서西게르만 문화권에 속했던 주민 집단.
*** (옮긴이) 프랑스 서남부 지역.

보였다.

다음 날 아침 해가 뜨자 가무레트는 시합장으로 나갔다. 오늘 가무레트는 어제의 가무레트와는 완전히 딴사람처럼 보였다. 그의 갑옷은 훌륭하게 만들어진 값비싼 것이고, 투구 중앙에는 아다마스라고 불리는 다이아몬드가 박혀 있었다. 그 외의 장식은 찾아볼 수 없었다. 그를 뒤따르는 바이올린과 피리 소리도 없었으며, 시종들만 따르고 있었다. 시종들은 각자 왼손에는 하나로 묶은 다섯 개의 투창을, 오른손에는 주군의 문장이 그려진 창을 들고 있었다. 시합이 끝날 때까지 많은 창이 부러질 것이기 때문이었다.

가무레트를 향해 첫번째로 달려온 기사는 나이 든 우트레판드라군이었다. 이 시합은 그런대로 좋은 점이 있었으니, 이 뚱보 전사는 꽃이 핀 잔디밭에서 힘겹게 몸을 일으키며 자신의 좋은 시절이 지나가 버렸음을 마침내 깨달았다.

우트레판드라군에 이어 아일랜드의 모르홀트가 내달려 왔다. 창이 세 번 부러지고, 모르홀트는 안장을 비우며 나가떨어졌다.

가무레트를 향해 말에 일곱 번 박차를 가하며 달려온 리발린 역시 잔디 위에 나가떨어졌다.

사라센 국왕 가무레트가 무적의 상대라는 사실에 대해 화를 내고 있던 레헬린이 분노로 얼굴을 번득이며 달려왔다. 그러나 소용없었다. 온몸에 상처를 입고 말의 꼬리 부근에서 공중으로 솟구쳐 떨어진 그는 욕을 해대며 절룩거리면서 물러갔다.

그렇게 사흘이 흘러갔다.

콘볼라이스의 마상무술시합은 끝났다. 승리자는 가무레트였다. 사흘째 되는 날 저녁 그가 자랑스러우면서도 피곤한 모습으로 경기장에서 물러났을 때, 여왕의 시녀가 그에게 와서 말했다. "여왕님께서 뵙자고 하십니다!"

그랬다. 그는 다시 소원을 이룬 것이다!

그가 자신의 천막으로 가고 있을 때, 길에서 말 탄 사람들 한 무리가 다가왔다. 오랫동안 긴 여행을 한 듯 그들은 먼지에 절어 있었고, 말들도 기진맥진해 보였다. 그들은 방패를 아래쪽으로 향하게 돌려세워 쥐고 있었으며, 그들의 창에 그려진 문장 역시 그러했다. 그것은 그들이 주군의 상중喪中임을 뜻했다.

가무레트는 선두에서 말을 타고 달려오는 백발 기사의 얼굴을 보고 단숨에 말을 멈춰 세웠다. 그는 이 기사를 알고 있었다. 가무레트의 가슴은 얼어붙었다. 그는 아래쪽으로 돌려 세워진 방패에서, 아버지 간딘 왕의 문장에 새겨졌던 짐승이 자 형 갈로에스가 물려받은 표범을 보았다. 그의 시선은 작은 세모꼴의 깃발들로 옮겨갔다. 거기에 슬프게 머리를 아래로 늘어뜨린 그라이프*와 뱀이 보였다. 그리고 저 뒤에 닻이 그 려진 깃발이 허공에 늘어져 있고, 안셰빈 가문의 다른 문장들 도 모두 보였다. 그것은 안쇼우베의 갈로에스 왕이 승하했음 을 의미했다. 이로써 가무레트의 행복과 명성을 깨는 끔찍한 금이 그어진 것이다. 이 두 가지가 가장 가까이 온 듯 보이는 바로 이 순간에 말이다.

그는 마비된 듯 멍하니 말 위에 앉아 있었다. 안쇼우베에서 온 사람들에게 말을 걸 생각조차 하지 못했다. 늙은 백발의 기사가 그를 향해 말을 타고 왔을 때도, 그는 꼼짝 않고 앉아 있었다.

가무레트는 방패도 없고, 투구도 쓰고 있지 않았다. 시합이 끝난 뒤 탐파니스가 벗겨서 가져갔기 때문이다. 그래서 늙은 기사는 자기 앞에 있는 사람이 누구인지 알아낼 수 있는 표지 를 찾으려고 애썼으나, 헛일이었다.

---

* (옮긴이) 그리스 신화에 나오는 독수리 머리와 날개에 사자 몸을 한 괴물.

"안녕하십니까, 고귀한 기사님." 늙은 기사가 마침내 입을 열었다. "우리는 가무레트 안셰빈 기사님을 찾고 있습니다. 어디서 찾을 수 있는지 말씀해주실 수 있으신지요?" 가무레트는 움찔했다. 아냐, 그럴 수…… 그럴 수는 없어! 그는 못 믿겠다는 듯 마주 선 사람들의 얼굴을 뚫어져라 바라보았으나, 그들은 그저 피곤한 표정으로 그를 낯설게 쳐다볼 뿐이었다. 그들은 가무레트의 얼굴을 잊었던 것이다!

"그러지요." 그는 천천히 입을 열었다. 그의 음성은 쉬어 있었다. "내가 가무레트 안셰빈이오. 안녕하시오, 변경백." 늙은 기사는 그를 빤히 바라보았다. 기사의 두 눈은 피곤으로 충혈되어 있었다. 기사는 곧 말에서 뛰어내렸다. 다른 사람들도 그를 따랐다.

"용서하십시오, 주군. 못 알아뵀습니다. 너무 오래되어서……" 그가 말을 더듬거렸다.

"맞소." 가무레트가 말했다. "아주 오래되었지. 그런데 형님께서는 어찌 된 일이오?"

"갈로에스 폐하께서는 문토리 요새의 전투에서 승하하셨습니다. 장례를 치르고 나서 저희는 곧장 왕자님을 찾으러 나섰지요. 하지만 어디에 가 계신지 아무도 모르더군요. 마침내 우리가 톨레도에 갔더니, 그곳 태수께서 왕자님이 마상무술 시합에 참가하러 콘볼라이스로 갔다고 말씀해주시더군요."

그 순간 가무레트는 늙은 기사가 비틀거리는 것을 보았다. 그는 단숨에 말에서 뛰어내렸다.

"어디 아프시오?" 가무레트는 걱정스럽게 물으며 재빨리 그를 부축했다.

"저희들은 아흐레 동안 말안장에서 내리지 않고 이리로 곧장 달려왔습니다." 그는 웅얼거렸는데, 거의 서 있을 수조차 없어 보였다.

"맙소사!" 가무레트는 소리쳤다. 그러고는 산 사람이라기보다는 송장처럼 제각각 말에 매달려 있는 다른 사람들에게 눈을 돌렸다.

가무레트는 성의 하인을 손짓해 불렀다. "가서 여왕님께 전해라. 여행 때문에 지칠 대로 지친 안쇼우베 사람들에게 환대를 베풀어주십사고 말이다."

하인은 달려갔다. 가무레트는 조심스럽게 늙은 변경백을 말 위에 올려 태우고는, 성으로 가는 좁은 길을 지나갔다. 성에서는 곧장 시녀들과 욕실 담당 하인들이 피곤에 찌든 사람들을 맞아 데리고 사라졌다.

가무레트는 여왕에게로 갔다. 그는 궁정 예법에 어울리지 않는 모양새였다. 머리칼은 젖고 헝클어진 데다, 머리에는 검은담비 털과 황금 버클로 장식된 모자도 쓰지 않고, 바닥에 끌리는 우단 망토도 걸치지 않은 채였다. 슬픔으로 놀란 가슴에, 여기저기 쭈그러진 흉갑을 걸치고 있을 뿐이었다.

큰 홀로 통하는 문에 서 있던 시종 두 명이 그를 들여보내 주었다. 그러나 홀은 비어 있었다. 가무레트는 벽 앞 벤치에 앉아서 기다렸다. 그는 형 갈로에스를 생각했다. 얼마나 급작스럽게 죽음이 찾아오는지도 생각했다. 형은 자기보다 그리 많은 나이도 아니었다. 그런데 더 이상 이 세상에 없다. 그리고 언젠가, 가무레트 역시 이 세상에 존재하지 않게 되리라.

그는 어떻게 살아왔던가? 보잘것없는 것들로 가득 찬 궤짝 두어 개를 노획했으며, 하찮은 사람들 무리를 먹여 살렸고, 도처에서 쥐어뜯으며 싸움질을 했다. 정의와 부당함에 대해서는 별로 의문도 갖지 않은 채…… 그리고 그래, 저기 아래쪽 사라센 왕국에는 아직 한 번도 보지 못한 그의 아들이 있다. 그래, 그의 인생의 전리품은 그리 가치 있는 게 아니었다. 그가 죽으면 탐파니스 외에는 아무도 슬퍼하지 않으리라. 보좌신부는 가무레트 안셰빈의 가련한 영혼을 위해 매일매일

미사를 올리겠지. 그러고는 마침내 경박한 주군에 대한 걱정을 떨쳐버린 데 대해 신에게 감사하겠지.

희미한 미소가 가무레트의 침울한 얼굴 위를 스쳐 지나갔다. 하지만 보좌신부의 눈에는 신이 자비로워 보였다. 신은 부드러운 힘으로 주군의 경박한 삶에 종지부를 찍기로 결심하신 것이 틀림없었다. 그러니 이제 머나먼 이방에서 도둑들이나 사라센인들과 함께 이리저리 돌아다니던 안쇼우베의 가무레트 왕에게 왕국을 맡기는 게 아니겠는가! 유랑하는 기사처럼 동서방을 이리저리 돌아다니는 것이, 헤르첼로이데 여왕의 남편이요 발라이스와 노르갈스의 왕에게는 전혀 어울리는 일이 아니지 않은가!

가무레트의 마음은 끓어오르듯이 뜨거워졌다. 지금껏 그는 이런 문제에 대해 깊이 생각할 시간이 없었다. 그러나 이런 생각이 떠오르자, 그는 이제부터 의무와 법도의 노예가 되는 것을 도저히 견딜 수 없을 듯했다. 한순간 가무레트는 이 홀과 성과 수도를 빨리 떠나, 자유를 찾고 싶은 강렬한 욕구에 사로잡혔다.

이런 침울한 생각에 빠져 있을 때, 나지막한 소리가 들렸다. 바로 옆벽에서 문이 열렸고, 그 앞에 여왕이 서 있었다.

가무레트는 펄쩍 뛰어 일어났다. 여왕을 바라보면서 가무레트는 순식간에 자유도, 모험도 다 잊어버렸다. 오직 여왕이 얼마나 아름답고 사랑스러운지, 여왕의 남편이 되어 자기가 얼마나 행복한지만 떠올랐다.

하지만 헤르첼로이데 여왕은 전혀 행복해 보이지 않았다. 심지어 그녀의 얼굴은 꽤 엄격하고 근심스러워 보였다. 여왕의 가슴은 크게 고동치고 있었다. 그녀는 깊이 숙인 가무레트의 머리 위로 걱정스러운 시선을 던졌다. 그러나 그 시선은 경외심으로 가득 차 보였다. 마침내 가무레트가 고개를 들었을 때, 여왕은 그가 도착했을 때와는 달리 이상하게 변해버렸음을 알아채고 의아하게 생각했다.

사흘 전 가무레트가—모든 궁전에서 그에 대해 떠드는 기사다운 모험가의 명성에 둘러싸여 과시하듯—화려한 행렬을 이끌고 이곳에 왔을 때, 여왕은 그에 대해 몹시 화가 났었다. 여왕은 겁이 났으며, 그가 이기지 않았으면 하고 바랐다. 그가 승리한다면 그녀는 약속을 지켜야 하고, 그를 남편으로 맞아들여야 했기 때문이다.

그럼에도 불구하고 그는 승리했다. 그래서 그녀는 그를 부르러 사람을 보냈다. 왜냐하면…… 아, 왜 그랬는지 그녀 자신도 정확하게 몰랐다. 아마도 어차피 해야 할 일이라면 빨리 해치워버리는 게 좋겠다고 생각해서였을 것이다. 그런데 지금은? 거기 그가 서 있었다. 갈색으로 탄 홀쭉해진 얼굴에 이마에는 젖은 머리 가닥이 늘어진 채, 약간 당황하고 혼란스럽고 그리고 아주 젊은 모습으로. 가무레트는 그저 그녀를 바라보고만 있었다. 그러자 그의 거친 마음이 갑자기 고요해지면서 슬퍼졌다. 그 순간 그는 깨달았다. 예전과 다름없이 그토록 불안정하게 동요하는 경솔한 인간인 자신은 헤르첼로이데 여왕을 몹시 불행하게 만들 것이므로, 결코 그녀를 아내로 맞아서는 안 된다는 사실을.

여왕은 가무레트의 두 눈에 어린 근심을 읽고, 그가 갈로에스 왕을 생각하고 있다고 믿었다.

"형님 일로 슬퍼하시는군요. 죄송합니다." 그녀가 조심스럽게 말했다.

그때 그는 몸을 일으켰다. 시작되기 전에 끝내는 게 훨씬 나은 법이다.

"감사합니다, 여왕님. 형님 때문만은 아닙니다. 저는 당신에게 할 말이 있습니다. 제 말을 듣고자 하신다면요." 그래서 그녀는 가무레트 옆 벤치에 앉았고, 그는 얘기했다. 그는 벨라카네와 아들에 대해, 칼리프와 바빌론의 이포미돈에 대해, 동방에서 그리고 북해 저편 나라들에서 겪은 모험들에 대해 이야기했다. 그가 안정과 휴식 없이 언제 어디서나 끊임없이 떠밀려 다닌 것을 이야기했다. "왜 그런지 모르겠습니다, 여왕님. 하지만 죽는 날까지 평화를 못 찾게 될까 봐 두렵습니다. 그러니 저는 당신에게 아내가 되어달라고 청혼할 수가 없습니다. 저는 사흘 동안 당신을 위해 싸웠습니다. 당신을 처음 본 순간, 평생 당신을 사랑할 것임을 알았기 때문이지요. 저는 당신이 이 세상의 모든 행복을 누리시길 바랍니다. 그러나 저는 당신에게 불행만을 가져다줄 것입니다. 저는 내일 이곳을 떠나겠습니다. 안쇼우베로 가서 제가 왕이 될 수 있는지 시험해보겠습니다. 어느 날 또다시 훌쩍 떠나더라도 말이지요." 그가 말을 끝냈을 때, 그녀는 아무 소리 없이 앉아 있었다. 홀 안은 이미 오래전에 어두워져 있었다. 달빛 한 줄기가 들보 위에서 천천히 돌아다니고 있었다. 그사이, 여왕의 시녀들이 여왕을 침실로 안내하기 위해 세 번 왔다가 세 번 물러갔다.

마침내 그녀는 일어나 돌출창 쪽으로 건너갔다. 가무레트는 그녀가 기둥에 기대는 것을 보았다. 그녀의 하얗고 긴 겉옷이 어슴푸레하게 드러나 있었다. 그녀의 등 뒤로 밤하늘에 별들이 떠 있었다.

그녀가 몹시 진지한 목소리로 말하기 시작했다.

"사흘 전만 해도 저는 당신이 승리하지 않기를 바랐었어요. 당신에 대한 소문 때문에 무서웠거든요. 오늘 저는 당신에 대해 훨씬 많은 걸 알게 되었네요. 그럼에도 불구하고 저는 당신이 이겨서 몹시 기쁘답니다. 저는 약속을 지키고 싶어요. 하지만 당신은 지킬 수 없는 약속 같은 건 하지 마세요. 한 가지만 물어볼게요. 만약 당신이 멀리 떠나셔야 한다면, 꼭 다시 제게 돌아오시겠어요?"

"내가 살아 있는 한, 언제나!" 그는 재빨리 대답했다. 이것이야말로 그가 확실하게 알고 있는 유일한 사실이었으니까. 그러나 그 말로는 부족했다. "당신에게 맹세하리다. 멀리 떠나지 않도록 최선을 다하겠다고 말이오. 하지만……"

"됐습니다." 그녀는 이렇게만 말했다.

시녀들이 등불을 들고 재차 들어오자 여왕은 돌출창에서 내려와 함께 나가려다가, 잠시 가무레트 앞에 멈춰 섰다. "용서하세요. 당신이 처음 이곳에 왔을 때, 예의를 갖춰 인사하는 것을 잊어버렸어요." 그녀의 음성은 진지했으나 두 눈은 미소 짓고 있었다.

그녀가 그의 양 볼에 입을 맞춘 것은 물론 궁정의 예법이었을 뿐이다. 그러나 가무레트에게는 믿을 수 없을 만큼 대단히 행복한 일이었다.

그해 여름이 가기 전, 그들은 콘볼라이스에서 결혼식을 올렸다. 가무레트는 발라이스와 노르갈스의 왕이 되었다. 결혼식 이틀 뒤, 그들은 남쪽을 향해 길을 떠났다. 안쇼우베의 수도에서 대관식을 거행하기 위해서였다. 왕들, 영주들, 백작들과 기사들, 거기에 프랑켄 제국을 가로질러 그들을 호위하는 수행원들의 끝없는 행렬이 이어졌다. 그중 많은 사람들이 가슴에 씁쓸함을 숨긴 채 아름답고 젊은 여왕을 훔쳐보았으며, 가무레트가 여왕과 여왕의 나라들을 차지했음을 마지못해 인정해주었다. 이 모든 것은 기사의 법도에 따른 것이었으므로 그들은 입을 다물어야 했다. 어떤 시대의 예법은 가끔 악습이라는 사실, 굳이 싸움으로 여자를 얻지 않을 수도 있다는 사실을 당시의 사람들은 생각조차 하지 못했다. 그러나 그들은 가무레트를 지켜보리라, 작정하고 있었다. 방랑벽이 있는 이 남자가 갑자기 한곳에 정착하리라고 믿는 바보는 없었다. 행렬 어디쯤에선 보좌신부가 말 위에 앉아, 주군의 정착이 사실이

기를 기도하고 있었다. 그러나 그 역시 그것을 믿지는 않았다.

그런데, 그럼에도 불구하고 실제로 그렇게 되어가는 것처럼 보였다.

안쇼우베의 왕궁에서는 시간이 흘러갔다. 젊은 왕비를 불안하게 만드는 일은 일어나지 않았다. 가무레트는 자신의 의무를 수행했다. 말을 타고 나라를 돌아다니며, 봉토를 나눠주고 법을 집행했다. 겨울이 왔다 갔다. 가무레트는 행복하고 만족스러워 보였다. 남편이 옛날의 모험에 대해 얘기하는 일이 없고, 심지어 궁전으로 찾아오는 음유시인들에게 그런 일을 얘기하는 것조차 금했으므로 헤르첼로이데 왕비 역시 차츰 걱정을 잊었다. 가무레트 왕이 왜 그렇게 하는지는 그 자신만이 알고 있었다. 그는 더 이상 그런 일로 기억되고 싶지 않았다. 그는 불안했던 것이다. 어느 날 다시 떠나고 싶은 욕망이 그를 덮쳐와 떠날 수밖에 없고, 모든 행복이 산산조각 날지도 모른다는 불안.

날이 밝고 따뜻해지자, 그들은 발라이스와 노르갈스에서 법에 따라 일이 제대로 처리되고 있는지 살펴보기 위해 곧 다시 북쪽으로 떠나야겠다는 이야기가 나오기 시작했다. 그러나 이 여행을 떠나기 전에 일이 터졌다.

73

어느 날 저녁, 왕궁의 성탑에서 경비대의 뿔피리 소리가 울려 퍼졌다. 물론 뿔피리 소리는 자주 울렸다. 많은 사람이 성을 드나들기 때문이었다. 그러나 이 소리에 귀를 기울이던 헤르첼로이데 왕비는 마음속 깊은 곳에서 울리는 소리를 들었다. 위험해. 그녀는 재빨리 일어나 발코니로 나갔다. 가무레트가 뒤따랐다. 그러나 그는 어떤 손님이 오는지 그리 궁금해하는 것 같지 않았다. 왕비는 성문을 밀고 들어오는 이상하고 낯선 무리가 누구인지 알아채기도 전에, 등 뒤에서 나는 낮은 신음 소리를 들었다. 그녀는 황급히 뒤돌아보았다.

가무레트가 왕비의 어깨 너머로 아래를 내려다보고 있었다. 서방의 기사들이 쓰지 않는 이상한 모양의 투구를 쓰고, 보석이 번쩍이는 칼집 속에 굽은 칼을 넣고, 자주색 천과 값비싼 털을 깐 말안장 위에 황금색 갑옷을 입고 앉아 있는 남자들을 보고 있었다. 그녀는 마치 그곳에 존재하지도 않는다는 듯한 태도였다. 말들이 고개를 들 때면 재갈에 달린 황금 종이 딸랑거렸다.

왕비는 가무레트의 팔을 거머잡았다. "폐하, 무슨 일인가요? 저 사람들은 뭐죠?"

그는 그녀의 말을 듣지 못한 듯 보였다. "어째서 날 좀 조용히 내버려 두지 않는단 말인가!" 그는 화난 어조로 중얼거렸다. 뒤이어 그는 손을 들어 탑 경비대에게 손짓했다. 아래쪽에서 무리의 맨 앞에 선 남자가 가슴에 손을 갖다 대더니, 말의 목 부근까지 고개를 깊이 숙여 세 번 절했다. 성문이 열리고 이방인들이 성안으로 들어왔다. 재앙이 시작되고 있었다.

가무레트는 큰 홀 쪽으로 몸을 되돌렸다. 그는 창백했고, 걱정스러운 듯했다. "자, 그들을 맞아들여야 하오." 그가 말했다.

왕비는 꼼짝하지 않고 그를 빤히 바라보았다. 그녀의 두 눈은 공포로 거의 새까맸다.

"저들이 누군데요?"

"칼리프의 재상*과 그 수행원들이오." 그는 거칠게 고개를 돌리며 대답했다.

왕비의 손이 아래로 축 늘어졌다. 어딘가에 꽉 매달리고 싶은 가련하고 절망적인 손이었다. 그러나 아무것도 없었다. 그녀는 붙잡을 것도, 확실한 것도 없음을 느꼈다. 가무레트가 서서히 그녀로부터 미끄러지며 멀어져서, 그녀는 더 이상 그를 잡을 수 없을 것 같았다. "안 돼요!" 그녀는 절망적으로 속

---

* (옮긴이) 칼리프가 통치하는 궁전의 고위 관직. 오늘날의 정부 수반에 해당한다.

삭였다. "안 돼요, 그럴 순 없어요! 폐하, 저들을 돌려보내세요. 저들의 말을 듣지 마세요!"

그러나 그녀는 바그다드의 위대한 칼리프가 보낸 대사를 함부로 내쫓을 수 없다는 것을 잘 알고 있었다. 또한 그녀는 알고 있었다. 이제부터 일어날 일들에 대해 자신은 아무런 힘도 없다는 것을.

그녀는 왕좌에 앉아 이방인들이 악몽 속의 형체들처럼 가까이 오는 것을 보았다. 그녀는 남편이 공손하게 이들을 맞아들이고, 검은 얼굴의 동방 재상이 대답하는 소리를 들었다. 재상은 길게 이야기를 이어갔는데, 그것은 서방의 유명한 왕 가무레트 안셰빈을 칭송하는 노래를 외워 끝없이 읊조리는 것 같았다.

"고맙소, 재상." 그가 말을 마치자, 가무레트가 입을 열었다. 그의 손이 의자의 팔걸이를 어찌나 세게 꽉 잡고 있었던지, 뼈마디들이 하얗게 솟아 나와 있었다. "그런데 칼리프께서 무슨 일로 내게 그대를 보내셨소?" 재상은 잠시 망설였으나, 뒤이어 침착한 목소리가 울려 나왔다.

"편한 임무는 아닙니다, 폐하." 재상은 조심스럽게 말을 이었다. 곧 그의 두 눈은 검은 구멍이 되어 꺼져버렸다. 눈은 너무 쉽게 속내를 드러내니까 말이다. "우리 믿음의 위대하신 통치자께서는 폐하께 이렇게 전하라고 하셨습니다. 바빌론의 이포미돈이 많은 영주와 부족장을 정복하여 예속시켰습니다. 숭고한 칼리프의 왕국들 도처에서 폭동이 끊이지 않고요. 이 포미돈은 이집트의 대大군대와 함께 바그다드를 정복하겠다고 일어섰답니다. 우리 군대는 동시에 여러 곳에서 싸워야 해서 전력이 떨어진 상태입니다. 그리하여 칼리프께서는 걱정이 태산이십니다. 그분께서는 저를 부르셔서 명하셨습니다. 할랍으로 가서 눈에 띄는 가장 빠른 배를 타고 프랑크족의 나라로 가라고요. 안쇼우베 왕국의 가무레트 왕을 찾아가, 아직 우리의 우정을 기억하고 있는지 물어보라고 하시더군요. 가무레트 왕이라면, 곤경에 빠진 자신을 그냥 보고만 계시지 않을 거라면서요. 이것이 제 임무입니다, 가무레트 폐하."

가무레트가 대답을 내놓기까지는 한참이 걸렸다. 마침내 그는 고개를 들었다. "내가 칼리프의 친구이며 앞으로도 그러하리라는 것을, 폐하께서는 잘 알고 계실 거요." 그의 어조는 무뚝뚝했다. "그러나 지금은 내가 그대의 주군을 위해 싸웠던 때와는 사정이 많이 다르오. 나는 세 왕국을 통치해야 하고, 따라서 예전에 자유로웠을 때처럼 여러 달 동안 멀리 떠나 있을 수가 없소. 그대의 주군께 죄송하다고 전해주시오……" 그는 재빨리 말을 끝냈다. 그렇게 하지 않으면 후회하게 된다는 듯이.

재상의 얼굴에는 아무런 움직임이 없었다. 그는 영리하고 차갑게 유희를 하고 있었다. 왕국과 종족이 이 지상에 존재한 이후 그와 같은 자들이 항상 해온 그 오래디오랜 유희를.

"매우 유감스럽습니다." 그의 음성은 약간 아쉬울 뿐이라는 듯, 거의 무심하게 울렸다. "고귀하신 우리 칼리프께서 실망하실 겁니다. 그리고 이포미돈은―이제, 그는 크게 웃으며 말하겠지요. 자신이 옳았다고 말입니다."

가무레트는 이마를 찡그렸다. "그게 무슨 말이오?"

"아, 이포미돈은 아무에게나 떠벌리고 다닌답니다. 자신의 복수가 두려워 가무레트 왕이 동방에서 도망쳤다고 말입니다!"

가무레트는 자리에서 벌떡 일어났다. "뭐라 했느냐? 이 고약한 거짓말쟁이야! 지금까지 그 누구든, 날 겁쟁이라고 부르는 자는 벌을 받았느니라. 이포미돈은 그 대가를 치러야 할 것이야!" 그러다가 갑자기 그는 말을 멈추고 멍하니 아래를 내려다보았다. "그런데 그게 나와 무슨 상관이란 말인가? 그냥 지껄이라지! 칼리프 제국의 모든 영주와 부족장이 날 알고 있잖은가. 아무도 그의 말을 믿지 않을 텐데!"

"잘못 생각하고 계십니다!" 동방의 재상이 냉정하게 말했다. 이 기독교도 왕이 자기 손아귀에서 벗어나려고 한다는 사실에 대해 그가 몹시 분노하고 있다는 것을 아무도 알아채지 못할 정도로 냉정한 어조였다. "가무레트 폐하는 그들에게 그저 이방인일 뿐이며, 미움받는 기독교도임을 잊지 마십시오. 폐하께서는 그들에게 수많은 승리를 거두셨고, 그들은 그것을 잊지 못합니다. 그들은 대단히 자부심이 강하니까요. 그러니 폐하에 대해 나쁜 얘기가 들리면, 그들은 너무 쉽게 믿어버리지요."

재상은 갑자기 모든 것에 질리기라도 한 듯, 이래도 저래도 그만이라는 태도로 일행이 있는 곳으로 물러났다. "가무레트 폐하, 저희가 폐하를 얻을 수는 없어 보이는군요." 그는 말을 이었다. "제 주군께는 안된 일이지요. 이포미돈의 수중에 떨어진 기독교도들에게는 더더욱 안된 일이고요." 그는 유감스럽다는 어조로 덧붙였다. 재상은 이 말이 마지막 무기임을 알고 있었다.

가무레트는 대꾸할 말을 찾지 못했다. 그가 골똘히 생각에 잠긴 동안, 재상은 신중한 태도로 계속 말했다. "이포미돈은 아주 잔혹한 자입니다. 가무레트 폐하께 직접 복수할 수 없으니, 대신 수중에 들어오는 모든 기독교도에게 복수하겠노라고 맹세했답니다. 이 기독교도들을 도울 수 있는 사람은 아무도 없지요. 이제 물러갈까 하옵니다, 폐하. 다시 배로 돌아가야 해서요. 존경하옵는 칼리프께서 우리의 봉사를 필요로 하시니까요."

그때 가무레트가 손을 들었다. "기다리시오!" 그의 음성에는 치명적인 절망감이 묻어 있었다.

재상은 깊이 숙인 고개를 천천히 들었다. 검은 두 눈에 불꽃이 번득였다.

"무슨 일이신지요, 폐하?"

"건너편 그곳 나라들에서 벌어지고 있는 일들을 얘기해보시오. 짐으로 인해 기독교도들이 죽어서는 안 되는 일이오."

그렇다. 동방의 재상은 가무레트를 상대로 한 유희에서 이긴 것이다.

열닷새 뒤, 안쇼우베의 가무레트 왕은 칼리프의 대사들과 수백 명의 기사와 시종, 그리고 위대한 기사가 모험에 나설 때면 늘 그러하듯 어디서인지도 모르게 기어 나오는 무리들과 함께 성을 떠났다.

왕비는 남편을 수도가 끝나는 곳까지 배웅했다. 작별할 때 그녀는 말했다. "언젠가 콘볼라이스에서 당신에게 물었었죠. 멀리 떠나게 되면 제게 다시 돌아오시겠냐고요. 그때 당신은 제게 답했……"

"내가 살아 있는 한 언제라도." 가무레트는 중얼거리면서 잠시 자기 얼굴에 그녀의 두 손을 갖다 댔다. 그의 마음은 무거웠다. 예전에는 없었던 일이다.

"당신이 살아 있는 한은 말이지요." 그녀는 이 말을 반복했다. 그러더니 말을 도시 쪽으로 돌려세웠다. 그녀는 뒤돌아보지 않았다. 아니, 그렇게 할 수가 없었다.

왕비가 떠나자마자 재상이 자기 말을 왕 곁으로 밀어붙였다. 그는 몰래 숨을 내쉬었다. 하마터면 왕이 이 밝은 눈의 금발 여인 때문에 그대로 이 나라에 머물고 말았을 것임을, 그는 눈치채고 있었던 것이다.

"가무레트 폐하." 그는 아주 조심스럽게 말을 꺼냈다. 왜냐하면 왕이 아무 말도 하지 말아주었으면 하는 표정을 짓고 있었기 때문이다. "할랍 항에서 뱃머리가 아주 높은 배를 한 척 발견했었지요. 아주 새 배였는데 선장이 그러더군요, 그 배가 지중해에서 가장 빠른 범선일 거라고요. 선장은 우리를 어디로 실어다 주어야 하는지를 듣자, 처음엔 바보처럼 절 빤히 바라보더군요. 그러더니 머리에서 챙 없는 모자를 벗어 공중으로 던지며 미친 사람처럼 소리 질렀습니다. 언젠가는 자기 주인인 안쇼우베의 왕이 다시 자신과 함께 항해하게 될 것을 알고 있었노라고요. 그건 아직 확실하지 않다고, 저는 말했었죠. 하지만 그 뱃사람은 남쪽 해안의 어느 에스파냐 항구에 일단 기항하여, 자기 소유의 두번째 배를 함께 가져가자고 주장했답니다. 결국 저는 허락하고 말았지요. 우리가 그걸 필요로 하게 될 거라고, 그자가 끈질기게 고집을 피워서 말이죠. 그런데 이제 보니 그가 옳았던 것 같습니다."

가무레트는 천천히 재상 쪽으로 고개를 돌리더니, 갑자기 큰 소리로 웃기 시작했다. 그 웃음은 거칠고도 무시무시했다. 그 소리를 듣자 탐파니스는 등골이 오싹했다.

"맞는 말이오!" 왕이 소리쳤다. "그 늙은 작자가 다시 거기 왔구려! 악마는 날 위해 참 친절하게도 모든 걸 준비해놓으셨나 보오. 이제 무도회가 시작되고, 이포미돈이 지옥으로 떨어지면 칼리프께서는 기쁘시겠구려! 자 재상, 봅시다. 그 새로운 배가 얼마나 빨리 우릴 죽음의 아가리로 끌고 가는지 말이오!"

이 말을 듣는 보좌신부의 가슴은 쓰라렸다. 그랬다. 그의 불쌍한 주군은 늘 그랬듯이, 또다시 좋지 않은 상황에 빠지고 만 것이다. 그러나 이번에는 뭔가 다른 것이 있었다. 그 때문에 보좌신부는 희망을 포기하지 않았다. '주님.' 신부는 절실하게 기도했다. '우리 주군께서는 다른 사람들이 자기 때문에 고통당하지 않게 하기 위해 이교도들에게 간다는 것을 잊지 말아주시옵소서. 물론 그뿐만 아니라 그를 몰아대는 거친 혈기도 한몫했지요. 주님도 아시고 저 역시 알고 있습니다.' 그는 겸손하고 정직하게 덧붙였다.

신부는 이제 자신이 병들었으며 피곤하다고 느끼고 있었다. 그래서 몹시 쉬고 싶었다. 그러나 그는 그냥 머물러 있을 수 없었다. 이번 한 번만 더 그는 주군과 함께 나서야 했다.

또다시 이방의 일이 가무레트 안셰빈을 집어삼켰다. 그가 어떻게 되었는지, 또 저 건너 동방에서 무슨 일이 벌어졌는지 아무 소식도 수도로 전해지지 않았다.

이포미돈은 프랑크족 군대가 할랍에서 내륙을 향해 행군하고 있을 때, 가무레트가 도착한다는 소식을 들었다.

그즈음 바빌론의 이포미돈은 이미 비그다드글 삼년에시 포위하고 있었다. 성문과 서쪽으로 향하는 도로만 아직 통행이 자유로웠고, 칼리프의 병사들은 죽을힘을 다해 이 마지막 통로를 지켜내고 있었다. 덕분에 도시의 거대한 성벽과 탑들은 무사할 수 있었다. 이포미돈이 공격할 때마다 그리스식 포화*가 비처럼 쏟아지고 화살과 돌 들이 우박처럼 내리는 바람에, 바빌론의 군사들은 이를 갈면서 물러나야 했다. 여러 날 전부터 계속 그러했다. 으슥한 밤이 되면, 갑자기 성문들이 열리고 마치 울부짖는 유령들처럼 포위당한 병사들이 달려 나와 적군의 천막들에 횃불을 던지면서 그들의 목을 베고 그들이 도시로 쫓아 들어오기 전에 사라졌다.

그랬다. 그즈음 상황은 칼리프에게도 이포미돈에게도 그리 좋지 않았다.

그러던 어느 날 저녁, 한 마법사가 바빌론 군사들의 자주색 천막으로 찾아왔다. "그 프랑크족 왕이 배 두 척과 많은 군사를 이끌고 할랍으로 왔습니다." 그가 보고했다.

이포미돈은 침상에서 천천히 몸을 일으켰다. 전혀 서두르지 않는 태도였다. 그의 검은 얼굴 위로 석유램프의 노란 불

---

*비잔티움—후에 콘스탄티노플, 현재의 이스탄불—에서 그리스식으로 개발된, 끄기 힘든 방화 무기. 주로 적의 배를 불 지르는 데 사용했다. (옮긴이) 황, 삼 부스러기, 관솔, 기름 따위로 그리스인이 발명한 발화물.

빛이 흔들렸다. "드디어 왔군." 그가 천천히 말했다. "어떻게 그걸 알았나?"

마법사는 거만한 태도를 보이려고 애썼다. "신들이 제게 알려주었습니다."

이포미돈의 눈썹이 치켜 올라갔다. 그는 두 손을 비단 허리 띠에 찔러 넣은 채 유유히 마법사에게 다가갔다. "그래, 신들이 그랬단 말이지." 그는 비웃듯이 말했다. "신들이 내게 직접 알려주지 않은 게 이상하군. 그대가 전에 암호판을 읽고 증명해주지 않았나? 내가 바로 신들의 후손이라고 말이야. 그대도 알고 있잖나. 응? 이 비열한 사기꾼아. 하지만 겁내지 말게. 그대가 그 사실을 어떻게 알게 되었는지는 관심 없어. 이제 그대가 어떻게 할 생각인지, 그게 알고 싶을 뿐이야. 그 프랑크족 왕이 죽어야 한다는 건 그대도 알고 있겠지."

"그 말씀이시로군요." 마법사의 얼굴이 굳어졌다. 긴 겉옷의 널찍한 소매 속에 감춘 두 손은 주먹을 불끈 쥐고 있었다. 마법사는 자신의 마음속을 꿰뚫어보는 이포미돈을 증오했다. "저는 오래전부터 모든 것을 곰곰이 생각하고 준비해왔습니다. 두 분만 하는 결투에서는 절대로 그 프랑크족 왕을 이길 수 없지만, 그를 붙잡을 수 있는 다른 방법이 꼭 하나 있지요.

그의 투구 중앙에 아다마스라는 다이아몬드가 박혀 있는 걸 폐하도 알고 계시지요. 어떤 칼로도 잘라낼 수 없고, 어떤 창에도 찔리지 않는 큰 다이아몬드 말입니다. 또 그의 갑옷은 톨레도의 대장장이들이 만든 것이라, 어떤 무기로도 대적할 수 없습니다. 바빌론과 니네베의 강한 지배자시여, 이제 주의해 들어주세요. 저는 제게 봉사하는 악령들에게서 봉인된 작은 병을 하나 얻었습니다……" 그는 말을 더듬으며, 바로 자기 앞에 서서 냉소를 띤 채 바라보고 있는 이포미돈을 실눈으로 올려다보았다.

"이 바보야!" 이포미돈은 욕을 했다. "그 허풍을 그만둘 수 없겠느냐? 네게 봉사할 만큼 어리석은 악령이 어디 있다고! 대체 무얼 이리저리 섞어 만든 거냐?"

마법사는 목을 움츠렸다. "저는 그 다이아몬드를 무르게 할 수 있는 액체를 발견했습니다." 그는 내키지 않는 듯 말을 이었다. "이 액체 속에 무엇이 들어 있는지는 묻지 마십시오. 저 자신도 모르니까요. 저는 그걸 우연히 찾아냈거든요. 하지만 이 액체는 무시무시한 힘을 갖고 있습니다. 그런데 아직 부족한 게 있습니다. 이 액체를 다이아몬드에 쏟아붓기 전에 여기에 섞어 넣어야 할 수컷 흑염소의 신선한 피가 필요합니다."

　이포미돈의 두 눈은 미심쩍다는 듯 마법사의 얼굴을 뚫어져라 바라보았다. "네가 그것으로 뭘 어떻게 하려는 것인지 잘 모르겠구나." 이포미돈이 으르렁거렸다. "하지만 나름대로 계획은 갖고 있는 것 같군. 그래, 어떻게 그 아다마스를 손에 넣으려는 거냐?"

　"그건 간단합니다." 이제 마법사는 열심히 설명하기 시작했다. "프랑크족 군대에도 부유하고 관대한 왕을 따라 전쟁에 나오는 칠칠치 못한 병사들이 있습니다. 그러나 왕에 대한 그들의 사랑이 황금 한 줌으로 살 수 없을 만큼 크진 않답니다." 그는 킥킥거렸다. "액체 한 병을 돌 하나에 쏟아붓는 것은 아주 쉬운 일이지요." "좋다. 황금을 주마." 이포미돈은 양보하듯이 말했다. "네가 날 속이기야 하겠느냐마는, 만약 날 속인다면 네 모든 악령이나 마법도 무용지물이 될 테니까 말이야. 게다가 그 프랑크족 왕이 죽지 않는다면, 네가 죽게 될 것이니까, 알아들었느냐?"

　마법사는 비굴하게 허리를 굽혔다. "네, 폐하. 맹세컨대 아다마스 다이아몬드는 해면처럼 물렁물렁해질 겁니다. 폐하께서는 싸움에 나가셔서, 결코 빗나가는 일 없는 폐하의 창을 그에게 던지시기만 하면 됩니다. 그러면 그 프랑크족 왕은 끝장이 날 겁니다. 그렇지만 폐하 자신의 생명은 전혀 위험하지 않으니, 폐하께서는 서방의 제일가는 영웅을 죽였다는 명성을 누리시게 될 겁니다."

"만약에 이 모든 것이 들어맞는다면, 네게도 대단히 좋은 일이겠지." 이포미돈은 차갑게 말했다.

이렇게 그날 밤 가무레트의 죽음이 결정되었다. 그러나 이포미돈은 자신의 죽음 역시 같은 시각에 결정되었다는 사실을 예감하지 못했다.

일주일 뒤 바빌로니아 왕은 자신의 첩자들을 통해, 프랑크족 군대가 서쪽으로 약 3~4킬로미터 떨어진 곳에 있는 강들 사이 저지대에 천막을 쳤으며, 그 척후병들이 이리저리 돌아다니고 있다는 보고를 받았다.

그 후 얼마 지나지 않아 이른 새벽에 하인 하나가 마법사의 천막 안으로 들어왔다. 그는 검은 털의 죽은 새끼 숫염소를 들고 있었다. "주군께서, 이놈을 죽여 즉시 마법사님께 갖다드리라고 명령하셨습니다." 그는 공손하게 말했다.

마법사는 그 짐승의 상처 난 목에서 흘러내리는 맑은 피를 대접을 가져다가 조금 받았다. 뒤이어 그는 하인을 내보냈다.

혼자가 된 마법사는 천막 한구석에서 돌 두어 개를 들어 올렸다. 그 아래에는 작은 구덩이가 오목하게 파여 있고 그 속에 마개로 봉인된, 배가 불룩하고 목이 긴 작은 병이 놓여 있었다. 그는 조심스럽게 병을 꺼내서는 마개를 열었다. 즉시 참기 힘든 역한 냄새가 천막 안으로 퍼져나가, 그는 거의 숨이 멎을 지경이었다. 그의 심장은 심하게 뛰고 이마에는 땀이 솟았다. 그가 서둘러 숫염소의 피를 병에 들이붓자 병 속의 말간 용액은 즉시 흐릿한 붉은색을 띠었다. 마법사는 자기가 두 손을 얼마나 심하게 떨고 있는지 알아채고는, 재빨리 그 병을 우람하고 거친 모습의 바알 신*이 웅크리고 앉아 있는 돌 제단 위에 세워놓았다.

"단 한 방울만 피부에 닿아도 참혹한 죽음을 맞게 되지." 그가 중얼거렸다. 두 손의 떨림이 잦아들었을 때에야 그는 마개를 다시 덮었다. 뒤이어 그는 마법사의 긴 옷을 벗어버리고 농사꾼의 윗도리를 걸친 다음, 그 병과 이포미돈에게서 받은 가죽 주머니를 몸에 감췄다. 그러고는 천막을 나섰다.

마법사는 큰길을 피해 완만하게 흐르는 작은 강둑을 따라

---

* (옮긴이) 셈족의 태양신. 원래 시리아에서 경배받던 가나안 사람들의 날씨 및 풍요의 신. 기독교 신화에서는 악마.

걸어갔다. 아래로 깊이 늘어진 나뭇가지들과 우거진 식물들이 그를 감춰주었다. 얼마 뒤 그는 꽤 멀리 떨어진 큰길 저편에서 말 탄 병사 두 명이 나타나는 것을 보았다. 프랑크족의 갑옷을 입은 그들은 얼굴이 하얬다. 아니, 이 두 사람은 그에게 아무 쓸모 없는 자들이었다! 마법사는 그들이 지나갈 때까지 덤불 속에 몸을 숨겼다.

그가 큰길 쪽으로 약간 더 기어나가려는데, 또다시 말발굽 소리가 들렸다. 서둘러 그는 큰 나무 뒤로 숨었다. 바로 뒤이어 말 탄 병사 대여섯 명이 적군 따위는 전혀 없다는 듯, 무사태평하게 다가왔다. 한 기사는 숱이 무성한, 불처럼 빨간 수염을 달고 있었으며, 두어 명은 전형적인 프랑크족의 우유같이 하얀 얼굴이었다. 맹세코 저 붉은 수염 병사는 황금 한 주머니에 주군을 배신하겠냐고 물어볼 만한 상대가 아니었다.

계속 나아가는 동안 마법사의 귀에는 온갖 종류의 소리가 들려왔다. 곧 그는 프랑크족 군대의 진영과 그리 멀지 않은 곳에 와 있음을 깨닫고 언짢아졌다.

그때 말 탄 병사 하나가 맞은편에서 왔다. 그는 프랑크군 차림으로 무장하고 있었지만, 얼굴을 보니 사라센인임이 분명했다. 그는 자신의 운을 시험해보기로 결심했다. 왜냐하면,

그는 생각했다. 그렇게 하지 않으면, 직접 사자 굴로 들어가는 수밖에는 없으니까. 그리고 정말이지 그렇게는 하고 싶지 않았다.

그는 마치 우연인 듯 차분하게, 일하러 가는 농사꾼인 것마냥 강둑의 덤불에서 나왔다. 사라센인 병사는 그를 보자 즉각 말의 고삐를 죄면서 칼을 잡으려고 손을 뻗었다.

"그냥 두시오, 친구. 칼을 그냥 두시라고." 그는 열심히 소리쳤다.

"보다시피 난 무기도 없고 병사도 아니라오."

"당신은 누구요?" 사라센인 병사는 무뚝뚝하게 물었다.

"그저 주군의 하찮은 하인일 뿐이오. 그런데 당신, 보아하니 당신은 우리와 같은 종족인 듯한데…… 그런데 프랑크족 왕을 섬기는 것 같구려……"

"난 아무도 섬기지 않소." 말 탄 병사는 화가 나서 그의 말을 끊었다. "난 내 마음에 드는 곳에서, 내게 이득이 되는 곳에서 싸울 뿐이오. 프랑크족 왕이든 아니든 무슨 상관이오?"

마법사는 무엇보다 그의 대답이 마음에 들었다. "오, 그렇군요." 마법사가 천천히 말했다. "당신이 황금을 좋아하는지는 모르겠지만, 이곳에서는 그걸 상당히 쉽게 얻을 수 있는데

말이오. 들어보오! 할 얘기가 있는데."

두 사람은 오래 얘기를 나누었다. 마침내 그 바빌론 마법사는 주머니에서 목이 긴 작은 병과 황금 한 움큼을 꺼내고는 말했다. "이것은 당신이 받을 보수의 절반이오. 당신이 병영으로 돌아가 일을 마무리하는 동안, 난 이곳에서 당신을 기다리겠소. 당신이 빈 병을 가지고 돌아오면, 그때 나머지 보수를 줄 거요. 하지만 조심하시오. 이것은 모든 것을 파괴하는 액체요. 단 한 방울이라도 당신의 피부에 튄다면, 당신은 죽게 되오. 다만 아주 조심스럽게 다룬다면 아무런 해도 입히지 않을 거요. 아다마스 다이아몬드는 이 병의 액체를 빨아들여 하룻밤 새에 젖은 해면처럼 돼버릴 테니." 마법사는 말을 끝냈다. 그의 시선은 딱딱하게 굳어 있었다.

"내일 전투에서 이포미돈이 그 다이아몬드를 칼로 치면, 액체가 솟구쳐 나와 그 보석을 파괴시켜버리겠지." 혼잣말을 중얼거리는 그 모습이 어찌나 악마 같아 보이던지, 사라센인 병사는 무섭고 섬뜩했다.

"그럼 난 이제 병영으로 돌아가겠소." 병사가 서둘러 말했다. 할 수만 있다면 그 무시무시한 작은 병을 내팽개치고 싶었다. 하지만 황금이 그를 유혹했다. 언제나 황금 때문에 배

신하는 사람들은 있게 마련이다.

프랑크족 병사들이 개미떼처럼 우글대는 병영으로 돌아왔을 때, 그를 알아챈 사람은 아무도 없었다. 그가 왕의 무기들이 있는 막사로 들어갔을 때도, 그를 딱히 주시하는 사람은 없었다.

그는 가무레트 왕의 투구가 궤짝 위에 놓여 있는 것을 보았다. 아다마스는 별처럼 반짝이고 있었다. 이 악취 나는 물건이 날 끝장내기 전에, 얼른 마개를 열고 이 무서운 액체를 다이아몬드에 붓고 도망가야지!

그 잠깐 동안, 보석에서 마치 노래하는 듯한 소리가 낮게 흘러나오는 것 같았다. 그러고는 끝났다. 병은 비어 있었다. 그는 막사에서 빠져나오기 전에 다시 한 번 주위를 둘러보았다. 이제 다이아몬드의 번득임은 사라지고 없었다.

한편 칼리프는 재상을 통해 이미 가무레트의 도착 소식을 알고 있었다.

어느 날 자정이 가까워져 올 무렵, 땅에서 솟은 듯한 남자 세 명이 가무레트 왕의 막사에서 보초를 서는 경비병들 앞에 서 있었다. 그들이 어떻게 들어왔는지는 신만이 아실 일이었다. "칼리프께서 보낸 특사요." 그들은 어리둥절해하는 경비병들에게 이렇게 말하고는, 가무레트 왕에게 안내해달라고 요청했다.

탐파니스는 서둘러 주군을 깨웠다. 그 세 남자는 얼마 후 다시 소리 없이 사라졌는데, 가무레트 왕과 내일 새벽 동틀 무렵 양편에서 동시에 이포미돈을 공격하기로 약속하고 난 뒤였다. 칼리프의 병사들이 도시의 모든 성문에서 쏟아져 나오는 동안, 프랑크족 병사들은 적의 배후를 친다는 계획이었다.

해가 떠오르고 바그다드 대전투가 시작되었다. 태양이 뜨겁게 머리 위를 비추는 정오에 이르렀을 때, 돌연 전투가 한창인 혼잡한 전장에 빈 공간이 한 곳 생겨났다.

그러자 프랑크군 대열 맨 앞에서 가무레트가 천천히 말을 타고 나왔다. 그의 말은 귀를 쫑긋하면서 불안하게 걸어왔다. 번득이는 칼날 위로 태양 빛이 불꽃처럼 움찔거렸다. 아다마스만이 평소처럼 반짝이지 않았다. 하지만 어쩌면 그 다이아몬드는 피와 먼지 때문에 흐릿해 보이는 건지도 몰랐다.

저편에서 검은 수말이 미친 듯이 펄쩍 뛰어올라 빈 공간으로 달려 들어오는 동시에, 가무레트는 이포미돈의 싸우자는 고함 소리를 들었다. 바빌로니아의 왕은 가슴을 덮는 황금 갑옷을 입고 있었다. 그의 두 팔은 갈색으로 번쩍였고, 길게 내려온 검은 머리카락이 등 뒤에서 나부끼고 있었다.

가무레트가 말에 박차를 가하자, 바빌로니아 왕은 창을 쥔 손을 치켜들었다. 병영의 모닥불 앞에서는 바빌로니아 병사들이 결코 목표물을 놓친 적 없는 이포미돈의 창을 칭송하는 노래를 부르고 있었다.

그러나 가무레트의 아다마스는 해면처럼 물컹해져 있었다. 창이 아다마스를 뚫고 들어가자, 그 보석은 산산이 부서지면서 가랑비처럼 이포미돈의 머리와 두 팔 위로도 흩어져 내렸다. 탐파니스가 급히 달려가 주군 가무레트를 붙잡았을 때, 바빌로니아 왕 역시 말안장 위에서 급격한 통증으로 몸을 구부리며 허우적거렸다. 마치 불길처럼, 그것은 이포미돈의 피부를 뚫고 번져나갔다.

보좌신부도 탐파니스도 후일, 어떻게 그들이 죽어가는 왕을 싸움터에서 꺼내왔는지 설명할 수 없었다. 그들은 어찌어찌 작은 덤불의 가장자리 풀밭에 도착하여 가무레트를 눕힌 뒤, 상처에서 창을 뽑아내고 투구를 벗겼다. 아다마스가 갈라져서 오그라든 것처럼 투구 꼭지에 걸려 있는 것에는 아무도 주의를 기울이지 않았다. 그렇다, 이제 아무것도 중요하지 않았다.

"폐하." 탐파니스는 눈을 감고 있는 왕의 얼굴 위로 허리를 굽혔다. "폐하, 제발 간청하오니!" 그러나 그는 무엇을 간청해야 할지 몰랐다. 다만 그의 주군이 그곳에 누워 자기를 보지도, 자기 말을 듣지도 못하는 일만은 생기지 말아야 했다.

이때 가무레트가 눈을 떴다. 아주 밝은, 거의 투명한 눈이었다. 그 눈은 탐파니스를 보고 뒤이어 보좌신부를 보았다. 그 눈은 저 멀리서, 큰 어둠의 가장자리서 되돌아와 있었다. 그러나 그것은 아주 잠깐이었다.

주군 곁에 무릎을 꿇었을 때 신부는 깨달았다. 이 짧은 순간을 위해 자신이 여러 해 동안 가무레트 안셰빈을 따라 이역의 땅을 헤매고 돌아다녔음을.

탐파니스는 몸을 일으켜 몇 걸음 걸어갔다. 거기 썩어가는 나무 몸통 위에 그는 주저앉았다. 백발의 신하 탐파니스가 소리 내어 우는 것은 어울리지 않는 일이었으므로, 끊임없이 주먹으로 두 눈을 찍어 눌렀다. 그러나 아무 소용 없었다.

안쇼우베, 발라이스와 노르갈스의 왕 가무레트가 승하했을 때, 곁에는 탐파니스와 보좌신부 외에는 아무도 없었다. 바그다드 전투가 계속되고 있었기 때문이다. 전투가 끝나고 칼리프가 승리했을 때, 살아남은 프랑크족 병사들은 얼마 되지 않았다. 그리고 여러 종족이 우글거리는 혼란의 도가니를 이리 저리 뚫고 그들이 마침내 해안에 도착해 배를 찾아냈을 때는, 가을의 폭풍이 지중해를 덮친 지도 한참 지난 뒤였다.

그즈음 안쇼우베 성에 있는 젊은 왕비 헤르첼로이데는 점점 피곤해지고, 계단과 복도를 다니기도 힘들어졌다. 그녀는 슬퍼하지 않으려고 무진 애를 썼다. 나이 든 유모가 이렇게 말했기 때문이다. "왕비님이 슬퍼하시면 배 속의 아기도 약골로 세상에 나오게 되고, 그러면 힘든 인생을 살게 됩니다." 아니, 그렇게 되고 싶지는 않았다. 가무레트의 아들은 강하고 잘생기고 행복해야 했다. 그런데 대체 가무레트는 어디 있단 말인가?

그녀는 가끔씩 소스라치게 놀라 움찔거렸으며, 가무레트가 더 이상 살아 있지 않음을 분명하게 느꼈다. 그녀는 온 힘을 다해 그런 생각에 저항했으나, 별 소용이 없었다. 그 생각은 검은 그림자처럼 늘 그녀의 등 뒤에 찰싹 달라붙어 있었다.

어느 날 밤 그녀는 잠을 자다가 소스라치며 깨어났다. 악몽을 꾸었던 것이다. 대체 무슨 꿈이었지? 그녀의 심장이 거칠게 뛰고 있었다. 아니다. 뛰고 있는 것은 그녀의 심장이 아니라, 멀리서 들려오는 희미한 말발굽 소리였다. 어디선가 이 한밤중에 말들이 오고 있었다. 지친 말들이.

그래, 그녀는 다시 잠들 수도 있었다. 하지만 그녀는 일어나 겉옷을 걸치고 머리를 땋았다. 마치 누군가가 준비를 하라고 명령이라도 한 것처럼.

아래쪽에서 성문을 쾅쾅 두드리는 소리가 들리자, 그녀는 평소에 앉아 있곤 하던 돌출창이 있는 방으로 건너갔다. 그녀는 그곳에 앉아서 기다렸다. 그녀는 꿈속에서 하듯 이 모든 일을 했다. 왜 그러는지는 알지 못한 채.

아래쪽 마당에서 소음이 들렸다. 뒤이어 붉은 횃불이 벽에 어른거렸다. 복도를 울리는 발걸음 소리가 점점 더 커지더니 달려오기 시작했다.

이 모든 일은 언젠가 보고 들은 것이었다. 헤르첼로이데는 알고 있었다. 아마도 꿈에서였겠지. 이제 곧 시녀들이 올 것이다. 아니, 시녀들은 이미 와 있었다. 그녀가 알아채지 못했을 뿐이다…… 이제 탐파니스가 들어오겠지. 그 늙은 시종이 살아 있지 않다면, 누군가 다른 사람이 오겠지……

그런데 저기 문 아래 한 손에 투구를 들고 서 있는 사람은 탐파니스임에 틀림없어. 그는 막 지옥에서 돌아온 사람 같았다. 시녀들이 촛불을 좀 조용히 들고 있어 주면 좋으련만! 그러나 촛불들은 계속 움찔거리고 팔락거렸다. 그리고 이 모든 것이 어찌나 유령같이 생생하던지, 아주 친숙한 물건들에도 깜짝깜짝 놀랄 정도였다.

이제 탐파니스가 깊이 허리 숙여 절을 했다. 저분은 늘 약간 나무 인형 같아 보였어. 근심 가득한 정직한 얼굴에 큰 두 손, 모난 무릎을 가진 저 사람은.

그랬다. 이제 그는 홀을 가로질러 왔다. 그는 피곤에 지쳐 거의 비틀거리고 있었다. 그녀는 꿈속에서 여러 번 그가 이렇게 오는 모습을 보았었다. 지금과 똑같은 모습으로. 어쩌면 그건 꿈이 아니었을지도 몰라. 그녀는 알 수 없었다. 그녀가 알고 있는 것은 그가 이제 곧 말하리라는……

그러나 탐파니스는 아무 말도 하지 않았다. 그 긴 시간 동안 이곳으로 오면서 그토록 주의 깊게 생각해두었던 말을 단 한마디도 끄집어낼 수 없었다. 왕비를 똑바로 보는 것조차 제대로 할 수 없었다.

"오, 왕비님." 그는 무릎을 꿇으며 고개를 숙인 채 이렇게만 중얼거렸다. "저는……" 아니, 그는 할 수 없었다! 그는 말 같은 것은 잘할 줄 모르는 단순한 늙은 시종이었다 하지만 왕비에게 직접 전하겠노라고, 죽어가는 주군에게 약속하지 않았던가? 아무리 힘들더라도 그 약속을 지켜야 했다.

헤르첼로이데 왕비는 슬픔으로 어찌할 바 몰라 하는 신하의 백발 머리를 내려다보았다. 슬픔이 자신을 덮쳐오는 와중에도, 그녀는 이 늙은 신하가 애처로웠다. 비록 왕이나 주교의 칼이 그의 어깨를 두드린 적은 없었지만* 그토록 기사답고 선량한 이 신하가.

왕비는 부드럽게 그의 머리를 쓰다듬었고, 또 한 번 쓰다듬었다. 당연히 떨리는 두 손으로. 그리고 약간의 온기를 느끼는 것은 좋았다.

"그만하시게." 그녀가 말했다. 그토록 불쌍하고 낯설게 울리는 그녀의 음성 때문에, 탐파니스의 두 눈에는 눈물이 가득고였다. "말할 필요 없다네. 폐하께서 돌아오지 못할 거라는 사실을 알고 있었으니까. 떠나신 후, 언제나 알고 있었어." 그녀는 혼잣말처럼 아주 작게 덧붙였다.

그러고 나서 그녀는 일어섰다.

그 순간 살을 에이는 듯한 고통이 온몸을 뚫고 지나가, 그

---

* (옮긴이) 옛날 중세 시대 기사의 서임식에서, 왕이나 주교는 기사가 될 신하의 왼쪽 어깨를 칼로 두 번 두드렸다.

녀는 비틀거리며 의자 손잡이를 거머잡았다. 통증은 곧 지나갔고, 그녀는 계단을 내려가 침실로 가려고 큰 홀로 들어섰다. 그러나 시녀들이 달려오기도 전에, 그녀는 비틀거리더니 소리 없이 쓰러졌다.

그날 밤 헤르첼로이데 왕비는 아들을 낳았다.

튼튼하고 잘생긴 아기였다. 아기를 보면서 그녀는 깨달았다. 자신이 이 아이를 너무나 끔찍이 사랑하게 되어, 아이를 잃게 된다면 도저히 살아나갈 수 없으리라는 것을. 그녀는 혼자서 다짐했다. 이 아이가 영원히 그녀를 떠나지 않도록 무슨 일이든 할 것이라고.

그렇지만 사람들이 아무리 온갖 것을 다짐한다고 해도, 세상일이란 아주 다르게 진행되는 법이다.

3

가무레트 왕을 따라 동방으로 떠난 안쇼우베의 기사들과 발라이스와 노르갈스의 많은 기사들 중에서 살아 돌아온 사람은 얼마 되지 않았고, 따라서 가련한 헤르첼로이데 왕비를 둘러싼 상황은 몹시 좋지 않았다.

가무레트 왕이 죽고 나서 무방비 상태의 이 세 나라는 힘센 이웃 나라들에 둘러싸여 거의 속수무책으로 방치되어 있었으며, 언제나 그렇듯이 강자가 약자를 집어삼키고 마는 그런 일이 생기고 말았다.

하필이면 평생 그녀를 섬기겠노라 맹세했던 레헬린이 이 나라들을 차지한 장본인이라는 사실을, 헤르첼로이데는 믿을 수가 없었다.

1년도 채 되지 않아 발라이스와 노르갈스에 남아 있던 그녀의 마지막 충성스러운 신하들마저 모두 죽거나 포로로 잡혔으며, 그녀는 레헬린이 수도 콘볼라이스의 왕좌에 앉았다는 소식을 들었다.

그뿐 아니라 여기저기서 낯선 군대가 침입하여 안쇼우베의 성들과 토지를 점령했다. 왕비는 비통해하면서 그저 바라보는 수밖에 없었다. 그녀를 지켜주는 사람은 아무도 없었다.

톨레도의 카일레트 왕은 사라센인과의 전투에서 전사했다. 그녀 일족의 남자들은 또 다른 근심거리를 갖고 있었다.

2년 뒤 헤르첼로이데 왕비에게 남은 것이라곤 작은 땅덩어리뿐이었다. 그리고 사람들이 아들의 목숨을 노리고 있다는 소문이 점점 더 자주 들려오자, 마침내 그녀는 결심을 굳혔다.

졸타네 황야의 끝없는 숲들 사이에 간벌間伐된 빈터가 있고, 그곳에 가무레트 왕 소유의 장원이 있었다.

그녀는 아들 파르치팔을 데리고 그곳으로 도피하고 싶었다. 그곳에서라면 아들은 평화롭고 안전하게 자랄 수 있으리라. 전쟁과 거짓이 판치는 이 세상에서 멀리 떨어진 그곳에서라면.

그리하여 어느 날 그녀는 몇몇 시종과 시녀만 데리고 왕의 성이 있는 수도를 빠져나왔다.

그녀 옆에서 말을 타고 가는 늙은 시종 탐파니스의 팔에는 어린 파르치팔이 안겨 있었으며, 여주인을 떠나지 않으려는 시녀 몇 명이 함께 길을 떠났다.

그들은 온종일 말을 타고 나아갔다. 황소가 끄는 수레들과 짐을 잔뜩 실은 노새들 때문에 아주 천천히 앞으로 나아갔다.

예전에 가끔 왕과 함께 사냥을 나가 장원에서 묵은 적이 있는 탐파니스가 길을 잘 알고 있어 다행이었다. 그 숲들을 지나가는 동안, 이미 날이 어두워졌기 때문이다. 마침내 그들이 간벌된 숲의 빈터에 당도했을 때, 장원은 그토록 어둡고 조용하게 황야에 놓여 있었다. 도시 생활과 왕국의 풍요로움에 길들여져 있던 그들은 이곳의 빈곤과 쓸쓸함에 몹시 놀랐다.

단지 왕비만이 안도의 한숨을 내쉬었다. 그렇다. 여기라면 아무도 그녀를 쫓아오지 않을 것이며, 그녀의 평온을 방해하거나 아들을 위협하지 않을 것이다!

헤르첼로이데 왕비는 이곳에서 맞는 첫날 밤을 오래 잠들지 못하고 깨어 있었다. 그녀는 곁에 잠들어 있는 아들의 숨소리에 귀를 기울였다. 아이는 이따금 몸을 뒤척이며, 작고 따뜻한 손으로 그녀를 더듬었다. 그래, 이제 아들이 이 세상에 남겨진 유일한 것이었다.

다음 날 아침 그녀는 하인들을 불러 모았다.

"내가 왜 이곳으로 왔는지 너희들은 알 것이다." 그녀는 말했다. "이제부터 우리의 삶은 몹시 외로울 것이다. 이 생활을 견딜 수 없는 자는 도시로 돌아가도 좋다. 그러나 나는 내 아들 때문에 이곳에 있어야 한다. 나와 함께 여기 머물고자 하는 사람은 한 가지 맹세를 해주어야겠다. 내 아들은 저 바깥 세상에 기사 계급과 싸움과 모험이 있다는 사실을 절대로 알아서는 안 되느니라. 그것들로 인해 내게는 너무나 많은 고통이 닥쳤으니, 이제 나는 최소한 내 자식만은 지키고 싶다. 언제나 명심해다오. 내 아이가 그런 것을 알지 못한다면, 결코 그런 것에 유혹당하지 않으리라는 사실을 말이야."

그들은 모두 그녀에게 맹세했다. 실제로도 모든 것이 헤르첼로이데 부인의 뜻대로 되어가는 듯 보였다.

두어 해는 그렇게 지나갔다. 황야의 생활은 평화로웠다. 하인들은 벌목을 하고 밭을 개간했으며, 황소들은 편안하게 쟁기질을 했다. 곡식과 삼과 아마는 싹이 트고 때가 되면 익었다. 숲에는 화살이나 짧은 사냥 창으로 죽일 수 있는 작은 짐승이나 새 들이 충분했다. 졸타네 장원에는 화살과 짧은 사냥 창 외에 다른 무기는 없었다. 칼도, 긴 창도, 투구와 방패, 갑옷도 없었다. 숲 저편에 어머니가 아들을 보호하고 싶어 감춰둔 다른 세계가 존재한다는 사실을 알려주는 것은 아무것도 없었다.

파르치팔은 무럭무럭 자라서 키가 크고 강해졌다. 피부는 바람과 태양에 그을어 갈색이었고, 들판을 달릴 때면 어머니와 같은 금발의 머리칼이 그의 등 뒤에서 나부꼈다. 이제 진지해진 소년의 얼굴에서 왕비가 다른 이를 연상할 것이라고, 하인들은 생각했다. 하지만 헤르첼로이데 왕비의 생각은 달랐다. 가끔 파르치팔이 화를 내거나 슬퍼할 때면, 그의 두 눈에는 뇌우가 내리치는 하늘빛같이 어두운 그 무언가가 나타났다. 아버지의 젊은 시절보다 나이 들어 보이는 어떤 낯선 것이 눈 깊숙한 곳에서 터져 올라왔다. 그럴 때면 언제나, 빠져나올 수 없는 어떤 것을 알아버린 듯한 기분이 왕비를 덮치곤 했다. 아들의 작은 가슴에는 가무레트 왕의 거친 심장이 뛰고 있으며, 그녀의 고통은 아직 끝나지 않았다는 것을 알아버린 듯한 기분이.

그러는 동안 파르치팔은 자신이 아는 주변 세상이 전부가 아니라는 것을 전혀 모른 채, 유년기의 무의식적인 삶을 살

고 있었다. 하지만 주변에서도 그가 이해할 수 없는 일들은
많았다.

아침에 일어나 장원 앞에서 돌이나 나뭇조각, 꽃을 가지고
놀고 있을 때, 혹은 숲속 빈터를 가로질러 흐르는 작은 시내에
서 놀고 있을 때, 그는 가끔 사냥에서 돌아오는 하인들을 보곤
했다. 그럴 때면 그들은 언제나 화살이 담긴 화살통에다, 큰
활은 줄을 묶어 들고 왔다. 그리고 활시위에서는 잡아당겼다
가 놓으면 기분 나쁘게 노래하는 소리가 났다. 하인들은 또 다
른 것도 들고 있었다. 막대기에 움직임 없이 꿰어져 있는 것들
은 다리가 한데 묶여 있었고, 매달린 머리통들은 흔들거렸다.
그는 이 짐승들이 약간 무섭긴 했지만, 그럼에도 불구하고 두
눈을 동그랗게 뜨고 하인들의 뒤를 쫄랑쫄랑 쫓아갔다.

그것은 죽은 짐승들이었다. 파르치팔도 알고 있었다. 언젠
가 물어보자, 탐파니스가 그렇게 말해주었다. 그러나 그가 평
소에 숲가에서 즐겁게 뛰어노는 것을 보았던, 그리고 해 질 녘
이면 물을 마시러 개울로 오던 바로 그 짐승들이라는 사실을
이해하기까지는 아직 조금 더 시간이 흘러야 했다.

"왜 저것들은 움직이지 않아? 왜 도망가지 않는 거야?" 그
는 탐파니스의 곁을 폴짝폴짝 걸으면서 가쁜 숨을 몰아쉬며

캐물었다. "죽었기 때문이죠." 탐파니스가 짧게 대답했다.

파르치팔은 소심하게 짐승들 쪽을 바라보았다. 토끼 두 마리와 군데군데 큰 갈색 반점이 있는 새 두어 마리였다. 새들의 털은 이제 부엌에서 하녀들에 의해 뽑혀나갈 것이다. 그것들이 이상하게 가련해 보여, 파르치팔은 거의 눈물이 나올 지경이었다.

"아 아—파?" 파르치팔은 목이 잠겨와 더듬더듬 물었다.

"뭐가요? 죽는 거요? 아니요, 죽는 건 더 이상 고통스럽지 않다는 거예요." 탐파니스가 무뚝뚝하게 답하며, 파르치팔의 어깨를 잡아 재빨리 집 쪽으로 돌려세웠다. "있지요, 어머님이 기다리고 계세요."

파르치팔은 온종일 생각에 잠겨 있었다. 그 짐승들의 죽음이 어떻게 하여 생긴 건지, 그는 정말 알고 싶었다.

그 일이 있고 나서 얼마 뒤, 파르치팔은 하인들이 화살로 나무 몸체에 있는 송진 구멍이든 나뭇잎이든 열매든 온갖 목표물을 쏘아 맞히는 것을 보았다. 그것은 아주 재미있는 놀이처럼 여겨졌다. 그는 옆에 서서 뒷짐을 지고는 애타게 생각했다. 활이 저렇게 크지만 않다면 자기도 한번 쏘아보고 싶다고. 그는 자신의 두 팔을 꼼꼼히 살펴보았다. 그렇다. 자신의 두 팔로는 어림없는 일임을 깨달은 그는 상심했다. 그러다가 갑자기 무슨 생각이 떠올랐는지 연장 창고로 달려가, 열심히 물건들을 뒤지더니 필요한 것들을 찾아냈다. 쉽게 휘어지는 나뭇가지와, 하인들이 활과 사냥 창을 깎아낸 딱딱한 나무에서 쓰고 남은 작은 나뭇조각 한 줌, 그리고 그의 두 손이 사용하기에는 너무 큰 칼이었다. 마침내 벽에 걸려 있던 활시위 한 묶음에서 가장 가늘고 짧은 줄을 찾아낸 그는 오리 의자에 쪼그리고 앉아 열심히 작업하기 시작했다. 아주 큰 조각용 칼에 여러 차례 손을 베였는데도 아무렇지 않았다. 그는 혀로 피를 핥아내고는 계속 나무를 깎았다. 꽤 괜찮아 보이는 화살 세 개가 만들어지자, 그는 줄을 나무 활에 팽팽하게 붙이려고 애를 썼다. 그러나 생각보다 쉽지 않았다. 손에 쥔 완강한 나뭇가지는 파르치팔의 얼굴 쪽으로 계속 튕기며, 갖은 방법으로 말을 듣지 않았다. 드디어 파르치팔은 귀가 불붙은 것처럼 빨개질 정도로 화가 났다.

그는 어머니가 들어오는 소리를 듣지 못했다. 어머니가 한참 동안 등 뒤에 서서 보고 있다는 것도 깨닫지 못했다.

마침내 어머니의 손이 그의 어깨를 눌렀다. "너 뭐 하는 거니?" 그가 놀라서 벌떡 일어섰다. 어머니의 음성은 몹시 슬프게 들렸고, 그가 보고 싶지 않을 정도로 슬퍼 보이는 표정을 짓고 있었다. 그러나 파르치팔은 방금 자신이 한 일이 나쁜 짓이라고는 생각되지 않았다. 그는 진지하게 말했다. "활시위와 화살을 깎았어요. 탐파니스나 하인들처럼 저도 쏠 수 있게요."

왕비는 아들을 내려다보았다. 그리고 모든 어머니가 그러하듯 그녀도 갑자기 깨달았다. 아들이 요 몇 년 새 졸타네에서 부쩍 자랐다는 사실을. 그랬다. 파르치팔은 이제 어린아이 같은 놀이를 끝내고, 새로운 사물들에 눈을 돌리기 시작한 것이다.

"뭘 쏘려는 건데?" 그녀는 물으면서 약간 겁이 났다. 아들이 자기처럼 어린 동물을 죽여서는 안 될 일이었다. 그러나 파르치팔은 그런 것은 생각하고 있지 않았다.

피로 얼룩진 그의 손이 이마에 흘러내린 머리카락 몇 올을 쓸어 올렸다. "제가 맞힐 수 있는 모든 걸 쏠래요, 어머니." 그가 소리 내어 웃었다. "나무, 이파리, 꽃, 돌…… 아, 모르겠어요, 무엇이든……"

헤르첼로이데 부인의 얼굴에 만족스러운 미소가 번졌다. 그렇다면 됐어. 이 새로운 놀이를 즐겨도 되겠지. 동물들을 잡으려는 생각은 하지 않는 모양이야.

그로부터 사흘 동안 파르치팔은 눈에 띄는 모든 것을 쏘았다. 도처의 나무들에, 장원의 판자벽들에 작고 뾰족한 구멍 자국을 남겼다. 여기저기에 덜렁덜렁한 잎들을 매단 가지들이 늘어져 있었는데, 그 잎들에는 그가 조심스럽게 차례차례 쏜 화살 자국이 나 있었다. 한 번에 쏘아서 맞히지 못하면 그는 침울한 얼굴로 두 번, 세 번 목표물을 조준했다. 하인들은 그의 열성에 웃었다. 화살이 목재에 있는 같은 옹이구멍을 열두 번쯤 연달아 맞히자, 하인들은 더 이상 웃지 않고 그를 따라 해보려고 애썼다. 그러나 아무도 성공하지 못했다. 탐파니스는 그에게 작은 화살통을 하나 주고, 화살 끝에 뾰족한 철심을 달아주었다.

마당 뒤쪽에서 어떤 동물의 두개골이 파르치팔의 눈에 띄었다. 그는 뿔을 보고 그것이 어린 숫염소임을 알아차렸다. 그는 지나가면서 발로 그것을 밀쳐놓고, 자신이 필요로 하는 새로운 목표물을 찾아 두리번거렸다.

그러다가 갑자기 그는 멈춰 섰다. 얼굴에 놀란 표정이 역력하더니, 멈칫멈칫 고개를 돌려 그 동물의 두개골을 노려보았다. 그는 여전히 멈칫거리면서 되돌아가서는 그것을 집어 들었다. 그 뒤에 있는 판자벽에는 갖가지 연장을 걸어두는 갈고리가 두어 개 박혀 있었다. 파르치팔은 그중 하나에 동물의 두개골을 걸어 고정시켰다. 그런 다음 다시 활을 집어 들고 화살통에서 화살을 하나 뽑았다. 그는 뒤로 물러나면서 집으로부터, 갈색 판자벽에 창백하게 걸려 있는 두개골로부터 멀어졌다. 이제 충분히 멀리 왔다고 생각되자, 그는 활에 화살을 얹어 겨냥했다. 그의 어린 두 손은 아주 침착했으며, 냉정한 눈은 화살의 진동과 방향을 계산했다.

활시위가 낮게 윙 하는 소리를 냈다. 다음 순간 소년은 저 건너편에서 뿔 사이의 하얀 뼈를 명중하며 화살이 내는 소리가 새롭다고 생각했다. 그 소리는 기이한 느낌으로 그의 온몸을 훑고 지나갔다.

"잘 맞았네." 파르치팔은 두개골에서 화살을 뽑으려고 그쪽으로 달려갔다. 그러나 팔을 치켜들었을 때, 그는 화살을 뽑을 수가 없었다. 그것은…… 그것은 나뭇조각 같은 데서 화살을 뽑아낼 때와는…… 전혀 달랐다. 그것에는 뭔가 사악한 것이 달라붙어 있는 듯했다.

파르치팔은 몸을 돌려, 화살을 박아둔 채 도망쳤다.

한참이 지나서야 파르치팔은 숲을 관통해 비스듬히 이어

지는 오솔길을 걷고 있음을 깨달았다. 그는 멈춰 서서 주위를 두리번거렸다. 지금껏 이렇게 멀리까지 장원을 벗어난 일은 없었다. 어머니가 그것을 엄격하게 금한 사실을 잘 알고 있었다. 그런데 이제 그는 이 낯설고 지나다니기 어려운 숲 한가운데에 있었다. 오솔길은 파르치팔 앞에 멀리 뻗어 있었다. 길 위에는 바퀴 자국들이 서로 뒤엉켜 깊이 파여 있었다.

파르치팔은 주춤했다. 바퀴? 아, 물론 가끔 하인들은 수레를 끌고 멀리 가서는 늦게 돌아오곤 했다. 그런데 하인들은 어디로 갔던 걸까? 이 오솔길을 계속 따라가면 어디에 이르게 될까? 길은 어디서 끝나는 걸까? 그는 그것을 알아야만 했다!

파르치팔은 다시 타박타박 앞으로 걸어갔다. 한 손에는 활을 들고. 화살통에서는 화살들이 딸그락거렸다. 앞에 뻗은 오솔길이 어쩌나 유혹적이던지, 그는 쫓아가지 않을 수가 없었다. 비록 겁이 나고, 또 걱정하고 계실 어머니가 생각나긴 했지만 말이다.

마침내 그는 달리기 시작했다. 빨리 끝에 닿아야만 다시 집으로 돌아갈 수 있을 테니까.

그러나 아무리 가도 끝은 나타나지 않았고, 그는 차츰 비참한 기분이 들었다. 아마도 숲 외에는 아무것도 없을 것이며, 여기서 헤어나지 못해 다시는 장원으로 돌아갈 수 없을지도 몰랐다. 그는 이미 너무 멀리 와버렸으며 몹시 피곤했다.

헐떡헐떡 숨을 몰아쉬며 그런 생각에 잠겨 있을 때, 파르치팔은 뒤에서 말발굽 소리를 들었다. 말 탄 이가 누구인지 알아본 파르치팔은 긴장이 풀린 나머지 큰 소리로 훌쩍이기 시작했다.

탐파니스는 말없이 파르치팔의 윗도리 자락을 잡아, 그리 부드럽지 않은 태도로 자기 앞에 앉히고는 되돌아서 말을 달렸다.

파르치팔은 탐파니스를 무척 좋아했다. 그러나 지금처럼 이렇게 그가 반가운 적도 없었다. 그의 넓은 가슴에 몸을 기대며, 파르치팔은 그것을 분명하게 느꼈다. 그때 그 넓은 가슴에서 마치 짐승의 으르렁거림처럼 늙은 시종의 목소리가 울려 나왔다. "왜 그리 멀리 나가셨습니까? 네?"

왜냐고? 파르치팔은 생각했다. 그러나 아무 대답도 할 수 없었다. 첫째는 자신도 정확한 이유를 몰랐기 때문이고, 둘째는 그 순간 이미 잠들어버렸기 때문이다.

"왜 그렇게 멀리 나갔니?" 탐파니스가 횃불이 타오르고 있는 마당 한가운데에 파르치팔을 내려놓았을 때, 헤르첼로이데 왕비 역시 물어보았다.

아들은 그녀의 목에 팔을 감고서 "저도 모르겠어요"라고 잠결에 중얼거렸다. 그러고는 "화살이 숫염소의 머리를 맞혔기 때문이에요"라고 분명치 않게 덧붙였다. 왕비는 아직도 두 뺨에 눈물이 마르지 않은 채 미소를 지으며, 아들이 잠결에 실없는 소리를 한다고 생각했다.

그러나 다음 날 아침 그녀는 이마에 화살이 꽂힌 동물의 두개골을 발견하고, 이 모든 것이 대체 무슨 의미일까 하고 스스로에게 물어보았다.

이날부터 파르치팔은 약간 달라졌다. 여전히 활을 들고 화살통을 메고 숲속의 빈터를 뛰어다녔으나, 밤에 자러 갈 때는 예전처럼 무기들을 바로 곁에 두지 않고 구석에 놓아두었다. 그는 잠을 자면서도 불안해하며 자주 잠꼬대를 했다. 가끔은 해가 뜨기도 전에 일어났다. 그러면 어머니를 깨우지 않으려고 살그머니 일어나, 활과 화살통을 집어 들고 몰래 집을 빠져나갔다. 그는 이슬에 젖은 풀밭을 뛰어 건너 개울로 달려갔다. 그곳에는 큰 바위가 있었고, 그는 거기에 앉아 주변 나무들에서 노래하는 새소리에 귀 기울이는 것을 좋아했다. 새소리는 처음에는 아주 낮고 다정하게 시작되어, 아직 잠에 취한 듯 이곳저곳에서 작은 소리가 뒤따르고, 곧 숲속 도처에서 화답했다. 그러면 소리들은 다성多聲의 지저귐과 피리 소리와 환호로 치솟아 올라, 파르치팔의 가슴은 그 조그만 가수들의 노래에 대한 기쁨으로 한없이 넓어지는 듯했다.

그랬었다. 예전에는 그랬었다. 그런데 이제 그의 기쁨에 독毒의 입김이 스며든 것 같았다. 새들이 노래하면 격렬한 불안이 그를 덮쳐와, 그는 새들이 노래하지 말았으면 했다. 그러나 새들이 조용해지면, 그는 또 예전처럼 그 즐거운 노래를 다시 들었으면 하고 그리워했다. 새들이 높이 날아올라 푸른 하늘 저 멀리로 사라지면, 그는 생각했다. 자신 역시 두 발이 이끄는 대로 저 멀리 가고 싶다고.

그렇게 파르치팔은 어느 이른 아침에도 큰 바위 위에 앉아 두 손에 머리를 받치고 하늘을 올려다보고 있었다.

왠지 모르게 그는 슬퍼졌다.

그때 아주 미세한 붉은 번개 같은 것이 그를 스쳐 지나갔다. 곁에 있던 나뭇가지가 약간 흔들리더니, 그 위에 앉은 붉은 가슴의 작은 새 한 마리가 그 작은 고개를 이리저리 돌리며 지저귀기 시작했다. 어찌나 달콤하고 애타는 노래였던지, 파르치팔은 참을 수가 없었다.

"그만둬!" 그는 화를 내며 말했다.

그러나 새는 그만두지 않았다. 새의 붉은 목울대가 올라갔다 내려갔다 하면서, 털이 덮인 작은 몸뚱이는 삶의 기쁨으로 번득였다.

"그만두라니까!" 소년이 다시 한 번 말했다. 그러나 소용이 없었다.

그러자 파르치팔의 두 눈에 뭔가 어두운 기운이 솟구쳐 올랐다. 그는 왼손으로 천천히 활을 거머쥐면서, 오른손으로는 화살통에서 화살을 꺼냈다. 그는 그 작은 새를 죽일 마음은 전혀 없었다. 그 새를 죽일 것이라고는 생각하지 않았다. 그냥 그 새가 노래를 멈춰 자기 마음을 그토록 아프게 하지 말아주었으면 하고 바랐다.

뒤이어 화살이 시위를 떠나며 윙 하고 소리를 냈다. 그러고는 조용해졌다. 너무나 조용해서 그에게는 주변의 모든 새가 갑자기 노래하기를 멈춘 것처럼 생각될 지경이었다.

그러나 조용해진 것은 단 한 마리였다. 새는 한 번 더 날개를 파닥거리며 돌처럼 땅으로 떨어졌다. 그 순가 새의 **반짝기**

림도 꺼져버린 것처럼 보였다.

파르치팔은 마비된 듯 앉아 있었다. 방금—그래, 방금 무슨 일인가가 일어난 것이다. 새는 저쪽 풀 속에 누워 있었다. 그에게는 거의 보이지 않았다. 하지만 그는 알아야만 했다⋯⋯

그쪽에 가보기로 결심하기까지는 시간이 걸렸다.

그랬다. 그곳에 누워 있는 새는 죽어 있었다. 사냥에서 집으로 돌아오는 하인들의 막대기에 꿰어져 있던 짐승들처럼 죽어 있었다.

그리고 그 새를 죽인 것은 바로 그, 파르치팔이었다. 그렇게 된 것이다. 좀 있다가 그는 비틀거리면서 장원으로 돌아왔다. 앞이 잘 보이지 않아 엄지발가락을 돌에 찧기도 했다. 울지 않으려고 화를 내며 주먹으로 두 눈을 눌렀지만 소용없었다.

왕비는 끊임없이 그를 불러내려고 한다는 새들에 관한, 그리고 바로 그런 이유로 그가 죽여버려 이제 날 수도 지저귈 수도 없어 너무나 불쌍하다는 새 한 마리에 관한, 당황스럽고도 혼란스러운 이야기를 듣게 되었다.

헤르첼로이데 왕비는 몹시 놀랐다. 그녀는 어디엔가 위험이 도사리고 있음을 느꼈다. 그리고 노래 부르는 새와 같은 위험이 또 찾아온다면, 아무리 그녀의 마음이 아프더라도 그것들은 죽어 없어져야만 했다. 왜냐하면 아무도, 그 어떤 것도 그녀에게서 아들을 빼앗아가서는 안 되기 때문에.

그래서 그녀는 하인들에게 노래 부르는 새들을 잡아서 모조리 죽이라고 명령했다. 그들은 명령에 따라 덫과 그물을 놓았다. 부드럽고 친절한 여주인의 마음속에 무슨 일이 생겼는지 이해하지 못하는 하인들은 고개를 갸우뚱했다.

파르치팔은 어린 새 두어 마리가 절망적으로 파닥거리며 잡혀 있는 그물을 끌고 오는 하인을 만났다. 그는 입술이 파래질 정도로 창백해졌다. 격분의 외침과 함께 그는 하인에게 달려들어 말없이 두 주먹으로 하인을 때리기 시작했다.

하인은 파르치팔을 떼어놓았다. 그사이 잡혀 있던 새들은 그물을 빠져나가 도망가버렸다.

"왜 그런 거야?" 파르치팔은 화가 나 쉰 목소리로 물었다.

하인은 어깨를 으쓱했다. "왕비님께서 시키셨어요."

파르치팔은 왕비에게로 달려갔다. 그가 저 멀리서 달려오자 왕비는 그를 안으려고 두 팔을 벌렸다. 그러나 그는 그녀의 손을 밀치고 험상궂게 올려다봤다. "왜 새들을 죽이라고 시키셨어요?"

그녀가 곧바로 대답할 말을 찾지 못하자, 소년은 서둘러 말을 이었다. "제가 원한 건 그게 아니었어요, 어머니. 그러려고 한 게 아니라고요." 그는 정신을 놓은 것처럼 말했다. "새들이 노래하는 걸 얼마나 좋아했는데요. 그들에게서 그런 기쁨을 빼앗아선 안 돼요. 아무도 그럴 순 없다고요!"

헤르첼로이데 부인은 화를 쏟아내는 아들을 깊은 생각에 잠겨 바라보았다. "네 말이 맞다." 마침내 그녀가 말했다. "어쩌면 내가 새들을 죽이라고 명령한 것 역시 아무 소용이 없을지 몰라. 결국 모든 것은 신의 뜻대로 될 테니까 말이야." 파르치팔은 어머니의 말에 귀를 기울였다. 그리고 모든 어린아이가 그렇듯이, 금세 방금 전의 슬픔을 잊고 새로운 질문을 했다. "신? 신이 누구예요? 어머니."

왕비는 아이에게 신에 대해 설명하기가 무척 난감했다.

"신은 힘이요, 지혜요, 선善함이란다." 그녀가 말했다. "그분의 찬란함은 이 세상의 모든 빛과 모든 광채보다 크단다! 신은 곤경에 빠진 사람이 간절히 바라면 도와주시지. 그러니 나쁜 짓을 해서 그분을 모욕하면 안 되느니라. 왜냐하면 그분은 우리의 가장 높으신 주인이시고, 우리 모두는 그분을 섬겨야 하니까."

파르치팔은 어머니의 말을 깊이 새겨듣지 않을 수 없었다.

그에게는 이 말이 아름다운 동시에 기이하게 여겨졌다. 왕비는 그에게 더욱 많은 것을 얘기해주었는데, 마지막에 그는 그 위대한 신이 어디에 살고 계신지 알고 싶어 했다. 그는 정말 간절히 찬란하신 그분을 뵙고 싶었다.

그러자 왕비는 상당히 이상한 대답을 내놓았다. "신은 하늘의 왕이시란다. 하지만 어디에나 살고 계시지. 이 지상에도 말이야."

파르치팔은 그게 무슨 의미인지 이해하지 못했으므로, 만약 신이 어디에나 계신다면 어느 날 숲속에서 혹은 들판에서 아주 쉽게 만날 수 있을 것이라고 생각했다. 오, 그는 찬란하게 빛나는 그분의 모습을 당장이라도 보고 싶었다!

그러나 졸타네의 황야에 신은 나타나시지 않은 채 여러 해가 지나갔다.

파르치팔은 키가 크고 진지한 소년이 되었다. 그는 숲에서 뛰어노는 어린 사슴마냥 날렵하고도 강했다. 그가 어깨에 활을 둘러메고 손에는 사냥 창을 들고 하인들과 함께 사냥을 다닌 지도 꽤 오래되었다. 유년 시절의 걱정 같은 것은 잊은 지 오래이며, 그는 편안하고 만족스러워 보였다.

가끔 왕비는 그가 어딘가에서 갑자기 튀어나와 빈터를 가로질러 집 안으로 달려 들어와서는, 거의 숨이 막힐 정도로 그녀를 두 팔에 끌어안을 때면 이상한 생각이 들곤 했다. "어머니, 어머니가 너무 좋아요. 전 언제나 어머니 곁에 있을 거예요!" 그는 이렇게 말한 뒤 재빨리 입을 맞추고, 그녀가 아들의 얼굴을 제대로 볼 새도 없이 어느새 다시 달려 나가곤 했다.

만약 그녀가 아들의 얼굴을 보았더라면, 결코 편안하고 행복하지 못했을 것이다. 파르치팔이 그렇게 그녀에게 달려올 때는, 그가 어머니를 떠나 저 멀리 숲 저편에 있는 세상으로 떠나고 싶은 생각이 몹시 간절한 때였기 때문이다. 그는 저 세상에 대해 아직 많이 모르고 있었다. 하지만 세상은 그곳에 있었고 비밀스러웠으며, 소년 파르치팔을 유혹했다.

그러나 그가 아직 세상을 알지 못했으므로, 그 유혹은 그리 강렬하지는 않았다.

어느 날 어떤 일이 생길 때까지는 그랬다.

그날 파르치팔은 새벽녘에 하인들보다 앞서 장원을 출발했다. 그는 숲을 가로질러 안쪽으로 들어가, 땅바닥이 살며시 솟아오르기 시작하는 곳에 이르렀다. 비탈을 따라 좁은 오솔길이 나 있었다. 그는 균형 잡힌 걸음걸이로 성큼성큼 소리

없이 계속 걸어갔다. 그는 사냥 창을 던질 만한 야생 짐승이 있을까 하고 사방을 살펴보았다. 집 안의 식량 창고가 비어 있었던 것이다.

얼마 후 어떤 소리가 들려와 그는 꼼짝 않고 멈춰 섰다. 그것은 평소 그가 듣던 짐승의 소리가 아니었다. 그가 알고 있는 어떤 다른 소리도 아니었다. 그것은 부드러운 흙을 밟는 둔탁한 말발굽 소리 같았는데, 그 사이사이로 많은 쇠고리가 맞부딪치는 것 같은 소리가 짤랑거렸다.

파르치팔은 손에 든 사냥 창을 언제 던질지 저울질해보았다. 그는 호기심이 일었다. 대체 어떤 존재가 저렇게 짤랑거리는 걸음으로 다가올 수 있단 말인가. 장원에 있는 그 어떤 것도 저렇게 이상한 소리를 내지는 않았다. 사람이고 짐승이고 간에. 아마도—아마도 저것은 도처에서 사람을 죽이러 따라다닌다고 어머니가 일러준 그 악마일 것이다. 아이 참, 날 쫓아오다니. 파르치팔은 생각했다. 곧 끝장을 내줘야지!

그 순간 그는 움찔하고 놀랐다. 저기 앞쪽에 약간 솟은 덤불 사이로 뭔가가 나타나더니, 그를 향해 왔다…… 그것은 말을 탄 사람임에 틀림없었다. 최소한 그는 말 위에 앉아 있었으니까. 그러나 맙소사, 그 남자는—만약 그가 남자라면 말이지—머리끝부터 발끝까지 순전히 은색의 작은 고리들로 만들어진 것*을 뒤집어쓰고 있었다. 그의 허리에는 큰 칼이 늘어져 있었고, 손에는 긴 창을 들고 있었다. 그 긴 창에 비하면, 그의 짧은 사냥 창은 어린애 장난감 같았다. 그리고 그 남자의 두 손은, 아니 그건 사람의 손이라고 할 수 없었다. 그것은 무지하게 컸으며, 역시 전체가 은으로 만들어진 것처럼 보였다. 그런데 가장 무시무시한 것은, 그 말 탄 사람에게는 얼굴이 없었다! 얼굴이 있어야 할 곳, 다시 말해 어깨 위에는 번쩍이는 은색의 둥그런 것이 앉아 있었다. 그 둥그런 것의 위쪽에는 머리카락 대신 길고 검은 깃털들이 자라나 있었다.

몹시 무서웠음에도 불구하고 짤랑거리면서 빛나는 그 형체는 파르치팔에게 말할 수 없이 근사해 보였다. 그가 지금까지 보아온 그 어떤 것보다 훨씬 찬란했다. 그러자 번개같이 그의 머리를 스치는 생각. 아냐, 저건 악마가 아니야, 저건 틀림없이 신神이야! 마침내 신이 졸타네에 오신 거야! 그래서 소년 파르치팔은 사냥 창을 내던지고 오솔길 한가운데에 무릎을 꿇었다. 은색의 말 탄 사람이 그 바보 같은 소년을 밟지 않기 위해 말을 뒤로 확 잡아채는 동안, 파르치팔은 황홀감에 젖어

---

* (옮긴이) 중세 기사들의 갑옷은 아주 작은 금속 고리들을 이어 만든 것이 많았다.

숨 가쁘게 말했다. "오, 신이시여, 언제나 당신의 충실한 종이 되겠습니다! 오랫동안 당신을 기다렸습니다."

뒤이어 파르치팔은 그르렁거리며 비명을 내질렀다. 신이 혼자가 아니었던 것이다. 그의 뒤로 그와 혼동할 만큼 비슷하게 생긴 두번째 신이 나타났다. 두번째 신은 은색 머리통 위에 어쩐지 소름 끼치는 괴물을 얹고 있는 점이 달랐을 뿐이다…… 그리고 이제 똑같이 근사해 보이는 세번째 신이 짤랑거리며 다가왔다.

실망과 낙담으로 비틀거리며 일어난 파르치팔은 자신의 짧은 창을 움켜잡았다. 아냐, 저건 신이 아니야. 신은 한 분뿐인데, 저들은 셋이잖아. 그렇다면 저들은 대체 누구지? 파르치팔은 은색의 존재들에게 물어보아야 할지, 말아야 할지 알 수 없었다. 그럴 시간도 없었다.

또다시 수백 개의 종이 울리듯 밝은 소리가 나더니, 앞쪽 나무 아래에서 무엇인가가 금빛으로 번쩍였다. 눈같이 새하얀 말이 오솔길을 내달려 왔다. 그 위에는 황금빛의 인물이 앉아 있었다. 그는 머리 위에 태양을 쓰고 있었으며, 안장과 재갈에서는 작은 황금 종이 짤랑거리고 있었다.

그래, 저분이 신이야. 은색의 존재들은 그의 대천사들이고.

왜냐하면 저토록 찬란한 것은 정말 이 세상에는 없거든!

그래서 파르치팔은 세 명의 대천사를 밀치고 달려 나가 눈같이 새하얀 말 앞에 몸을 던졌다. 백마는 깜짝 놀라 씩씩거리며 뒤로 물러났다. "어서 오십시오, 자비로우신 신이여." 그는 겸손하게 말했다. "제가 알기로, 당신에게서 모든 곤궁한 이들이 도움을……"

파르치팔은 놀라서 멈칫했다. 세 명의 대천사에게서 큰 소리로 웃는 듯한, 이상한 소리가 터져 나왔기 때문이다.

하지만 신은 안장에 앉은 채 불쌍한 소년 파르치팔에게로 몸을 숙였다. 그가 손으로 얼굴 앞쪽의 황금 머리통을 여니, 성난 얼굴이 나타났다. 그는 무뚝뚝하게 말했다. "대체 뭐라는 거냐? 이 바보 같은 아이야. 길을 비켜라. 우린 갈 길이 멀다."

파르치팔은 놀라서 신음 소리를 냈다. 아냐, 이분도 신이 아니로군. 그리고 대천사들 역시 갑자기 인간의 얼굴을 하고 있었다. 그중 한 사람이 말했다. "아무래도 제정신이 아닌 모양입니다, 주군."

그 말이 어찌나 파르치팔을 격분시켰던지, 그는 창으로 그의 은빛 머리통을 내려치고 싶었다.

그사이 이 이상한 소년을 자세히 살펴본 황금색 인물은 파르치팔이 마음에 들었다.

"너는 누구냐?" 그는 아까보다 한결 친절하게 물었다.

"저는 파르치팔입니다. 그런데 당신은, 신이 아니시면 누구십니까?"

"아니야. 나는 신이 아니란다." 그 황금색 남자가 말했다. "우리는 모두 기사란다. 기사가 무엇인지 모르느냐?"

"모릅니다. 하지만 저 역시 그것이 되고 싶습니다." 파르치팔은 간절한 어조로 답했다. "어떻게 하면 기사가 될 수 있는지 말해주십시오." 이방인은 웃었다.

"아르투스 왕*의 궁전으로 말을 타고 가면 되느니라. 아르투스 왕께서는 이미 많은 이에게 기사 작위를 내리셨느니라. 그럴 가치가 있는 사람들에게 말이지." 그가 진지하게 덧붙였다.

"그러면 아르투스 왕께서 제게도 당신이 입고 있는 것과 같은 황금 옷을 주실까요?" 파르치팔은 반짝이는 갑옷을 꼼꼼히 살피면서 조심스럽게 쓰다듬었다. "이렇게 많은 황금 그물이라니!" 파르치팔은 감탄하면서 말을 이었다. "제 어

---

* (옮긴이) 중세 영국의 전설적인 기사 아서 왕의 독일식 표기.

머니가 가진 것은 그저 나무 궤짝 하나밖에 없는걸요. 그런데 기사님들은 모두 어째서 몸에 이걸 입고 계신가요?"

기사는 머리를 설레설레 흔들며 그를 바라보았다. 그러더니 칼집에서 단숨에 칼을 뽑았다. "이것 봐. 만약 어떤 기사가 나와 싸우려고 한다면 말이지, 그는 이런 칼로 나를 치게 될 거야. 그런데 이런 갑옷을 입고 있으면, 날 쉽게 상처 내거나 죽일 수 없을 거 아니냐."

파르치팔은 멍하니 기사를 바라보았다.

"그런데 왜 그가 기사님과 싸우려고 하나요? 왜 죽이려고 까지 하나요?" 파르치팔은 깜짝 놀라면서 물었다.

"너, 아주 바보 같은 애로구나." 기사는 참지 못하고 말했다. "넌 세상이 어떻게 돌아가는지 전혀 모르는 것 같다. 내가 갖고 있는 어떤 것이, 말하자면 값나가는 재산이나 혹은 귀부인이 그의 눈에 띄었으므로, 그걸 빼앗으려고 나와 싸우려는 게 아니겠니." 기사는 이제 화난 어조로 덧붙였다. "잘 있거라. 우린 떠나야겠다!"

덜거덕거리고 딸랑거리는 소리와 함께, 그리고 금빛과 은빛의 반짝거림과 함께 일행은 오솔길을 내려갔다. 말 탄 사람들은 녹색 어둠 속으로 사라졌지만, 파르치팔은 여전히 그곳에 서 있었다. 멍하니 입술을 벌리고 숨 쉬는 것도, 쓰러뜨려 죽이려고 했던 사슴도, 텅 빈 곳간도 다 잊어버린 채였다. 마침내 그는 골똘히 생각에 잠겨 천천히 왔던 길을 터벅터벅 되돌아갔다. 이 기사들, 찬란한 기사들! 그러니까 숲속 저편 바깥에 살고 있는 것은 바로 그들이었다. 오, 이 무슨 이상하고 빛나는 세계란 말인가! 그런데—왜 그들은 싸우고, 또 서로 죽이려고 한단 말인가? 파르치팔에게는 그것이 끔찍해 보였다. 사람들은 짐승을 죽인다. 먹어야 하니까. 물론, 예를 들어 그런 황금의 기사 옷이라면 탐날 수도 있겠지. 그는 골똘히 생각에 잠겼다. 하지만 그 때문에 사람을 죽이다니, 아니 그는 믿을 수가 없었다. 게다가 여자를 훔치다니! 그는 거의 웃을 뻔했다. 여자를 훔친다는 것, 소년 파르치팔에게 그것은 참으로 기이하고 쓸데없는 일처럼 생각되었다.

그러는 동안 근처에서 사냥을 하던 졸타네의 하인들은 수노루 한 마리와 어린 사슴 한 마리를 잡았으며, 아래쪽 오솔길에 낯선 기사들이 지나갈 때 막 이 짐승들의 내장을 끄집어내던 중이었다. 그들은 기사 일행을 발견하고는 서로 얼굴을 마주 보았다. "아이고머니나." 한 하인이 말했다. "저들이 우리 도련님을 만나게 되면, 지금까지 지켜온 비밀은 들통날 테고, 그러면 왕비님이 몹시 걱정하실 텐데."

얼마 뒤 파르치팔이 나타났다. 그는 멈춰 서서 말없이 하인들을 바라보더니, 그들을 전혀 알아채지 못했다는 듯 계속 걸어갔다. 숲속 빈터에 이르러 장원이 앞에 보이자, 그는 달려가기 시작했다.

그가 방으로 달려 들어오자, 헤르첼로이데 왕비는 아들을 올려다보며 미소 지었다. 그러나 왕비는 그의 얼굴을 보고 무슨 일이 일어났음을 직감했다.

그는 그녀 발치에 앉아, 어린아이일 때 자주 했던 것처럼 두 팔로 그녀의 무릎을 감싸 안았다. 그런 자세로 그는 어머니를 올려다보았다. "어머니, 어머니를 정말 사랑해요……" 그가 웅얼거렸다. 그러나 두 눈과 생각은 멀리 가 있었다. 다음 순간 그는 벌떡 일어났다. "오, 어머니, 어머니께 얘기를 좀 해야겠어요!" 그의 입에서 말이 쏟아져 나왔다. 두서없이 간절하게 그리고 황홀경에 빠져서. 찬란한 기사들, 아르투스 왕, 그리고 남자들이 금이나 은으로 된 그물 갑옷을 입고 칼로 싸우는 먼 세상 이야기.

왕비의 얼굴이 송장처럼 창백해졌다. 그랬다. 그 긴 세월 동안 이런 일이 일어날까 봐 얼마나 마음을 졸였던가. 이제 그런 일이 일어났고, 소년 파르치팔의 마음에는 아버지 가무레트의 거친 마음이 깨어난 것이다. 그녀가 해온 모든 노력은 수포로 돌아간 것이다.

그러나 아들은 멀리 가서는 안 되었다. 아니, 그를 붙잡아 둘 뭔가가 있어야 했다!

그러나 아무것도 없었다.

한동안 그렇게 시간이 흘러갔다. 파르치팔은 마음을 잡지 못한 채 하루하루를 보냈고, 왕비는 어떻게 하면 아들을 붙잡아 둘 수 있을지 밤마다 번민했다.

그러던 어느 날 아침 파르치팔은 말했다. "어머니, 어머니를 몹시 사랑해요. 그럼에도 불구하고 저는 떠나야겠어요!" 이 말을 하면서 그가 너무나 괴로워했으므로, 어머니는 가슴이 찢어질 듯 아팠음에도 아들을 두 팔에 안아 위로해주고 싶었다.

한편 그동안 왕비는 한 가지 계획을 궁리해놓고 있었다. 파르치팔을 더 이상 붙잡아 둘 수 없다면, 적어도 곧 다시 돌아오게끔 만들어야 했다. 그녀는 그렇게 만들려고 했다.

그래서 그녀는 말했다. "조금만 참거라. 먼 세상으로 입고 나갈 옷을 만들어주마. 네가 필요로 하는 다른 물건들도 마련해야지."

"신이 어머니의 노고에 보답하실 거예요." 파르치팔은 기뻐하면서 말했다.

어머니가 재단을 하고 바느질을 하는 동안, 아들은 어머니 곁에 앉아 있었다. 그러나 그는 어머니가 만드는 것이 보통 곡식 자루로나 쓰이곤 하는, 아주 거친 아마포로 된 셔츠와 무릎까지만 내려오는 짧은 바지인 것을 알아채지는 못했다.

셔츠와 바지는 한 조각으로 재단되고, 몸에 통자루처럼 붙는 옷이었다. 끝이 뾰족한 모양의 후드도 옷에 달려 있었다. 전체적으로 자칫 바보 광대의 것으로나 보이는 옷이었다. 그러나 이 역시 파르치팔은 눈치채지 못했다. 마지막으로 어머니는 송아지 가죽으로 된 긴 부츠를 완성했다. 그리고 그렇게 바보 같은 모습으로 그가 그녀 앞에 섰을 때, 왕비는 마음 같아서는 울고 싶었다. 왜냐하면 사랑하는 아들이 이제 세상으로 나가면, 사람들의 조롱거리가 될 것이 뻔했기 때문이다.

하지만 다른 도리가 없었다. 바보 같은 옷차림의 그를 보고 사람들은 어디서나 비웃을 테고, 그는 틀림없이 기분이 상할 것이다. 그러면 아마 곧 싫증을 내고, 다시 그녀 곁으로 돌아올 것이다.

헤르첼로이데 왕비는 아들이 자신의 혈통에 대해 전혀 모르고 있다는 사실이 마음 아팠다. 세파를 헤치고 나아가는 데 필요한 명민함도, 신분에 걸맞은 궁정 예법도 전혀 모르고 있다는 것도 마음이 쓰렸다.

'최소한 교훈 두어 개는 가르쳐야겠다'라고 생각한 그녀는 아들에게 하룻밤 더 머무르라 이르고는, 그와 많은 이야기를 나누었다.

"너는 세 왕국의 왕이 되어야 했느니라." 그녀가 말했다. "네 아버지 가무레트는 안쇼우베 왕국을 다스렸고, 발라이스와 노르갈스는 내 소유였단다. 그런데 네 아버지가 돌아가신 뒤, 레헬린이 내 나라들을 차지하고 내 봉신들을 죽여버렸단다. 만약 레헬린을 만나거든 그를 조심해야 하느니라."

"하!" 파르치팔은 격분하며 말했다. "조금만 참으세요, 어머니. 아르투스 왕이 저를 기사로 봉해주시면, 그와 싸워서 어머니의 나라들을 다시 찾아오겠어요."

왕비는 한숨을 쉬었다. 그래, 언제나 다시 싸움이 시작되지. 그녀는 자신의 아들이 모든 사람과 평화롭게 살았으면 싶었다.

그녀는 말을 이었다. "너보다 나이가 많고 고귀한 남자들을 만나거든, 공손하게 인사하는 것을 잊지 말아라. 나이 든 현명한 남성이 네게 무엇을 가르쳐주려고 하거든, 그의 충고를 잘 듣고 따르거라. 누군가가 네게 섬김의 봉사를 증명하거든, 그에게 보답을 해야 하느니라. 고귀한 부인에게는 입맞춤으로 인사해도 돼. 그것이 궁정의 법도요, 너는 왕의 아들이니까. 어떤 여인이 네게 반지를 선물하거든, 그것을 명예로 생각하고 잘 간직하렴. 왜냐하면 이는 대단한 호의거든. 그러나 네가 먼저 그 여인을 알아보고 바라봐야 해. 그녀가 먼저 청하기 전에 말이야."

그날 밤은 이런 얘기들을 하면서 보냈다. 날이 밝아오자 파르치팔은 말에 올라타 졸타네의 황야를, 그리고 어머니를 떠났다. 그는 자신이 대단히 강하고 현명한 듯 여겼지만, 아직 어리석고 키 큰 바보에 불과했다. 그래서 그는 자신도 알지 못하는 사이에 갖가지 화를 불러일으키게 된다.

그러나 그는 그것을 예감하지 못했다. 늙어빠진 말에 올라탄 파르치팔 앞에는 넓은 미지의 세계가 놓여 있었다. 파르치팔이 타고 가는 말은, 이미 한동안 시미施米*를 먹은, 졸타네 마구간의 말들 중 가장 늙은 말이었다. 자세히 살펴보았더라

---

* (옮긴이) 생애의 업적을 치하해서 노년에 베푸는 먹이.

면, 아마 그 말을 타는 주인은 슬퍼하며 생각했을 것이다. 긴 목에 비쩍 마른 등, 덜커덩거리는 나무 안장, 게다가 한때 지녔던 긴 꼬리가 빈약하게 남아 있는 이 말은 이방 기사들의 화려한 수말들과는 전혀 닮지 않았다고 말이다.

그렇긴 해도 그 말은 싫증 내지 않고 파르치팔을 태운 채 숲을 지나갔다. 두어 시간 후 그들은 넓고 밝은 초원으로 나왔다. 해가 떠오르면서 아침 바람이 풀밭 위를 스쳐 갔다. 그리고 이 외로운 말 탄 소년과 그리 멀지 않은 곳에 자주색의 큰 천막이 세워져 있었다. 천막의 가장자리는 금빛으로 둘러쳐져 있고, 뾰족한 꼭대기에는 작은 세모꼴의 깃발이 펄럭이고 있었다.

파르치팔은 멈춰 서서 주변을 둘러보았다. 그의 두 눈이 반짝였다. 그래, 이제 시작이야. 아름답고 낯선 삶이 말이야.

만약 은빛 무장을 하고 하얀 말을 타고 있었더라면, 그는 곧장 똑바로 천막으로 달려갔을 것이다. 그러나 그것들은 아르투스 왕으로부터 받아야 하는 물건들이었으므로, 그는 일단 말고삐로 사용하는 평범한 밧줄로 늙고 여윈 말의 목을 찰싹하고 때렸다. 말은 잠깐 뻗대더니 곧 다시 움직였다.

더 가까이 말을 타고 간 파르치팔은 자주색 천막 뒤편에 아마포로 된 작은 천막이 하나 더 있음을 알아차렸다. 그러나 사람의 그림자는 보이지 않았다. "아마도 아직 자고 있거나 사냥을 나간 거겠지." 파르치팔은 혼잣말을 했다. "하지만 내려서 좀 살펴봐야겠다. 먹을 걸 얻을 수 있으면 좋겠는데."

그는 작은 말뚝에 말을 매어놓고, 활과 화살통을 가지런히 메고는 짧은 사냥 창을 집어 들고 망설임 없이 붉은 우단 커튼을 밀쳤다.

그러나 다음 순간 소년 파르치팔은 자기가 제대로 찾아온 것인지 알 수 없어 멈춰 설 수밖에 없었다. 천막은 비어 있었다. 단지 비단 이불과 값비싼 털이 깔린 침상에서 한 여인이 자고 있었다.

그는 여인이 깨어날까 봐 약간 염려하면서도 호기심 가득한 눈으로 자세히 훑어보았다. 여인은 아주 예뻐 보였다. 거의 자기 어머니처럼 예쁘고 다정해 보였다.

그래서 그는 용기를 냈다. 그는 숨을 죽이고 두어 걸음 다가갔다. 고귀한 여인임에 틀림없구나. 그는 경외심을 품으며 생각했다. 어머니는 저런 비싼 옷이 없는데. 그는 호기심에 차서 그녀가 손에 낀 많은 반지를, 목 부분의 황금 브로치와 허리띠에 달린 황금 버클을 살펴보았다. 갑자기 그에게 어떤 생각이 떠올랐다. '만약 어떤 여인이 네게 반지를 선물하거든……' 어머니가 말했었지. 그렇다, 이 여인은 반지를 많이 갖고 있으니, 그가 간청한다면 틀림없이 한 개쯤은 선물할 것이다!

하지만 그러려면 그녀를 깨워야 했다. 그는 어떻게 해야 할지 도무지 알 수가 없었다. 그녀를 흔들기 위해 허리를 굽혀 손을 뻗으면서, 이건 아마도 궁정 법도에 어긋날지 모른다고 생각했다. "고귀한 여인에게는 입맞춤으로 인사해도 되는 거지." 그는 중얼거렸다. 때마침 어머니의 충고가 떠올라서 다행이야! 내가 입맞춤하면 그녀는 잠에서 깨겠지. 그는 만족스러워하며 침대 위에서 자는 여인 곁에 조심스럽게 사냥 창을 내려놓고는, 여인의 겨드랑이에 팔을 밀어 넣고 그녀를 약간 들어 올려 온 마음을 다해 그녀의 양 볼에 입맞춤했다. 어머니 헤르첼로이데 왕비에게 키스하던 꼭 그대로.

그런데…… 그는 뭔가를 잘못한 것 같았다. 그게 아니면 무슨 이유일까.

여인이 갑자기 아주 다정한 미소와 함께 두 눈을 떴으므로, 그는 한 번 더 그녀에게 입 맞추고 싶었다. 그러나 파르치팔을 보자, 그녀의 시선이 굳어졌다. 그녀는 비명을 지르며 두 주먹으로 그를 밀쳐냈다. 가련한 소년 파르치팔은 놀란 나머지 그냥 가만히 웅크리고 앉아서, 한마디 말도 내뱉을 수가 없었다.

그는 자신의 어떤 행동이 그녀를 그토록 화나게 했는지 알 수 없었다. 그녀는 화를 내고 있었다. 분명히 그랬다. 그녀는 그와 약간 떨어져 침대 위에 앉아 있었다. 어깨 위에 늘어진 검은 곱슬머리, 앵두처럼 붉은 입술, 불을 뿜으며 노려보는 검은 두 눈을 보자 그는 멀리 도망치고 싶었다.

그러나 그를 바라보던 그녀는 이상한 생각이 든 것 같았다. 그녀의 얼굴에서 점점 화난 기색이 사라졌다.

"너는 누구니? 내게 입 맞추다니, 무슨 생각인 거야?" 그가 여전히 꼼짝 않고 앉아 있자, 마침내 그녀가 물었다. 그녀가 더 이상 화내고 있지 않음을 알아차린 파르치팔은 가슴에서 돌덩이가 빠져나가는 것 같았다. "저는 파르치팔입니다, 부인." 그는 열심히 대답했는데, 자기가 가무레트의 아들이란 사실을 말하는 것은 잊어버리고 말았다.

여인은 몰래 그의 바보 같은 옷차림을 살펴보았다. 그 옷은 이 이상한 이방인의 잘생긴 얼굴과 몸매에 전혀 어울리지 않아 보였다.

높은 신분 출신 같아 보인다고, 그녀는 생각했다. 그런데 어떻게 저런 바보 같은 옷차림으로 여기까지 왔을까? 그녀는 알아보기로 결심했다.

"대체 어디서 오는 거지?"

"아, 저 건너편 숲에서요." 그는 말하면서, 태연하게 한 방향을 가리켰다.

"그런데 여기서 뭘 찾고 있는 거야?" 언뜻 나쁜 일을 당할지도 모른다는 생각이 들자, 그녀는 약간 불안해하며 계속 캐물었다.

그때 파르치팔은 다시 반지 생각이 났다. 이 아름다운 낯선 여인이 점점 더 마음에 들었고, 게다가 자신에게 다시 다정해졌으므로 그는 아까의 놀라움을 완전히 잊어버렸다. 그는 거리낌 없이 여인 곁으로 바싹 다가가, 그녀의 손을 덥석 잡았다. "만약 어떤 여인이 제게 반지를 선물하면, 전 그걸 명예롭게 잘 간직해야 한다고 어머니께서 가르쳐주셨어요." 그는 스스럼없이 붙임성 있게 말했다. "전 기꺼이 그렇게 할 거예요. 그러니 거기 끼고 있는 반지들 중 하나를 제게 선물해주세요. 여기 붉은 돌이 박힌 거요. 이게 예쁘네요."

그녀는 너무 놀란 나머지, 그가 손에서 값비싼 루비 반지를 빼내 자신의 작은 손가락에 끼우는데도 멍하니 바라보며 내버려 두었다.

파르치팔은 미소 지었다. "신께서 보답하실 겁니다, 부인. 제 어머니께서 일러주신 대로 저는 당신을 자세히 살펴보았는데, 몹시 마음에 드는군요. 분명 제 어머니도 당신을 마음에 들어 하실 겁니다."

그녀는 더욱 놀라서 그를 바라보았다. 맙소사, 무슨 말을 하는 거야. 정말 제정신이 아니로군……

그가 다시 그녀의 어깨에 팔을 두르고 다정하게 끌어안고는 고마움의 표시로 재차 그녀의 양 뺨에 입을 맞추었을 때, 그녀가 무엇을 할 수 있었겠는가? 그러나 그는 자기가 얼마나 무례한 짓을 저질렀는지도 모르고 있었다. 그녀는 벗어놓는 것을 깜박하고 어깨에 걸치고 있던 그의 활시위 때문에 몹시 아팠고, 마침내 그가 그녀를 놓아주자 정말 기뻤다.

얼마간 잠자코 앉아 있던 그의 얼굴에 갑자기 우울한 표정이 떠올랐다. "너무 배고파요." 그가 애처롭게 고백했다.

그녀는 안도의 숨을 내쉬었다. "그렇다면 됐어. 저쪽에 빵과 포도주가 있어. 구운 자고도 두 마리 있고. 물론 네게 주려고 준비해둔 건 아니지만……"

그는 이미 궤짝 위에 걸터앉아 먹고 있었다. "좋아. 잘됐어." 그는 중얼거렸다. 모든 음식이 순식간에 그의 입에서 사라졌다.

그녀는 이 이상한 손님에게 무슨 사정이 있는지 여전히 알지 못한 채, 생각에 잠겨 그를 바라보고 있었다. 그러나 그녀는 한 가지 사실은 알고 있었다. 남편이 곧 돌아올 거라는 사실 말이다. 만약 남편이 천막 안에서 그녀 곁에 있는 이 낯선 남자를 발견한다면, 무슨 일이 벌어질지 몰랐다.

"이봐요, 잘 들어." 그녀는 단호하게 말했다. "하인들과 사냥 나간 내 남편 오릴루스 공이 곧 이리로 돌아올 거야."

파르치팔의 두 눈이 휘둥그레졌다. "그렇다면 공작부인이세요?"

"난 랄란더의 예슈테 공작부인이란다." 그녀는 다급히 대답했다. "그런데 그런 건 지금 중요하지 않아. 중요한 건, 내 남편이 돌아왔을 때 넌 없어야 한다는 거야!"

"대체 왜요?" 그가 어리둥절해하며 물었다. "저는 그분을 만나 뵙고 싶은데요. 여태까지 공작을 본 적이 없거든요."

예슈테 부인은 헐떡였다.

"너 정말 제정신이 아니구나." 그녀는 필사적으로 말했다.

파르치팔은 움찔했다. 은색 갑옷을 입은 기사도 그런 말을 했는데, 그때 그는 몹시 화가 났었다. 그러나 이 아름다운 공작부인도 그런 말을 하다니, 그는 슬펐다.

그사이에도 그녀는 몹시 급한 어조로 말을 이었다. "잘 이해하지 못한다면, 나도 설명해줄 수가 없어. 하지만 내 말을 잘 들어. 내 남편이 여기서 너를 보게 되면, 죽여버리고 말 거야. 나 또한 가만두지 않을 테고. 자, 이제 어떻게 할래?"

파르치팔은 벌떡 일어났다. "제가 아무 짓도 하지 않았는데, 어째서 공작님이 저를 죽일 거라고 하시는지 모르겠네요. 하지만 당신에게 나쁜 일이 생기는 건 바라지 않아요. 그러니 떠날게요. 하지만 당신이 제게 화가 나지 않았다는 표시로 이 황금 브로치도 선물하세요." 그녀가 말리기도 전에 파르치팔은 그녀의 옷에서 보석을 떼어내고는, 침상에서 자기 사냥 창을 잡아채어 쥐고 서둘러 말했다. "신의 가호가 있기를!" 그러고는 천막을 나갔다.

밖에서는 파르치팔의 늙은 암말이 느긋하게 한 줌의 풀을 뜯어 먹으며 좀 쉬고 난 참이었다. 말은 뻗대지 않고 순순히 길을 정해 나아갔다.

그러나 만약 태평스럽게 말을 몰고 가는 파르치팔이, 바로 자기 때문에 가련한 공작부인 예슈테가 어떤 일을 당하고 있는지 짐작했더라면, 그는 그녀를 돕기 위해 아마 지체 없이 되돌아갔을 것이다. 그랬더라면 아마도 그의 여행은, 또 그의 인생은 갑작스럽게 끝장나고 말았을지도 모른다.

파르치팔이 떠나고 얼마 되지 않아, 오릴루스 공이 사냥에서 돌아왔다. 그는 벌컥벌컥 화를 잘 내는 포악한 성격으로, 아내에게 외간 남자와는 말 한마디도 나누지 말라고 엄하게 경고해놓은 터였다. 그런 데다 그는 이날 기분이 아주 나빴다. 좋지 않게 끝나버린 결투 때문에 마음이 편치 않았던 것이다.

그는 말이 먹어치운 풀밭과 발자국을 보고 화가 난 나머지 얼굴까지 뻘게져서 달려와, 저주의 욕설을 내뱉으며 말에서 뛰어내렸다.

예슈테 부인은 불안하게 그를 쳐다보았다. 그의 얼굴이 썩 좋지 않은 일을 예고하고 있었다.

"그 낯선 기사가 누구인지 알아야겠소!" 그는 들어서자마자 소리를 지르며 격분하여 그녀를 내려다보았다.

그녀는 겁이 나는 와중에도 웃지 않을 수 없었다. "기사라고요? 오, 아니에요, 여보. 만약 당신이 그를 보셨더라면……
그 우스꽝스러운 옷과 송아지 가죽 부츠라니! 그는 그냥 잘생
긴 어린애였다고요. 난……"

"아하!" 그는 고함을 질렀다. 그의 둥글고 푸른 두 눈이 겁
나게 부풀어 올랐다. "흥, 그가 잘생겨 보였단 말이지. 나보다
잘생겼던가, 응?"

"아이, 참." 그녀는 참을성 있게 대꾸했다. "정말이지 화내
실 필요 없어요. 그 낯선 아이는 전혀 나쁜 의도를 갖고 있지
않았다고요."

그녀는 다시 미소를 지었다. "제게 입맞춤하기 전에 활을
등에서 내려놓을 생각도 못 하던걸요."

오릴루스는 맨땅에 올라앉은 물고기 같아 보였다.

"그가 당신에게 입까지 맞췄단 말이지. 그 파렴치한 애송
이가!" 그는 이를 갈았다. "그 녀석이 꼭 대가를 치르게 하고
말 거야! 그래, 당신은 송아지 가죽 부츠를 신은 그 애송이가
영주에다 궁정 예법도 잘 알고 있더라고 주장이라도 할 참인
가?" 그 순간 빈 대접들이 그의 눈에 띄었다. "보아하니 그 애
송이에게 대접까지 잘하셨군그래. 내 포도주와 자고로 말이
야!"

갑자기 오릴루스는 돌처럼 굳어졌다. "말해." 그는 잠긴 목소리로 속삭였다. 그의 두 눈은 그녀의 옷에 달라붙어 있었다. "말하라고. 대체 옷에 있던 에메랄드 박힌 황금 브로치는 어디 간 거지? 게다가…… 결혼식 날 내가 끼워준 루비 반지는?"

그랬다. 이제 가련한 공작부인의 상황은 몹시 딱해졌다. 낯선 소년이 아내의 반지와 브로치를 그냥 채어갔다는 사실을, 오릴루스 공은 결코 믿을 수가 없었다.

"그래, 좋다!" 갑자기 그는 무서울 정도로 침착해졌다. "이제 내 인내심은 바닥났어. 명심해. 내가 그 애송이를 찾아내 머리통을 부숴놓을 거야. 그 잘난 얼굴이 없어지게 말이야. 그때까지는 당신도 랄란더 공작부인 노릇을 못 할 줄 알아."

그는 그녀에게 녹색 우단 옷을 벗게 하고, 대신 초라한 옷가지를 입으라고 명령했다. 그녀에게서 모든 보석을 떼어내어 감추었다. 값비싼 모피 덮개도 궤짝 속에 넣어두고, 그녀는 이제부터 비단 쿠션 대신 바닥의 짚 위에서 자야 한다고, 그는 통고했다.

그런 다음 그는 달려 나가 그녀의 말안장에서 자주색 담요를 직접 걷어내고, 말 계갈에 달린 작은 종도 갑이체어 떼어냈다. 금장식의 말고삐도 칼로 자르고, 대신 고삐에 인피靭皮로 만든 줄을 맸다. 모든 것이 충분히 흉해 보인다는 생각이 들자, 그는 하인들에게 천막을 걷으라고 명령했다. 그런 다음 그들은 파르치팔의 자취를 찾아 길을 떠났다. 가련한 공작부인은 화난 남편 뒤에서 말을 타고 가며 비통하게 흐느꼈다.

한편 파르치팔은 자신이 무슨 짓을 저질렀는지도 모른 채 이미 멀리 나가 금세 큰길에 닿았다. 그는 그 길을 따라갔다. 그는 온갖 사람들을 만났다. 걸어가는 사람, 수레를 끌고 가는 사람, 말을 타고 가는 사람. 그는 모든 사람에게 친절하게 말을 걸었다. 어머니가 가르쳐준 대로 친절하게 "안녕하세요" 하고. 왜냐하면 그가 볼 때, 그들은 모두 자기보다 고귀해 보였기 때문이다. 적어도 그들은 그보다 옷을 잘 입고 있었다. 차츰 그는 알게 되었다. 사람들이 가던 길을 멈추고 서서 그를 훑어보고는 고개를 흔들거나 크게 웃는다는 사실을. 그는 슬슬 짜증이 나기 시작했다. 두고 보라지. 난 빨리 아르투스 왕에게 가서 기사의 의복을 얻을 거야. 그는 생각했다. 하지만 그렇다고 해서 어머니가 손수 만들어주신 옷을 벗어버리진 않을 거야. 어머니는 아주 정성껏 옷을 만들어주셨거든. 그런데 이곳 사람들은 모두 졸타네의 우리보다 훨씬 부자인가 보네. 그는 스스로를 위로하며 앞으로 나아갔다.

어느새 저녁 무렵이었다. 길은 조용해졌다. 그는 다시 숲을 지나가게 되었다. 대체 오늘 저녁엔 어디서 묵어야 할지 약간 걱정을 하며 가고 있는데, 어디선가 소리가 들려왔다. 그는 가던 길을 멈추고, 그것이 가까운 곳에서 누군가가 울고 있는 소리임을 알아차렸다. 그래서 그는 말을 끌고 길을 벗어나 우는 소리를 따라갔다. 그는 곧 숲속의 한 장소에 이르렀다. 그곳은 말발굽으로 인해 땅이 심하게 짓이겨져 있었고, 안장을 얹은 말 두 마리가 나무에 묶인 채 서 있었다. 그리고 한 나무 앞에는 젊은 여인이 앉아 있었다. 그녀는 어떤 기사의 머리를 무릎에 받쳐 들고는 애처롭게 여겨질 정도로 심하게 울고 있었다. 그녀의 땋은 갈색 머리칼이 기사의 얼굴에 흘러 내려와 있었다. 죽은 듯이 창백한 얼굴의 기사는 두 눈을 감고 미동도 하지 않았다.

놀란 파르치팔은 걸음을 멈췄다. 그러나 그녀는 그를 보지 못한 듯했다.

파르치팔은 멈칫거리며 말을 걸었다. "어째서 우는 건가요? 어머니 헤르첼로이데 왕비께서 제게 이르셨답니다. 고통당하는 이들을 도우라고요. 그래서 제가 어떻게 도울 수 있는지 묻는 겁니다."

젊은 여인은 고개를 들어 그를 바라보았다. "헤르첼로이데 왕비님이 네 어머니시라면, 넌 내 사촌 파르치팔이 틀림없구나." 그녀가 말했다. "네가 이 세상에 나오기 전에, 네 어머님이 날 콘볼라이스 궁에서 키워주셨어."

"그렇다면 지구네 누나?" 파르치팔은 놀란 나머지, 어안이 벙벙해서 물었다. 헤르첼로이데 왕비가 죽은 언니의 딸을 데려와 키운 것은, 파르치팔도 잘 알고 있었다. 후일 왕비가 졸타네로 피신할 때, 지구네는 다른 친척에게 보내졌기 때문에 파르치팔은 그녀를 본 적이 없었다.

그는 말에서 뛰어내렸다. "근데 이 기사님은 어떻게 된 거야?" 그는 계속 말하며, 기사의 창백한 얼굴을 걱정스럽게 바라보았다. "아픈 거야? 아니면 부상당했어? 이분을 위해 내가 뭘 도와줄까?"

그러자 지구네는 다시 눈물을 쏟아냈다. "아니, 아무것도 도울 수 없단다. 쉬오나툴란더는 죽었어."

"죽었다고?" 그는 놀라서 되물었다. "사냥 창에 찔려 죽은 거야? 아니면 화살에?"

그녀는 고개를 흔들었다. "아니, 그는 결투 중에 맞아 죽었

어. 내가 그를 싸움으로 내몰았어. 이제 나는 평생 참회하며
살아가야 해."

파르치팔은 그녀를 멍하니 바라보았다. 그는 그녀가 하는
말을 도통 이해할 수가 없었다. "누나는 왜 그를 싸움으로 내
몬 건데?"

"우리는 오늘 아침, 여기서 멀지 않은 곳에서 함께 말을 타
고 있었단다." 그녀는 슬프게 말했다. "그때 우린 도망가는
사냥개 한 마리를 보았어. 아주 훌륭해 보이는 동물로, 값비
싼 개목걸이를 차고 있었지. 나는 그 개를 붙잡고 싶었어. 근
데 그 개가 갑자기 다시 펄쩍 뛰어 도망가는 거야. 난 쉬오나
툴란더에게 소리쳤어. 그 개를 잡아다 달라고, 그러기 전에는
그의 아내가 되지 않겠다고. 참 오만불손한 짓이었어. 그래서
그는 말에 올라타고 그 개를 쫓아간 거야. 그 개의 주인은 오
릴루스 공이었는데, 쉬오나툴란더가 개를 달라고 하자 오릴
루스는 그를 비웃었어. 그래서 두 사람은 싸우게 된 거고, 서
로 칼을 빼 들었지. 내가 이곳에 왔을 때, 쉬오나툴란더는 이
미 죽어 있었어."

파르치팔은 귀 기울여 듣고 있었다. "오릴루스 공이라고
그랬어? 께띠였으면 나도 오늘 만난 뻔했는데. 제구네 누나,

이제 울지 마. 내가 복수해줄게. 즉시 되돌아가서 오릴루스를 찾아볼게. 그를 찾으면 싸울 거야."

"너, 그러면 안 돼." 지구네는 엄한 어조로 말했다. "복수는 아무에게도 도움이 안 돼. 복수는 새로운 화를 불러올 뿐이야. 게다가 네게는 갑옷도 무기도 없으니, 오릴루스는 널 죽일 거야. 내 걱정은 하지 마. 난 사람들이 쉬오나툴란더를 땅에 묻을 때까지 이곳에서 그를 지킬 거야. 그런 다음 그의 무덤 앞에 암자를 짓고, 그곳에서 평생 그의 안식을 기도하며 살아갈 거야."

그러면서 그녀는 파르치팔에게 갈 길을 가라고 했다.

파르치팔은 그녀의 말을 따랐다. 마지못해 지구네의 말을 따른 것은 아니었다. 그는 마음이 몹시 무거웠고, 어쨌든 좀 밝아지고 싶었다.

숲을 빠져나오자 하늘에는 어느새 달이 떠 있고, 길은 텅 비어 고요하게 파르치팔 앞에 뻗어 있었다. 옆에는 작은 오리나무 숲이 솟아 있고, 나무의 몸체와 잎들이 달빛에 은빛으로 반짝였다. 그 뒤에는 작은 강의 표면이 번쩍거리고 있었다. 그리고 약간 떨어진 곳에 외딴집이 보였다. 파르치팔은 피곤한 데다 몹시 배가 고팠다. 그의 말 역시 다리를 지탱할 수 없을 지경임을 알아차렸다.

저기 사는 사람들이 틀림없이 오늘 밤 숙식을 제공해줄 거야,라고 생각하며 그는 말을 몰았다. 그곳에 당도했을 때, 사방에서 생선 냄새가 났고 벽에는 생선을 말리는 그물이 두어 개 걸려 있었다.

그러나 손님을 친절하게 맞는 집은 아닌 것 같았다. 가까이 다가가자 문이 열리더니, 개 두 마리가 튀어나왔다. 파르치팔의 가련한 늙은 암말은 놀라서 뒷걸음질 치며 주저앉았다. 동시에 문에 한 남자가 나타났다.

파르치팔은 그를 보자마자 곧장 말을 돌려 그곳을 빠져나가고 싶었다. 그러나 말은 고개를 푹 숙인 채 꼼짝도 하지 않았다.

그래서 파르치팔은 좋든 싫든 들어갈 수밖에 없었다. 그는 말에서 내려 문을 향해 갔는데, 그사이에도 개들은 험상궂게 으르렁거리면서 그를 따라왔다.

"안녕하세요." 파르치팔은 되도록 다정하게 들리게끔 애쓰면서 말했다. 그는 아무 대답도 듣지 못했다. 그 남자가 "안녕하세요"라고 대답을 했더라도 파르치팔은 이상하게 여겼을 것이다. 아니, 그는 대답 같은 걸 할 사람으로 보이지 않았다. 마치 목이 없는 듯 떡 벌어진 어깨에는 넓적한 머리통이 얹혀 있고, 두 손은 삽처럼 거의 무릎까지 늘어져 있었다. 두 다리는 땅속 깊이 박혀 있는 것처럼 짧아 보였다.

"간청하오니, 오늘 밤 잠자리와 빵 한 조각을 주세요. 신이 당신에게 보답하실 겁니다." 파르치팔은 그의 얼굴이 심히 마음에 들지는 않았지만, 말을 이었다.

파르치팔은 그자의 작은 두 눈이 달빛 속에서 시라소니의 눈알처럼 번득이는 것을 보았다. 그 눈은 유유히 파르치팔을 아래위로 훑었다. 충분히 오래 훑어본 뒤 그자가 말했다. "우리 오두막에는 잠자리가 없고, 우리 먹을 것도 거의 없어. 나하고 내 마누라 말이야. 그리고 신의 보답이란 건 꽤 오래 기다려야 하거든. 네가 내게 아무것도 줄 게 없다면, 계속 말을 타고 가보시지그래."

파르치팔은 그 말이 무섭게 느껴졌다. 그러나 아마도 모든 것에 대가를 지불해야 하는 것이 이 세상의 관습인 모양이라고, 그는 생각했다. 어머니는 그걸 모르셨던 거야. 아셨다면 틀림없이 내게 황금 주머니를 챙겨주셨을 텐데.

갑자기 파르치팔에게 무슨 생각이 떠올랐다. 그래, 예슈테 공작부인의 황금 브로치가 있잖아. 반지는 그대로 간직하고 싶었다. 그렇게 하겠다고 약속했으니까. 그러나 황금 브로치라면 이 음흉한 작자에게 내놓을 수 있었다.

"누가 제게 좋은 일을 해주면 보답을 해야 한다고, 제 어머니께서 가르치셨소." 파르치팔은 재차 말하면서 옷에서 보석을 꺼냈다. "당신 오두막에 날 재워주고 먹을 것을 좀 준다면, 그리고 내일 아침 일찍 아르투스 왕의 궁전이 있는 낭트로 가는 큰길까지 날 안내해준다면, 이 보석을 드리리다."

이제 양상은 달라졌다. 그자는 살그머니 다가와 파르치팔 바로 앞에 서서 그 반짝이는 보석을 탐욕스러운 눈으로 뚫어져라 바라보았다. "아이, 그럴듯하네! 이런 게 더 있으신가?" 그는 급하게 물어보면서, 목 하나는 더 큰 파르치팔을 사팔눈으로 올려다보았다.

"반지가 하나 더 있지만, 그건 당신에게 줄 수 없소!" 어부의 입에서 거의 웃음소리 같은, 으르렁거리는 소리가 터져 나왔다.

"아 좋아요, 도련님. 좋아요." 그는 즉시 비굴해지며 말했다. "그리 대단한 건 아니지만 그 브로치로 만족하죠, 뭐. 이리 내놓으시죠!"

그러나 무엇인가가 파르치팔의 경계심을 자극했다 "내일

아침 일찍 드리지요. 이제 들어갈 테니 먹을 것 좀 주시오. 곧 잠을 자러 가야겠소."

한순간 어부의 검은 얼굴이 심술궂게 일그러졌다. 그러나 그자는 깊이 허리를 숙였다. "저희가 가진 것으로 만족하셔야 합니다, 귀한 도련님. 들어오세요. 집사람이 지금 막 생선 두어 마리를 구웠으니, 그걸 드시지요. 집에 남아 있는 마지막 빵 조각하고요. 그러면 저희는 내일 쫄딱 굶어야겠지만 말이죠. 하지만 이렇게 귀한 손님을 위해서라면 그런 것쯤은 상관없습니다요."

이 말과 함께 그는 오두막 안으로 앞장서 들어갔다. 안에서는 화덕 앞에 한 아낙네가 앉아 생선 대여섯 마리를 꼬챙이에 꿰어 불 위에서 돌려가며 굽고 있었다.

그녀는 파르치팔에게 음험한 시선을 던지면서 아무 말도 하지 않았다.

"마누라." 어부는 아내에게 말하면서 몰래 눈짓을 했다. "우리 손님께 먹을 걸 좀 내어주시오. 좋은 침상도 준비해주고. 저분은 아르투스 왕에게 가시는 고귀한 분이셔. 근데 도련님, 낭트 궁전에서는 뭘 하시려는지요?" 그는 다시 파르치팔에게로 몸을 돌렸다. "아마도 왕자님이신가? 아니면 영주님의 아들이신가?"

파르치팔은 그 비웃음을 알아차리지 못했다.

"그렇소." 파르치팔은 진지하게 말했다. "내 아버지는 왕이고 어머니는 왕비요. 난 기사가 되기 위해 낭트로 가는 길이오."

"오호!" 어부는 어처구니없어 하며 그에게서 약간 떨어져 앉았고, 아내는 너무 놀라 생선 한 마리를 불에 떨어뜨렸다.

잠시 후 그들은 함께 앉아 말없이 먹었다. 식사를 마치자 어부의 아내는 밖으로 나가서 짚 한 다발을 가지고 들어와, 그것을 화덕 뒤 구석으로 던졌다.

파르치팔은 화덕 뒤로 기어들자마자 잠이 들었다.

그러나 그는 갑자기 벌떡 일어났다. 동시에 의식이 또렷해졌다. 판자벽 뒤의 방에서 어부 부부가 얘기하는 소리가 들려왔다.

"우리 손님을 어떻게 생각해?" 남편이 말했다.

아내가 크게 웃었다. "완전히 머리가 돌았어. 쉽게 알 수 있지. 저자가 왕의 아들이라면, 당신도 왕의 아들이야."

화가 난 파르치팔의 얼굴로 피가 몰려들었다. 그러나 그가 주먹으로 벽을 치려고 팔을 치켜들었을 때, 저편에서 어부가 말하는 소리가 계속 들려왔다. "내일 낭트로 떠날 필요도 없이, 내가 반지와 황금 브로치를 둘 다 가질 거야. 그 두 개면 지갑 가득 돈이 들어올 거야. 좀 있다가 그가 잠들면 건너가서 그것들을 찾을 수 있는지 살펴봐야겠어."

파르치팔은 꼼짝하지 않고 누워 있었다. 좀 기다리면 또 다른 얘기를 들을 수 있겠지. 파르치팔은 분을 참지 못하고 생각했다. 내 정신이 온전한지 아닌지, 넌 곧 알게 될 거야. 그는 몸을 일으켜 살금살금 고양이처럼 무기를 둔 곳까지 기어가서 사냥 창을 집어 들고는, 마침 창을 통해 한 줄기 달빛이 들어오는, 벽돌로 쌓은 화덕의 가장자리에 가 앉았다.

그는 사냥 창을 무릎에 가로로 놓고, 벽에 기대앉아 기다렸다.

오래 기다릴 필요도 없었다. 욕심이 어부를 잠시도 내버려두지 않았으니까.

어부가 이상한 그림자처럼 문으로 들어오는 것을 보고, 파르치팔은 벌떡 일어났다. 어부는 깜짝 놀라 비명을 내지르면서 한 걸음 뒤로 물러섰다. 그러나 때는 너무 늦었다. 파르치팔은 단숨에 화덕을 훌쩍 뛰어넘어 바로 그자 앞에 섰다.

"무슨 짓이냐?" 파르치팔이 화난 목소리로 물었다. 손에

쥔 사냥 창이 흔들거렸다.

"저요? 아무것도, 아무것도 아닙니다, 귀한 도련님. 절 찌르실 필요 없어요." 그는 말을 더듬었다. "그저 도련님께 부족한 게 없나 살펴보려고 왔습니다요. 그게 접대하는 주인의 도리니까요. 많이 피곤하셨을 테니 틀림없이 주무실 거라고 생각했는뎁쇼." 그는 시무룩하게 덧붙였다.

"내 생각에, 당신도 잠을 자는 게 좋을 것 같군." 파르치팔도 무뚝뚝하게 말했다. "한 가지 더, 그렇게 크게 얘기하지 말게나. 벽은 얇고, 나는 귀가 좋다네."

어부는 채찍에 맞은 사람처럼 몸을 한껏 움츠리더니, 다음 순간 소리 없이 사라졌다.

파르치팔은 남은 밤을 손에 사냥 창을 쥐고 짚단 위에 앉아 뜬눈으로 지새웠다. 그러나 집 안에서는 더 이상 아무 움직임도 없었다.

새벽이 밝아오자, 파르치팔은 말을 살펴보기 위해 밖으로 나갔다. 말은 저편 오리나무 옆에서 선 채로 잠자고 있었다. 이미 너무 늙고 뼈가 굳어 더 이상 앉을 수가 없었기 때문이다.

오두막 쪽으로 몸을 돌린 파르치팔 앞에 어부가 서 있었다. "원하신다면 곧 떠나시지요, 도련님." 보상을 받기 위해 이제부터 걸어야 했으므로, 어부는 무뚝뚝하게 말했다. 게다가 그는 어젯밤부터, 이 손님이 입은 옷만큼이나 진짜 바보인지 아닌지가 확실치 않았다. 어부는 빨리 손님에게서 벗어나고 싶었다.

그러나 딱딱한 나무 안장에 올라앉아 어부의 뒤를 따라 강 아래쪽으로 내려가는 파르치팔의 기분은 더없이 좋았다. 완만하게 흐르는 물은 황금색으로 보였다. 강바닥이 늪지였기 때문이다. 한동안 그들은 어부가 알고 있는 대로 걷거나, 말을 탄 채 건널 수 있는 강의 얕은 부분을 따라 내려와 건너편 강둑에 닿았다. 그들 앞에는 키 낮은 덤불이 자라 있는, 길고 평평한 언덕이 뻗어 있었다. 언덕 꼭대기에 이르자 그들 아래로 큰길이 나 있고, 저 멀리 시작도 끝도 없는 듯한 큰 강이 가물가물 빛나고 있었다.

그러자 어부가 멈춰 섰다. "이 길을 쭉 따라가면 낭트로 가시게 될 겁니다." 그가 말했다. "헤매실 일은 없을 겁니다. 그러니 전 이만 돌아가렵니다. 제게 보석을 주시지요!"

파르치팔은 미간을 찌푸렸다. "자네가 보답을 받을 만한지는 잘 모르겠네." 그는 생각에 잠겨 중얼거렸다. "지난밤에는 오히려 벌을 받아야 하지 않을까 생각했다네. 하지만 자네가

해준 일에 대해 황금 브로치를 주겠다고 약속했으니, 지켜야
겠지."

어부는 파르치팔의 손에서 보석을 거의 빼앗듯이 낚아챘
다. 이 이방인이 다른 생각을 할 수도 있다는 공포심에 사로
잡힌 그는 인사도 없이 몸을 돌리고는, 그 짧고 뭉툭한 다리로
언덕을 내려갔다. 파르치팔은 어부의 머리통과 거대한 어깨
가 덤불 위에서 흔들거리는 뒷모습을 한참 동안 바라보다가,
큰길 쪽을 향해 말을 타고 내려갔다. 경험 없는 미숙한 사람들
에게 자주 일어나는 일이지만, 하찮은 일에 너무 비싼 값을 지
불했다는 찜찜한 감정이 그를 괴롭혔다.

4

물론 큰길은 낭트로 이어졌다. 그러나 그 길은 끝이 없어 보였다. 말을 탄 파르치팔은 가고 또 갔다. 세상은 점점 넓어지는 듯했다. 그는 영지들을 지나갔다. 낮은 구릉 위 여기저기에 탑과 벽으로 둘러싸인 석조 건물들이 서 있었다. 기사들이 드나드는 것을 본 파르치팔은 그곳이 기사들의 거주지일 거라고 짐작했다. 그렇다. 아르투스 왕이 자신을 기사로 봉할 때, 그에게도 저런 휘황찬란한 집을 하사해주시리라. 그러면 그는 어머니를 졸타네의 숲에서 모셔와 함께 그곳에서 살게 되리라. 곰곰이 생각에 잠겨 있던 파르치팔은 자신의 피곤한 말이 비틀거리지 않도록 조심했다.

그러나 그런 그의 조심성이 아무런 쓸모도 없었음이 곧 드러났다. 그 늙은 암말은 발굽을 질질 끌고 애처롭게 헐떡이면서 이리저리 비틀거렸다.

아르투스 왕께 가려면 서둘러야 하는데, 하고 생각하면서 파르치팔은 언짢아졌다. 그러나 이 모든 것은 곧 끝을 맺게 된다!

그는 큰길에서 만나는 사람들 때문에 불쾌했다. 그래도 그는 사람들 곁을 지날 때면 시무룩한 얼굴로나마 웅얼거렸다. "안녕하세요!" 이제 그는 사람들이 자신을 비웃고, 등 뒤에서 멍하니 바라보는 데도 익숙해져 있었다. 하지만 맹세코 얼마 지나지 않아 사람들은 더 이상 그런 짓을 할 수 없게 된다. 곧 그는 사람들이 놀라서 입을 다물 수 없을 정도로 빛나는 모습이 되어, 그들 곁을 지나가게 되니까 말이다.

마침내 해가 저물 무렵, 멀리 파르치팔 앞에 회색의 긴 벽이 모습을 드러냈다. 연달아 이어지는 건물들, 그것은 그가 지금까지 보지 못한 장관이었다. 그 건물들을 에워싸고 벽이 둘러쳐져 있었고, 그 위에도 탑이 두어 개 세워져 있었다. 탑들 역시 여러 채의 집을 거느리고 있었으며, 모두가 아름답고 엄청났다. 아마도 저곳이 아르투스 왕의 궁전이 있다는 낭트임에 틀림없었다. 어머니가 일러주신 그대로였으니까.

"다행이다!" 안도한 파르치팔은 한숨을 내쉬었다. 목적지가 가까워졌음을 냄새 맡은 말들이 늘 그러하듯, 파르치팔의 늙은 암말 역시 다시 한 번 마지막 힘을 그러모아 비틀거리며, 도시 성벽의 쇠를 박은 성문을 향해 갔다.

성문은 열려 있었다. 그 안에 경비병 두어 명과 젊은 기사 한 사람이 서 있었다. 파르치팔은 적어도 그렇다고 생각했다. 그러나 그 젊은이를 자세히 살펴볼 시간이 없었다. 바로 그 순간 성문을 통과해 말 탄 남자가 튀어나왔기 때문이다. 그리고 그를 쳐다보는 소년 파르치팔의 가슴은 놀라움과 환희로 얼어붙었다.

그는 붉은색 갑옷을 입고 있었다. 두 다리를 감은 것도 붉은색이고, 등 뒤에서 바람에 나부끼는 망토도 붉은색이었다. 그의 방패도 붉은색이었으며, 창의 자루와 칼집 역시 붉었다. 그가 올라앉은 수컷 말 역시 불타는 듯한 붉은색이었으며, 투구는 햇빛 속에서 불붙은 광석처럼 번쩍이고 있었다.

그는 온 나라 어디서나 붉은 기사로 불리는 이테르였다. 일찍이 낭트에서 아르투스 왕의 원탁에 앉게 된 오만한 전사였다.

그러나 이 모든 것을 파르치팔이 알 리 없었다. 파르치팔은 놀라 어안이 벙벙한 채, 빈약한 암말 위에 멍하니 앉아 있었다. 그러자 그 기사는 곧 파르치팔과 말을 무너뜨릴 기세로 달려오는 것이 아닌가. 그러나 파르치팔이 꼼짝 않고 있었으므로, 그 대담한 기사는 마지막 순간 파르치팔 바로 앞에서 자신의 붉은 말을 뒤로 잡아챘다.

밝은 얼굴에서 웃는 두 눈이 파르치팔을 유심히 살펴보았다. 투구 아래로는 붉은 곱슬머리 한 가닥이 이마에 늘어져 있었다. 그 기사는 손에 황금 술잔을 들고 있었다.

"고귀한 기사님, 안녕하세요." 파르치팔은 숨 가쁘게 말을 뱉고는 황홀하게 그를 바라보았다.

그사이 붉은 기사 역시 파르치팔을 살펴보고는, 마찬가지로 놀라고 있었다. 그는 잘생긴 소년의 얼굴에 나타난 경탄을 보았다. 바보 같은 옷차림 속에 감춰진 넓은 어깨와 날씬한 몸을 보았다. 소년은 그런 옷을 입고도 그토록 날렵하게, 그리고 기죽지 않은 채 흉물스러운 나무 안장 위에 앉아 있었다. 그때 붉은 기사는 터져 나오는 비웃음을 꾹 참고 아주 엄숙하게 말했다. "안녕, 도련님. 때마침 잘 왔네. 내게 봉사를 증명해 보이겠나?"

"기꺼이요, 기사님." 파르치팔은 기뻐하며 대답했다. "그렇다면 주의해서 듣게! 이 술잔이 보이나? 이긴 이크푸스 왕

의 것이라네. 폐하께서 왕비님을 비롯한 기사들과 연회를 베
푸실 때 식탁 위 폐하 앞에 놓여 있던 것이지. 연회장 입구로
막 향하던 나는 거기 모두가 앉아 있는 것을 보았지. 근데 있
지, 갑자기 내 말에 박차를 가해 폐하의 연회장으로 타고 들
어가서 그 흥겨운 식탁 주변을 돌고 싶어 죽겠는 거야." 그는
즐거운 듯 크게 웃었다.

"가끔 난 그런 짓을 한다네. 나도 달리 어쩔 수가 없거든. 이
번에도 그랬다네. 내가 그런 생각을 하자마자 내 붉은 말은
이미 문을 지나 연회장 안으로, 폐하가 앉아 계신 곳까지 들
어갔다네. 아, 그 놀란 얼굴들이란! 너무 놀라서 거의 숨이 막
힐 듯한 얼굴들이었지. 그 고귀하신 분들이 말이야. 나는 말
을 달리면서 식탁에서 이 술잔을 낚아챘다네." 붉은 기사의
얼굴에 그늘이 졌다. "그때 내가 전혀 원치 않던 일이 일어났
어. 내 말이 대리석 바닥에 미끄러지면서 술잔의 포도주를 왕
비님의 옷에 쏟고 말았지 뭔가. 죄송스러운 일이지. 난 말이
지, 내가 술잔을 훔쳤으며, 왕비님을 모욕했고, 비겁하게 도
망갔다고 사람들이 수군대길 원치 않아. 그러니 자네가 성안
으로 들어가서 폐하께 잘 말씀드려주면 좋겠네. 성문 밖에 붉
은 기사가 있는데, 그는 왕비님을 모욕하려던 것도 술잔을 훔

치려던 것도 아니라고 말이야. 그 모욕에 대해 보복하고 폐하의 술잔을 다시 가져가기 위해 기사들 중 누군가가 내게 결투를 신청해주길 기다리고 있다고. 내 말을 잊지 않고 전할 수 있겠나?"

"잊지 않을게요." 파르치팔은 엄숙하게 맹세했다. "정확하게 전하겠습니다."

"그러면 자넨 원하는 것을 보답으로 받을 수 있을 걸세." 기사 이테르는 약속했다. 파르치팔은 자신의 늙은 말을 다정하게 격려하며 성문을 향해 갔다. 그동안 붉은 기사는 자신의 말을 몰아대며 기다렸다.

경비병들은 이를 드러내고 웃으면서 파르치팔을 마주 바라보았다. 그러나 파르치팔이 다시 엄숙한 얼굴이 되어 그들 사이를 통과하려고 하자, 그들은 창을 아래로 내렸다.

"대체 어디로 가려는 거냐?"

"아르투스 왕께 보고드려야 할 게 있다네."

그들은 마주 보고 눈짓을 했다. "아, 물론 그러시겠지. 폐하께서는 오래전부터 당신 같은 녀석을 기다리고 계시지. 근데 자네 옷이 도무지 폐하의 연회장에는 어울리지 않는단 말이야. 만약 자네가 저 바깥의 붉은 기사처럼 차려입는다면, 아르투스 왕께서는 틀림없이 명예롭게 자넬 맞아주실 거야!"

"맞는 말이네!" 파르치팔은 한순간 진지하게 생각하더니 말했다. "붉은 기사는, 내가 그의 전언을 잘 전달하면 보답을 하겠다고 약속하셨어. 나는 그의 갑옷과 말을 갖고 싶다네."

그러자 경비병들은 깔깔거리며 웃기 시작했다. 무시무시한 분노가 파르치팔을 사로잡았다. 오, 그들이 얼른 웃음을 멈춰야 할 텐데! 파르치팔은 그들의 머리통에 사냥 창을 내리꽂으려고 팔을 치켜들었다. 그러나 그는 그럴 수가 없었다. 강력한 주먹이 갑자기 그의 손목을 눌렀던 것이다. 파르치팔은 여태껏 아무 말 없이 성문 아치에 기대서 있던 젊은 기사의 얼굴을 보았다.

말없이 그를 쏘아보던 파르치팔의 두 눈은 분노로 이글거렸다.

"당장 놓아줘!" 그는 부드득 이를 갈았다. "나를 막아 어쩔 셈이냐?"

그러나 상대방은 여전히 침착했다. "원한다면 자넬 폐하께 데려다주지." 그는 그렇게만 말하고 손을 거두었다.

파르치팔은 약간 부끄러워하며 사냥 창을 내렸다. "고맙소." 그는 웅얼거리며 말을 몰았다.

그들은 좁은 골목을 가로질러 성안을 향해 몸을 돌렸다. 파르치팔은 몰래 이 친절한 인도자를 살펴보았다. 비록 저 바깥의 붉은 기사처럼 화려한 차림새는 아니었지만, 그가 마음에 들었다.

"당신도 기사이신가?" 파르치팔은 호기심에 차서 물었다.

상대방은 머리를 흔들었다. "아니, 기사가 되려고 한다네. 나는 이바네트야. 기노퍼 왕비*의 조카라네. 보이지, 저기 건너편이 왕의 성이야."

그들은 널찍한 광장으로 나왔다. 그곳에는 떠들썩하고 즐거운 삶이 펼쳐지고 있었다. 하인들은 주인의 말을 몰아대고, 벽에 웅크리고 앉은 떠돌이 악사들은 온 힘을 다해 깽깽이를 켜거나 피리를 불어댔다. 여기저기서 사람들이 서로 밀치고 있었다. 어찌나 소란스럽던지, 소년은 머릿속이 완전히 혼란스러워졌다.

"저기가 광장일세!" 기사 시종** 이바네트는 자신에게 달려온 사내아이 두어 명의 윗옷 자락을 잡았다. 사내아이들은 파르치팔이 탄 늙은 암말의 다리 앞까지 달려와서는, 말에 앉

---

* (옮긴이) 귀네비어 왕비의 독일식 이름.
** (옮긴이) 중세 기사의 밤께잡이 기종.

은 이상한 사람을 입을 벌린 채 바라보고 있었다.

건너편 광장 저편에는 많은 돌출창과 탑들과 둥그렇게 튀어나온 아치창과 우아한 발코니 들이 딸린 성이 우뚝 솟아 있었다.

"내리게나!" 이바네트는 한 하인에게 파르치팔의 말을 붙잡으라고 손짓하며 말했다. 하인은 늙은 암말에게 경멸 어린 시선을 던졌다. "이런 초라한 짐승은 내 평생 본 적이 없네." 하인은 웅얼거리면서 마지못해 볼품없는 고삐를 팔에 걸고는, 괴상망측한 손님의 모습에 고개를 내저었다. 그래도 이바네트는 이 이상한 손님을 곧장 왕의 연회장으로 이끌고 갔다.

성문은 활짝 열려 있었고, 아르투스 왕과 그 유명한 원탁의 기사들을 보려고 많은 사람이 몰려와 서로 밀치고 있었다.

파르치팔은 감히 숨조차 쉴 수 없었다. 저들이 바로 그들이란 말이지. 서방에서 가장 고귀한 기사들, 어머니가 그렇게 말했었지.

연회장 중앙에는 거대한 원탁이 놓여 있고, 그 앞에 그들이 앉아 있었다. 그중 한 사람이 다른 사람들보다 특히 더 화려했다. 원탁 위는 금과 은, 수정으로 반짝였고 벽에는 빙 돌아가며 천 개의 촛불이 밝혀져 있어, 이 모든 빛으로 인해 사람들의 눈에는 눈물이 가득해 보였다.

오, 기사가 된다는 건 굉장한 일이었다. 그가 어렴풋이 예감했던 것보다 훨씬 찬란한 일이었다. 아니, 그는 더 이상 기다리고 싶지 않았다. 마침내 그도 기사가 되고 싶었다!

그런데 그를 기사로 봉해줄 아르투스 왕은 어디 있단 말인가? 그는 이바네트의 팔을 꽉 붙잡았다. "내 눈에는 전부 왕들뿐인 것 같은데." 그가 속삭였다. "누가 아르투스 왕이신가?"

이바네트는 낮게 웃었다. "저 위 원탁 끝에 계신 분일세. 그 옆이 기노퍼 왕비님이시고."

파르치팔은 자기가 어디에 와 있는지 잊어버렸다. 기사 시종 이바네트도, 주변의 기사들도, 자신의 바보 같은 옷차림과 송아지 가죽 부츠도, 사냥 창과 어깨에 둘러멘 활도 모두 잊어버렸다.

그는 연회장 안으로 들어갔다. 마치 고향집 숲속을 걷는 것처럼 가볍고 유연한 발걸음으로 탁자를 따라 걸어갔다. 주변이 갑자기 조용해지고, 기사들의 고개가 하나씩 실에 꿴 듯 자신을 향해 돌려진 것도 알아채지 못했다.

파르치팔은 오직, 이제 자신에게로 얼굴을 돌린 아르투스 왕만 보고 있었다. 이어 그는 깊이 고개를 숙이고 말했다. "모두에게 인사 올립니다, 고귀하신 분들이여. 제 어머니께서 명하신 대로 폐하 그리고 왕비마마, 두 분께 특별히 인사 올립니다. 저는 폐하께 전할 말씀이 있습니다. 바깥 성문 앞에 머리부터 발끝까지 붉은 기사님이 기다리고 계십니다. 제 생각에, 그는 여러분 중 한 분이 달려 나오시면 결투를 할 것입니다. 그 기사님은 왕비님께 포도주를 쏟은 것을 죄송스럽게 생각하고 있습니다. 또 황금 술잔도 되돌려드릴 것이라고 전해 달라 하셨습니다."

붉은 기사가 맡긴 임무를 양심껏 끝까지 전한 파르치팔은 이제 자신의 간청도 안심하고 꺼내놓을 수 있다고 생각하며 말을 이었다. "폐하께서 기사 작위를 부여해주신다는 말을 듣고 저는 여기까지 왔습니다. 하오니 폐하, 저를 빨리 기사로 봉해주십시오." 그는 진심을 담아 말을 마쳤다.

아르투스 왕은 꿈인지 생시인지 알 수 없다는 듯, 그대로 앉아 있었다. 기사들 또한 놀라서 의자에서 몸을 일으켰다.

그러나 이 소년이 아무리 바보 같은 소릴 지껄였다 해도, 또 옷차림이 아무리 바보 같아 보인다 해도 그에게는 연회장에서 당장 쫓아내라고 하인들에게 손짓하지 못하게끔 막는 무언가가 있었다.

그래서 얼마 뒤 왕은 불친절하지는 않은 어조로 말했다. "그래, 지금 당장 너를 기사로 봉할 수는 없다. 좀 기다리며 준비를 해야 할 것이야."

"아닙니다, 폐하. 저는 기다릴 수 없습니다." 파르치팔은 진지하게 말했다. "저는 기사가 되는 데 필요한 모든 것을 갖추었습니다." 그는 열심히 말을 이었다. "붉은 기사는 제 임무에 대해 보답하겠다고 약속했습니다. 그러니 그는 그의 말과 갑옷을 제게 주어야 할 것입니다." 그러나 그것이 아직 확실치는 않았으므로, 파르치팔은 이렇게 제안했다. "붉은 기사님이 그렇게 하도록 폐하께서 명령을 내려주십시오! 폐하께서는 왕이시니, 그는 복종할 것입니다."

더는 참지 못하고, 왕의 미간에 주름이 잡혔다. "어리석은 어린아이같이 말하는군! 그 기사가 몸에 걸치고 있는 갑옷을 네게 주라고 명령할 수는 없다. 그와 결투하여 이길 때에만, 너는 그걸 얻을 수 있을 것이야."

"그를 이길 때." 파르치팔은 실망하여 왕의 말을 되뇌었다. 그렇다. 붉은 기사가 자발적으로 내주지 않는다면, 그다지 가망 없는 일이었다.

왕 옆에는 평생 포도주 대신 식초를 마셨음에 틀림없는 뾰족한 코를 가진, 꽤 나이 든 기사가 앉아 있었다. 그는 낭트 궁전의 궁내부 대신인 카이* 기사였다. 그는 이미 한참 동안 이 낯선 젊은이를 시기심 어린 눈길로 살펴보고 난 뒤였다. 즉, 그는 보잘것없는 긴 옷 아래에 볼품없는 바보 이상의 것이 숨겨져 있음을 알아챘던 것이다. 게다가 그는 이 소년이 왕의 마음에 들었다는 것도 알아차렸다. 그리고 누군가가 자신이 받는 왕의 총애를 빼앗아갈지도 모른다고 언제나 불안해하고 있던 터였기에, 이 불청객을 빨리 치워버리는 것이 좋겠다고 결심했다.

그는 왕의 귀 쪽으로 고개를 숙였다. "가게 허락하시지요, 폐하. 어떻든 그가 이테르에게 무리한 요구를 한다고 해도 좋지 않겠습니까. 저 아이는 그에게 아무런 해도 끼치지 못할 겁니다. 이테르 역시 저 녀석이 제정신이 아니라는 걸 알게 될 테니까요. 그는 저 녀석을 악마에게 쫓아버릴 것이며, 그러면 우린 저 아이에게서 놓여나게 될 겁니다."

파르치팔이 이 말을 제대로 이해하지 못한 것은 천만다행이었다. 만약 알아들었더라면, 다음 순간 궁전에서 일어나서

---

* (옮긴이) 원탁의 기사 케이의 독일식 이름.

172

는 안 되는 불미스러운 일이 벌어지고 말았을 테니까.

왕은 곰곰이 생각했다. "자네 말이 맞는 것 같네." 마침내 왕이 말했다. "이테르 기사는 사실 경솔한 젊은이지만, 기사도를 더럽히는 짓은 하지 않았네. 그래, 내 생각에는," 왕은 다시 파르치팔에게로 몸을 돌렸다. "가서 붉은 기사에게 말해보아라. 그가 네게 그의 갑옷을 선사한다면 좋겠구나."

"신이 보답하실 겁니다, 폐하!" 파르치팔은 기쁨에 겨워 말했다.

"만약 여기 계신 기사분들 중 아무도 그 황금 술잔을 가져오고 싶어 하지 않는다면, 그것도 곧 제가 가져다 드리겠습니다."

그는 서둘러 절을 하고 환한 얼굴로 그곳을 달려 나왔다. 그의 등 뒤에서 폭소가 터져 나왔지만, 파르치팔의 귀에는 이미 아무 소리도 들리지 않았다.

뒤이어 카이 기사도 곧 원탁을 떠났다. 그러나 그의 목적지는 달랐다.

연회장 양편으로는 돌계단이 발코니로 이어지고, 그 발코니는 성의 전면을 따라 배치돼 있었다.

궁내부 대신은 이 길을 택했다. 그 발코니에는 왕비의 시녀 두어 명이 앉아 있었다.

크고 깡마른 몸집의 카이 기사는 급히 사람들을 제치고 쿤나바레가 앉아 있는 곳까지 갔다. 그녀는 시녀들 중 가장 젊고 가장 예쁘다고 소문나 있었다. 그러나 그녀는 가난했으며 부모도 친척도 없었다. 그래서 궁내부 대신은 자기가 그녀를 아내로 맞이하면, 그녀는 지극히 행복해해야 한다고 생각하고 있었다.

그러나 쿤나바레는 전혀 행복하지 않았다. 그녀는 허영심 강하고 악의적인 궁내부 대신을 좋아하지 않았기 때문이다. 또 그는 약간 우스꽝스러워 보이기도 했다. 그는 그녀 앞에서 뽐내려고 각종 싸움에 나가 이겼다. 결투 뒤에는 언제나 딱딱한 뼈마디가 온종일 쑤셨음에도 불구하고 말이다. 그녀에게 온갖 선물을 가져다 안겼으며, 그녀에게 사랑의 봉사를 자청했다. 그러나 그는 그녀로부터 작은 미소 한 번 보답받지 못했다.

그가 그녀 곁에 있는 난간에 기대섰을 때, 그녀는 전과 다름없이 수틀에서 눈도 들지 않았다.

"당신이 내 봉사를 필요로 하는지 빨리 알고 싶은데 말이야." 그는 아부하는 어조로 말을 꺼냈다.

"아니에요, 카이 기사님. 고맙습니다." 그녀는 언제나처럼 정중하고 차갑게 대답했다. 그녀의 두 눈은 놓고 있는 수繡에 고정되어 있었다.

"늘 그렇게 아니라고만 하지 않았으면 좋겠는데." 그는 언짢아하며 웅얼거렸다. 그러다가 갑자기 크게 웃었다. "저 아래에 있는 녀석을 한번 봐. 저 어린 바보가 조금 전 아르투스 왕 면전에 와서는, 아주 진지하게 당장 자기를 기사로 만들어 달라고 요구했거든!"

아래쪽에서는 파르치팔이 막 자신의 말에게로 가서, 어리둥절해하는 하인의 손에서 고삐를 낚아채고 있던 참이었다. 위쪽에서 큰 웃음소리가 울려 나오자, 파르치팔은 고개를 들었다. 파르치팔은 그곳에, 전혀 마음에 들지 않는 뾰족코의 기사가 서 있는 것을 보았다. 바로 그 옆에는 어떤 젊은 여인이 난간 위로 허리를 굽혀 그를 내려다보고 있었다. 그녀가 어찌나 예쁘던지, 파르치팔은 마법에 홀린 듯 말없이 그 자리에 서서 그 얼굴을 뚫어져라 올려다보았다. 그녀가 갑자기 미소를 지었다. 아니, 그것은 다른 사람들이 짓던, 그런 비웃음이 아니었다. 그 다정한 미소에 파르치팔은 마음이 따뜻해지는 것 같았다. 그러자 이제 그 여인은 손을 들어 재빨리 그에게 흔들었다.

그러다가 파르치팔은 분노의 외침을 뱉어냈다. 저 위에서 그 말라빠진 기사가 여인의 팔을 잡아 난간 뒤로 잡아채며 소리를 질렀던 것이다. "이봐, 저 어리디어린 풋내기가 달려 나오는 것을 보고 갑자기 미소를 흘리다니! 나는 본체만체하고 말이야!"

오, 카이 기사님은 몹시 화가 나서 그만 궁정 법도를 까맣게 잊어버린 것이다.

파르치팔의 주먹이 사냥 창을 움켜잡았다. 그러나 그는 저 위 해골같이 마른 기사에게 그것을 던질 수는 없었다. 자칫하면 그녀가 다칠 수도 있었기 때문이다.

"이 역겨운 유령아, 내 기억해두겠어!" 그는 화가 나서 큰 소리로 말하고는, 급히 이바네트에게로 몸을 돌렸다.

"발코니의 저 여인은 누구요?" 그가 물었다.

"쿤나바레요." 기사 시종 이바네트가 대답했다. "그런데 왜……"

"절 위해 봉사 좀 해주시겠어요?" 파르치팔이 그의 말을 끊었다. "쿤나바레에게 전해주시오. 위의 기사가 저 때문에 그 숙녀분을 몹시 거칠게 대했으니, 이제 제가 그녀에게 봉사를 청한다고요."

이바네트는 놀란 얼굴로 그를 바라보았다. "마치 기사 예법을 배운 것처럼 말하는군요. 대체 당신은 누구요?"

"저는 가무레트 왕의 아들 파르치팔입니다." 그는 급하게 말했다. "하지만 이제 나가봐야겠어요. 붉은 기사가 절 기다리고 있어서요."

파르치팔은 움푹 꺼진 말의 배 아래로 자꾸 미끄러지려는 나무 안장에 간신히 올라앉았다. 그리고 고삐를 잡아챌 새도 없이 다시 성문 밖으로 달려 나갔다. 이바네트가 자신을 천천히 뒤따라오고 있는 것에는 조금도 주의를 기울이지 않았다.

"자." 붉은 기사는 초조하게 말했다. "내가 맡긴 임무를 제대로 수행했는가?"

"그래요, 그런데 아무도 당신과 싸우려고 하지 않았어요." 파르치팔은 거의 상심한 어조로 말했다. "그래서 제가 직접 폐하께 술잔을 가져다 드리겠다고 약속했답니다."

뭔가가 붉은 기사를 화나게 한 것 같았다. 그의 얼굴이 어두워졌던 것이다.

"당신은 제게 보답을 약속하셨지요." 그러는 와중에도 파르치팔은 겁내지 않고 말을 이었다. "폐하께서는 당신에게 전하라고 하셨습니다. 당신이 제게 말과 갑옷을 주셔야 한다고요. 그러니 말에서 내리시면 갑옷을 벗게 도와드리지요. 물론 전 그리 솜씨가 좋진 못합니다만……"

파르치팔은 말을 멈췄다. 왜냐하면 그 붉은 준마가 파르치팔의 비루먹은 말을 거의 쓰러뜨릴 듯이 거센 기세로 튀어나왔기 때문이다.

붉은 기사는 불같이 화를 내며 파르치팔에게 몸을 굽혔다. "대체 뭐라고 지껄이는 거냐? 완전히 정신이 나간 모양이로구나. 물론 보답을 받을 것이다. 하지만 내 갑옷은 아니야!"

"다른 것은 필요 없습니다, 기사님." 파르치팔은 참을성 있게 말했다. "저는 가능한 한 빨리 기사가 되고 싶거든요. 그러려면 당신이 가진 물건이 전부 필요합니다."

그러자 붉은 기사는 완전히 인내심을 잃었다.

"어서 도망쳐, 이 바보야!" 붉은 기사는 외치면서, 번개같이 창을 돌려 뭉툭한 끝을 파르치팔의 가슴에 겨누었다. 그러나 파르치팔의 늙은 암말은 다리가 너무 허약한 나머지 그만 주저앉고 말았기에, 그 순간 붉은 기사와 그의 준마는 잔디 위에 나둥그러지고 말았다.

파르치팔이 몸을 벌떡 일으켰을 때, 눈앞에는 검은 안개 같은 것이 어른거렸다. 그는 생각할 수도 느낄 수도 없었다. 그저 붉은 기사가 자기를 부대 자루처럼 말에서 내던진 사실만 기억할 뿐이었다.

그래서 그는 사냥 창을 움켜쥐고 던졌다. 그는 목표를 겨냥하지 않았다. 사냥 창이 어디로 날아가든 상관없었다. 모든 분별력을 앗아간 분노 때문에 그는 무엇이든 하지 않으면 안 되었던 것이다.

그는 자신의 사냥 창이 이테르 기사의 이마 한가운데에 명중한 것을 보지 못했다. 그가 본 것은 단지 붉은 기사가 뒤로 벌렁 나자빠지더니, 어느새 붉은 말의 안장이 텅 비어버렸다는 사실뿐이었다.

그랬다. 그리고 주변은 이상하게 고요했다. 붉은 말은 거칠게 뒷다리로 일어서더니, 미동도 하지 않고 잔디 위에 누워 있는 주인을 향해 고개를 뒤로 돌린 채 그곳에 서 있었다.

파르치팔은 두 손으로 눈을 비볐다. 꿈에서나 보는 듯한 이 얼굴을 그는 닦아 없애야 했다. 지워버려야 했다. 그래야 했다. 그러나 그것은 지워지지 않았다.

그 순간 건너편 성문 아래로 들어서고 있던 이바네트가 달려 나왔다.

소리를 들은 파르치팔은 몸을 돌렸다. 오, 그가 오다니, 됐구나. 정말 잘됐어! 파르치팔은 그를 향해 두어 걸음을 떼었다. 이바네트가 도착할 때까지 기다릴 수가 없었다. 그러나 기사 시종 이바네트는 파르치팔을 본체만체하며 지나쳐 달려갔다.

이바네트는 붉은 기사 위로 몸을 굽히고 있었다. 대체 왜 저렇게 오래 보고 있는 거지? 이제 곧 그를 도와 몸을 일으켜 줄 거야. 아무 일도 일어나지 않았는데, 뭐.

잠시 뒤 몸을 일으킨 이바네트는 손에 뭔가를 들고 있었다. 파르치팔의 사냥 창이었다. 그랬다. 그것은 작은 투창, 그리 위험하지도 않은 무기였다.

이바네트는 천천히 파르치팔 쪽으로 건너오더니 말했다. "이테르 기사는 죽었소."

그때 파르치팔은 깨달았다. 자신이 처음부터 그 사실을 알고 있었다는 것을. 그러나 파르치팔은 알고 싶지 않았다. "아니오." 그가 말했다. "아니오. 말도 안 돼."

이바네트는 파르치팔의 얼굴에 나타난 심각한 혼란스러움을 보았다. 그래서 자신의 손을 그의 어깨에 올려놓았다. "그가 자네를 말에서 던지는 것을 보았소. 내 생각에, 그가 당신을 죽이려던 건 아니었어. 그리고 당신의 투창이 그를 명중시

킨 것 역시 당신의 의지가 아니었소, 그의 운명이오."

"그래, 그렇잖소. 아시지요?" 파르치팔은 웅얼거리면서 자신을 얼어붙게 하는 마비 증세를 털어버리려고 애썼다.

"많은 기사가 결투를 하다가 죽소. 서로 죽이려고 하지 않았는데도 말이오." 이바네트가 말을 이었다. "이것이 이테르 기사가 조만간 당할 종말이었소. 그의 전 인생이 결투였으니까 말이지."

"그래요." 파르치팔은 다시 말했다. 그러나 그는 알고 있었다. 이 모든 것에는 잘못이 있어. 어딘가에 책임이 있어. 대결을 하면서 죽을 수 있다면, 이런 식으로 싸워서는 안 돼. 그리고…… 그리고 어디에 가 맞을지도 모르면서 투창을 던져서는 안 되는 거야!

그는 귀를 기울였다. 이바네트가 뭐라고 말했지?

"기사의 관습에 따라 패배한 자의 무장과 말은 승자의 것이 된다오. 이리 오시오. 갑옷을 벗깁시다."

파르치팔은 멍하니 그를 바라보았다. 맙소사, 그는 더 이상 그것에 대해 생각하고 있지 않았다. 그런데 이제 그의 열망이 이뤄진 것이다. 이제 그는 기사가 되기 위해 스스로 붉은 기사의 갑옷으로 갈아입고 떠나기만 하면 되었다.

파르치팔은 갑자기 거칠게 움직여 몸을 일으키더니, 이바네트의 손을 어깨에서 털어냈다. 그래, 이제 그는 말을 타고 세상으로 나가 빛나는 기사가 될 것이다. 더 이상 쓸데없는 생각은 안 하리라. 정말 불운하게도 그의 사냥 창이 붉은 기사를 맞힌 것을 두고, 그더러 어쩌란 말인가?

그러나 파르치팔은 여전히 손가락 하나 움직일 수 없었다. 이바네트를 돕기는커녕, 이 모든 것이 자기와는 아무 상관 없는 일이라는 듯 그저 이바네트를 물끄러미 바라보며 말없이 서 있었다.

"이제 당신의 옷과 부츠를 벗어요. 벗지 않으면 이 갑옷이 맞지 않을 거요." 마침내 이바네트가 말했다.

그러나 파르치팔은 펄쩍 뛰었다. "오, 아니오. 이 옷은 어머니께서 직접 만들어주신 거요. 내 몸에서 떼어낼 수 없어요. 그래야만 하오."

이바네트는 머리를 흔들었다. 그런 다음 몹시 애를 써서 송아지 가죽 부츠를 강철 다리 싸개 속에 억지로 밀어 넣고, 우스꽝스러운 긴 옷 위에다 갑옷을 조여 맸다. 이바네트는 생각했다. 가무레트 왕의 아드님은 참 유별난 괴짜로구나. 그곳에 서 있는 파르치팔은 붉은 기사 이테르처럼 키가 크고 어깨가

떡 벌어진 늠름한 모습이었다. 하지만 아직 유모에게서 떨어지지 못한 어린아이처럼 말하고 있었다. 기사 시종 이바네트에게는 참 이해하기 어려운 일이었다. 왜냐하면 그는 파르치팔의 유년 시절에 대해, 아들을 세상으로부터 보호하려고 했으나 결국 뜻을 꺾고 만 헤르첼로이데 왕비에 대해 전혀 알지 못했으니까.

파르치팔이 붉은 말의 고삐를 움켜잡았을 때는 날이 거의 어두워진 무렵이었다. 그는 다시 한 번 이바네트에게 몸을 돌려 말했다. "당신이 날 위해 해주신 모든 것에 감사하오. 이제 마지막 봉사를 해주시오. 당신이 폐하께 황금 술잔을 가져다주시오. 난 더 이상 이곳에 머무르고 싶지 않소. 신이 당신과 날 보호해주시기를!" 낯선 주인이 등에 올라타자, 말은 높이 뛰어올랐다.

뒤이어 붉은 갑옷의 기사가 된 파르치팔은 이미 어둠 속에 덮인 죽은 자의 곁을 지나, 밤의 한복판으로 뛰어들었다.

밤은 아주 캄캄했다.

붉은 말은 도망이라도 가는 것처럼 시도 때도 없이 큰길과 작은 길을 달렸다. 이 말은 고양이의 눈을 가진 것 같았다. 게다가 전혀 피곤해하지도 않는 것처럼 보였다. 파르치팔은 어디로 가야 할지 알지 못했다. 하지만 어디로 가든 상관없었다. 우선 이 밤이 끝나야만 했다. 그리고 아침이 오면 모든 것은 분명 다른 얼굴을 하리라.

파르치팔은 자신의 갑옷이 햇빛 속에서 얼마나 찬란하게 빛날지, 붉은 방패와 긴 창자루가 얼마나 강력해 보일지만 생각하려고 애썼다. 이제 더 이상 사냥 창은 없었다. 활도 화살도 없었다. 그것은 기사답지 못한 무기들이라고, 이바네트가 일러주었다.

파르치팔, 이제 넌 기사가 되는 거야. 그런데도 너는 붉은 우단 망토와 번쩍거리는 갑옷 아래, 여전히 우스꽝스러운 옷을 입고 있구나. 그런 모습으로는 여전히 크고 바보 같은 아이일 뿐, 너만 그걸 모르는 거야.

가끔씩 파르치팔은 깜짝깜짝 놀라면서 어깨 뒤쪽으로 귀를 기울였다. 왜냐하면 등 뒤에서 어떤 목소리가 계속 말하는 것 같았기 때문이다. "사람을 죽여서는 안 되느니라!"

날이 밝자 그 목소리는 잠잠해졌다. 파르치팔 앞에는 어디로 향하는지 예측이 안 되는 큰길이 놓여 있었다. 조금 뒤 그의 왼쪽에서 물결치는 듯한 부드러운 대지 위로 해가 떠올랐다. 파르치팔은 남쪽으로 말을 달리고 있음을 깨달았다. 붉은 말은 가끔 길가의 두어 개 덤불에서 풀을 뜯어 먹고는, 다시 높고 날씬한 네발로 계속 달렸다.

길은 점점 활기를 띠었다. 파르치팔은 맞은편에서 걸어오던 사람들이 경외심을 갖고 길을 비켜주고, 또 마차를 몰고 오던 상인들이 자신들의 말을 옆으로 비켜주며 그에게 공손히 인사하는 것을 알아채고는 속으로 기뻐했다. 그러면서 씁쓰레한 미소를 지으며, 벌어진 투구 틈새로 그들을 관찰했다. 하, 어제만 해도 저들은 나를 경멸했었는데. 이 가련한 사람들아!

"봐봐, 붉은 기사야!" 그와 똑바로 마주 오다가 서둘러 곡선을 그리며 길을 비키던 한 무리의 하인들 중 하나가 말했다. "기사님, 안녕하십니까!" 그들은 호기심 어린 표정으로 그를 바라보았다. "우리 백작님을 만난다면 틀림없이 싸움이 나겠지. 이테르 기사가 나타나는 곳이면 어디든지 창이 휘날리게 마련이지." 파르치팔은 그들이 지나가며 주고받는 얘기를 들었다.

파르치팔은 멈칫했다. 물론, 그들은 파르치팔을 이테르 기사라고 생각할 수밖에 없었다. 그래서 파르치팔은 투구를 열고 가는 편이 낫겠다고 생각했다. 그렇게 하지 않을 경우, 붉은 기사 이테르와 해결할 일이 있는 어떤 화난 기사가 뜻밖에 파르치팔을 향해 달려들 수도 있기 때문에.

　그리고 좀 전에 결투를 하고 난 파르치팔은 오늘은 더 이상 싸우고 싶은 생각이 없었다.

　저녁이 되어가고 있었다. 파르치팔은 한숨도 자지 못했고, 전혀 먹지도 못한 상태였다. 그는 점점 더 피곤해졌다. 고개는 가슴팍으로 자꾸 떨어지고, 그가 방패를 잡고 가기를 이미 포기한 까닭에 방패는 목 부근에서 이리저리 흔들거렸다. 붉은 창끝은 말 옆의 땅에서 질질 끌리고 있었다.

　이제 오늘 밤을 지낼 잠자리를 구해야겠다, 파르치팔은 가끔 이렇게 생각하면서 몸을 곧추세웠다. 그러나 다음 순간 그는 곧 그 사실을 잊어버렸다. 그만큼 졸렸던 것이다.

　어스름이 깔리기 시작할 무렵, 파르치팔의 붉은 말은 걸음을 멈춰 서더니 귀를 쫑긋 세웠다. 큰길로부터 들판을 가로질러 작은 샛길이 언덕으로 이어져 있었다. 붉은 말은 아마 예전부터 이 길을 잘 알고 있는 듯했다. 그리고 등에 탄 주인에게서 아무 명령도 듣지 못했으므로, 말은 성으로 가는 길을 따라 날쌔게 달리기 시작했다.

언덕 아래에 드넓은 초원이 펼쳐져 있었다. 그 한가운데 보리수나무가 한 그루 서 있고, 나무 아래 돌 벤치에 한 노인이 앉아 있었다. 그는 신분이 아주 높고 고귀해 보였다. 그러니 이 늙은 기사 구르네만츠가 한창때 기사도의 모범이었다는 사실을 쉽게 믿을 수 있으리라. 물론 이제 그는 나이를 먹었고, 실제로 기사다운 행동을 할 시기도 지났다. 그럼에도 불구하고 서방의 궁전들과 성들에서 그의 명성은 아직 잊히지 않고 있었고, 왕들과 영주들은 자신의 아들들이 그 밑에서 기사 수업을 받도록 믿고 맡겼다.

기사 구르네만츠는 돌 벤치에 앉아 훈련받은 매를 손바닥 위에서 데리고 놀다가, 갑자기 자신의 성으로 이어지는 좁은 길을 따라 달려오는 말 탄 자를 보았다.

구르네만츠의 시선이 날카로워졌다. "이테르 기사가 벌써 돌아온단 말인가?" 그는 이상해하면서 중얼거렸다. "그런데 대체 왜 저 모양이지?"

그는 계산을 해보았다. 붉은 기사 이테르가 낭트의 아르투스 왕에게 가면서 자신의 성에서 묵었던 것은 사흘이 채 되지 않은 일이었다.

구르네만츠 기사는 긴장하면서 기다렸다. 하지만 그는 이테르 기사가 아니었다!

구르네만츠 앞에서 말이 멈춰 서고 웅크리고 있던 말 탄 이가 후다닥 놀라 솟구쳐 일어났을 때, 그가 본 것은 피곤에 지친 낯선 소년의 얼굴이었다. 당황한 두 눈이 구르네만츠를 똑바로 쳐다보더니, 재빠르게 그의 옷을 훑고 또 성을 올려다봤다. 파르치팔은 손에서 흘러내린 고삐를 얼른 잡아채 쥐었다.

"용서하십시오, 기사님." 파르치팔이 말했다. "어떻게 이곳으로 오게 되었는지 모르겠습니다. 곧 다시 떠나겠습니다."

그때 크고 따뜻한 손이 소년 파르치팔의 손에서 부드럽게 고삐를 낚아챘다. "이제까지 나는 한 번도 피곤에 지친 손님을 내 성에서 그냥 보낸 적이 없다네." 늙은 기사가 말했다. "자네가 그 첫번째가 되려는 건 아니겠지, 도련님."

"아닙니다, 저는…… 정말 아닙니다, 기사님!" 파르치팔은 중얼거리면서, 이곳에 묵어도 좋다는 사실에 자신이 무한히 기뻐하고 있음을 느꼈다.

구르네만츠는 낮은 외침과 함께 매를 공중으로 날려 보냈다. 매는 즉시 화살처럼 성으로 날아갔다.

그러자 곧바로 저 위 성문에서 대여섯 명의 기사 시종이 달려 나왔다.

그들은 붉은 기사를 다시 보게 되어 기쁜 듯 큰 소리를 지르며 파르치팔에게 인사했다. 그러다가 하나씩 입을 다물더니, 마침내는 아무 말 없이 당황한 얼굴로 이테르 기사의 갑옷을 입었으나 이테르 기사는 아닌 낯선 이를 빙 둘러섰다.

"우리 손님이 먼 길을 달려와서 몹시 피곤해하시는구나."

기사 시종들이 파르치팔을 바라보기만 했으므로, 성주城主는 약간 비난이 섞인 어조로 말했다. "그를 안으로 모셔가서 잘 보살펴드리거라!"

그들은 아무런 질문도 하지 않고, 파르치팔을 성안으로 데리고 들어가 화려한 방으로 안내했다. 그러고는 서둘러 파르치팔의 갑옷을 벗기기 시작했다.

막 파르치팔의 머리 위로 붉은 갑옷을 벗겨낸 두 명의 기사 시종은 동작을 멈추고 눈을 크게 떴다. 이 잘생긴 낯선 소년이 갑옷 안에 입고 있는 것은 이상하고도 긴 통짜 옷이었다! 그런데 자세히 살펴보면 그것은 어릿광대가 입는 옷과 별반 다르지 않았다! 게다가 다리 싸개 아래에 있는 것은 또 무엇인가? 맙소사. 이 사람은 마구간 하인이나 신는 송아지 가죽 부츠를 신고 있는데, 대체 기사가 맞기나 한 것인가!

우단 재킷을 입고 있는 기사 시종들에게는 뭔가 수상쩍은 듯한 생각이 들었다. 그중 하나가 살그머니 나와서 성주 구르네만츠에게 달려갔다.

구르네만츠는 그 이야기에 미소를 지었다.

"가끔은 말이지, 비단 셔츠보다는 초라한 통짜 옷 속에 더 나은 인간이 숨어 있는 법이란다." 그는 이렇게만 말했다. 이때도 파르치팔은 이 모든 것을 전혀 모르고 있었다. 이미 깊이 잠들었기 때문이다.

무거운 갑옷과 긴 통짜 옷, 그리고 송아지 가죽 부츠가 벗겨지는 것을 느낀 파르치팔은 희미하게 잠꼬대 같은 소리를 내뱉었다. "신이 그대들에게 보답을!" 그러더니 그는 비틀거리며 침대로 가서 이불 아래로 기어들었다.

파르치팔이 잠에서 깨어났을 때는 이미 밝은 대낮이었다. 서서히 그는 자기가 어디에 와 있는지 깨닫고 주변을 둘러보기 시작했다. 방문에는 손님이 눈뜨기만을 기다린 듯한 기사 시종이 기대서 있다가, 파르치팔이 눈을 뜨자마자 급히 사라져버렸다. 양탄자의 가장자리에는 몸을 씻는 큰 통이 놓여 있었고, 벽 앞 나무 벤치 위에는 가운이 여러 개 걸려 있었다. 파르치팔의 눈에는 그것들이 자기를 위해 가져다 놓은 것이라는 생각이 들지 않을 정도로 호화로워 보였다. 후드가 달린 긴 통짜 옷과 송아지 가죽 부츠는 어디에도 보이지 않았다. 그러자 그는 이상하게 안도감을 느꼈다.

만약 그 옷과 신발이 그곳에 없다면, 난 더 이상 그것들을 입고 신을 필요가 없겠지, 그는 생각했다. 그러니 어머니께 미안해할 필요가 없어. 왜냐하면 어머니가 날 위해 만들어주신 것들을 내가 직접 버린 건 아니니까 말이야.

이제 목욕 시종들이 뜨거운 물이 가득 찬 양동이를 들고 들어왔다. 파르치팔은 그런 식으로 목욕 시중을 받는 것이 즐거운 일인지, 부끄러운 일인지 정확히 알 수 없었다.

그리고 한 시간 뒤 젊은 영주처럼 차려입은 파르치팔은 기사 시종들과 함께 아래로 내려가 홀로 향했다. 그의 모습을 본 기사 구르네만츠는 자기 휘하의 기사 시종들 중 어느 누구도 태도와 기질 면에서 이 이방인을 따를 자는 없겠다고 생각했다. 그는 호기심 어린 눈으로 이 이방인이 누구일까 하고, 혼자서 궁금해했다.

다 함께 식사를 하고 나서 구르네만츠는 사람들을 모두 내보내고, 파르치팔만 곁에 남게 했다.

"내 집에서 불편한 게 없었으면 좋겠네." 그는 친절하게 말을 이었다. "이제 얘기해보게. 자네가 누구이고, 어떻게 여기 오게 되었는지를. 어쩌면 내가 자네를 위해 해줄 일이 있을지도 모르지."

"네, 기사님." 파르치팔은 정말로 기뻐하며 말했다. 자신을 이토록 심하게 짓누르고 있는 것에 대해 이 친절한 노인에게 모두 털어놓는다면, 틀림없이 마음이 한결 가벼워질 테니까.

"만약 현명한 어르신께서 제게 충고를 하신다면 잘 듣고 따라야 한다고, 어머니께서 알려주셨습니다." 그는 이렇게 덧붙이고는 집에서 하던 대로 성주의 발치에 있는 곰 가죽 위에 무릎을 꿇고 앉았다. 그러고는 얘기하기 시작했다.

가무레트 안셰빈에 대해, 헤르첼로이데 왕비에 대해, 그리고 졸타네에서 보낸 유년 시절에 대해 이야기했다. 기사가 되고 싶어 떠나왔다는 것, 예슈테 공작부인을 만난 일, 그녀로부터 반지와 황금 브로치를 얻은 일 등에 대해 이야기했다.

여기까지 이야기하고 난 그는 말을 멈춰야 했다. 기사 구르네만츠가 웃기 시작했기 때문이다.

그 늙은 기사가 다시 진지해지기까지는 약간의 노력이 필요했다.

"나중에 설명해주마." 그는 달래듯이 말했다. "지금은 계속 이야기해보아라."

그래서 파르치팔은 아르투스 왕의 궁전에 가게 된 일이며, 왕이 그에게 붉은 기사의 갑옷과 무장을 주기로 약속했던 일, 이테르 기사가 죽게 된 일이며, 그 후 자신이 계속 말을 타고 달려온 일 등을 이야기했다. 그리고 이제는 자기 역시 마침내 기사가 되었노라고 덧붙였다.

구르네만츠는 파르치팔이 이야기를 다 마칠 때까지, 아무 말 없이 듣고 있었다.

그러더니 그는 천천히 고개를 가로저었다. "갑옷을 입었다고 기사가 되는 건 아닐세. 진정으로 기사가 되고자 한다면 많은 것을 배워야 하네. 여기 내 곁에 머문다면, 내 기꺼이 자네의 스승이 되겠네. 그래서 자네가 언젠가 다시 떠날 때에는 어떤 왕도 자네에게서 결점을 찾을 수 없게 될 거야. 자네에게 약속하지."

그리하여 파르치팔은 기사 구르네만츠의 곁에 머물게 되었다.

그는 3년 동안 그라하르츠 성에 머물렀다. 그리고 성주는 궁정의 예의범절과 기사의 놀이, 그리고 진지한 결투 등에 대해 다른 기사 시종들과 함께 파르치팔을 가르쳤다. 구르네만츠는 기사라는 신분이 지켜야 할 의무와 인생을 살아가는 데 필요한 많은 지혜도 가르쳤다.

"기사라고 불리기에 합당한 사람은," 그가 말했다. "모든 일에서 절도를 지킬 줄 아는 사람일세. 대담해지되 무모하게 굴지는 말게. 무모한 것은 미숙한 어린아이나 하는 짓이니까. 절대로 약자들을 공격해서는 안 되며, 패배한 자에게는 굴욕감을 주지 말고 자비를 베푸시게. 인색함은 자네에게 수치를 가져다줄 것이나, 만약 부자가 되더라도 낭비하는 사람이 되어서는 안 되네. 보잘것없는 사람들을 만나더라도 친절하게 대하고 거만하게 굴지 말게. 그러면 그들이 자네를 존경할 걸세. 그러나 경박한 사람들과는 사귀지 말게. 그것은 기사도와 자네 자신의 명성에 해를 끼치는 일이 될 테니까. 자네가 설사 이해하지 못하는 것을 볼 때에도 절대 호기심을 드러내선 안 되며, 질문도 하지 말게. 만약 이것을 어기면 자네는 궁정 법도를 지키지 않는 사람으로 여겨질 테니까. 항상 억눌리고 쫓기는 자들 편에 서게. 그것이 자네의 명성을 드높여줄 것이네. 자네가 보기에 섬길 가치가 있어 보이는 여성을 섬기도록 하게. 그러나 결코 그녀의 노예가 되어서는 안 되네."

그 늙은 기사는 파르치팔에게 이런 가르침을 비롯해 여러

다른 가르침을 물려주었다. 그리고 3년이 지났을 때, 파르치 팔은 다시 세상으로 나갔다. 파르치팔은 고개를 높이 들고 당당하게 성문으로 향했다. 이제 그는 자신에게 닥칠 수 있는 모든 것에 대해 잘 무장을 하고 있다고 생각했다.

그러나 무결無缺의 기사 구르네만츠는 파르치팔에게 온갖 현명한 가르침을 전수했지만, 한 가지를 잊어버리고 가르쳐 주지 않았다. 그래서 파르치팔은 자신에게 닥친 아주 중요 한 모험을 이겨내지 못하게 된다. 다시 말해 서로 사랑해야 한다는 사실을 깨닫지 못하는 한, 인간에게는 지혜도 권력도 세련된 예의범절도 아무 소용이 없다는 사실을 일러주지 않은 것이다.

파르치팔은 그것을 알지 못했으며, 숱한 모험을 겪고 난 후에야 비로소 이를 깨닫게 된다.

달려라, 붉은 기사여. 목적지에 이르기까지 길은 아직 멀고 머나니. 그대는 어릿광대의 바보 옷은 벗었지만, 그대가 배운 모든 지혜는 그저 그대의 머릿속으로 밀고 들어왔을 뿐, 그대의 가슴은 아직 텅 비고 어리석은 채로 머물러 있으니.

파르치팔은 강변길을 따라 펠라파이레로 향했다. 구르네 만츠 기사가 작별할 때 이렇게 말했기 때문이다. "네가 기사임을 보여주고 싶거든, 브로바르츠 왕국에 있는 펠라파이레로 가거라. 가서 콘두이라무르 여왕을 구해주어라. 브란디간의 영주인 클라미데가 궁내부 대신인 킹룬을 시켜 이 도시를 포위하고는, 여왕이 그의 아내가 되는 데 동의하기 전에는 물러나지 않겠다고 맹세했단다."

파르치팔은 붉은 말이 빠른 걸음으로 즐겁게 움직이는 동안, 구르네만츠의 이 말을 생각했다. 오래 달려갈수록 파르치팔은 클라미데 영주와 그의 궁내부 대신을 더욱더 만나고 싶어졌다. 그렇다. 이것이 그의 첫 결투가 되어야 하며, 이로써 붉은 기사 파르치팔의 명예로운 삶이 시작될 것이다.

마침내 그는 저 멀리에서 강이 반짝이는 것을 보았다. 그리고 그 아래쪽 강 입구의 안개를 뚫고 도시의 윤곽이 떠올랐다. 그리 큰 도시는 아니었으나 성벽은 단단해 보였다. 회색 탑들은 대담하게 하늘로 치솟아 있고, 집들조차도 외부인을 거부하는 듯했다. 오, 그래, 펠라파이레는 그리 쉽게 항복하려는 것처럼 보이지 않았다!

파르치팔은 말에 박차를 가했다. 조심하시오, 클라미데여. 그대는 펠라파이레를 얻지 못할 것이오. 도시도, 콘두이라무르 여왕도 얻지 못할 것이오!

그는 이미 강 건너편에 있는 포위자들의 천막들과 굳게 닫힌 성문들, 성벽 위의 경비병들을 알아보았다. 그런데 모두가 조용했으며 아주 평화로워 보였다. 싸움을 생각하고 있는 사람은 아무도 없는 것 같았다.

"참 이상한 전쟁이로군." 파르치팔은 혼잣말을 하면서 건너편의 강둑에서 눈을 떼지 않았다. 건너편으로 가려면, 앞에 있는 다리를 건너야 했다. 그런데 대체 왜 저 건너편 천막들의 기사와 시종 들은 구경하면서 웃고만 있는 걸까? 그들은 가만히 서서 기대에 찬 표정으로 그를 건너다보고 있었다. 파르치팔은 이를 활짝 드러내며 웃는 그들의 얼굴을 똑똑히 볼 수 있었다.

다음 순간 파르치팔은 알아차렸다. 다리를 향해 돌진한 말은 한 발자국도 내딛지 못하고 뒷걸음질 쳤고, 그 바람에 그의 주인은 하마터면 안장에서 거꾸로 떨어질 뻔했다. 놀란 파르치팔은 다리를 살펴보았다. 다리는 어린아이의 그네처럼 흔들거리며 삐걱거리고 있었다. 밧줄도 없고 난간도 없었다. 만약 서둘러 그 다리를 건너려고 했더라면, 말과 말에 탄 이는 물에 빠져 차가운 목욕을 해야 했을 것이다.

파르치팔은 포위 병사들의 웃음소리를 듣자 얼굴이 빨개졌다. 오호, 붉은 기사가 이렇게 빨리 패배를 인정할 수는 없지! 파르치팔은 처음에는 다정하게 설득하는 말로, 다음에는 박차를 가하며 붉은 말이 다리를 뛰어넘게끔 다독였다. 그러나 말은 고집 센 노새처럼 앞다리를 벌리더니 그 자리에서 꿈쩍도 하지 않았다. 하는 수 없이 파르치팔은 말에서 뛰어내려 고삐를 쥐고 말을 질질 끌고 갔다. 말은 믿지 못하겠다는 듯 흘끔거리며 염소처럼 목을 길게 뺀 채 흔들거리는 다리 위를 걸어갔다. 다행히 건너편에 가 닿자 말이 한 번 더 다리를 차는 바람에, 말발굽이 다리의 나무 기둥에 부딪히는 소리가 났다.

다시 안장에 올라탄 파르치팔은 도시의 성벽 쪽에서 나는 이상한 소음을 들었다. 그사이 성문이 열리고, 무장한 한 무리의 사람들이 나타난 것을 미처 알아채지 못했던 것이다. 이제 그들은 칼로 방패를 두드리기 시작했다. 그러면서 이렇게 외쳤다. "돌아가요, 돌아가. 여왕님은 당신을 보고 싶어 하지 않으세요." 차츰 이 말을 이해한 파르치팔은 화가 나면서도 어리둥절해졌다. 허 참, 포위된 도시와 여왕을 구하러 온 사람한테 이 무슨 불친절한 영접이란 말인가. 게다가 맙소사, 저 남자들의 꼴을 보라지. 모두가 유령같이 희멀겋게 말라빠진 모습이 아닌가! 잡아 흔들면 틀림없이 갑옷에서 뼛조각들이 떨어져 나올 것만 같네. 파르치팔은 놀라면서 생각했다. 그는 말을 더욱 가까이 몰고 갔다.

그러자 유령들은 눈 깜짝할 사이에 사라지고 없었다. 성문이 닫히고, 그 안에서 빗장 거는 소리가 덜커덕거렸다. 파르치팔은 바깥에 서서 성문을 노려보았다.

"어서 가세요. 우린, 당신이 아니어도 적이 충분히 많아요." 갑자기 바로 옆에서 목소리가 울렸다. 그것은 한 시녀의 목소리였다. 그 음성은 대단히 격분해 있었고, 성문 경비실의 작은 격자창을 통해 몹시 화난 얼굴이 그를 쏘아보고 있었다.

이제 파르치팔도 몹시 화가 났다. "이 바보 같은 것!" 그는 분노에 차서 소리쳤다. "나는 적이 아니라, 클라미데와 궁내부 대신 킹룬과 싸워 여왕을 구하려고 온 사람이야." 격자창 뒤에서 놀란 한숨 소리가 새어 나왔다. "그렇다면 당신은 클라미데가 아니신가요?" 화를 냈던 시녀는 아주 작은 목소리로 물었다.

"아니, 나중에도 난 클라미데가 되고 싶은 생각은 없어. 이제 클라미데에게는 갖가지 재앙이 닥칠 테니 말이야." 파르치팔은 무뚝뚝하게 대답했다.

"우리 모두는 당신이 클라미데라고 생각했어요." 시녀가 설명했다. "왜냐하면 오늘 아침 킹룬이 우리 여왕님이 여전히 자기 주군을 모른 체할 건지 알아보려고 성문 앞에 와서는, 우릴 비웃으며 이렇게 말했거든요…… 우리 모두가 굶어 죽기 전에 콘두이라무르 여왕은 생각을 바꿔야 할 거라고요. 그리고 클라미데가 신부를 데려가기 위해 곧 직접 이곳에 올 거라고요."

파르치팔은 얼굴을 찌푸린 채 고개를 끄덕였다. 그러니 저들은 도시 전체를 깡그리 굶겨 죽일 작정이로군! 그래서 아무런 싸움의 표시가 없었고, 그래서 그들은 파르치팔이 다리를 건너게 내버려 두었던 것이다. 파르치팔이 다리에서 떨어지진 않더라도, 어차피 그 역시 펠라파이레에서 다른 사람들처럼 비쩍 마른 해골이 될 때까지 배고픔으로 고통당하리라고 생각했던 것이다.

그러나 그것은 클라미데 영주의 착각이었다!

그사이 시녀는 격자창에서 사라졌다. 곧이어 다시 성문이 열리고, 파르치팔은 두 눈이 움푹 들어가고 잿빛 얼굴을 한 사람들 무리 속에 서 있었다. 비쩍 마른 손들이 파르치팔을 향해 뻗쳐왔다. 그중에는 아까 성문에서 본 기사들과 시종들도 있었다. 모조리 얼굴이나 팔에 붕대를 감고 있었다. 아직도 싸울 수 있는 사람은 한 사람도 없었다. 부유한 시민들의 턱과 뺨에도 슬픈 주름살이 파여 아래로 처져 있었고, 그들이 걸친 값비싼 플랑드르산 천 아래에 가려진 배 역시 다르지 않을 것이다. 돈과 영리함도 아무 도움이 되지 않았다. 킹룬이 도시 앞에 진을 친 이래로 곡식 한 자루도 포도주 한 병도 성안으로 들여올 수 없었고, 밤에 몰래 다리를 건너가려는 사냥꾼과 농부 들은 포위한 자들과 힘든 거래를 해야만 했던 것이다.

파르치팔은 이 모든 것을 알아보고 또 얻어들었다. 그리고 영문도 모른 채 그는 성안의 큰 홀로 이끌려가, 한 늙은 기사 옆에 서 있었다. 늙은 기사가 말했다. "여왕님, 이분은 가무레트 왕의 아드님이신 파르치팔 기사이십니다. 여왕님을 위해 클라미데와 싸우려고 하십니다."

그랬다. 그 여인이 콘두이라무르 여왕이었다. 파르치팔은 아주 침착하게 그녀를 살펴보면서 생각했다. 여자들과의 일이란 얼마나 신기한가. 처음에는 어머니가 그토록 다정하고 아름답게 보였었다. 어머니보다 더 아름다운 사람은 없을 거라고 생각될 정도로. 그러다가 예슈테 공작부인을 만났고, 뒤이어 쿤나바레가 그에게 웃어주었다. 그녀는 검은 곱슬머리의 공작부인보다 더욱 아름다웠다. 그런데 이제, 아 만나는 여자마다 전에 만났던 여자보다 더 예쁘다면, 대체 어떻게 해야 한단 말인가.

하지만 다행히도 그런 일은 끝이 있게 마련이다. 왜냐하면 콘두이라무르 여왕보다 더 예쁜 여인은 세상에 없을 것이기 때문에. 그녀의 얼굴은 몹시 창백하고 작아서, 두 눈은 훨씬 더 커 보였다. 그리고 여왕이 어찌나 슬퍼 보였던지, 파르치팔은 또다시 그녀를 슬프게 한 클라미데와 싸우고 싶은 격렬한 충동을 느꼈다.

훗날 파르치팔은 그녀가 뭐라 말했고, 자신이 뭐라고 답했는지 기억하지 못했다. 그러나 구르네만츠 기사가 가르쳐준 기사의 명예와 궁정 예법을 잘 지키지 못했을까 봐, 그는 두려웠다.

"매일 아침 같은 시각에 킹룬은 우리 성문 앞으로 말을 타고 달려온답니다. 우리의 항복을 받기 위해서지요." 그 늙은 기사가 파르치팔에게 설명했다.

다음 날 아침, 날이 채 밝기도 전에 파르치팔은 성문에 모습을 드러냈다. 그리고 경비병들에게 적의 궁내부 대신이 나타나면 즉시 자기에게 알려달라고 명령했다. 그의 붉은 말은 성급하게 경중경중 걸었고, 황금 투구는 햇빛 속에서 번득였으며, 갑옷은 불타오르는 금속처럼 빛을 발했다.

바깥에서 킹룬이 느긋하게 성벽을 향해 말을 타고 왔다. 그는 얼마든지 기다릴 수 있었다. 저 안의 바보들이 오늘 항복하지 않으면, 내일은 항복할 수밖에 없겠지.

경비병을 막 소리쳐 부르려던 그는 아연실색하여 말의 뒷발굽을 차 뒤로 물러나게 했다. 성문이 펄쩍하고 열리더니 둥근 천장의 검은 성문에서 불길 같은 유령이 그에게 돌진해 왔던 것이다…… 아니, 유령은 아니었다. 어제 성안으로 들어간 붉은 기사였다.

"안녕하시오, 궁내부 대신." 붉은 기사는 별로 정중하지 않은 태도로 말했다. "곧장 돌아가시오. 어제부터 여왕님은 생각이 바뀌셨습니다."

그가 비웃듯이 말하자, 킹룬의 얼굴에 피가 쏠렸다. 화가 난 킹룬은 투구 틈새로 내비치는 찢어진 눈으로 그를 쏘아보았다.

"혀를 조심하시지, 이 이방인아! 당신하고 무슨 상관이냐?" 그가 으르렁거렸다. 파르치팔은 웃었다. "궁내부 대신, 내가 콘두이라무르 여왕님께 당신과 당신의 주군으로부터 그녀를 구해드리겠다고 약속한 이상, 나와도 상관이 있는 거지. 다시 한 번 말하는데, 돌아가서 당신의 병사들에게 빨리 천막을 걷어 도망치라고 명령하시지."

킹룬은 헐떡였다. "당신, 미쳤어?" 그는 격분하여 말을 뱉고는 창을 아래로 하여 거머잡았다. "싸우고 싶으면 싸워야지. 그러나 내 경고하지. 당신이 콘두이라무르 여왕을 위해 싸운다면, 나는 내 주군을 위해 싸우는 거야. 당신이 진다면 여왕은 클라미데 왕의 아내가 될 것이고, 브로바르츠는 우리 주군의 차지가 되는 거야. 알아들었나?"

파르치팔은 아무 대답도 하지 않았다. 그는 자신의 말을 조금씩 뒷걸음질 치게 하고는 창을 겨누었다.

그러자 킹룬 역시 투구를 닫았다.

그 궁내부 대신은 결코 약한 자가 아니었다. 달려오면서 그가 던진 창이 붉은 방패에 깊숙이 꽂혔다. 그러나 그는 너무 급하게 달려왔고, 그 바람에 말에서 날아올라 등을 뒤로 한 채 멀리 자신의 말 뒤에 쿵 소리를 내며 땅으로 내려앉았다.

그가 정신을 차렸을 때, 붉은 기사가 그 앞에 서 있었다.

"항복하겠소?"

"아니." 킹룬은 가쁜 숨을 내쉬더니, 비틀거리면서 일어났다. 그는 클라미데 왕을 떠올리고는, 이제 다시는 왕 앞에 나타날 수 없으리라 생각했다. "아니." 그는 말하면서 칼을 빼들었다.

그러나 그는 곧 이를 후회했다. 이번에도 땅으로 쓰러졌고, 그가 다시 몸을 일으키기까지는 꽤 오랜 시간이 걸렸다. 그의 코에서는 피가 흘러나오고 있었으며, 머리는 지독하게 지끈거렸다.

"항복하겠소?" 파르치팔은 재차 물었다. 킹룬은 아니라고 대답하고 싶었다. 그러나 대답 대신 그는 또다시 급하게 주저앉아야만 했다. 속이 몹시 메스꺼웠기 때문이다. "내게 무엇을 원하는 거요?" 얼마 뒤 그가 웅얼거렸다. 머리통이 아직 이리저리 흔들리는 가운데, 그가 슬픈 눈으로 승자를 치켜 올려다보았다.

파르치팔은 오래 생각하지 않았다. "낭트로 가서 아르투스 왕께 내 안부를 전해주시오. 그런 다음 쿤나바레를 찾아가 말하시오. 그녀를 섬기도록 붉은 기사가 보낸 사람이라고."

킹룬은 힘겹게 안장 위로 기어 올라가 곧 자신의 진영으로 돌아갔다. 그곳에서는 다른 기사들이 분개하면서 결투를 지켜보았던 터였다. 이제 킹룬이 당한 치욕을 갚아주고자, 이들 중 한 기사가 말 위에 몸을 던졌다.

그러나 그는 운이 없었다. 오래지 않아 그 역시 조금 전 궁 내부 대신이 사라진 낭트로 향하는 길 위에 있었다.

세번째 기사가 오자, 파르치팔의 얼굴에는 웃음이 번졌다. 쿤나바레는 만족할 거야. 아르투스 왕께서도 바보 같던 어린 아이 파르치팔이 기사가 되었음을 아실 테고.

한편 킹룬 기사의 시종 하나가 이 나쁜 소식을 클라미데 왕에게 전하러 떠났다. 진영에서 멀지 않은 숲에서 사냥을 하고 있던 왕은 이 고집 센 여왕이 마침내 정신을 차린다면, 재빨리 성으로 달려갈 작정이었다.

"무슨 소식을 가져왔느냐?" 기사 시종이 나타나자 왕은 기대에 차서 물었다.

"폐하, 펠라파이레에서는 낯선 이방 기사가 여왕을 위해 싸우고 있습니다. 그가 킹룬 기사를 이겼습니다."

이 불쌍한 시종은 자신이 전한 소식에 대해 좋은 소리를 듣지 못했다. 격분한 클라미데 왕은 즉각 사냥을 중지하고 펠라파이레로 가자고 명령했다.

"그 붉은 기사가 내게도 맞서 견뎌내는지 봐야겠다." 봉신들과 시종들이 따라오지 못할 정도로 빠르게 말을 몰아대면서 왕은 이를 갈았다.

그러나 갑자기 그의 시선이 멍해졌다. 저기 앞쪽에…… 저기 혼자 가는 기사…… 왕은 그를 잘 알고 있었다! 그런데 대체 킹룬이 낭트로 향하는 길에서 무얼 찾고 있단 말인가?

말은 박차가 가해지자 앞으로 내달렸다.

킹룬은 맹렬하게 달려오는 말발굽 소리를 듣고 고개를 들었다. 온몸이 구석구석 쑤셔대며 아픈 통에, 킹룬은 아주 천천히 말을 몰고 있던 중이었다.

"안녕하십니까, 폐하." 그는 시무룩하게 말하며, 한쪽 눈으로 클라미데 왕을 바라보았다. 다른 쪽 눈은 그사이 몹시 부풀어 올라 앞이 잘 보이지 않았기 때문이다. 클라미데 왕의 표정은 결코 다정하지 않았다. "어디로 가는 건가?" "낭트로 갑니다. 붉은 기사가 저를 아르투스 왕과 아름다운 쿤나바레에게 가라고 해서요."

킹룬은 주군이 뭐라고 대꾸하는지 알아듣지 못했다. 클라미데가 이미 그곳을 떠나고 없었기 때문에,

왕은 다른 사람들이 잘 따라오고 있는지 주의를 기울이지도 않았다. 그는 대단히 침울한 생각에 빠져 있었다. 그 붉은 기사는 대체 무엇 때문에 콘두이라무르 여왕을 위해 싸운단 말인가?

"또 한 명이 오는군!" 왕의 입에서 말이 새어 나왔다. 길 앞쪽에 다시 기사 하나가 나타나더니, 고개를 떨어뜨린 채 다가왔다.

기사의 투구는 으깨져서 울룩불룩했고, 방패의 절반도 떨어져 나가고 없었다.

클라미데 왕은 말을 멈춰 세우고는 험상궂은 시선으로 그를 살펴보았다. "자네도 낭트로 가는 건가?"

"그렇습니다, 폐하. 붉은 기사가 그렇게 명령했습니다. 아르투스 왕에게 안부를 전하고, 쿤나바레에게 저의 봉사를 바치라고 했습니다."

붉은 기사, 붉은 기사! 클라미데 왕은 말을 타고 가면서 궁정 법도에 어긋나는 욕설을 계속 중얼거렸다.

세번째 기사를 보자, 왕은 더욱 화가 나서 물었다. "자네에게도 쿤나바레를 섬기라고 명령했겠지?" 그러고는 당황해하는 기사에게 그 자리에 그대로 서 있으라고 명령했다.

그는 네번째 기사에게는 아무 말도 묻지 않았다. 마침내 일곱을 세자, 그는 크게 한숨을 내쉬었다. 적어도 더 이상은 오지 않을 것이다. 왜냐하면 그가 펠라파이레로 보낸 신하는 모두 일곱 명이었으니까.

클라미데 왕은 분노의 신음을 내뱉었다. 하지만 내일은— 오, 그래. 내일도 있지 않은가!

한편 포위당했던 성안에서는 사람들이 모두 기뻐하고 있었다. 근사한 붉은 기사가 적들을 흠씬 두들겨 패주었기 때문만은 아니었다. 그랬다. 또 다른 일도 있었다. 이 세상에는 행복도 불행도 혼자서 오는 것은 아니니까 말이다. 태양이 막 바다로 가라앉으려는 때, 먼바다에 갈색 돛 두 개가 나타났다. 작은 도시 펠라파이레 항구에 이런 상선이 나타난 것은 아주 오랜만의 일이었다. 그래서 성안 주민들은 곤궁에 지친 자신들을 위해 하늘이 이 배 두 척을 보내주신 것이라고 말했다. 그날 밤의 절반이 지나는 동안, 이 배들과 항구 사이에는 보트들이 이리저리 왔다 갔다 했다. 그리고 짐을 다 내려놓아 텅 빈 상선들은 아침 일찍 닻을 올려 항구를 떠났고, 성안의 물품 창고는 가득 찼다. 하지만 도시를 둘러싼 포위병들은 그때까지도 아무것도 눈치채지 못하고 있었다.

성안의 주민들이 맛있게 먹고 마시며 붉은 기사를 칭송하고 있는 동안, 성 건너편에서는 클라미데 왕이 천막 속에서 잠 못 이루고 누워 성안 사람들이 전과 다름없이 굶주림에 시달리고 있을 것이라고 생각했다.

물론 펠라파이레의 말 잘 듣는 주민들은 다음 날 아침 창밖을 내다봤을 때, 포위 군대가 배로 늘어나고 킹룬의 천막 위에 여전히 클라미데 왕의 작은 세모 깃발이 나부끼는 것을 보고 시무룩한 표정을 지었다.

하지만 붉은 기사가 왜 있단 말인가? 여왕이 그에게 입을 맞추며 기뻐서 울고, 기사는 평생 여왕을 섬기겠다고 맹세한 사실을 온 도시가 알고 있었다. 아이, 그분이 클라미데 왕도 끝장내줄 텐데, 뭐. 더 이상 걱정할 필요가 없어!

파르치팔이 잠에서 깨었을 때, 시종 하나가 침실로 들어섰다. "기사님, 성문 앞에 클라미데의 기사 세 명이 와 있습니다. 기사님께 도전하고 싶답니다."

파르치팔은 미간을 찡그렸다. "그렇다면 클라미데는? 그들의 주군은 너무 비겁해서 직접 싸울 생각은 없는 것인지, 가서 물어보게." 그러다가 갑자기 생각을 바꾼 그의 얼굴 위로 웃음이 번졌다. "기다리게! 그 기사들더러 싸우라고 하지.

내가 싸우지 않으면 클라미데 왕이 이상하게 생각할 거야. 자네, 빨리 가서 궁정 요리사와 포도주 창고 감독을 데려오게!”

붉은 기사가 요리사와 포도주 창고 감독 두 사람에게 그들이 해야 할 일을 설명하자, 그들은 이를 드러내며 웃었다. 그리고 최선을 다해 모든 것을 준비하겠다고 약속했다.

파르치팔은 갑옷을 차려입고 성 밖으로 나갔다. 곧이어 새파랗게 젊은 기사 세 명이 자신들이 당한 패배를 부끄러워하며 약간 기죽은 모습으로, 성안의 큰 홀로 안내받아 들어왔다. 그러고는 조심스럽게 자신들의 아픈 몸을 식탁 앞으로 밀어 넣었다.

얼마 뒤 세 기사는 이 굶주림에 절은 도시에서 마치 마법이라도 부려 얻은 것 같은 맛 좋은 음식들을 잔뜩 먹고, 또 한순간도 잔이 비지 않도록 하인들이 연신 술을 따라주자 차츰 자신들의 패배와 고통을, 그리고 진노하는 주군을 잊고 계속 독한 포도주를 들이켰다. 포도주 창고 감독의 눈에 이제 충분히 마셨다고 비쳐질 때까지.

그 시각 클라미데 왕은 화를 내며 말에 올라탔다. 풋내기 3인방이 자신의 허락도 없이 붉은 기사와 싸우러 나가서는, 창에 찔려 연달아 말에서 굴러떨어졌다는 소식을 듣고 미친 듯이 펄펄 뛰었다. 이 기사 세 명은 성문 안으로 사라지고, 그 이후 건너편에서는 개미 새끼 한 마리 움직이지 않고 있었다.

클라미데 왕은 충분히 오랫동안 기다렸다고 생각되자, 무장한 채 말을 타고 성으로 건너갔다. 번쩍거리는 검은 갑옷에 용이 그려진 투구를 쓰고, 화려하고 위협적으로 보이기를 기대하면서.

그러나 그가 성벽에 당도하기도 전에 성문이 열렸다. 그리고……

클라미데 왕은 분노의 비명을 내질렀다. 그와 마주 보고 비틀거리며 다가오는 그들, 크게 웃으면서 만족한 소리를 내지르는 그들은 바로 그 풋내기 기사 3인방이 아닌가! 투구는 등 뒤에 달랑거리며 매달려 있고, 칼들은 제자리에 걸려 있지 않았다. 그리고 가련한 말들은, 주인이 하도 이상하게 고삐를 잡아챘으므로 무슨 일인지 몰라 당황해하고 있었다.

하지만 클라미데 왕은 그들에게 무슨 일이 일어났는지 알아챘다. 그들은 취해 있었다. 아주 간단히 말해, 술에 녹아떨어진 것이다.

세 사람이 다가오는 것을 본 왕의 두 눈은 거의 투구의 틈새를 뚫고 나올 듯 분노로 부풀어 올랐다. 그러나 세 기사는 이 상황을 전혀 눈치채지 못했다.

"오, 폐하." 첫번째 기사가 느긋하게 말했다. 그러고는 클라미데 왕이 탄 말의 목 근처에서 쓰러졌다. "저들은…… 저 안의 사람들은 좋은 포도주를 갖고 있어요…… 폐하께서도 꼭 맛보셔야……"

"맞습니다." 두번째 기사가 첫번째 기사의 말이 채 끝나기도 전에 끼어들었다. 그의 몸이 자꾸 옆으로 기울었으므로 빠르게 말의 등자鐙子*를 꽉 눌렀다. "저 안의 부자들이 곧 굶어 죽을 거라고 생각하신다면, 큰 오산입니다…… 저들은 마치 왕처럼 맛있게 먹고 마신다니까요!" 세번째 기사는 클라미데 왕의 칼자루를 꽉 잡고는 생각에 잠겨 눈을 깜박이며 왕을 올려다보았다. "붉은 기사는," 그는 웅얼거렸다. "그는 그리 나쁜 자가 아닙니다…… 직접 보시면 알 거예요…… 그가 폐하를 우선 말에서 찔러 떨어지게 하고, 그다음에는…… 그다음에는……"

이 순간 클라미데는 말에 박차를 가했다. 성문 아래 붉은 기사가 서 있었던 것이다. 세 기사는 사방으로 날아갔다.

---

* (옮긴이) 말에 올라탈 때 두 발을 디디는 제구. 안장에 달아서 말의 양쪽 옆구리로 늘어뜨린다.

.

그날 저녁 클라미데 왕 역시 낭트로 향하고 있었다. 그의 기분은 으깨지고, 부풀어 오른 갑옷만큼이나 비참했다. 그는 붉은 기사를, 콘두이라무르 여왕을, 아르투스 왕을 저주했다. 만약 허락을 얻는다면, 앞으로 사랑의 봉사를 바쳐야 할 미지의 여인 쿤나바레를 저주했다.

낭트에서 무엇이 그를 기다리고 있는지 알았더라면, 클라미데 왕의 기분은 훨씬 가벼웠을 것이다. 아름다운 쿤나바레는 이 우울한 기사가 안된 생각이 들었다. 그래서 그에게 몹시 다정하게 대했다. 클라미데는 점점 콘두이라무르 여왕과 자신의 불운을 잊었다. 그를 위해 좋은 일이었다.

석 달 후 파르치팔은 펠라파이레에서 콘두이라무르 여왕과 결혼식을 올렸다. 수도를 비롯해 온 브로바르츠 왕국 사람들은 용감한 젊은 왕을 자랑스럽게 여겼으며, 파르치팔은 다시 한 번 생각했다. 그래, 이제 소망하던 목표에 도달했다고.

그러나 두어 달이 지나자, 파르치팔은 행복한 와중에도 자주 어머니 헤르첼로이데 왕비를 떠올렸다. 어머니가 황야에 홀로 앉아 자식에 대해 아무것도 모르고 계시다는 생각이 그를 짓눌렀다. 이 생각이 그를 잠시도 편안하게 놔두지 않았다. 그래서 어느 날 그는 아내에게 말했다. "졸타네로 가서 어머니가 어떻게 지내고 계신지 보아야겠소. 지난 몇 년 동안 어머니는 내 소식을 전혀 듣지 못하셨으니, 틀림없이 날 걱정하고 계실 거요."

사실 콘두이라무르 왕비는 슬펐지만, 그것이 옳고 당연한 일이라고 생각했다. 그리하여 어느 날 아침, 파르치팔은 펠라파이레를 떠났다.

혼자서 말을 타고 떠난 파르치팔은 오래 떨어져 있지 않을 거라고 생각했다. 그러나 그의 운명은 다르게 정해져 있었다. 그는 결코 졸타네로 가지 못했고, 다시는 펠라파이레로도 돌아오지 못했다.

그는 많은 이상한 일을 겪은 뒤에야 비로소 아내와 재회하게 된다.

5

파르치팔은 곧 넓은 대로를 버리고 내륙 쪽으로 가로질러 말을 몰았다. 그렇게 하면 더 빨리 졸타네에 갈 수 있다고 생각했다. 그는 방향을 잘 찾아냈다고 믿었다.

그러나 이튿날부터 주변은 점점 황량해지고 한적해졌다. 이 외로운 기사를 둘러싸고 숲은 끝없이 넓게 펼쳐져 있었고, 나무들은 태곳적의 것처럼 보였다. 오래전부터 이 녹색의 황야에 발 디딘 사람은 아무도 없었던 듯 나무껍질에는 이끼가 자라 있었고, 사이사이 거대한 거미줄이 늘어져 있었다. 땅이 점차로 높아지더니 돌들과 바위들이 여기저기 놓여 있었다. 태고 이전의 그 어떤 무시무시한 힘이 돌과 바위 들을 이곳으로 던져놓았는지는 신께서나 아실 일이었다. 이 돌과 바위 들은 가끔 저 멀리 나무 꼭대기들 사이로 언뜻언뜻 비치다가 사라지는, 거친 암석지대로부터 떨어져 나온 것 같았다.

오랫동안 말을 달려가자 점점 숲이 듬성듬성해지더니 파르치팔 앞에 널찍한 솥 모양의 바위가 나타났다. 그곳은 태양열, 아니면 옛날에 한번 이곳에서 맹위를 떨친 강력한 불길로 말미암아 모든 것이 다 타버린 것처럼 보였다. 암석들은 용암 같아 보였고, 말라 죽은 나무가 두어 그루 검게 하늘을 향해 뻗어 있었다. 돌덩어리들과 절벽 한복판에는 호수가 하나 있었다.

파르치팔은 말을 세웠다. 그는 온종일 지나오는 길에 어떤 사람도 어떤 농장도 보지 못했었다. 그런데 이제 호수 위에 작은 배가 두어 척 떠 있고, 그 안에는 남자들이 앉아 고기 잡는 그물을 던지고 있었으며, 물가에는 아마도 열두어 마리쯤 돼 보이는 말이 매어져 있었다.

그들 중 아무도 숲 가장자리에 멈춰 선 말 탄 사람을 알아채지 못한 것 같았다. 그래서 파르치팔은 여유를 갖고 그 남자들을 자세히 살펴볼 수 있었다. 그러나 바라보면 볼수록 그들은 기이해 보였다. 그들은 기사처럼 옷을 입고 있었다. 우단과 고급 천으로 만들어진 긴 옷은 그들의 부유함을 드러내주었다. 그들의 얼굴은 엄숙했다. 아니, 슬프기까지 했다. 이야기하거나 웃는 사람이 없었다. 물고기를 낚거나 말거나 낚시에도 관심이 없는 것 같았다. 그들은 그물을 그저 무성의하게 끌어가고 있었다.

그중 한 척의 배에 앉은 기사는 검은담비 털의 외투로 몸을 감싸고, 쿠션 여러 개에 기대어 있었다. 그럼에도 불구하고 그는 추워서 떨거나, 몸이 아파 몹시 고통받고 있는 것 같았다. 죽은 사람처럼 창백한 얼굴로 미동도 없었다. 그는 아픈 사람임에 틀림없었다. 그렇다면 어떻게 여기까지 왔단 말인가? 그 외 다른 사람들은? 파르치팔은 틀림없이 이 근처 어딘가에 성이나 집이 있을 것이라고 생각했다. 날이 곧 저무는데다 몹시 피곤했던 파르치팔은 이 남자들에게 물어보기로 결심했다.

호수 쪽으로 다가가는 파르치팔을 맨 먼저 발견한 사람은 그 창백한 기사였다. 한순간 그는 쿠션에서 몸을 일으키려는 듯 보였다. 그의 얼굴에는 언뜻 기쁜 기색이 움찔하고 스쳐갔다. 그러나 그는 곧 다시 주저앉았다. 그는 나지막이 시종들에게 명령을 내렸고, 시종들은 조심스럽게 호숫가로 노를 저었다.

그러자 갑자기 배에 탄 남자들 사이로 기묘하게 소란한 기운이 떠돌았다. 그들은 몸을 벌떡 일으켰다. 그물을 막 걷어 올리려던 자는 그물을 놓았다. 물고기들이 물속으로 미끄러져 가는데도 아무도 눈여겨보지 않았다. 그리고 기사들은 너나 할 것 없이 파르치팔을 멍하니 바라보았다…… 파르치팔은 이 이상한 태도들을 이해할 수 없었으므로, 약간 화가 났다. 아니, 큰 곤궁에 처한 저들을 구하기 위해 하늘에서 뚝 떨어진 천사라도 되는 양 날 보는군. 저들 중에 아는 이라고는 전혀 없는데도 불구하고, 정말이지 그들은 파르치팔을 기다리기라도 한 양, 그의 출현에 몹시 행복해하는 듯했다.

"안녕하십니까." 파르치팔은 창백한 기사의 보트가 그의 옆에 바싹 대어졌을 때 냉랭한 어조로 물었다. "제가 오늘 밤 이 근처 어디에서 묵을 수 있을지 알려주시겠습니까?"

"신의 축복을, 젊은이. 이곳에 온 걸 환영하네." 기사는 떨리는 목소리로 대답했다. 이제 그의 두 뺨에는 희미하게나마 혈색이 나타나 있었다. 대체 무엇 때문에 이렇게 기쁘게 환대해주는지 몰라 어리둥절해하는 파르치팔을 올려다보는 그의 두 눈은 반짝였다.

"이 근처 50킬로미터 반경 안에는 묵을 곳이 없다네." 기사는 말을 이었다. "그러나 저기 바위 계곡 끝까지 올라가서 오른쪽으로 몸을 돌려보게. 그러면 눈앞에 성채가 하나 보일 걸세. 성을 빙 둘러 해자垓字가 파여 있고, 그 위로 다리가 있지. 그 다리는 끌어 올려져 있을 테지만, 자네는 경비병에게 어부가 보내서 왔다고만 말하면 된다네. 그러면 들여보내 줄 것이고, 자네를 고대하던 손님처럼 맞아줄 거라네." 이 말에 언짢아진 파르치팔은 미간을 찡그렸다. 왜냐하면 이는 너무 성급한 친절함으로 비쳐졌으며, 기사의 태도에 적합하지 않았기 때문이다.

"감사합니다." 파르치팔은 짧게 말하고는, 말을 타고 호숫가를 따라 갔다. 그러나 네댓 걸음을 떼기도 전에, 그 보트가 다시 그의 곁으로 왔다.

"이보게, 잠깐 기다리게." 기사는 간청했다. 이제 그의 두 눈과 목소리에는 걱정의 기색이 역력했다. "조심하게나. 길을 잃고 헤매기 십상이네. 그러면 어둠 속에 빠져 되돌아 나오는 길을 찾지 못하게 될 수도 있네."

"감사합니다!" 파르치팔은 약간 조급해하며 재차 말했다. 그의 말 속에 자신을 불안하게 만드는 감춰진 의미가 있는 듯 생각되어 그는 붉은 말을 재촉했다. 이상하게 슬픈 이 무리에서 어서 빠져나오고 싶었기 때문이다. 그러나 파르치팔이 호수로부터 방향을 틀기도 전에, 세번째로 그 보트가 그를 따라 잡았다. 그는 몸을 돌렸다. 아하 참, 그를 좀 가만 놔둘 수 없단 말인가? 하지만 기사의 얼굴을 본 파르치팔은 몹시 놀랐다. 그 얼굴에는 너무나 큰 불안이 서려 있었다.

"이보게, 꼭 성에 들르게. 내 간청함세! 가끔은 말이지, 놓친 것을 되돌리기가 참 힘들다네. 신께서 그대를 옳은 길로 인도해주시기를, 그러면 우리는 아마 오늘 중으로 다시 볼 걸세."

이렇게 말한 기사가 시종들에게 손짓하자, 그들은 배를 돌려 다시 호수 한가운데로 나아갔다.

파르치팔은 언짢은 기분으로 바위 골짜기 쪽으로 말을 몰면서, 신이 오히려 다른 길로 인도해주면 좋겠다고 생각했다. 그는 슬픈 기사 무리를 다시 만나고 싶은 생각이 털끝만큼도 없었다. 하지만 어쩌겠는가? 그곳에는 아무리 둘러봐도 집이라고는 없었고, 그는 좋든 싫든 성을 찾아야만 했다. 그리고 내일 그는 신속하게 말을 달릴 것이며, 방향만 제대로 다시 찾아낸다면 틀림없이 졸타네로 향할 수 있을 것이다.

그러는 사이 붉은 말은 날쌔게 골짜기 위로 올라갔다. 성벽처럼 높고 가파른 암벽들이 점점 가까이 다가오더니, 저 위

좁은 성문 있는 데서 암벽은 끝이 났다. 성문 뒤로 은빛 하늘이 보였다.

얼마 후 말을 달려 이 성문을 통과한 파르치팔은 자신이 어떤 산의 꼭대기에 와 있음을 알아차렸다. 파르치팔의 붉은 말은 당연하다는 듯이 오른쪽으로 방향을 틀었다.

그때 파르치팔은 성을 보았다. 성은 약간 떨어진 곳에, 막 시작되는 황혼 빛에, 마치 엷은 안개에 싸인 듯한 모습으로 그곳에 서 있었다. 성채의 담벽이 하얀 대리석처럼 가물거리고, 어디서 오는지 모를 광채가 늘씬한 탑들을 에워싸고 있었다. 성은 너무나 아름답고 또 비현실적으로 보여서, 파르치팔은 숨을 멈추고 그것이 꿈속의 얼굴처럼 다시 사라지지 않을까 하고 기다렸다.

천천히 성으로 다가가면서 파르치팔은 이날까지 살아왔던 세상과는 다른 법칙들이 지배하는, 엄격하고 가차 없는 또 다른 세상으로 들어가는 듯한 기분에 사로잡혔다. 그는 공포심 같은 것을 느끼고, 왼쪽으로 방향을 바꾸기 위해 바위 성문으로 말을 되돌리려고 했다.

그러나 그는 다시 고삐를 놓았다. 말은 그를 싣고 계속 달려 해자 앞에서 멈춰 섰다. 파르치팔 앞에 놓인 해자는 마치 바위로 된 바닥에서 심연이 벌어진 것같이 깊었다.

"여보시오, 여기서 무얼 찾으시오?" 높은 곳에서 목소리가 들려오자, 파르치팔은 소스라치게 놀랐다. 성벽 위에 경비병이 서 있었다. "어부께서 보내셨소. 오늘 밤 성에서 묵어도 좋다고 하셨소."

파르치팔은 이 경비병이 놀라 튀어 오르는 것을 보았다. "오, 환영합니다!" 경비병은 기뻐하면서 말했다. "곧 다리를 내려드리겠습니다."

파르치팔이 말을 타고 건너가는 동안, 다리를 받치고 있는 각목들 사이로 둔탁한 천둥소리 같은 것이 울렸다.

경비병은 깊이 허리를 굽혔다. "마침내 오셨군요, 기사님."

분노 비슷한 감정이 파르치팔을 사로잡았다. 대체 뭐란 말인가? 좀 전의 이상한 기사 무리가 오래전부터 그를 그리워하며 기다려온 듯 행동했던 것처럼, 이 경비병 녀석도 똑같은 행동을 하고 있지 않은가 말이다! 왜 그러는지 물어봐야 하나? 아니, 기사는 호기심을 내보여서는 안 되는 법이야! 그래서 그는 아무 말도 하지 않고, 경비병을 따라 성안 마당으로 들어섰다. 그곳의 바닥은 초원처럼 촘촘하게 잔디로 덮여 있었다. 어떤 말의 발자국도 들어간 적 없는 것처럼 훼손되지 않고 온전했다. 파르치팔은 또다시 이상한 생각이 들었다. 이이상한 성에는 대체 기사들 간의 결투 같은 것은 없단 말인가? 그는 경비병을 살펴보았다. 그는 결코 약해 보이지 않았다. 갑자기 그는 무언가 이상한 점을 발견했다. 경비병이 입고 있는 긴 겉옷의 어깨 부분에는 은빛 비둘기가 수놓아져 있었다. 그것은 결코 문장이 아니었다. 파르치팔은 금방 깨달았다. 이 기호는 다른 것을 의미했다. 그런데 무엇을 의미한단 말인가?

그사이 경비병이 입에 피리를 갖다 댔다. 그리고 피리 소리가 채 사라지기도 전에 조용하던 성안 곳곳에서 활기가 넘쳐 흐르기 시작했다.

창에서는 사람들이 고개를 내밀고, 마구간에서는 하인들이 서둘러 뛰쳐나왔다. 기사 시종들 한 떼가 손님을 맞기 위해 궁전에서 나와 계단을 내려왔다. 그들의 기쁨을 알아챈 파르치팔은 쓴웃음을 지었다. 마구간의 하인들조차 이를 드러내며 웃고, 건너편 문 아래에 서 있던 두어 명의 하녀 역시 환하게 웃으며 기쁨의 눈물을 쏟아내고 있었다. 그래, 좋아. 기뻐하라지, 뭐. 그들이 왜 이런 행동을 하는지는 아마 나중에 알게 되겠지. 우선 그는 목욕하고 먹고 잠을 자고 싶었다. 그가 이해할 수 있는 일들을 하고 싶었다! 그러나 그들의 이상한 행동을 알아내려는 파르치팔의 마지막 소망은 한참 동안 이루어질 수 없게 된다.

시종들은 파르치팔을 난로가 있는 방으로 안내한 다음, 그를 목욕시키고 새 옷으로 갈아입혔다. 갑옷과 무기는 다른 곳에 치워놓았다. 그리고 마지막에 한 젊은 기사가 하얀 담비털로 가장자리를 덧댄 자줏빛 우단 망토를 팔에 들고 들어왔다. "기사님, 이 망토는 레판세 여왕님께서 보내신 겁니다." 파르치팔이 입을 떼기도 전에 이미 그 옷은 입혀져 있었다. 아니, 레판세 여왕이 누구인지, 왜 자기에게 이런 값비싼 망토를 보냈는지 물어보지 않겠다고, 파르치팔은 고집스럽게 다짐했다. 일단 그가 이 성에서 일어나는 일을 파악할 필요는 없는 듯했다. 어찌 알겠는가. 성안 사람들은 몹시 부자여서, 이렇게 화려한 선물을 하는지도 모를 일이었다! 그의 시선이 자신의 어깨에 가닿았다. 짙은 자주색 우단에는 은빛 비둘기 한 마리가 수놓아져 있었다!

"암포르타스 왕께서 연회장의 식사에 참석해주십사고 청하십니다." 그사이 젊은 기사는 이렇게 말하고, 공손하게 문 앞에서 기다렸다. 파르치팔은 그를 멍하니 바라보았다. 암포르타스 왕이 누구란 말인가? 그렇지만 상관없지, 뭐. 파르치팔은 생각했다. 이 미지의 왕에게 가서 무슨 일이 벌어지는지 지켜보자.

그리고 실제로 여러 가지 일이 일어났다.

연회장에 들어선 파르치팔은 이미 그곳에 많은 기사가 모여 앉은 것을 보았다. 그들은 작은 식탁 여러 개에 빙 둘러앉아 있었다. 한 식탁에 네 명씩이었다. 천장에 매달린 거대한 샹들리에는 부드러운 황금빛으로 빛나고, 사방 벽에는 수백 개의 촛불이 밝혀져 있었다. 구석구석의 대리석 벽난로들에서도 불길이 타오르고, 알로에나무의 향기가 연회장을 온통 감싸고 있었다. 의자들에는 값비싼 모피들이 깔려 있고, 동방에서 가져온 양탄자들이 바닥을 덮고 있었다. 식탁 위에는 금과 은, 크리스털 식기들이 반짝거렸다.

그러나 파르치팔의 눈에는 이런 것들이 들어오지 않았다. 그의 눈에 들어온 것은 저 위쪽 연회장의 맨 앞에 있는 나무 의자에 검은담비 가운으로 몸을 감싸고 여러 개의 쿠션에 의지해 앉아 있는 한 남자였다. 그는 병들고 창백해 보였다. 그렇다. 그는 아까 본 어부였고, 바로 암포르타스 왕이었다.

왕이 손짓하자, 파르치팔은 연회장을 가로질러 왕에게로

다가갔다.

파르치팔은 고개를 꼿꼿이 세우고 확고한 걸음으로 침착하게 걸어갔다. 그는 구르네만츠 기사에게서 궁정 법도를 배웠고, 가무레트의 아들이며, 펠라파이레의 왕이니까 말이다. 그러나 그는 자신이 여전히 어리석은 기사 파르치팔에 불과하다는 사실을 알지 못했다.

파르치팔이 들어섰을 때, 둥근 천장의 넓은 연회장은 사람들의 이야기 소리로 소란스러웠다. 그러나 연회장은 단숨에 쥐 죽은 듯이 조용해져서, 파르치팔은 자신의 발자국 소리가 대리석 바닥과 둥근 천장에 너무 크게 메아리쳐 울린다고 느꼈다. 그가 지나가면, 기사들은 자리에서 일어나 고개를 숙였다. 파르치팔이 훨씬 어린데도 불구하고, 백발의 기사들조차 그렇게 했다. 그리고 파르치팔은 자신을 반겨주고 호의를 보이는 그들을 보고, 다시 한 번 의아함과 약간의 불쾌함을 느꼈다. 그가 이런 대접을 받을 만한 무슨 일을 했던가? 아니면 그들은 그에게서 무엇을 기대하는 것일까?

또다시 혼란이 그를 엄습했다. 그러나 암포르타스 왕 앞에 섰을 때, 파르치팔의 인사는 흠잡을 데 없었다.

"내 집에 온 것을 환영하네." 암포르타스 왕이 말했다. "내

옆에 앉지. 난 간절히 자넬 기다려왔다네."

파르치팔은 움찔했다. 이 궁전 어디에서나 끊임없이 그에게 따라붙는 이 이해할 수 없는 말을 또다시 듣다니! 하지만 파르치팔은 대답할 시간조차 없었다. 그 순간 연회장 아래쪽 끝에서 좁은 철문이 열리더니, 기사 시종 한 명이 들어왔던 것이다. 그는 연회장을 둘러싼 이 번쩍거리는 화려함과 어울리지 않아 보였다. 그는 낡고 찢어진 갑옷을 입고 손에는 창을 들고 있었다. 그는 천천히 연회장을 따라 기사들의 식탁들을, 그리고 왕 앞을 지나갔다. 마침내 파르치팔 앞에 온 그 시종은 주춤거리며 멈춰 서더니, 마치 무언가를 기다린다는 듯 그를 바라보았다. 갑자기 파르치팔은 모든 기사뿐 아니라 암포르타스 왕까지도 같은 시선으로 자신을 바라보고 있음을 깨달았다. 아주 간절하게 독촉하듯이. 불안과 희망을 동시에 담아.

파르치팔의 머리로 피가 몰려들었다. 이 궁정의 법도는 참으로 이상하군! 그는 시종이 들고 있는 창을 흘깃 바라보았다. 강철 창의 뾰족한 끝은 피라도 말라붙어 있는 듯 검붉은 색이었다. 하지만 대체 그게 자기와 무슨 상관이란 말인가? 창이란 싸울 때 늘 사용하는 것이 아니던가! 그러는 동안 시종은 슬프게 고개를 떨어뜨린 채 다시 가버렸다. 암포르타스 왕은 피곤한 듯 뒤로 몸을 기댔다. 그의 얼굴은 방금 전보다 훨씬 창백해져 있었다.

시종이 완전히 사라지기 전에 또 다른 문이 열리더니, 시녀들이 긴 행렬을 이뤄 들어왔다. 두 사람씩 짝을 지어 똑같이 긴 옷을 입고, 머리에는 화관을 쓰고 있었다. 첫째 줄의 시녀들은 상아 다리의 탁자를 들고 있었는데, 그 위에는 티끌 한 점 없는 옥쟁반이 놓여 있었다. 시녀들은 탁자를 왕 앞에 놓았다. 둘째 줄의 시녀들이 촛불들이 밝혀진 황금 촛대를 그 위에 놓았다. 또 다른 시녀들은 크리스털 술잔과 황금 쟁반, 온갖 귀중한 식기들을 가져왔다.

마지막으로 녹색의 우단 겉옷을 입고 머리에 왕관을 쓴 젊은 여인이 들어왔다. 아마도 파르치팔에게 긴 망토를 보낸 레판세 여왕인 모양이었다. 그녀는 양손으로 무엇인가를 받쳐 들고 있었는데, 파르치팔은 그게 뭔지 알 수 없었다. 그것은 번쩍이며 빛을 내는 큰 대접 같아 보였고, 거기서 뿜어져 나오는 이상하고도 강력한 빛 때문에 파르치팔은 너무나 눈이 부셔 눈을 감을 수밖에 없었다.

파르치팔은 이마에 땀이 솟는 것을 느꼈다. 이건 천상의 기적이거나 지옥의 마법임이 틀림없어, 그는 생각했다. 이것이

성배聖杯인 줄 알지 못했던 파르치팔은 이 비밀을 알아내려고
애를 썼다. 하지만 그는 무엇보다도 두 눈이 그 빛에 타들어
갈 때까지 그것을 바라보고 싶었다. 파르치팔에게는 이 무시
무시한 광채 외에는 아무것도 존재하지 않는 듯했다. 이 광채
로부터 모든 것이 생겨 나오고, 또 모든 것이 이 광채 안으로
흘러드는 것 같았다.

그는 문득 연회장 안을 살펴보았다. 그곳에는 100명이 넘
는 사람이 앉아 있었다. 그들 앞에는 각각 아주 호화로운 음
식들이 놓여 있는 반면, 왕 앞에 놓인 황금 접시 위에는 작은
빵 한 조각 외에는 아무것도 없었다. 왕은 그것조차 손대지
않고 있었다.

이를 알아챈 파르치팔은 좀 짜증스러워졌다. 먹지도 못할
만큼 아프다면 연회 같은 건 베풀지 말았어야지, 하고 그는
생각했다. 맙소사, 이렇게 슬픈 연회는 본 적이 없어. 입을 여
는 사람이 아무도 없군. 멋지게 차려입은 유령들의 모임처럼
앉아 있네. 정말이지, 좋은 음식과 포도주가 안됐군.

잘 차려진 음식과 포도주는 파르치팔에게도 맛이 없었다.
그래서 하인들이 식탁 위의 대접들을 치우고, 곧이어 레판세
여왕이 성배를 가져가려고 시녀들과 함께 들어왔을 때, 파르

치팔은 몹시 기뻤다. 여왕이 파르치팔 앞에 멈춰 서자, 그는 몸을 일으켜 깊이 허리 숙여 절을 했다. 이제 여왕은 궁정 법도에 따라 인사를 건넬 것이고, 그러면 그는 그녀가 보내준 망토에 대해 감사를 표할 예정이었다.

그러나 여왕은 아무 말도 하지 않았다. 슬픈 표정으로 그를 바라보더니, 성배를 집어 들고는 고개를 숙이고 가버렸다.

파르치팔은 화가 솟구쳤다. 이 성의 여주인이 인사도 건네지 않을 만큼 그가 무슨 잘못을 저질렀단 말인가? 그토록 반갑게 맞아주었던 기사들이 이제 화난 시선으로 그를 바라보게 만드는, 그런 무슨 일을 그가 했단 말인가?

그 순간 파르치팔은 뭔가를 보았다. 여왕이 막 연회장의 옆문으로 나가고 있었다. 그때 성배의 광채가 작은 방을 비추었고, 그곳 침상에 긴 백발의 노인이 누워 잠자고 있었다.

그러나 파르치팔이 노인을 자세히 살펴보기도 전에, 문이 닫히고 모든 것이 사라져버렸다.

그때 파르치팔 앞에 갑자기 낡고 찢어진 갑옷을 입은 시종이 다시 나타났다. 그는 양손으로 우단 쿠션을 들고 있었고, 그 위에는 값비싼 칼집 속에 든 칼 한 자루가 놓여 있었다. 칼자루의 머리 부분에는 큰 루비가 번쩍거리고 있었다.

"자네는 틀림없이 피곤할 테고, 얼른 잠자리에 들고 싶겠지." 암포르타스 왕이 다시 말을 걸었다. "그러니 더 이상 붙잡지 않겠네. 이 칼은 내가 손님에게 주는 선물이니 받아주게. 여러 싸움에서 내가 직접 쓰던 칼이라네. 하지만 내게 재앙이 닥쳐와서, 난 더 이상 그 칼이 필요치 않다네." 왕은 마치 손님이 질문해주기를 기다리는 듯 주저주저했다. 그러나 파르치팔은 질문 같은 것을 할 마음이 전혀 없었고, 마침내 그곳을 떠날 수 있게 되어 몹시 안도했다. 파르치팔은 재빨리 말했다. "폐하, 감사드립니다. 허락하신다면 잠을 자러 가고 싶습니다. 온종일 말을 타고 달렸더니 정말 피곤하군요. 이렇게 친절하게 대접해주신 폐하께 신의 은총을!"

그러나 암포르타스 왕은 더 이상 그의 말을 듣고 있지 않는 것 같았다. 왕은 쿠션에 몸을 깊이 파묻은 채 두 눈을 감고 있었다.

등 뒤에서 연회장의 문이 닫히자, 파르치팔은 크게 숨을 내쉬었다. 파르치팔은 선물로 받은 칼을 든 늙은 시종과 할 일이 남아 있는 몇몇 시종만이 자신을 뒤따르고 있음을 알아차렸다. 그 외에는 누구도 파르치팔에게 관심을 두지 않았다. 기사들 곁을 지나갈 때도 그를 본체만체했다. 파르치팔은 화가 나는 동시에 배척당하고 경멸당하기라도 한 듯, 자신이 이상하게 불행하다고 느꼈다.

마침내 파르치팔은 다른 사람들을 보내고 혼자 방으로 들어섰다. 백발의 시종만이 따라 들어오더니 서둘러 칼이 놓인 쿠션을 벤치 위에 놓고는, 그보다 더 빠르게 방을 나갈 수는 없을 듯한 태도로 황급히 문을 향해 돌아섰다. 그러나 시종은 마지막으로 뒤돌아보았다. 깊게 주름진 그의 얼굴은 화가 나 있었다. "불쌍한 우리 주군보다 편안한 밤을 보내시게나!" 그는 이렇게 내뱉고 나가버렸다.

그날 밤 파르치팔은 깊이 잠들 수가 없었다. 밤새도록 밖에서는 바람이 사납게 윙윙거렸고, 성안은 몹시 소란스러웠다. 파르치팔은 자리에 누워 있었으나 머릿속에서는 바퀴가 돌 듯 생각이 돌아가고 있었다. 둥글게, 끊임없이 둥글게 원을 그리며. 그가 보았던 불가사의한 일들이 머릿속에서 미친 듯이 윤무를 추고 있었다. 암포르타스 왕은 창백한 얼굴로 그를 노려보고, 레판세 여왕은 성배를 그의 가슴팍에 바짝 갖다 대어 그 빛이 불길처럼 그의 두 눈을 빨아들이는 것 같았다. 비통해하는 늙은 시종은 그를 향해 피 묻은 창을 던졌고, 그는 비명을 내지르며 놀라 벌떡 깨어났다.

그는 벌써 환한 대낮임을 깨달았다. 그는 귀를 기울였다. 그러나 성안은 쥐 죽은 듯 조용했다. 아직 이른 아침인가? 아니었다. 해가 높이 떠 있었다. 파르치팔은 소리쳐 시종을 불렀다. 그러나 아무도 오지 않았고, 아무도 대답하지 않았다. 얼마 뒤 그는 몸을 일으켜 왕비가 준 긴 망토를 찾아 방 안을 둘러보았다. 벤치 위에는 그가 입고 왔던 옷이 놓여 있었다. 그의 갑옷과 왕이 준 칼도 그곳에 있었다. 그러나 그 외의 다른 것, 레판세 여왕이 보낸 긴 망토와 어제 시종들이 입혀준 값비싼 의복들은 보이지 않았다.

파르치팔은 어리둥절해하면서 주위를 두리번거렸다. 모든 것이 꿈이었을까, 아니면 지옥의 환영이었을까? 유령 같은 향연과 성배, 잠자던 백발노인과 다른 모든 것은?

파르치팔은 서둘러 옷을 입고 방을 나섰다. 복도에서도 재차 귀를 기울였으나, 그를 둘러싸고 있는 것은 역시 쥐 죽은 듯한 고요뿐이었다. 어떤 발자국 소리도, 어떤 목소리도, 어떤 다른 소리도 들리지 않았다. 그는 계속 걸어갔다. 문이 보일 때마다 귀를 대보았으나 아무런 기척도 없었다. 그 문들을 열려고도 해보았으나 굳게 닫혀 있었다. 가끔 한 번씩 열리는 문안에서 그를 맞는 것은 황량한 텅 빈 공간뿐이었다. 그는 발코니로 나가보기도 했다. 그러나 내려다보이는 마당은 비어 있고, 건너편에서도 검은 창들만 하품을 하고 있었다.

공포가 엄습했다. 모두가 죽어버린 성안에서 철저히 나 혼자란 말인가? 그는 달리기 시작했다. 긴 복도를 지나 달렸다. 그의 발걸음 소리가 둥근 천장에 여러 번 메아리쳐 울렸다. 마치 보이지 않는 유령들이 함께 달리고 있는 것 같았다. 그의 갑옷에 달린 작은 쇠고리들이 죄수가 찬 쇠사슬처럼 덜커덕거렸다.

그러자 복도가 끝나고 그는 문 앞에 서 있었다. 다행히 그 문은 열려 있었다!

다음 순간 그는 비명을 내질렀다. 그는 크고 둥근 홀에 들어와 있었다. 사방 벽은 황금과 대리석으로 돼 있었고, 창문은 보이지 않았지만 홀에는 눈부신 밝은 빛이 흘러넘쳤다. 홀은 비어 있었는데, 정중앙에 작은 신전처럼 보이는 이상한 건축물이 솟아 있었다. 신전의 황금 기둥들과 수정으로 된 벽들 위에는 가물가물 빛나는 둥근 지붕이 펼쳐져 있었고, 그 안에서 무시무시한 빛이 반짝이고 있었다……

"성배다!" 파르치팔은 신음했다. 그는 미친 듯이 홀을 가로질러 질주해 반대편 문으로 빠져나왔다. 그는 발코니로 달려 나갔다. 그의 등줄기로 전율이 훑고 지나갔다. 이 저주받은 성에는 아무도 없었다. 그와 성배 외에는 아무도 없었다. 파르치팔은 전혀 알지 못하는 이 강력하고 신비에 가득 찬 물건, 성배.

파르치팔은 발걸음을 멈췄다. 그 앞에 아래쪽 마당으로 이어지는 돌계단이 있었다. 그것이 약간 눈에 익었다. 그렇다. 건너편의 저 성문, 그는 어제 그곳으로 들어왔었다. 성문은 열려 있었고, 그곳을 빠져나간 많은 말발굽 자국들이 보였다. 그리고 어제 빽빽하게 녹색 잔디가 덮여 있던 마당 바닥은 검은색 흙이었다. 말발굽들이 파헤쳐놓은 탓이었다.

얼마 후 다른 것이 파르치팔의 눈에 띄었다. 아래쪽 계단이 끝나는 곳에 안장을 얹은 그의 말이 매어져 있고, 그 옆에는 방패와 칼이 세워져 있었다.

그는 펄쩍펄쩍 계단을 뛰어 내려갔다. 적어도 자기 말을 다시 발견했다는 사실이 이 고독 속에서 행운처럼 여겨졌다. 붉은 말이 낮게 히힝 소리를 내며 그에게로 고개를 돌리자, 그는 잠시 말에게 이마를 갖다 댔다. 그는 깊게 숨을 들이마셨다. 다행스럽게도 빠져나가는군. 파르치팔은 비밀에 가득 찬

이 황량한 미로 같은 곳에서 다시는 밖으로 나가지 못할지도 모른다고 생각하던 참이었다. 파르치팔은 전율했다. 그래, 그는 어제 일어난 모든 일을, 악몽 같은 모든 일을 빨리 잊어야만 했다. 그렇게 하지 않는다면, 그는 이제 자신의 인생에서 기쁜 날 같은 건 없을 거라고 느꼈다. 그러자 마음이 한결 가벼워졌다.

"이리 와, 붉은 말아." 그는 말했다. "한시도 머무르고 싶지 않은 이 성에서 어서 빠져나가자. 우리 외에 살아 있는 생명이라고는 없어 보이는 이 성에서 말이야."

파르치팔은 재빠르게 투구를 조여 맸다. 그의 등에는 방패가 걸려 있었고, 허리띠에는 자신의 칼과 왕이 선물로 준 칼이 나란히 매달려 있었다. 그런 다음 그는 안장에 올라앉아 성문을 향해 나아갔다.

"아이고, 드디어 끔찍한 일들이 다 지나갔구나." 빠르게 다리를 건너는 말 등에서 파르치팔은 중얼거렸다. 그러나 등 뒤에서 걸걸한 목소리가 크게 울려왔고, 소리에 놀란 말은 소스라쳐 앞으로 내달렸다.

파르치팔도 놀라서 풀쩍 뛰어올랐다. 그때 다리가 급히 공중으로 치솟아 걷어 올려지더니, 건너편 성벽 위에 그 늙은 시종이 서 있었다. 그는 도르레를 휘감아 다리를 걷어 올리면서 화난 표정으로 파르치팔을 내려다보고 있었다. "이 불행한 바보야." 그는 소리 질렀다. "너에게나 우리에게나 구원이 되었을 일을 너는 실수로 놓치고 말았구나. 단 한 번의 질문으로 너는 암포르타스 왕을 고통에서 구하고, 너 자신을 위해서도 이 세상 최고의 행복을 누릴 수 있었는데! 그러나 넌 질문하지 않았어. 이제 네가 원하는 곳으로 가거라. 재앙이 너를 뒤따를 것이며, 네게는 결코 태양이 비추지 않으리라!"

다음 순간 그는 사라졌다. 성문은 둔탁한 소리를 내며 닫혔다. 그러자 파르치팔의 붉은 말은 거칠게 헐떡거리며 뒷다리로 높이 일어나 급하게 달려 나갔다. 앞서 달려간, 알지 못하는 말들의 자취를 따라 바위 문을 향해. 골짜기는 저 아래 불타버린 계곡으로 이어지고, 창백한 호수에는 사슬로 매어진 작은 배들만이 물 위에서 흔들거리고 있었다.

달려라, 붉은 말아! 우리는 앞서간 기사들을 따라잡아야 한다!

그러나 파르치팔은 앞선 기사들을 따라잡지 못했다. 그는 말의 목에 거의 눕다시피 몸을 기대고 재촉해 앞으로, 숲 안으로 말을 몰았다. 말들의 발자취는…… 갑자기 없어져버렸다. 발자국들은 말 탄 사람들이 마치 사방으로 흩어지기라도 한 듯, 이리저리 갈라져 있었다. 그리고 파르치팔과 말은 이끼와 바위들 사이에서 길을 잃고 말았다.

말은 계속 달려가면서도 멈칫거렸다. 그러면서 주인의 지시를 기다렸지만, 주인은 말에게 아무런 주의도 기울이지 않았다.

파르치팔의 얼굴은 심란했고, 생각은 쫓겨난 새들처럼 한 곳을 빙빙 돌고 있었다. "그저 단 한 번의 질문으로…… 그러나 넌 질문하지 않았어……" 아니, 그는 그 말을 이해할 수 없었다. 그래서 그는 그 말에 지지 않으려고 애를 썼다. 암포르타스 왕에게는 기사들이 많아. 파르치팔은 고집스럽게 생각했다. 나는 길을 가다 우연히 들르게 된 낯선 손님일 뿐이야. 어째서 하필 나에게 그의 고통을 걱정해줄 의무가 있단 말인가? 다른 이들이 그걸 해도 되지 않는가. 왕은 그들의 주군이니까 말이야. ―그런데 파르치팔, 네가 틀렸어. 넌 왜 그래야 하는지 모르지. 네 마음이 여전히 눈멀어 있으니까 그런 거야.

넌 이제 또다시 말을 타고 달려야 하는구나, 붉은 기사여! 너는 온 숲을 헤매며 달려가야 하지만, 무엇이 너를 몰아대는

지도 알지 못해. 불쌍하고 어리석은 기사 파르치팔이여, 너는 앞으로도 오랫동안 말을 타고 달려야 하리라. "다른 사람들이 내 형제를 돌보는 게 뭐 어때서, 그게 나랑 무슨 상관이야?" 사람이라면 이렇게 생각해서는 안 된다는 것을 깨닫게될 때까지, 그렇게 오랫동안 달려야 하리라.

붉은 말은 멈칫하면서 계속 서 있었다. 여전히 주인은 꼼짝도 하지 않고 아무런 명령도 내리지 않았다. 그래서 붉은 말은 자기 내면의 확신이 가리키는 대로 계속 달려갔다.

파르치팔은 얼마나 달려왔는지 알지 못했다. 그러다가 그는 어느 작은 숲속의 빈터에 이르렀다. 그곳은 그가 전에 한번 왔었던 듯, 아는 장소처럼 생각되었다. 그런데 저편 나무들아래 예전에는 보지 못했던 오두막이 서 있었다. 어느 경건한은둔자가 속세를 떠나 기도와 가난 속에서 신을 섬기려고 지은 것인 듯했다. 그 오두막을 그냥 지나치려는데, 파르치팔은 그 안에 있는 한 여인을 보았다. 그녀는 털로 짠 긴 겉옷에 밧줄로 허리를 묶고 있었고, 머리카락은 눈처럼 새하얬다.

말발굽 소리를 들은 여인이 문간으로 나왔다. 이 황량한 곳에 누군가가 오는 것은 자주 있는 일이 아니었다.

"안녕하세요, 은자隱者님." 파르치팔은 멈춰 선 붉은 말을 다시 재촉하면서, 무심히 슬픔으로 수척해진 은자 여인의 얼굴을 호기심에 찬 눈으로 흘깃 바라보았다.

그러자 은자 여인이 손을 들어 올렸다. "파르치팔, 너야?" 파르치팔은 놀라서 몸을 돌렸다. "저를 아세요?" 하고 묻자마자, 파르치팔도 그녀가 누구인지 곧바로 알아차렸다.

"안녕, 지구네 누나." 그의 입에서 인사가 튀어나왔다. "여기서 뭐 하는 거야? 근데 꼴이 그게 뭐야? 몹시 아파 보이는데!"

지구네는 상관없다는 듯 고개를 흔들었다. "그냥 둬, 사촌! 난 쉬오나툴란더가 죽은 뒤부터 여기 머물고 있어. 죽을 때까지 여기 있을 거야." 그녀는 약간 옆으로 비켜섰다.

파르치팔은 숨이 멎는 듯했다. 오두막 안에 구리로 만든 관棺이 있고, 그 안에는 투명한 수정 덮개 아래 젊은 기사가 누워 있었다. 마치 잠자는 것처럼 창백하고 조용하게. 파르치팔은 그가 쉬오나툴란더임을 알아차렸다. 그는 3년 전부터 이런 모습으로 죽어 있는 것이다. 지구네는 그의 시신을 방부 처리하여, 그의 곁에서 죽음의 경비를 서고 있는 중이었다. 자신이 죽을 때까지……

파르치팔은 갑자기 몸이 얼어붙는 것 같았다. 이 무슨 이상한 날이란 말인가? 모든 것이 음울해 보였다. 태양은 어디 있는 것일까? "네게는 결코 태양이 비추지 않으리라……"

지구네가 다시 그에게 말을 걸었을 때, 파르치팔은 움찔했다. "이제 너는 아주 훌륭한 기사가 되었구나. 근데 내가 사는 이 황량한 곳에서 무엇을 찾는 거야?"

"어젯밤 여기서 멀지 않은 성에서 묵었어. 아마 5~6킬로미터 정도 떨어진 곳인데, 정확히는 모르겠어." 파르치팔은 자신 없는 어조로 대답했다. 왜냐하면 그가 겪은 모든 것이 다시금 사실이 아닌 듯 생각되었기 때문에.

그녀는 귀를 기울이면서 이상해했다. "이 근처 50킬로미터 반경 안에는 성도, 장원도 없어. 묵을 곳이라곤 없는데." 그러다가 갑자기 멈칫했다. 문득 그녀의 얼굴에 기묘한 표정이 떠올랐다. "사실은 말이지." 그녀는 머뭇거리면서 말을 이었다. "근처에 성이 하나 있긴 해. 하지만 그곳에 이르는 길을 발견하는 건 극소수의 사람에게만 허용된 일이지. 산 위 어딘가에 있는 그 성을 찾아 많은 사람이 길을 떠났지만, 성을 찾은 사람은 아무도 없어. 선택된 자만이 그곳에 갈 수 있거든. 심지어 그자도 어떻게 가는지는 몰라. 그곳은 성배의 성인 몬살바트야. 사촌, 어찌 된 일이야?"

파르치팔은 대답하지 못하고 멍하니 그녀를 바라보았다. 그는 갑자기 말 목 위의 고삐를 잡고 안장에서 뛰어내렸다.

"지구네 누나." 그의 음성은 쉬어 있었다. 그는 지구네 곁으로 바짝 다가갔다. "난 그곳에 있었어, 지구네 누나. 알겠어? 내가 성배의 성에 갔단 말이야!"

파르치팔은 슬픔으로 여윈 지구네의 얼굴이 환해지는 것을 보았다. 그러나 그는 이미 알고 있었다. 성배의 성에 있던 기사들의 얼굴에 서렸던 빛이 꺼지고 말았던 것처럼, 지구네의 얼굴에 떠오른 빛도 곧 꺼지리라는 것을. 잔인하지만, 확실한 사실이었다.

"오, 파르치팔!" 지구네는 거의 경외심을 드러내며 그에게 입을 맞추었다. "이건 쉬오나툴란더가 죽은 후로 내가 맞은 첫번째 기쁨이야. 너와 우리 일족의 큰 영광이지. 그래, 성배를 보았니?"

그는 침을 삼켰다. "응, 하지만……"

"우리 외백부이신 암포르타스 왕도 보았어?" 그녀는 숨 가쁘게 캐물었다. "아이 참, 물론 봤겠지. 자루에 루비가 박힌 백부님의 칼을 네가 갖고 있잖아." 그녀가 흥분하며 계속 말했다. "그건 트레부헤트가 만든 신비의 칼이야. 만약 그 칼이 부러지면 카르노트에 있는 라크 샘에 가서 물에 담그기만 하면 돼. 암벽에서 솟구치는 그곳의 물이면, 칼날은 완전하게 다시 붙고 전보다 더 강해지지!"

파르치팔은 지구네의 팔을 움켜잡았다. "그만해!" 그는 거칠게 말했다. "난 무슨 소린지 도무지 모르겠어. 누나, 암포르타스 왕이 우리 백부라고 한 거야?"

"그래, 우리 가문의 시조는 티투렐 왕이셔. 그리고 성배를 운반하는 레판세 여왕은 우리 어머니와 네 어머니의 자매야. 너 그걸 몰랐던 거니? 그들이 네게 틀림없이 얘기했겠지?"

파르치팔은 이마를 쓰다듬었다. 그의 머리를 망치가 두드리고 있는 것 같았다. "아니." 그가 웅얼거렸다. "아니, 그들은 내게 아무 말도 하지 않았어."

그녀는 이상하다는 듯 머리를 흔들었다. "믿을 수가 없네." 갑자기 그녀의 두 눈이 멍해졌다. "너, 너 그럼 암포르타스 왕의 고통에 대해서는 틀림없이 물어봤겠지? 백부님이 얼마나 고통스러우신지 틀림없이 보았을 텐데, 어떻게 물어보지 않을 수 있었겠어! 그렇잖아? 너 그렇게 한 거지?" 그녀의 양손이 파르치팔의 어깨를 움켜잡았다. 그는 그녀가 몹시 겁내고 있음을 느꼈다.

그는 천천히 얼굴을 옆으로 돌렸다. "아니." 그는 맥없이 대답했다. "아니, 난 묻지 않았어."

그녀의 두 손이 미끄러졌다. 아주 부드럽게. 파르치팔은 그녀가 자기를 밀쳐낸 것처럼 느꼈다.

"오, 이 가엾은 사람아." 지구네는 슬퍼하며 말했다. "대체 무슨 짓을 한 거야? 넌 단 한 번의 질문으로 그 불쌍한 분을 고통과 병에서 구할 수 있었는데, 그것을 놓치다니! 넌 그분의 비참함을 보고도 도울 생각을 하지 않았어! 이 눈먼 불쌍한 바보야, 넌 몬살바트에서 기사로서의 명예와 행복을 모두 놓친 거라고! 넌 시험을 당했는데, 그 시험을 통과하지 못했구나. 넌 성배의 왕이 될 운명이었는데. 하지만 타인에 대한 사랑이 없는 자는 그 왕국을 다스릴 자격이 없단다."

파르치팔은 벌떡 일어났다. "지구네 누나, 좀 기다려!" 그는 화난 어조로 말했다. "날 그처럼 나쁜 말로 비난하기 전에 내게 설명 좀 해봐. 이 모든 것이 뭘 의미하는지 말이야."

그러나 그녀는 오두막 안으로 들어가버린 후였다. "더 이상 아무것도 소용없을 거야. 네게도, 암포르타스 왕에게도."

그녀는 그를 쳐다보지도 않고 이렇게만 말했다.

그러자 또다시 광포한 기운이 거칠게 그를 사로잡았다. 그는 말에 급히 몸을 싣고, 인사도 없이 그곳을 떠났다.

사람들 모두가 나를 사악한 악한처럼 취급하는군, 그는 격분했다. 하지만 난 반드시 그 비밀을 캐낼 거야. 내가 졸타네에 가기만 하면, 어머니는 틀림없이 모든 걸 이야기해주실 거야. 또 기사의 명예라는 것, 그래 내가 그걸 잃어버렸는지 아닌지는 곧 밝혀지겠지! 난 내가 무엇을 해야 할지 알고 있어. 졸타네에서 곧바로 낭트의 아르투스 왕에게로 갈 거야. 장담컨대 왕은 즉시 날 원탁의 기사로 받아주실 거야. 어쩌면 그는 날 자기 궁전에 잡아두려고 이미 오래전에 사신을 보냈는지도 모르지.

그는 이 모든 것을 거의 맞히기는 했다. 그러나 이것이 실현되기까지는 또다시 그의 희망을 산산이 깨부수는 일이 일어나야 했다.

이런 생각을 하자 파르치팔은 마음이 약간 가벼워졌다. 그는 붉은 말이 발견한 찰흙 같은 황색의 좁은 길을 따라 달렸다. 갑자기 파르치팔은 자기 앞에 나 있는 말발굽을 보았다. 그것은 특이해 보이는 말발굽 자국으로, 파르치팔은 곧 그것이 말 두 필의 발자국임을 알아차렸다. 그중 한 마리는 편자가 박히지 않은 말이었다.

얼마 지나지 않아 파르치팔은 그로부터 약간 떨어진 곳에 있는 오래 묵은 나무들 사이로 말 탄 사람을 보았다. 다른 말의 낌새를 맡은 파르치팔의 붉은 말은 넓은 보폭으로 성큼성큼 뛰어갔다.

뜻밖에도 말 탄 이는 여자였다. 맙소사, 비루먹은 암말 위에 올라탄 이 누더기 여인은 대체 어떻게 혼자 몸으로 이곳까지 왔단 말인가? 그녀는 군데군데 기운, 낡아 해진 윗도리를 걸치고 있었다. 이 누더기가 원래는 어땠는지 아무도 알 수 없을 지경이었다. 그녀의 등과 어깨 위로는 길고 검은 곱슬머리가 물결치고 있었다. 이 곱슬머리를 본 파르치팔에게 어떤 기억이 떠올랐다. 하지만 아니야. 그럴 리가 없어!

파르치팔이 그녀 뒤로 다가갔을 때에야, 말 탄 여인은 부드러운 흙바닥에 울리는 말발굽 소리를 들었다. 그녀는 급히 주변을 둘러보았다. 그녀의 창백하고 걱정 가득한 얼굴이 급격하게 빨개졌다.

놀란 파르치팔은 말에 세게 박차를 가했다. 곧 파르치팔의 말은 단숨에 앞으로 내달려 여인이 늙은 암말 옆에 섰다. 이제 이름난 붉은 기사답게 궁정 예법에 따라 행동할 차례였다. 아마도 두 발로 내려 땅에 꿇어앉았더라면 제일 좋았겠지만, 그럴 수가 없었다. 왜냐하면 자신이 풋내기 시절에 저질렀던 온갖 부끄러운 일들이 순식간에 머릿속에 떠올랐기 때문이다.

"맙소사, 예슈테 부인." 그는 중얼거리며 차마 그녀를 올려다볼 엄두를 내지 못했다. 그는 곁눈질로 자신의 손가락을 살폈다. 다행히 반지가 거기 있었다. 에메랄드가 박힌 황금 브로치는 유감스럽게도 그 어부에게 주어서, 되돌려 받기는 어려울 것이었다.

"안녕하세요, 파르치팔 기사님." 공작부인은 낮지만 화난 목소리로 말하고, 급하게 옷자락을 여몄다. 그러고는 파르치팔의 붉은 말이 빈약한 동료 말의 냄새를 맡으면서, 거들먹거리며 다가가는 것을 보고 덧붙여 말했다. "그냥 가던 길을 가세요. 만약 오릴루스 공이 이번에도 제 곁에 있는 당신을 보게 된다면, 무슨 일이 벌어질지 몰라요. 첫번째 만남에서 당신은 이미 제게 충분히 불행을 안겨주었어요. 그 때문에 오늘도 이렇게 고통받고 있답니다."

그 순간 파르치팔은 그동안 무슨 일이 일어났는지를 깨달았다. 오릴루스 공에 대한 온갖 좋지 않은 소문이 파르치팔의 귀에도 들려왔던 것이다.

"오, 공작부인." 파르치팔은 몹시 부끄러워하며 말했다. "모든 것을 빠르게 제자리로 돌려놓겠습니다. 간청하오니, 이 반지를 받아주세요. 에메랄드가 박힌 황금 브로치는 유감스럽게도 돌려드릴 수가 없네요. 제가 어리석어 탕진하고 말았거든요. 그리고 오릴루스 공을 어디서 만날 수 있는지 말씀해주세요. 제가 당신에게 무례를 범했으며, 그 모든 책임은 오로지 저에게 있다는 것을 해명해드릴 수 있게 말입니다."

파르치팔은 곧장 대답을 얻을 수 있었다. 여인의 가련한 암말을 별로 탐탁해하지 않던 파르치팔의 붉은 말이 또 다른 말의 냄새를 맡고는, 갑자기 고개를 들어 크게 히잉 소리를 내며 울었던 것이다. 곧이어 아주 가까이에서 또 다른 말의 울음소리가 화답했다.

공작부인은 아연실색하며 한숨을 내쉬었다. "이제 모든 게 끝났어!" 그녀의 얼굴은 공포로 핼쑥해졌다. "오릴루스 공이 곧 도착할 거예요. 당신과 내게 신의 자비가 있기를!"

다음 순간 앞쪽 나무들 사이에서 오릴루스가 모습을 드러냈다. 그랬다. 그는 전혀 친절해 보이지 않았다. 그는 양손을 바삐 움직여 급히 투구를 잡아끌어 바로 하고는 창과 방패를 제자리에 갖다 놓았다. "이봐, 붉은 기사." 그는 멀리서부터 큰 소리로 부르짖었다. "어디 감히 알지도 못하는 녀석이 내 아내 곁에서 알짱거리고 있는 거냐? 자, 이제 나를 잘 막아봐. 내가 말에서 떨어뜨려, 다시 일어서고 싶은 생각일랑 싹 가시게 해줄 테니까!"

"때맞춰 오시는구먼." 근심과 분노로 인해 친절한 마음을 가질 여유가 없는 파르치팔 역시 으르렁거렸다. "당신도 곧 아르투스 왕에게 가서 내 소식을 전해줄 수 있겠지!"

파르치팔은 다행히 창을 내리고 방패를 가슴 앞으로 끌어올 시간을 벌 수 있었다. 그러자 붉은 말이 앞으로 내달렸다. 뒤이어 그의 주인은 무시무시한 충격을 받았고, 용감한 그의 말은 뒷다리로 주저앉아야 했다. 우지끈, 쿵, 쾅 하는 소리, 쪼개지고 벗겨지는 소리와 함께 무시무시한 싸움이 이어졌다. 드디어 모든 싸움이 끝났을 때, 저 건너편에서 오릴루스가 힘들어하며 말 뒤에서 몸을 일으켰다. 그의 얼굴은 거대한 야생 딸기처럼 새빨개져 있었다. 그는 격분하여 승자를 노려보았다.

파르치팔은 천천히 그에게로 다가갔다. "안녕하십니까, 오릴루스 공." 그가 여유롭게 말했다. "예전에 당신은 내가 당신께 인사하고 소개할 시간을 허락하지 않았지요. 나는 파르치팔입니다. 가무레트 왕의 아들이고, 또 브로바르츠의 왕이지요."

"하!" 공작은 소리 지르며 성난 풀줄기처럼 손을 공중에 휘저었다. "내가 3년 전부터 찾던 바로 그자로구나! 칼을 뽑아라. 너를 산산조각 내주마!"

파르치팔은 웃었다. "좀 기다려주시지요. 먼저 이야기를 하나 들려드리죠. 그러면 아마 날 살려두실 수 있을 겁니다. 들어보세요."

파르치팔이 이야기를 끝냈을 때, 오릴루스는 한동안 아무 말 없이 그곳에 웅크리고 있었다. "그대가 진실을 말했다는 걸, 기사의 명예를 걸고 맹세하는가?" 마침내 그가 물었다.

"그렇소." 파르치팔은 대답했다. "당신의 부인은 아무 죄가 없소. 그리고 난 세상에 대해 아무것도 모르던 철부지 어린애였소."

"그렇다면 그댈 믿어야겠지." 오릴루스는 무뚝뚝하게 말한 뒤, 자신의 아내에게 언짢은 시선을 던졌다. 오릴루스는 좋든 싫든 이제 자신의 부당함을 인정해야 하는 것이 싫었다. 그러나 이 붉은 기사는 그에게 이 일을 걸고 면세해주시 않을 것이다.

"그대가 날 말에서 떨어뜨렸으니, 이제 내게 무엇을 요구하겠소?" 그는 불쾌한 어조로 물었다.

"두 가지요." 파르치팔은 친절하게 알려주었다. "부인과 화해하고 그녀를 명예롭게 받아주시오. 그런 다음 아르투스 왕에게 가서, 붉은 기사가 곧 그의 궁전에 당도할 거라고 전해주시오. 이제 안녕히 계시오. 난 갈 길이 멉니다."

파르치팔은 깊이 허리 숙여 공작부인에게 인사한 다음, 안장에 뛰어올랐다. 얼마 동안 달린 뒤, 그는 다시 한 번 뒤돌아보았다. 오릴루스가 아내를 자신의 값비싼 말 등에 막 태우고 있었다. 그런 다음 공작은 고삐를 움켜쥐고 말을 끌었다. 편자가 박히지 않은 빈약한 늙은 말은 빈 안장을 얹은 채 터벅터벅 뒤따라가고 있었다.

파르치팔도 말을 몰았다. 그는 아르투스 왕을, 그의 호화찬란한 궁전을 생각했다. 그리고 틀림없이 자신도 곧 유명한 원탁의 일원이 될 것이라고 생각했다.

그 생각은 달콤했다. 그러나 얼마 후 말을 타고 가던 그는 오래전부터 다른 길로 가고 있음을 깨달았다. 그것은 몬살바트로 되돌아가는 길이었다.

붉은 기사여, 넌 거듭거듭 이런 일을 겪게 될 거야. 너는 네가 원하는 곳으로 달릴 수 있겠지. 그러나 성배는 저 먼 몬살바트 산에 있고, 그곳으로 되돌아가기까지 그대는 어떤 마음의 평화도 누릴 수 없으리라!

6

모래로 뒤덮인 황야, 돌들, 회색의 덤불숲, 그리고 저 앞 지평선에 보이는 숲. 그러나 그 숲은 아무리 가도 가까워지지 않는 것처럼 보였다. 아마 저것이 졸타네의 숲이리라. 이제 그곳까지 그리 멀지 않겠지.

붉은 말은 싫증 내지 않고 꾸준히 모래벌판을 달렸다. 가끔씩 북쪽에서 차가운 바람이 살을 에일 듯이 불어올 때면, 말은 가는 것이 내키지 않는 듯 고개를 흔들며 귀를 세웠다.

생각에 빠져 있던 파르치팔은 소스라쳐 깨어나 외투를 여몄다. 그는 하늘을 살펴보았다. 성령강림절* 기간이었다. 그러나 해가 사라져버린 듯, 세상은 황량하고 추웠다.

---

* (옮긴이) 부활절 후 50일(제7주일)이 되는 날을 전후한 기간. 오순절 기간이라고도 한다.

파르치팔은 추위와 외로움으로 얼어붙었다. 그럼에도 불구하고 그는 사람들을 피했다. 그는 아내 콘두이라무르 왕비가 보고 싶었다. 그러나 돌아가고 싶지는 않았다. 가끔씩 그는 아내의 얼굴을 분명하게 떠올렸다고 생각했다. 그러나 다음 순간 그것은 바람에 휩쓸려가듯 금방 사라져버렸다.

어쩌면 어릴 때 슬프거나 불안할 때 했던 것처럼, 어머니 헤르첼로이데 왕비 곁에 앉아 있다면 좋을 것 같았다. 그러나 마음속 깊은 곳에서 어떤 목소리가 말하고 있었다. 어머니 역시 이제는 더 이상 그를 도울 수 없을 거라고.

또다시 말을 돌려세워 이미 지나왔던 길, 몬살바트로 되돌아가는 길을 달리고 있는 자신을 발견한 파르치팔은 저주의 말을 내뱉으며 말을 잡아챘다. 그 바람에 말은 뒷발로 벌떡 솟구치며 멀리 있는 숲으로 내달렸다.

석양이 질 무렵, 파르치팔은 나무들이 있는 곳에 들어섰다. 키 큰 나무들 사이로 키 작은 소관목류 나무들이 촘촘하게 밀치고 서 있었다. 그리고 그것이 바람을 다소나마 막아주었기에, 그는 그곳에서 하룻밤을 보내기로 했다. 그는 말에서 내려 안장과 재갈을 풀었다. 몸을 막 누이려는 순간, 매 한 마리가 귀청이 찢어질 듯 내지르는 소리가 들렸다. 그 새는 화살처럼 날아 내려와 그의 어깨에 앉았다. 파르치팔이 손등으로 꾀어내자 새는 순순히 복종했다. 사냥매로군, 그는 이상하게 생각하면서 매의 발목에 감겨 있는 세 겹의 황금 고리를 살펴 보았다. 매는 근처에서 사냥하는 어느 기사에게서 날아온 것이 분명했다. 매를 놓아주면 주인에게 돌아가는 길을 찾아낼지도 몰랐다.

그러나 파르치팔이 공중으로 날려 보냈는데도 불구하고, 매는 가까운 나뭇가지에 가서 머물러 있었다. 파르치팔이 말 옆에 누워 몸을 뻗자, 매는 말안장의 머리 쪽에 웅크리고 앉아 날개 속에 머리를 묻고는 잠이 들었다.

파르치팔은 그리 편히 잠들지 못했다. 저 위 큰 나무들 꼭대기에서는 바람이 윙윙거렸고 날은 점점 추워졌다. 아침 무렵이 되자 눈이 내리기 시작했다.

"겨울이 다시 온 것 같네." 파르치팔은 중얼거리며 피곤한 몸을 일으켰다. "상관없는 일이지, 뭐. 즐거운 5월이라 한들 내게 무슨 소용이란 말인가?"

얼마 후 그는 숲을 가로질러 안으로 들어갔다. 매는 파르치팔이 자기 주인인 양 그의 어깨에 쪼그리고 앉아 있었다.

숲은 트여 있었고 곧 끝이 났다. 숲을 빠져나왔을 때, 파르치팔은 눈앞 멀지 않는 곳의 들판에 세워진 큰 천막들의 진영을 보았다. 안개가 스쳐 지나갔다. 모든 것 위에 눈이 얇게 덮여 있었다.

천막 안에서는 아무도 깨어나지 않은 듯 인기척이 없었다. 좀더 가까이 가면 문장을 알아볼 수 있겠지, 파르치팔은 생각했다. 그러나 그 순간 숲 가장자리에서 기러기 한 떼가 날아올랐다. 매는 번개처럼 그곳으로 달려들었고, 불안에 찬 새들의 비명 소리와 함께 새털이 흩날렸다.

피 두어 방울이 눈 위에 떨어졌다.

파르치팔은 그곳에 앉아 그 붉은 반점을 바라보았다. 그러자 살짝 어지러워지면서, 모든 것이 눈앞에서 이상하게 뒤죽박죽 흔들거렸다. 그리고 갑자기 얼굴 하나가 떠올랐다. 빛나는 두 눈에, 눈 위에 떨어진 핏방울만큼 붉은 입술을 가진 얼굴이었다.

파르치팔의 생각은 저 멀리 펠라파이레의 콘두이라무르 왕비를 찾아 헤맸다.

파르치팔은 주변의 모든 것을 잊어버렸다. 마치 눈 위의 붉은 반점이 그에게 마법을 건 것 같았다. 그래서 그는 아무것도 보지도 듣지도 못하고, 마치 입상立像처럼 말 위에 앉아 있었다.

그는 날이 밝은 것도 알아채지 못했다. 저편 천막들 위에 나부끼는 작은 세모 깃발에 아르투스 왕의 문장이 새겨져 있는 것도 보지 못했다.

아르투스 왕은 사흘 전 많은 호위병과 수행원을 거느리고 낭트를 출발했다. 붉은 기사를 찾기 위해서였다.

왕은 이테르의 죽음 이후 붉은 기사가 그토록 빨리 사라져 버린 순간부터 그를 찾고 있었다. 이바네트에게서 바보 같은 옷을 입은 그 젊은이가 가무레트 왕의 아들이라는 이야기를 들었을 때, 아르투스 왕은 그를 가게 내버려 둔 것을 후회했다. 이후 그 젊은이가 어떻게 되었는지, 왕은 전혀 소식을 듣지 못했다.

어느 날 클라미데와 킹룬, 그리고 파르치팔에게 패한 다른 기사들이 오고, 마지막으로 오릴루스 공이 와서 붉은 기사가 곧 방문할 것이라는 소식을 알려주었을 때까지 그러했다. 그러자 왕은 원탁의 기사들을 불러 모았다. "우리가 그를 맞으러 나가세." 왕이 말했다. "파르치팔 기사가 그동안 많은 명성을 쌓았으니, 그를 원탁의 일원으로 받아들이는 것은 우리에게도 명예로운 일이지. 그는 여기서 멀지 않은 곳에 있을 거야. 기다리는 동안 잘 찾아본다면, 틀림없이 그를 만날 수 있을 거야." 기사들은 박수를 쳤다. 단 한 사람만이 불쾌한 얼굴로 침묵했는데, 궁내부 대신 카이였다. 하지만 그가 왕의 뜻에 반대한들, 무엇을 할 수 있겠는가?

그러니 지금 만약 파르치팔이 천막들 쪽으로 말을 몰기만 했더라면, 그는 자신이 소망하던 목표를 이룰 수 있었을 것이다. 그러나 파르치팔은 말 위에 앉아 그저 멍하니 앞을 바라다볼 뿐이었다. 이제 건너편 진영에서 기사 시종 한 사람이 주변을 살펴보기 위해 밖으로 나왔다.

그는 숲가에 멈춰 서 있는 낯선 기사를 보았다. 창을 꼿꼿이 들고 가슴 앞에 방패를 세운 이 낯선 기사는 마치 싸울 태세로 적을 기다리고 있는 것 같았다.

"저이가 우리가 찾는 붉은 기사인 것 같네." 기사 시종은 만족해하면서 몸을 돌려 진영으로 달려 들어갔다. 카이 대신에게 이 사실을 신속하게 알리기 위해서였다. 기사 시종은 대신으로부터 그를 발견하면 곧장 알려달라고 명령을 받은 터였다.

파르치팔이 만난 첫번째 기사는 새파란 풋내기였다. 제그라모르스라는 이름의 그는 괴도하게 선투복에 불타고 있었다. 그는 혼자 힘으로 파르치팔을 찾을 작정이었다. 이미 오래전부터 붉은 기사에게 도전하고 싶다는 비밀스러운 소망을 품고 있었기 때문이다. 만약에 그 유명한 영웅을 찔러 안장에서 떨어뜨릴 수 있다면, 오 그 얼마나 찬란한 승리겠는가!

그는 붉은 기사의 소식을 듣자마자 숲으로 서둘러 왔다. 그러나 붉은 기사는 미동도 없이 가만히 서서, 용감한 제그라모르스를 쳐다보는 것 같지도 않았다.

제그라모르스는 고삐를 당겨 말을 멈췄다. "안녕하십니까, 파르치팔 기사님." 그가 말했다. 그러나 붉은 기사는 미동도 하지 않았다.

"안녕하십니까." 기분이 상한 제그라모르스는 큰 소리로 되풀이해 말했다.

붉은 기사는 그를 쳐다보지도, 대답하지도 않았다.

"제가 인사를 드렸습니다, 기사님." 이제 제그라모르스는 화가 나서 고함을 질렀다. "기사님이 제 인사에 답을 하지 않으신다면, 그건 저를 모욕하는 겁니다. 그러니 저는 당신에게 결투를 신청하겠습니다! 저를 막으세요!"

그는 창을 겨누고 말에 박차를 가했다.

파르치팔의 붉은 말은 이 모든 것을 자세히 보았다. 말은 눈 위의 붉은 반점을 훌쩍 뛰어넘었고, 바로 그때 꿈에서 화들짝 깨어난 파르치팔은 자신을 향해 돌진해 오는 낯선 기사를 보고 번개처럼 빨리 그의 창을 꺾었다.

아, 그것은 가련한 기사 제그라모르스의 찬란한 승리가 될 수 없었다. 제그라모르스는 꽤 심하게 말에서 떨어졌기 때문에 다시 일어서는 데는 시간이 좀 걸렸다. 이제 붉은 기사는 그에게 무엇을 대가로 요구할 것인가?

그러나 붉은 기사는 아무것도 요구하지 않았다. 그는 금방 제그라모르스를 잊었다. 창피해하며 쭈뼛거리던 그 어린 기사가 다시 말안장에 기어올라 줄행랑친 것도 알아채지 못했다.

말이 뒤로 물러서고 그의 두 눈이 다시금 눈 위의 붉은 반점 위에 가닿자, 아까의 그 무시무시한 마법이 재차 파르치팔을 덮쳐왔던 것이다. 그의 눈앞에서 안개 같은 것이 올라왔다 내려갔다 했다. 그 안에 형체 하나가 나타났다. 울퉁불퉁 찌그러진 갑옷을 입은 시종이었는데, 그는 창을 들고 있었다. 그리고 창끝에는 피가 묻어 붉었다.

또다시 붉은 기사는 멍하니 말 위에 앉아 있었다. 그의 영혼은 몬살바트의 복도와 방들을 헤매면서 필사적으로 비밀의 답을 찾고 있었다.

한편 건너편 진영의 천막에서는 카이가 무장을 하고 있었다. 그는 혼자서 붉은 기사에게 맞서기로 굳게 결심한 터였다. 아르투스 왕의 총애를 잃어버리는 위험을 무릅쓰고라도 그렇게 할 참이었다. 그는 투구의 틈을 통해 왕비의 천막 바로 옆에 있는 쿤나바레의 천막 쪽으로 음험한 시선을 던졌다. 안 될 일이었다. 패배한 기사들을 연달아 쿤나바레에게 보낸 이 염치없는 녀석은 결코 이리로 와서는 안 되었다! 그러느니 직접 자신의 손으로 말안장에서 그 녀석을 넘어뜨려, 다시는 낭트 궁전 쪽으로 한눈팔지 못하도록 만드는 편이 나았다. 그리고 허영심에 들뜬 이 허풍선이를 끝장내는 일은 뭐 그리 어렵지도 않을 터였다. 그 녀석은 파릇파릇한 풋내기요, 카이 자신은 산전수전 다 겪은 투사니까 말이다. 그러면 마침내 쿤나바레도 아마 그녀가 곧잘 아리따운 미소를 흘려보내는 그 가련한 클라미데 왕보다, 자신이 더 나은 기사라는 사실을 깨닫게 될 것이다.

물론, 만약 이즈음 쿤나바레가 클라미데 왕의 아내가 되기로 약속한 사실을 이 가련한 궁내부 대신이 알았더라면, 아마도 대신은 붉은 기사에게 결투를 청할 생각 따위는 포기했을 것이고, 그편이 그를 위해서는 훨씬 나았을 것이다.

잘 무장한 카이는 언짢은 기분으로 적을 향해 말을 몰았다. 값비싼 갑옷을 차려입은 그는 꽤 근사해 보였다. 그도 한창때는 다른 기사들이 무서워하는 적수였으니까 말이다. 단지—유감스럽게도 왕왕 일어나는 일이지만—그는 자신의 시대가 이미 오래전에 지나갔다는 사실을 간과했던 것이다.

그는 말고삐를 약간 끌어당겼다. 가까이 다가갈수록 붉은 기사가 이상해 보였기 때문이다. 어째서 붉은 기사는 꼼짝도 하지 않고 서서 똑같은 지점만 바라보고 있단 말인가, 마치…… 그래, 마치 제정신이 아닌 것처럼? 카이는 낮게 휘파람을 불었다. 에이, 마찬가지잖아! 저자가 몇 년 전 낭트 궁전에 그런 바보 같은 광대 옷을 입고 나타났던 건 이유가 있었어! 저자의 창백하고 심란한 얼굴을 보기만 해도 충분히 알수 있는 일이야! 그 유명한 붉은 기사가 결국은 가련한 바보에 지나지 않는다는 사실이 밝혀진다면, 아르투스 왕과 원탁의 기사들에게는 그야말로 충격이겠지! 카이는 어찌나 웃음이 터져 나오던지, 그 자신도 소스라쳐 놀랐다. 그러고는 급히 파르치팔을 쳐다보았다. 그러나 파르치팔은 아무것도 듣지 못한 것 같았다.

그러사 궁내부 대신의 용기는 턱없이 커졌다. 그는 아주 가까이 다가갔다.

"이보게, 파르치팔." 그는 비아냥거리듯이 말했다. "아주 화려한 기사님이 되셨군그래! 지난번 보았을 땐 다른 옷을 입고 있었잖나. 내 생각엔, 이전 옷이 이테르 기사의 갑옷보다 더 잘 어울리는 것 같네만!"

파르치팔이 여전히 꼼짝도 하지 않았기 때문에, 당황한 그는 말을 멈추었다. 조금이라도 제정신이라면, 그런 모욕에 침묵할 수는 없는 노릇이었다!

카이는 조심스럽게 붉은 말의 주변을 원을 그리며 돌기 시작했다. 붉은 말은 의심스럽다는 듯 낯선 말을 흘겨보았다. 그러나 낯선 말이 싸우자고 덤비며 뛰어오르지 않았으므로, 붉은 말 역시 가만히 있었다.

붉은 말의 주인은 여전히 잠을 자고 있는 것 같다고, 카이는 생각했다. "가장 좋은 것은, 우리가 함께 왕에게로 가는 거야. 왕은 자네를 보고 기뻐하실 거야. 히히! 충고하는데, 뻗대지 말고 날 따라오시지. 그렇지 않으면 말 안 듣는 개에게 하듯이, 자네 목에 밧줄을 걸어야 할 테니까 말이야!"

그래도 붉은 기사가 아무런 이의를 제기하지 않았으므로, 카이는 붉은 말의 고삐를 잡아끌었다.

붉은 말은 주인을 뒤돌아보면서도 카이에게 복종했다. 그러나 붉은 말이 한 걸음도 채 내딛기 전에 격분한 외침이 카이의 등 뒤에서 들렸다. 동시에 그의 손에서 고삐가 빠져나갔고, 소스라치게 놀란 카이는 하마터면 손가락 하나를 잃을 뻔했다.

깜짝 놀라 말을 돌려세운 그는 자신 앞에 바짝 다가온 붉은 기사의 얼굴을 노려보았다. 아니, 이제 붉은 기사는 바보 같아 보이기는커녕, 몹시 화가 나 있는 것처럼 보였다. 사람들이 자주 하는 얘기에 따르면, 이런 불쌍한 광인狂人이 갑자기 광포한 발작을 일으킨다지!

"무슨 수작인 거요?" 파르치팔이 카이에게 으르렁거렸다. "내 말을 끌어가 달라고, 내가 당신에게 부탁이라도 했던가요?"

카이는 몰래 숨을 내쉬었다. 비록 친절한 말은 아니었지만, 그래도 최소한 정신을 차린 말이 아닌가!

"자네가 막 그리해달라고 하는 것처럼 보였지!" 카이는 심술궂게 말했다. "난 정말 진지하게 생각했어. 자네가 아프다고 말이야. 그런데 자넨 아주 건강해 보이는구면. 그러니 말을 타고 가던 길을 계속 가게나. 저 건너 천막 쪽으로는 가지 말고!"

파르치팔은 몹시 놀란 표정으로 그를 바라보았다. "대단히 이상한 예의로군요. 나는 내가 가고 싶은 대로 갈 거요. 아시겠소?" "그래, 그렇지만 자네가 저 건너편으로 가는 건 내가 원치 않네!"

붉은 말은 이런 음성의 톤을 잘 알고 있었기에, 귀를 쫑긋 세우고 기품 있는 걸음걸이로 뒷걸음질을 쳤다. 이제 곧 결투가 시작되면 상대 말과의 거리가 얼마쯤 되어야 하는지, 정확하게 알고 있었기 때문이다.

기사 카이는 아직 대단히 강했다. 그의 창이 파르치팔의 방패를 조각냈다. 그러나 운 나쁘게도 그는 말과 함께 바위 위로 넘어지면서 팔과 다리가 부러졌고, 그 바람에 더는 일어설 수 없게 되고 말았다.

말에서 뛰어내려 카이에게로 가던 파르치팔은 갑자기 또 멈칫거렸다. 그의 시선이 또다시 눈 위의 핏자국에 가 꽂혔고, 어김없이 마법이 그를 덮쳐왔던 것이다.

한편 그러는 동안 아르투스 왕의 진영은 활기를 띠었다.

왕의 조카인 가바인*은 자신의 천막을 나서면서 막 말을 타고 들판으로 달려 나가는 궁내부 대신을 보았다. 싸우러 나

---

* (옮긴이) 원탁의 기사 가웨인(거웨인 혹은 가윈이라고도 한다)의 독일식 이름.

갈 때처럼 투구를 꼭 여미고 창을 세워 든 모습이었다. 그리고 건너편 숲가에 붉은 기사가 멈춰 서 있었다. 아니, 카이가 왕의 손님을 공격할 생각인 건가? 가바인은 황급히 자신의 말에 안장을 얹고, 시종 두어 명을 불러내 궁내부 대신의 뒤를 쫓았다. 마침 때맞춰 도착한 그들은 조심스럽게 쓰러진 대신을 일으켜 세워 천막으로 옮겨갔다.

그렇다면 붉은 기사는 어찌 되었을까? 그는 손가락 하나 까딱하지 않고 여전히 그곳에 서 있었다. 가바인은 불쾌해하며 그에게로 몸을 돌렸다. 아니, 기사 파르치팔이 패한 상대에게 도움 한번 주지 않을 정도로 기사답지 않단 말인가?

그때 가바인은 멈칫했다. 어쩔 줄 몰라 하는 절망적인 얼굴이 그를 보고 있었다. 아니, 그를 보는 것이 아니었다. 파르치팔의 두 눈은 땅바닥 어딘가에, 눈 위의 붉은 반점에 못 박혀 있다는 것을 가바인은 알아차렸다.

가바인은 아직 젊은이였다. 그러나 세상을 여기저기 많이 돌아다녔으며, 진기한 것도 많이 경험한 사람이었다. 그는 알고 있었다. 이 세상에는 한 인간에게서 영혼을 앗아가버리는 많은 것이 존재한다는 사실을. 걱정과 근심, 동경 혹은 가차없는 강력한 사랑.

완전히 정신이 나갔군. 가바인은 소스라치게 놀랐다. 그를 도와야겠어.

가바인은 나지막이 파르치팔을 불렀지만, 아무 소용이 없었다. 가바인은 외투를 벗어 그 붉은 반점 위로 던졌다.

파르치팔은 소스라치게 놀랐다. 그는 손으로 굵은 땀방울들이 맺혀 있는 이마를 닦았다.

"안녕하신가, 파르치팔 기사." 가바인이 말했다.

그러나 파르치팔은 아무 말 없이, 여전히 손에 들고 있는 산산조각 난 창과 쪼개진 방패를 멍하니 바라보았다.

"내 무기들이 왜 이런 거요?" 그는 이상하다는 듯 웅얼거렸다.

"창과 방패는 싸우다 부러졌소." 가바인이 환기시켜주었다. 파르치팔은 믿을 수 없다는 듯이 그를 바라보았다. "내가 그대와 결투했다는 말씀은 아니지요? 그대는 무기를 갖고 있지 않으니 말이오."

"아니오, 사람들이 끌고 가는 저 기사와 싸운 것이오."

부상당한 기사를 본 파르치팔은 어깨를 으쓱하며 말했다. "난 모르는 일이오!"

가바인은 침착하게 행동했다. "아마 곧 생각날 것이오. 우선 이리 오시오. 함께 진영으로 갑시다. 나의 백부이신 아르투스 왕께서 당신을 보면 무척 기뻐하실 것이오!"

파르치팔은 귀를 기울였다. "아르투스 왕이라고 그랬소?"

"그렇소. 나는 가바인이라 하오. 왕의 누이의 아들이오. 궁전 사람 모두가 여기 와 있소. 왕비와 많은 부인들, 그리고 몇몇 외국 손님도 와 있소." 가바인은 파르치팔과 나란히 천막 쪽으로 말을 타고 가면서 말했다. 그는 미소를 지으며 파르치팔을 건너다보았다. "아르투스 왕이 그대를 원탁의 기사로 받아들일 때 큰 축제가 열릴 것이오."

오, 파르치팔은 이 친절한 젊은 영웅을 끌어안고 싶었다. 원탁의 기사라니! 이보다 더 큰 명예는 없었다! 몬살바트의 저 슬픈 기사가 대체 그와 무슨 상관이란 말인가? 몬살바트의 시종이 내뱉은 저주와 지구네의 탄식이 대체 무슨 상관이란 말인가? 그는 깊이 숨을 내쉬었다. "가바인 기사." 파르치팔은 엄숙하게 말했다. "이것은 내가 어린 시절부터 품어온 가장 큰 소망이오."

몬살바트는 수평선 뒤로 멀리 사라졌다. 적어도 그는 그렇게 생각했다.

주변을 둘러본 파르치팔은 이미 해가 떠올랐음을 알아차렸다. 눈은 사라지고, 천막 주변의 들판은 녹색이었다.

진영의 한가운데에는 금색 막대기들과 금색 밧줄로 큰 원이 쳐져 있었다.

그 원 안에 많은 의자와 함께 둥근 식탁이 마련되어 있었다.

"조금만 기다리게!" 가바인은 의자를 세기 시작했다. "어제보다 하나가 많군." 그는 흡족해하며 말했다.

뒤이어 가바인은 파르치팔을 왕의 천막으로 안내했다.

그날은 아주 찬란한 날이었다. 아르투스 왕은 온갖 명예를 부여하며 파르치팔을 맞았고, 기노퍼 왕비 역시 아들에게 하듯 그를 포옹했으며, 아름다운 쿤나바레는 그의 양 볼에 입을 맞추었고, 가바인은 파르치팔에게 영원한 우정을 맹세했다. 원탁의 기사들도 한 사람씩 차례로 들어와 자신들의 일원이 된 파르치팔에게 인사했다.

축하의 연회는 끝나지 않을 것 같았다. 파르치팔은 왕과 가바인 사이에 앉아 있었다. 그는 말이 많았으며, 몹시 크게 웃었다. 오, 파르치팔은 그토록 즐거웠고, 기꺼이 즐거워지고 싶었다! 단지 가끔씩 한순간 그는 침묵하면서, 무슨 일이 일어나기를 기다리는 사람처럼 숨을 멈추었다.

그런 순간이면, 그는 천막들 사이로 해가 비치는 들판을 바라보았다.

그때 건너편 숲가에서 무언가 움직임이 느껴졌다. 그곳은 이날 아침 그가 떠나온 바로 그 장소일지도 몰랐다.

"말 탄 사람이군." 파르치팔은 무심히 말했다. 그러나 그의 심장은 세차게 망치질하는 것처럼 거칠게 뛰기 시작했다.

동시에 가바인이 고개를 번쩍 들었다. 날카로워진 그의 눈길에는 공포 같은 것이 서려 있었다. "마녀 쿤드리다!" 가바인이 중얼거렸다. "여기서 뭘 하려는 거지?"

원탁은 단번에 쥐 죽은 듯이 조용해졌다. 포도주에 취해 즐거워하던 기사들과 웃고 있던 여인들은 마비라도 된 듯 보였다. 공포 어린 호기심에 가득 찬 시선들이, 활기라곤 없어 보이는 버새* 등에 올라 막 들판을 가로질러 진영으로 향해 오는 여인에게 가 꽂혔다.

아르투스 왕 진영의 사람들은 모두 이 여인을 알고 있었다. 도처의 궁전과 성 사람들도 잘 알고 있는 여인이었다. 사람들은 그녀를 마녀라는 의미의 쿤드리라고 불렀다. 그러나 그녀가 누구인지, 어디에 사는지 알고 있는 사람은 없었다. 사람

---

* (옮긴이) 수말과 암나귀의 잡종.

들은 그녀가 나타나는 걸 좋아하지 않았다. 왜냐하면 그녀는 비밀스러운 죄악이나 악행이 저질러진 곳에 나타나, 죄지은 자를 가차 없이 비난했기 때문이다. 설명하자면 쿤드리는 몬살바트의 성배 성에 드나들면서, 성배로부터 세상 사람들 몰래 저질러진 죄악이나 악행을 듣고서 그 죄악이 속죄되도록 하고 있었다.

그녀를 본 파르치팔은 공포에 사로잡혔다. 맙소사, 그녀는 여인네라고 할 수 없었다. 여자라면 저렇게 흉측할 리 없었다! 그녀가 걸친 화려하고 비싼 의복에조차도 뭔가 두려운 기미가 들러붙어 있어, 그녀의 흉측한 모습을 더욱 경악스럽게 만들고 있었다. 그녀는 니스보다 더 번쩍거리는, 독물이 든 푸른색 우단 외투를 입고 있었으며, 공작 깃털로 만든 모자는 등 뒤에서 건들거렸고, 길게 땋은 검은 머리카락은 말안장까지 늘어져 있었다. 그리고 빗자루의 털처럼 윤기 없이 뻣뻣한 머리털은 얼굴을 에워싸고 있었다.

파르치팔은 정말이지 그 얼굴을 쳐다보고 싶지 않았다. 그러나 그 외에 달리 어쩔 도리가 없었다. 속눈썹이 없는 두 눈, 길고 누런 치아, 독수리 부리라고 해야 할 것 같은 코! 손은 원숭이 피부처럼 검고 주름투성이였고 손톱은 맹금의 발톱 같았다. 손에는 비단 끈들이 달린 채찍을 흔들고 있었는데, 채찍의 손잡이는 불타는 듯 붉은, 매우 큰 루비로 되어 있었다.

쿤드리는 주변 사람들은 아랑곳하지 않고, 버새를 탄 채 금색 울타리를 뚫고 들어왔다. 그 바람에 금색 줄은 찢기고 기둥들도 부서졌다. 그녀는 아르투스 왕 앞에서 멈췄다. 아무도 그녀가 말안장에서 내리는 걸 도우려고 하지 않았다. 아니, 그녀에게는 어떤 기사도 다른 여인네들에게 하는 사랑의 봉사를 제안하지 않았다.

"아르투스 왕이시여." 그녀는 인사도 없이 위압적으로 말했다. "원탁의 기사들의 명성은 언제나 대단했지요. 그런데 그 명성에 먹칠을 하는 일이 생겼습니다. 당신들은 원탁의 기사라는 명예를 차지할 가치가 없는 자를 받아들였습니다. 당신들은 그를 붉은 기사라 부르지요."

파르치팔은 이미 그 사실을 알고 있었다는 듯 놀라지 않았다. 그러나 그는 막 기어 올라간 빛나는 꼭대기에서 출구 없는 어두운 심연으로 다시 굴러떨어진 것만 같았다.

가바인은 겁먹은 눈길로 파르치팔을 바라보았다. 파르치팔이 너무나 절망적인 얼굴을 하고 있어서, 가바인은 기꺼이 그의 어깨를 끌어안고 싶었다. 그때 쿤드리가 파르치팔에게로 몸을 돌렸다.

"그래, 바로 그대로군." 쿤드리가 천천히 말했다. 그녀의 눈길에는 분노라기보다 깊은 근심이 서려 있었다. "내가 방금 한 말을 사람들은 잘 믿지 않아! 그대는 아름다운 기사지, 파르치팔! 젊은 그대는 인생에서 이미 많은 명예를 성취했다고 들었어. 심지어는 그대를 흠결 없는 기사라 부르기도 하지. 그대는 어려움에 처한 자를 돕고, 언제나 옳은 편에 서서 싸우며, 패한 자에게 너그러울뿐더러 그대의 예의범절은 모든 궁전의 자랑거리이기도 하지. 그대는 잊지 않고 신을 공경하며, 미사에 빠지지 않고 참석하지. 또 화려한 복장으로 성당에서 나올 때는 문간에서 구걸하는 거지에게 적선도 하지. 기사 파르치팔이여, 난 그대의 흠결 없음이 두렵다네. 왜냐하면 그대의 영혼이 병들었기 때문이지. 그리고 그것은 그대가 눈이 멀거나, 온몸이 마비되거나, 혹은 나병에 걸리거나, 마녀 쿤드리처럼 괴물이 되는 것보다 더 나쁜 일이야. 그대는 자기애自己愛라는 병에 걸린 거야. 그대가 어떤 선한 일을 행한다 해도, 그것은 당신 자신을 칭찬하기 위해 하는 일이지. '봐, 얼마나 고상한 기사인가!'라고 사람들이 말할 테니까 말이야. 하지만 그대의 가슴은 굳어 있어. 타인의 고통에

274

대해 아무런 느낌이 없지! 그대는 몬살바트의 불성실한 손님이었어. 그대는 성배를 보았고, 비참한 처지의 암포르타스 왕과 피 묻은 창을 보았지. 그대는 그 모든 것을 전혀 이해하지 못했어. 질문하는 것은 그대에게 그리도 쉬운 일이었건만, 그대는 묻지 않았지. 아니, 사람들이 그대를 어리석고 예의 없다고 생각할까 봐 겁이 나서, 물어볼 생각조차 하지 못했어. 그러면서도 그대는 흠결 없는 기사가 되고 싶어 하지! 그대는 비밀스러운 신의 의지로 암포르타스 왕을 구할 운명이었어. 이제 왕은 계속 고통을 지고 살아가야 해. 얼마나 오래 계속될지, 누가 알겠는가!"

파르치팔은 벌떡 일어나 쿤드리의 얼굴에 대고 분노의 말을 퍼붓고 싶었다. 그러나 그는 그렇게 할 수 없었다. 그는 쿤드리의 흉측한 두 눈에서 눈물이 뚝뚝 떨어져, 주름살을 타고 뺨으로 흘러내리는 것을 보았다. 그는 침묵했다.

그러자 이제 가바인이 벌떡 일어섰다. 아니, 그는 이 모든 것을 더 이상 지켜보고만 있을 수가 없었다. 게다가 파르치팔은 그 어떤 범죄자도 아니었다! "쿤드리, 떠나시오!" 그는 매섭게 말했다. "간청하오니, 그를 평화롭게 놔두고 떠나시오!" 쿤드리는 그녀의 무시무시한 얼굴을 천천히 가바인에게로 돌렸다. "평화라고? 파르치팔은 어떤 평화도 찾지 못할 거야. 하지만 가바인 기사, 자네에게도 충고를 하나 하지. 서둘러 클린쇼르의 마법의 성을 찾아 떠나게! 클린쇼르는 마법을 이용해 자네 누이 이토니를 납치해 갔다네."

이 말과 함께 쿤드리는 버새에 몸을 싣고 황급히 그곳을 떠났다. 당황한 가바인이 미처 질문할 새도 없이. 한동안 아무도 입을 열지 못했다. 쿤드리가 소름 끼치는 유령처럼 사라질 때까지, 모두가 그녀를 지켜보고 있었다.

파르치팔은 악몽에서 깨어난 것 같았다. 주위를 둘러보니, 당황해서 어쩔 줄 모르는 얼굴들이 보였다. 많은 기사가 그의 눈을 피했다. 아르투스 왕조차도 어찌해야 좋을지 몰라 불쾌한 얼굴로 멍하니 탁자만 노려보고 있었다. 원탁의 기사들 중 한 명에게 그토록 심한 비난이 제기되다니, 이는 원탁의 명예가 걸린 일이었다. 성배를 섬기도록 부름을 받았다는 것은 기독교 기사 사회에서 더할 수 없는 최고의 명예로 여겨지는 일이었다. 그러나 소명을 받았으되 거절한 그자에게는 화禍가 있으리라!

또다시 끔찍한 고통과 분노가 파르치팔을 사로잡았다. 어찌나 격렬하게 들끓던지 파르치팔의 마음은 완전히 캄캄해지고, 그는 자신에게 부당한 일이 생긴 것인지 아니면 자신이 부당한 일을 행한 것인지 더 이상 알 수 없게 되어버렸다.

그는 일어났다. "그대들 모두 쿤드리가 절 비난하는 것을 들으셨습니다." 그의 음성은 비참함으로 인해 쉬어 있었다. "그녀가 한 말은 모두 사실인 듯 보입니다. 그렇게 생각하시지 않나요? 그럼에도 불구하고 그 모든 것은 거짓입니다. 저는 그것을 설명할 수는 없습니다. 단지 한 가지는 알고 있습니다. 더 이상 여러분 곁에 머물 수 없다는 사실입니다." 그의 얼굴 위로 슬픈 미소가 스쳐 지나갔다. "쿤드리의 말이 맞습니다. 제가 성배의 성을 다시 발견할 때까지, 제게 평화란 없을 것입니다. 하지만 어쩌면 다시 한 번 여러분 곁에 돌아올 수도 있겠지요." 파르치팔이 자신의 천막 쪽으로 걸어갈 때, 아무도 그를 붙잡지 않았다. 그는 갑옷을 입고 말에 안장을 맸다.

"붉은 말아, 가자." 그가 말했다. "우린 또 떠나야 하는구나. 여기 잠시 머물러도 좋지 않을까 생각했는데. 하지만 희망이 날 배반하는구나."

파르치팔이 몸을 돌렸을 때, 천막 입구에 가바인이 서 있었다. 그의 다정한 얼굴은 걱정으로 가득했다.

"내일까지만 머무르게." 가바인이 황급히 말했다. "나 역시 떠나야 한다는 것을 자네도 들었겠지. 우리 함께 떠나세."

그러나 파르치팔은 침울하게 고개를 흔들었다. "나는 좋은 길동무가 못 될 걸세. 아마 자네에게 화만 불러올 거야. 있지, 몬살바트의 사람들은 날 저주했다네. 그곳 시종은 성벽에서 '네게는 결코 태양이 비추지 않으리라'고 내 등에 대고 소리쳤다네. 그리고 쿤드리, 아 자네도 듣지 않았나? 내가 모든 악의 화신이라는 것을? 가바인, 자네는 함께 가도 좋다고 생각하겠지. 하지만 난 혼자서 길을 가야 한다네. 잘 있게. 언젠가 다시 만난다면 몹시 반가울 걸세."

"이렇게 자넬 떠나보내는군!" 가바인이 슬프게 말했다. "하지만 자네에게 맹세하지. 내 누이를 찾고 나면 꼭 자네를 찾아 떠날 걸세. 이 세상 끝까지라도 말이야. 그동안 신의 가호가 있기를!"

이 말을 듣자 파르치팔은 울컥했다. "신?" 가바인은 놀라며 파르치팔의 얼굴을 쳐다보았다. 그는 웃으려고 하는 것처럼 보였다. 그러나 잘되지 않았다. "신이라고?" 그는 비통하게 반복했다. "친구, 내 얘기를 들어보게. 지금까지 평생 난 신을 섬긴다고 믿었다네. 지금 보니 신은 날 미워하거나 아니면 날 경멸하면서 밀어내는 것 같네. 난 그걸 감내해야겠지. 하지만 오늘부터 신은 나의 봉사 없이 지내셔야 할 걸세. 난 내가 하고 싶은 대로 하고 살 걸세. 자네에게도 나처럼 하라고 충고하겠네. 세상으로 나가 유쾌한 모험들을 헤쳐 나가게. 그리고 아름다운 여인들의 사랑을 구하게. 그러면 나보다 더 많은 즐거움을 누릴 수 있을 거야. 난 성배를 찾아야 하니까 말이야. 난 비참한 바보니까!"

다음 순간 파르치팔은 안장에 올라앉았고, 붉은 말은 등 뒤에 악마라도 태운 듯 진영의 금색 울타리를 뛰어넘어 들판으로 날아갔다.

가바인이 천천히 원탁으로 돌아왔을 때, 천막들의 골목 너머로 한 남자가 말을 타고 오는 것이 보였다. 그의 방패와 투구에는 이상한 동물 문장이 굽이치고 있었다. 가바인은 그 문장을 알 것도 같았으나, 그것을 어디서 봤는지는 기억나지 않았다.

그 낯선 기사는 멈칫거리면서 원탁을 따라 아르투스 왕에게로 갔다. 그는 안장에서 뛰어내리더니 투구를 벗었다. 가바인이 자리에 막 다시 앉으려는데, 그 기사의 말소리가 들렸다. "안녕하십니까. 아르투스 왕이시여, 그리고 원탁의 기사님들. 저는 여러분 중 한 기사에게만 인사하지 않겠습니다. 바로 가바인 기사입니다. 저는 그에게 결투를 신청하러 왔습니다."

가바인은 서서히 몸을 돌렸다. 그의 얼굴은 약간 어두워져 있었다.

"내가 가바인이오." 그는 침착하게 말했다. "난 그대를 모르오만, 그대에게도 이름은 있겠지요. 또 나와 싸우려는 이유도 있을 것이오. 그걸 알려주시오. 난 오만불손한 깡패 때문에 칼을 뽑고 싶지는 않소!"

"내 생각에, 이유야 충분한 것 같소." 그 낯선 기사는 화난 목소리로 대꾸했다. "난 킹그리무르젤이라고 하오. 그대가 두 달 전 도시 샴판춘 성문 앞에서 말에서 찔러 떨어뜨린 영주의 봉신이오. 그때 그 영주가 목이 꺾여 죽었다는 것도 그대는 잘 알 것이오. 그 영주는 나의 주군일 뿐만 아니라 혈육인 형님이기도 하기에, 난 그대에게 그의 죽음에 대한 속죄를 요구하는 것이오. 나는 오늘부터 40일째가 되는 날, 샴판춘 성문 앞에서 그대를 기다리겠소. 그대가 용기 있는 사람이라면 그곳에 오겠지요."

그의 말은 충분히 명료했다. 가바인은 몰래 한숨을 내쉬었다. 그는 조금도 이 결투에 끌리지 않았다. 누이 이토니를 찾아낼 때까지는 결코 아니었다. 그는 급하게 계산해보았다. 킹그리무르젤이 40일 뒤에 그를 말에서 떨어뜨리려고 한다면, 클린쇼르의 마법의 성을 찾을 시간은 그리 많지 않았다. 그러나 어쩔 수 없는 일이었다. 기사의 관습에 따라, 그는 원하든 원치 않든 결투를 받아들여야 하는 것이다. 다시 말해 그 기사의 말은 유감스럽게도 사실이었다. 가바인은 산맥 저편 작은 나라에서 벌어진 시합에서 그곳 영주와 싸워 이겼으며, 상대방은 불행하게도 말에서 떨어져 사망했던 것이다.

"좋소." 가바인은 좋든 싫든 대답했다. "그곳에 가겠소. 하지만 내가 당신 나라를 통과할 때, 부하들에게 일러 날 조용히 지나가도록 보장해주시오. 난 자신의 주군을 위해 복수하려는 모든 기사를 상대할 시간도, 그러고 싶은 생각도 없소."

"기사의 명예를 걸고 보장하겠소." 킹그리무르젤은 엄숙히 말했다. "내 칼 외에 어떤 칼도 당신을 겨누지 않을 것이오."

그래서 가바인은 다음 날 누이를 찾기 위해 길을 떠났다. 그는 어제 파르치필이 떠난 길을 택했나. 어써년 파르치팔을 따라잡을지도 모른다는 비밀스러운 희망을 품고. 자신은 원탁의 기사에 걸맞게 젊은 기사들 및 시종들의 즐거운 무리와 함께, 또 노새들과 충분한 보급품 및 짐꾼들과 함께 출발한 반면, 갓 사귄 친구 파르치팔은 침울한 기분으로 혼자서 길을 떠난 것이 가바인은 영 마음에 걸렸다.

그러나 때는 황홀한 아침이었고, 우울한 생각은 숲과 들판에서 솟구치는 하얗고 가벼운 안개 조각처럼 곧 날아가버렸다. 이 젊은 무리는 웃고 떠들고 약간 으스대면서 나아갔다. 그들이 향하는 곳, 동방의 마법사와 그의 무서운 마법을 상대로 정직한 주먹과 칼로 습격하여 이토니와 아름다운 아가씨들을 구출한다는 것은 굉장한 모험이었다! 물론 이 굉장한 모험에는 큰 약점이 있었다. 클린쇼르와 납치된 아가씨들이 갇혀 있는 그 마법의 성을 대체 어디서 찾아야 할지 아는 사람은 그들 중 아무도 없었다!

그들은 밤새 의논을 거듭했지만, 아무도 클린쇼르를 알지 못했다. 오직 한 사람, 유명한 원탁 모임이 열리는 것을 보기 위해 멀리 그리스에서 온 이국의 기사만이 왠지 말하고 싶지 않은 양 주저주저하면서 입을 열었다. "언젠가 한번 저 건너 동방에서 클린쇼르를 만난 적이 있습니다. 그런데 맙소사, 그를 다시 보고 싶진 않군요. 사람들이 그를 두고 떠드는 이상한 이야기들이 얼마나 진실인지는 모르겠지만요. 예전에 어떤 여인이 그에게 불행을 안겨준 후, 그는 악마 같은 증오심을 품고 모든 사람을 쫓고 있다고들 얘기하지요. 그는 때로는 이곳에, 때로는 저곳에 나타난답니다. 사막과 황야에서도 그는 악령들의 도움을 받아 하룻밤 새에 거대한 성을 짓고, 그 후로 얼마 지나지 않아 인근의 성과 온 마을에서 아름다운 아가씨들이 사라져버린답니다. 그러면 남자들이 자신들의 딸을 찾아 길을 떠나지요. 가끔 어떤 사람은 비밀의 성을 발견하기도 합니다. 그러나 그 사람이 집으로 돌아와 동료들을 끌고 그곳에 다시 가보면, 성은 사라지고 없어요. 아가씨들의 흔적도 찾을 수 없고요."

그 그리스인은 말을 마쳤다. 평소 같았다면 용감한 젊은 기사들은 이 이상한 이야기에 조금 웃기라도 했을 것이다. 그러나 쿤드리가 한 말이 있었다. 쿤드리는 거짓말을 하지 않았다. 그건 그들 모두가 알고 있는 사실이었다. 그러니 무슨 일인가가 일어났음에 틀림없었다.

이제 그들은 곧 충분히 많은 일을 경험하게 된다. 석양이 질 무렵, 그들은 가바인 소유의 작은 성에 도착했다. 영주의 어린 누이 이토니는 지금까지 이 성에 살면서 우아하고 즐겁게 수십 명의 시녀와 하인, 특히 백발의 태수 및 뚱보 유모를 잘 다스렸었다.

그런데 어느날 아침, 이토니는 성에서 보이지 않았다. 그냥 사라져버린 것이다. 어떻게 된 일인지 아무도 모른다고, 유모는 말했다. 유모의 두 뺨은 걱정으로 덜덜 떨리고 있었다. 태수 역시 달리 할 말이 없었다. 온종일 하인들과 함께 성 안팎을 샅샅이 뒤졌지만, 영주의 어린 누이는 땅이 삼켜버리기라도 한 듯 사라진 채 나타나지 않는다고 했다.

모든 이야기를 듣고 난 가바인은 생각에 잠긴 채 말했다. "그래, 이제 정말 길을 떠나야겠군. 마법사 클린쇼르와 마법의 성을 찾아서 말이야." 그러자 유모가 깜짝 놀라면서 큰 소리로 탄식했기 때문에 가바인은 당황해하며 말을 멈췄다.

"아이고 맙소사!" 유모는 신음했다. "그놈의 악마, 처녀 도둑놈, 그 무서운 마법사 말인가요? 그렇다면 아무도 우리 불쌍한 아기씨를 도울 수가 없겠네요!" 그녀는 앞치마에 얼굴을 파묻고 가련하게 울며 흐느꼈다. 왜냐하면 이 성을 지나쳐 간 사람들이 클린쇼르와 그의 악행에 대해 무시무시한 이야기를 들려준 것이, 바로 얼마 전의 일이었기 때문이다.

"울지 말게, 유모." 가바인이 화난 소리로 말했다. "우린 그놈의 마법사에게서 꼭 누이를 찾아올 거야. 비록 10년이 걸린다고 하더라도 말일세." 그는 한 하인에게 손짓했다. "이 말을 마구간에 끌어다 놓고, 그링굴예테에게 안장을 얹게. 우리는 먹고 쉰 다음에 출발할 거야."

얼마 뒤 그들이 다시 큰 마당으로 내려왔을 때, 하인들은 이미 원기를 회복한 말들과 함께 대기하고 있었다. 그링굴예테도 그곳에 서 있었다. 아니 정확하게 말하면, 그놈은 주변을 돌아다니며 춤을 추고, 치고 물어뜯고 하여, 자기를 붙들고 있어야 하는 가련한 하인의 삶을 한껏 짜증 나게 하고 있었다. 사람들은 양쪽 귀와 콧구멍 안쪽이 불난 것처럼 붉은 이 말을 그링굴예테라고 불렀다. 그링굴예테는 못생긴 데다 성질까지 고약한 말이었다. 적어도 모두가 그렇게 주장했다. 이 말은 암컷이었다. 사실 이 녀석은 아직 한 번도 새끼를 낳아본 적이 없었다. 녀석은 사람이든 동물이든 똑같이 미워하는 것처럼 보였다. 단 한 사람만을 사랑했는데, 바로 그의 주인이었다.

가바인이 계단을 내려오자, 그링굴예테는 즉시 주인을 알아봤다. 그리고 말을 잡고 있던 하인은 녀석의 이빨에 물어뜯기기 전에 때맞춰 녀석을 놓아주었다.

그링굴예테는 귀찮을 정도로 오랫동안 주인을 반겼다. 냄새를 맡고 코를 부드럽게 갖다 대는가 하면, 주인의 얼굴에 제 얼굴을 갖다 대어 씩씩거리고 혀로 주인의 손을 핥았다. 그런 다음엔 만족했는지 아주 경건한 얼굴로 가바인이 안장에 뛰어오를 때까지 기다렸다. 녀석은 곧바로 성문 밖으로 쏜살같이 달려 나갔다. 마지막 순간에 주인이 자기를 남겨놓을까 봐 겁난다는 듯이.

가바인의 일행은 남쪽으로 말을 몰았다. 남쪽이든 다른 방향이든 상관없는 일이었다. 클린쇼르의 마법의 성이, 만약 그런 게 어딘가에 있다면, 어디에 있을지는 신만이 아실 테니까 말이다!

가바인은 말이 없었다. 그의 생각은 어쩔 줄 몰라 하며 답답하게 이리저리 왔다 갔다 했다. 이토니와 그녀의 비밀스러운 운명에서 어디선가 외로운 길을 가고 있을 파르치팔에게로, 그리고 기꺼이 달까지라도 가서 싸웠을 킹그리무르젤에게로 그의 생각은 왔다 갔다 했다. 그랬다. 어젯밤 기사 가바인에게 인생은 아름답지도 단순하지도 않아 보였다.

아침에도 그의 기분은 나아지지 않았다. 그들은 길을 가는 많은 사람에게 물어보았지만, 클린쇼르의 마법의 성에 대해 아는 사람은 없었다. 얼마 뒤 그들은 거친 소음, 덜커덕거림과 비명, 휘파람 소리와 북소리를 들었다. 무슨 일인지 몰라 그들은 작은 수풀 속에 몸을 숨기고 기다렸고, 곧 바깥쪽 대로에 말을 타거나 두 발로 걸어가는 전사들 한 무리가 나타났다. 그 뒤에는 마차 두어 대가 덜컹거리며 따라오고 있었다.

맨 앞에서 말을 타고 오는 이는 새파란 젊은이였다. 화려하게 온갖 치장을 하고 투구 위에는 왕관이 얹혀 있었다.

"참 변변치 못한 왕이로군." 가바인은 중얼거리며 멍하니 그를 살펴보았다. 아직 어린애의 얼굴이었다. 건방지고 오만한 태도에 비해, 그리 영리해 보이지는 않았다. 그 뒤를 따르는 자들은 정직한 기사와 하인 들이라기보다 사기꾼과 방랑자 무리에 가까웠다. 뒤쪽 마차에 타고 있는 칠칠치 못한 여자들에 대해서는 더 말할 것도 없었다!

가바인의 일행 중 가장 젊은 시종이 그링굴예테 곁으로 자기 말을 밀치고 왔다. "가바인 기사님, 저 사육제 차림을 한 바보 무리에게 한 방 먹여 놀래줄까요?" 그가 속삭였다. 다른 사람들은 웃으면서 이미 칼을 움켜잡았다.

그러나 가바인은 고개를 흔들었다. "저 불량배들에게 쏠 시간이 없네. 그냥 내버려 두게!"

그 소란스러운 행렬이 다 사라지기도 전에 길 위에 기사 하나가 나타났다. 그는 들키지 않으려는 듯, 나무 그늘에 몸을 숨기고 조심스럽게 다가왔다. 아마 정찰을 나온 척후병인 듯 했다.

그링굴예테는 주인의 박차를 느끼자마자, 미친 듯 한달음에 덤불숲을 껑충 뛰어넘어 길 위의 낯선 말에게로 곧장 돌진했다. 상대 말이 다리를 벌리고 뻣뻣하게 멈춰 선 순간, 말 탄이의 칼집에서 칼이 튀어나왔다. 그러나 가바인은 꼼짝도 하지 않았다. "젊은이, 나를 치기 전에 잠시 기다리게." 그는 느긋하게 말했다. "좀 물어봐야겠네. 자네가 몰래 쫓고 있는 저들의 무리는 누구인가?"

기사의 시종으로 보이는 그 남자는 화가 나서 가바인을 마주 보았다. "날 비웃는 겁니까? 당신이 누구를 섬기고 있는지는 당신 자신이 가장 잘 알 것 아닙니까. 저런 왕을 섬기고 있다니, 나 같으면 부끄러울 텐데요!" 그는 경멸에 가득 찬 표정으로 덧붙였다.

"무슨 말을 하는 건가?" 가바인은 어안이 벙벙해서 묻다가, 갑자기 크게 웃음을 터뜨렸다. "우리가 저 앞선 자들과 한

패라고 생각하는 모양이구려! 젊은이, 날 슬프게 만드는군. 자네가 약간만 우릴 자세히 살펴본다면, 자넨 아마 우리에게 잘못하고 있다는 걸 깨달을 걸세."

그사이 시종 자신도 이미 깨달은 모양이었다. "용서하십시오, 기사님." 그는 말했다. "물론 기사님 말이 맞습니다. 당신은 멜리안츠를 모르시는 거죠? 그는 두 달 전 이 나라의 왕이 되었답니다. 멜리안츠가 아주 어린아이였을 때, 세상을 떠난 그의 부왕父王이 그렇게 정해놓은 거지요. 그런데 그를 키운 분은 제 주인이신 리파우트 백작님이시랍니다. 아무도 그처럼 성실하게 양육할 수는 없었을 겁니다. 하지만 이 아이는 애초부터 그리 쓸모가 없었어요. 이제 기사님도 아셔야 할 텐데, 제 주인님께는 딸이 둘 있습니다. 오비에와 오빌로트죠. 큰딸 오비에 아가씨는 몹시 예쁘답니다. 멜리안츠는 턱 밑에 듬성듬성 수염이 나기 시작하자마자, 오비에 아가씨를 아내로 삼으려고 탐을 냈지요. 그녀는 웃으면서 5년 뒤에 다시 물어보라고 말했답니다. '난 네 아버지의 군주야.' 멜리안츠는 화가 나서 소리쳤지요. '그런 일로 걱정하지는 않아.' 오비에 아가씨는 이렇게 대꾸하고, 그를 내버려 두었어요. 그녀가 이 일을 후회하게 될 것이며, 가족 모두를 거지 신세로 만들겠다고 그는 맹세했답니다. 스무 살이 되던 날, 그는 인사도 감사의 말도 없이 제 주인님의 성을 떠나 수도로 갔습니다. 사람들은 그에게 왕관을 씌워줄 수밖에 없었지요. 그건 그의 권리니까요. 물론 이 나라의 기사들은 아무도 이 일을 기뻐하지 않았습니다. 하지만 어디에서나 꼭 칠칠치 못한 자들이 무리지어 그를 따라다니고 있답니다. 이제 멜리안츠는 자신의 군대를 이끌고 제 주인님의 성으로 가고 있는 거랍니다. 자신이 말한 위협을 실행하기 위해서지요. 누가 압니까, 정말 그렇게 될지. 왜냐하면 우리에겐 싸울 수 있는 남자들이 많지 않으니까요." 그는 걱정스러운 표정으로 점점 멀어지는 무리들에서 들려오는 딸랑거리는 소리에 귀를 기울였다. "저는 가야겠습니다." 그는 급하게 말했다. "숲을 가로질러 달리면, 적을 제치고 그들보다 앞서 주인님의 성에 가 닿을 겁니다. 저들은 큰길로 올 테니까요."

"다른 것도 좀 말해주게!" 가바인이 간청했다. "우린 클린쇼르의 마법의 성을 찾고 있다네. 들어본 일이 있는가?"

시종은 고개를 흔들었다. "마법의 성이라는 건 알지 못합니다."

"아니면 혹시 붉은 기사를 만난 일이 있는가?"

"아니요." 시종은 말했다. "하지만 모든 성에서 사람들이 그에 대한 얘기들을 하지요."

"잘 가게!" 가바인은 한숨을 쉬며 말했다. 이번에도 아무 소득이 없었다. 그것은 정처 없이 계속 말을 타고 가야 한다는 의미였다. 파르치팔과 가바인 두 사람 모두 이렇게 말을 타고 가면서, 어디에 존재하는지 아무도 알지 못하는 성을 찾고 있는 것이다. 가바인에게는 그것이 기이한 운명처럼 느껴졌다.

리파우트 백작의 시종은 작은 수풀 속으로 사라졌다. 한동안 큰길을 따라 걷던 가바인 일행은 멜리안츠와 그의 무리를 바싹 뒤쫓게 되자, 그들을 피해 샛길을 택했다. 두어 개의 낮은 언덕으로 이어지는 길이었다. 그때 그들은 약간 떨어진 곳에 있는 성 한 채를 발견했다.

"어쩌면 저것이 마법의 성일지도 몰라요." 아는 척하기 좋아하는 시종 하나가 말했다. 그러나 그 성에서는 마법의 낌새 같은 것은 전혀 보이지 않고, 다른 성과 똑같아 보였다. 가바인은 그 성이 멜리안츠가 찾아가는 그곳일 거라고 신중하게 생각했다. 그의 생각은 옳았다.

평평한 들판의 비탈 쪽에 눈처럼 하얀 꽃을 피운 나무들이 서 있었다. 그리고 가끔씩 달콤한 향기가 거의 느낄 수 없을 정도로 살랑거리며 불어왔다. 아마도 바로 그 때문에 이곳을 그냥 지나치려던 젊은 기사 가바인은 갑자기 말을 멈추고 말했다. "자, 저 나무들 아래서 좀 쉬자. 성주가 그 정도는 허락해주겠지. 또 멜리안츠 왕도 무리를 끌고, 그리 빨리 이곳에 오지는 못할 걸세."

그러나 오래 쉴 수는 없었다. 성벽 위 경비병들 옆에 서 있던 시종이 그들을 보자마자 번개처럼 사라지더니, 한창 무장을 하고 있던 사람들이 모여 있는 무기고로 달려갔기 때문이다.

그는 백작에게로 뛰어갔다. "주인님, 제가 만난 그 기사들이 저기 와 있습니다. 우리가 간청한다면, 멜리안츠에게 대항해 우릴 도와줄지도 모릅니다."

"한번 간청해보지." 자신이 키운 행실 나쁜 제자요 주군인 멜리안츠와의 싸움이 영 내키지 않던 백작이 말했다.

그는 성의 태수를 불러 이방인들에게로 내려보냈다. 태수는 예의 바른 사람으로, 자신이 해야 할 일을 잘 알고 있었다. 그러나 가바인 역시 예의 바르게 아니라고, 유감스럽게도 남의 일을 걱정할 시간이 없노라고 말했다.

그러는 동안 백작은 다시 한 번 빠르게 자신의 병력이 얼마나 강한지, 왕의 군대는 얼마나 큰지 어림잡아 비교해보았다. 계산은 전혀 그의 마음에 들지 않았다. 그래서 백작은 태수가 목적을 이루지 못하고 돌아오자, 자신이 직접 나서서 운을 시험해보기로 했다.

가바인은 나이 든 기사를 맞아 깊이 허리 숙여 절했다. 자신의 거절을 나쁘게 받아들이지 말아달라고, 그들은 곧 계속 길을 가야 한다고 말했다.

이때 저 위쪽 작은 모퉁이 망루의 창을 통해, 두 사람이 머리를 내밀고 아래를 살펴보고 있었다. 그리고 이를 주의 깊게 본 사람은 아무도 없었다. 한 사람은 갈색 곱슬머리에 작은 얼굴, 크고 검은 눈을 갖고 있었다. 그녀가 오비에였다. 다른 한 사람, 아름다운 오비에 곁의 오빌로트는 작고 건강한 농사꾼 아가씨처럼 보였다. 그러나 그녀 역시 오래전에 다 자란 처녀라는 사실을 성안 사람들은 아무도 알아채지 못한 듯했다. 그것이 오빌로트는 심히 불만이었다. 오비에가 우단과 비단으로 만든 긴 겉옷을 입고 있는 반면, 오빌로트는 낡은 무명 작업복 같은 것을 입고 돌아다녀야 했다. 이 성을 찾아오는 어떤 기사도 그녀를 신경 쓰지 않았다. 모두가 오비에의 꽁무니만 쫓아다녔다. 기사들이 다시 떠날 때면, 오비에는 가끔 그 기사들에게 리본이나 비단 손수건 혹은 장갑 한 짝을 선물했다. 그러면 기사들은 그것을 굉장한 호의로 생각하면서, 다른 기사들과 결투할 때 그녀의 명예를 위한 표지로 꼭 방패에 붙이고 싸우겠노라고 맹세하곤 했다.

오빌로트에게는 아무도 그런 것을 간청하지 않았다. 그것이 그녀를 몹시 화나게 했다. 그래서 그녀는 이 치욕스러운 상태를 끝내야겠다고 굳게 결심하고 있었다. 하지만 대체 어떻게? 모든 것을 허용하지만, 또 모든 것을 금지하는 것이 귀찮은 궁정 법도였다!

오빌로트는 숨도 쉬지 않고 아래에서 들려오는 대화에 귀를 기울이면서, 잘생긴 이방의 기사를 애타게 바라보고 있었다. 어쩌면, 아 어쩌면 그가 성안으로 들어올지 모르고, 그러면…… 하지만 그는 안 된다고 말하고 있었다. 그는 이 일을 원하지 않았고, 곧 그는 다시 떠날 것이다. 이미 못생긴 검은 말의 복대를 꽉 쥐고 있지 않은가. 그때 갑자기 오빌로트는 언니의 팔을 움켜잡았다. 언니가 낮게 비명을 지를 정도로. "언니." 그녀는 속삭였다. "뭔가 생각났어! 저 기사가 여기 머물러 우릴 위해 싸워주도록 설득할 거야! 내가 어떻게 하는지 두고 봐! 바로 저 기사에게 갈 거야!"

오비에는 막 망루의 계단을 내려가는 동생의 땋은 머리 한 가닥을 간신히 붙잡았다.

"너 제정신이니?" 오비에는 너그러운 미소를 지으며 말했다. 그리고 이 미소는 언제나 오빌로트를 격분시켰다. "넌 아직 어려…… 게다가 내 생각엔, 내가 하는 게 나을 것 같은데!"

오빌로트는 막 화를 내면서, 붙잡힌 머리카락을 잡아 뺐다. "아니! 이제 한번 보라고. 나도 할 수 있다는 걸 말이야. 언니에겐 많은 기사가 있잖아. 심지어 아내로 삼고 싶어 안달하는 왕도 있고. 그게, 나라면 절대 원치 않는 멜리안츠라 그렇지만 말이야! 하지만 난 아무도 없어! 그리고 저 아래 기사는 내 마음에 꼭 든단 말이야, 그러니 내가……"

이것이 오비에가 들은 마지막 말이었다. 화가 난 동생은 사라져버렸다.

뒤이어 곧 아래쪽 성벽의 쪽문이 열리고, 오빌로트가 엄숙한 표정으로 걸어 나왔다. 이미 너무 짧아져 버린 옷자락을 약간 걷어쥐고, 그녀는 곧장 가바인을 향해 걸어갔다.

"안녕하세요, 고귀한 기사님." 그녀는 진지하게 가바인에게 말을 걸었다. 가바인은 펄쩍 놀라면서 몸을 돌렸다. 그 앞에 키가 작고, 얼굴이 동그랗고, 몹시 어린 데다 하녀보다 별

나을 것 없는 옷차림을 한 아가씨가 서 있는 것을 보고는 한 순간 어쩔 바를 몰랐다. 그러나 자신도 알지 못하는 무언가가 그로 하여금 깊이 허리 숙여 인사하게 만들었다. 그는 약간 분명치 않게 중얼거렸다. "안녕하…… 성주 아가씨!"

오빌로트는 기뻐서 얼굴이 빨개졌다. 그리고 계속 말을 하면서, 한쪽 눈으로는 열두어 명의 머리가 공손하게 자신을 향해 수그러지는 것을 보았다. "저는 오빌로트라고 해요. 당신께 간청하러 왔답니다. 우리를 위해 멜리안츠와 싸워주세요! 당신은 기사이시니 제 청을 거절하지 않으시겠지요. 우리가 곤경에 처해 있는 것을 당신도 아시잖아요."

그렇다. 그녀는 그곳에 서서 신뢰에 가득 찬 눈으로 그를 보고 있었다. 그리고 이제 그녀는 애타는 마음으로 덧붙였다. "아직까지 한 번도 절 위해 싸워준 기사는 없었답니다. 저도 정말 저를 위해 싸워주는 기사님을 갖고 싶어요……" 대체 기사 가바인이 어떻게 할 수 있겠는가? 그는 공손하게 고개를 숙였다. 물론 그리 황홀한 마음은 아니었지만 말이다. "그렇다면 당신을 위해 싸워드리지요, 아가씨."

그녀는 벌써 가고 없었다. 그에게 감사의 말을 하는 것도 잊고 달렸다. 그녀가 이미 다 자란 숙녀라는 사실도 잊었다.

그녀가 어떤 일을 이뤄냈는지, 사람들은 모두 곧 알아야만 하리라!

리파우트 백작은 작은딸을 보고 머리를 절레절레 흔들었다. 기뻐해야 할지, 화를 내야 할지 알 수 없었다. 그는 딸에게 입을 맞추고는 문으로 딸을 밀쳐 보냈다.

"어머니에게 가거라!" 그는 말했다. 그것이 가장 간단해 보였으니까.

딸은 단호하게 고개를 끄덕였다. "네, 저도 그렇게 할래요. 어머닌 제게도 이제 새 옷을 만들어주셔야 해요. 더 이상 하녀처럼 입고 있을 수는 없다고요."

백작부인도 마침내 인정할 수밖에 없었다. 그래서 오래된 함에서 화려한 옷들을 끄집어냈다. 그것들이 모조리 오빌로트에게 너무 길기는 했지만, 곧 하녀들의 도움을 받아 수선을 끝마쳤다. 밤이 되기 전, 그녀는 자신의 침실에서 금색 레이스를 두른 하늘색 우단 옷을 입고, 감탄하는 하녀들 앞에서 이리저리 의기양양하게 뽐내며 걷고 있었다.

그러다가 갑자기 오빌로트는 깜짝 놀라며 멈춰 섰다. "어머나, 깜박 잊을 뻔했네. 가바인 기사님이 날 위해 싸우러 말을 타고 달려 나가시려면, 내게서 받은 징표가 필요할 텐데.

대체 무엇을 드리지?" 그녀는 얼굴이 달아오를 만큼 열심히 생각했다. 그녀는 장갑도, 비단 베일도 없었다. 그리고 허리 띠는…… 아니, 그녀는 허리띠 같은 건 조금도 아쉽지 않았다. 하지만 그러나저러나 허리띠도 거의 없었다.

그러다가 그녀의 시선이 가위에 가닿았다. 그녀는 생각에 잠겨 그것을 곰곰이 내려다보았다. 얼굴에 매우 근심 어린 표정이 서리면서, 그녀는 주름이 꼼꼼하게 잡힌 소매 부분의 우단 천을 부드럽게 손가락으로 쓰다듬었다. 그러다가 깊이 숨을 들이쉬고 가위를 움켜잡았다. 하녀들이 비명을 내질렀다. 찍찍 박박, 가위가 나가면서 아름다운 소매가 떨어져 나갔다. 어깨에는 초라한 끄트머리 부분만 남아 매달려 있었다.

"그래." 오빌로트는 잽싸게 눈물을 훔쳐냈다. "클라우디테, 이 소매를 가지고 가서 가바인 기사님께 말씀드려. 호의의 표시로 이걸 보낸다고…… 내가 가장 좋아하는 옷에서 이걸 잘라낸 거라고."

클라우디테는 달려 나갔다. 그녀는 자신이 가져가는 심부름에 황홀해하고 있었다.

그러나 클라우디테가 방패 장식품이라는 것을 가지고 나타나 "제 주인이신 오빌로트 아가씨가 기사님께 보내는 것입니다"라고 말했을 때, 가바인은 약간 숨이 막혔다. 그리고 이 여인 봉사*가 위험한 유희가 될 수도 있겠다는 예감 같은 것이 강하게 밀려왔다. 그러나 그는 성주의 따님인 오빌로트 아가씨에게 감사의 인사를 전해달라고 적당하게 이르고는, 편안하게 잠을 잤다. 5월의 이른 아침이 동터올 때까지.

멜리안츠 왕의 전사들은 밤을 이용하여 사방에서 성을 포위했다. 해가 떠오르자 양쪽의 성문이 열렸다. 동문에서는 가바인이 자신의 기사들과 함께 나오고, 서문에서는 리파우트 백작이 직접 신하들과 함께 모습을 드러냈다.

상당히 불공평한 싸움이 시작되었다. 멜리안츠 측은 방어하는 쪽에 비해 세 배는 병사들이 많았다.

그럼에도 불구하고 멜리안츠는 운이 없었다. 그는 악마가 데려온 것 같은 이 이방의 기사들이 자신의 용감한 전사들을 연달아 창으로 찔러 말에서 떨어뜨리는 것을, 그리고 절뚝거리고 비틀거리는 전사들을 성의 경비병들이 받아들이는 것을

---

* (옮긴이) Frauendienst. 다른 말로는 민네Minne. 원래 기사도는 남쪽의 프랑스, 이탈리아 등의 궁정 예법에서 발생하여 독일에까지 전파된 것인데, 독일에 와서는 독특한 독일적인 기사도가 형성되었다. 이들이 항상 지켜야 할 덕목으로는 절도, 항심, 명예, 성실 그리고 연사(민네)를 꼽는데, 특히 민네, 즉 여인 봉사는 기사가 어느 귀부인을 마음속으로 숭배하고 그 여인을 위해 봉사와 자기희생을 아끼지 않는 것을 말한다. 박찬기, 『독일문학사』(일지사, 1983), 40~41쪽 참조.

그대로 보고 있을 수밖에 없었다.

마지막에 멜리안츠는 대단히 불쾌하게도 찢어진 하늘색 팔소매를 방패 앞에 달고 있는 기사와 마주하고 있는 자신을 발견했다. 그것은 아주 짧은 싸움이었다. 이 가련한 왕은 어떻게 싸움이 끝났는지조차 알지 못했다. 가바인이 쓰러진 멜리안츠를 바닥에서 들어 올려, 자신의 등에 업고 성안으로 운반하면서 끝이 났기 때문이다.

다시 정신이 들었을 때 멜리안츠는 방에 누워 있었고, 누군가가 갑옷을 벗긴 뒤 애처롭게 웅웅거리는 이마 위에 젖은 수건을 올려놓고 있었다. 그 사람이 누구인지 알아채자, 멜리안츠는 곧 다시 눈을 감고 벽으로 돌아누웠다. "나가!" 그는 말했다.

그러나 오비에는 나가지 않았다. 서서히 정신이 돌아오면서 멜리안츠는 지금 자신이 몹시 기쁘다는 사실을 깨달았다. 그녀는 그와 말을 나누지는 않았지만 정성을 다해 간호했고, 그는 자신의 이마에 혹이 돋아난 사실이 거의 기쁠 지경이었다.

저녁 무렵 빙빙 도는 느낌 없이도 몸을 일으킬 수 있게 되자, 멜리안츠는 온 용기를 끌어모았다. 그는 이번에는 자기가 왕이라거나 그녀 아버지의 주군이라는 말 따윈 하지 않고, 아주 겸손하게 이제 5년이 지나갔다고만 말했다.

오비에는 돌출창의 턱에 앉아 수를 놓고 있었다. 그는 곧장 대답을 듣지는 못했다. 단지 수놓는 바늘을 쥔 손은 더 이상 꼼짝하지 않았다.

"3년 뒤면 많은 것이 달라질 거야." 마침내 오비에가 말했다.

그는 한숨을 내쉬었다. 다시 머리가 지끈지끈 아파왔다. 3년이라니! 침울하게 그는 자신의 마음을 들여다보기 시작했다. 그리고 신기하게도 자기가 무엇을 더 고쳐야 하는지 아주 정확하게 깨달았다.

"가끔은 1년 안에 모든 것이 달라지기도 해." 갑자기 튀어나온 그녀의 목소리가 너무 나지막해서, 그는 하마터면 그 말을 흘려들을 뻔했다.

그 순간 멜리안츠의 고통은 씻은 듯이 사라졌고, 저녁에는 친구고 적이고 가릴 것 없이 다른 사람들과 나란히 아래층 홀에 앉아 있었다. 그리고 그들이 평화와 화해의 축배를 들고 있는 동안, 오빌로트는 위층 자기 방에서 발갛게 달아오른 얼굴로 이제는 알아보기도 힘든 우단 팔소매 위로 고개를 숙이고 그 안에 뚫린 구멍을 세면서, 자신을 위해 그토록 용감하

301

게 싸워준 기사를 찬양하고 있었다. 이 기사는 잠깐 동안 손님으로 머물 것이다…… 그런 다음에는…… 그래, 앞으로 어떤 일이 벌어질지 누가 알겠는가!

그러나 모든 이승의 기쁨은 곧 끝나는 것이 그 운명. 오빌로트의 행복도 짧았다.

바로 같은 시각 아래층 홀에서는 서문에서 전투를 한 두 사람이 자리에서 일어났다. 그중 한 사람은 성의 태수였다. "우린 조금 자야겠습니다." 그가 말했다. "우리는 내일 아침 일찍 콘두이라무르 왕비를 만나기 위해 펠라파이레로 출발해야 합니다. 붉은 기사님이 명령하셨지요."

가바인도 자리에서 벌떡 일어났다. 그는 너무 놀라 막 입에 대려던 술잔을 떨어뜨렸다. 그러나 그는 떨어진 술잔이 딸그락 소리를 낸 것도, 쏟아진 술이 손님들의 발을 따라 흐르는 것도 알아채지 못했다.

"뭐라고 하셨소?" 가바인은 못 믿겠다는 듯 묻고는 태수의 허리띠를 움켜잡았다. "저어…… 붉은 기사라고요?"

태수는 언짢은 듯 고개를 끄덕였다. "그렇소. 어떻게 그리 되었는지는 나도 잘 모르겠어요. 나는 건너편 큰길에서 그를 보았는데, 다음 순간 이미 그는 우릴 뒤쫓아 왔어요. 그러고는 맙소사, 내 평생 오늘 본 것처럼 그렇게 날쌔게 상대방의 안장들을 비우는 자를 보지 못했소!"

"정말이구나!" 가바인은 큰 소리로 웃었다.

"내가 말 뒤에서 구르며 창을 바로 세울 시간도 없이, 그는 사납게 돌진해 와서는 내 창을 마치 무른 나무토막처럼 산산 조각 내버렸어요. 난 리파우트 백작께서 붉은 기사의 말을 향해 당신의 말에 박차를 가하는 것을 보고는 그대로 잔디 위에 쓰러져버렸지요. 이런 식이라면 우리 모두 정오쯤 성안 지하실에 포로가 되어 갇히겠구나 하고 생각했지요. 하지만 그렇게 되지는 않았습니다. 왜냐하면 붉은 기사가 모든 것이 귀찮다는 듯 갑자기 우리 백작님에게서 등을 돌렸기 때문이지요. 그는 그저 잠깐 동안만 우리 곁에 있었어요. '펠라파이레로 가서 내 아내인 왕비에게 전해주시오. 나는 성배를 찾아야만 비로소 집으로 돌아갈 수 있다고 말이오.' 그런 다음 그는 남쪽으로 달려갔습니다. 한번 뒤돌아보는 법도 없이요."

가바인은 단숨에 벤치 위로 튀어 올랐다. "리파우트 백작님, 우리가 떠나도록 허락해주십시오." 그는 서둘러 말했다. "저는 붉은 기사를 찾아야 합니다!"

그런 다음 그는 떠났다. 그가 데리고 온 사람들과 함께. 연회장에 남은 사람들은 고개를 설레설레 흔들더니, 계속 포도 주를 마셨다. 멜리안츠는 이 광경을 보고 어떤 지혜 같은 것이 생긴 듯 중얼거렸다. 사람들은 늘 무엇인가를 찾아 헤매지. 어떤 사람들은 성배를 찾고, 다른 사람들은 이 세상 어디에도 존재하지 않는 마법의 성을 찾고, 또 다른 사람들은 사랑이나 모험을 찾고 말이야. 그러고는 식탁에서 그대로 평화롭게 잠이 들었다.

오빌로트 역시 위층 침실에서 잠들어 있었다. 갈기갈기 찢어진 하늘색 우단 소매를 뺨에다 대고, 그녀의 영웅이 이미 성을 떠나 남쪽으로 달려간 것도 모른 채.

가바인 일행은 밤새도록 말을 달렸다. 그러나 파르치팔의 흔적은 전혀 찾아볼 수가 없었다.

그들은 여러 날을 더 달렸다. 가끔 클린쇼르의 마법의 성이나 붉은 기사에 대해 물어보면서. 아 물론, 만나는 모든 성의 사람들은 붉은 기사를 알고 있었다. 그러나 최근에 그를 보았다는 사람은 아무도 없었다. 클린쇼르에 대해서는, 순례자들이 많은 이야기를 들려주었다. 아마도 먼 동방에는 실제로 그런 이상한 일이 있다고들 하나, 기독교를 믿는 서방에는 그런 일이 없다고.

그럼, 대체 영주의 어린 누이 이토니는 어디에 있단 말인가?

7

약속한 40일의 기한이 가까워지고 있었다. 하늘 위로 점점 선명해지는 높은 산들의 저편에서는 킹그리무르젤이 복수의 날을 기다리고 있었다.

그사이 계절은 뜨거운 한여름이 되었다. 기사들이 지나다니는 길가에는 먼지가 햇빛 속에서 황금색 구름처럼 반짝거렸다. 좁은 길은 점점 높은 곳으로 이어졌다. 그들은 갈라진 바위들의 암석 지대를 가로지르고, 절벽의 가장자리를 따라 돌들뿐인 산비탈을 지났다. 말들은 조약돌이 깔린 산비탈에서 미끄러지기도 했다. 가끔 황혼 빛 속에서 검은 그림자가 한참 살금살금 뒤쫓아 오는가 하면, 높은 공중에서는 거대한 육식조들이 꼼짝 않고 그들을 노리는 듯했다. 늑대와 독수리도 그들을 기다리고 있었다. 짐을 실은 노새가 추락하거나, 협곡의 가장자리를 지날 때 좁은 길에서 돌이 굴러 나오면 말이 발을 헛디딜 수도 있었다. 그러면 가벼운 희생이 따를 수밖에 없을 것이고, 아마도 훗날 저 깊은 계곡에는 색 바랜 뼈가 두어 개 더 늘어나 있으리라.

그러나 이번에는 아무 희생도 없었다. 가바인의 기사들은 차츰 황량한 고원으로 내려왔다. 양떼가 초원을 지나고, 거친 목자들이 눈에 띄는 늑대의 갈비뼈 사이로 화살을 쏘거나 창을 던지는 곳. 회색 그림자들은 차례로 뒤처지며 배고픈 하품과 함께 협곡 속으로 사라졌다.

그러던 어느 날 기사들은 볕에 그을린 갈색 피부에 사냥개처럼 비쩍 마른 더러운 모습으로 마른 목을 축이려고 작은 개울가에 당도했다. 가바인은 주의 깊게 주변을 둘러보고 나서 말했다. "내가 아는 지역이야. 이 개울을 따라 아래로 내려가기만 하면 돼. 그러면 저녁 전에 도시에 닿을 거야. 그곳에 킹 그리무르젤이 날 기다리고 있겠지. 그러나 내일이 40일째 되는 날이니까, 여기서 오늘 밤을 지내기로 하지. 지금 내게 필요한 것은 그저 물과 몸을 뻗을 수 있는 한 조각 풀밭이라네. 돌들만 밟고 지나왔으니 말이야."

다음 날 아침 일찍 그들은 개울을 따라 내려갔다. 얼마 후 강둑은 늪지처럼 되면서, 미끌미끌한 늪 웅덩이에서 갈대숲이 아른아른 빛나며 솟아 있었다. 다리 긴 새들이 날아다니고, 어디에선가 새들이 첨벙 소리를 내며 갈대 속으로 떨어졌다.

갑자기 가바인은 그링굴예테가 이상하게 다리를 뻗대며 걷고 있는 것을 알아차렸다. 말은 귀를 쫑긋쫑긋하면서 고개를 비스듬히 꼬고 있었다. 가바인은 자신의 말을 잘 알고 있었다. 그링굴예테는 낯선 말의 낌새를 알아챘던 것이다.

"조심들 하게!" 그가 말했다. "근처에 말 탄 사람들이 있어."

그 순간 가바인의 바로 옆 늪지에서 큰 왜가리 한 마리가 날아올랐다. 새의 깃털이 햇빛을 받아 은빛으로 반짝였다. 그리고 가바인은 생각했다. 그가 지금까지 보아온 것 중 가장 아름다운 햇빛이라고. 그가 막 이런 생각을 하고 있을 때, 공기 중에 번개 같은 뭔가가 휫 소리를 냈다. 새는 경련을 일으키며 급히 뛰어오르더니, 머리를 처박고 물속으로 곤두박질쳤다. 새의 목에는 화살이 꽂혀 있었다.

갈대숲 저편에서 크게 외치는 소리가 울려왔다. 갈대가 쇄쇄 소리를 내더니 말의 머리가 나타났다. 말은 콧구멍을 벌렁거리며 두 눈에 공포를 가득 담고, 잔디가 덮인 바닥 사이로

언뜻언뜻 보이는 검은 물구멍들을 피해서 어디가 안전한지 살피고 있었다. 언제든지 뒤로 물러설 준비를 하며 조심스러운 발걸음으로.

그러나 말 등에 올라앉은 남자는 박차를 가하며 짐승을 앞으로 몰아세우기만 했다.

그 광경을 보고 있던 가바인은 소리쳤다. "뒤로 물러서요! 죽을 수도 있소!" 그러나 때는 이미 늦었다. 그 말이 떨리는 다리로 디딘 좁은 뗏장은 아래로 기울면서 가라앉고 있었다.

말은 목쉰 비명을 내지르듯이 헐떡이면서 뒷발로 빠져나가려고 몸부림을 쳤다. 그러다가 말은 척추뼈가 부러지고 양다리가 마비된 것처럼 갑자기 굳어졌다.

이제 말은 서서히 가라앉기 시작했다. 검은 소용돌이에서 빠져나오려고 진창에 대고 다리를 버둥거렸지만, 아무 소용이 없었다. 검은 소용돌이는 말과 기사 주위로 점점 넓게 퍼져나갔다.

늪이 말을 집어삼킬 때 기사는 말안장에 서 있었다. 어떻게 해서 안장에 설 수 있었는지는, 신만이 아실 일이었다. 기사는 공포에 찬 얼굴로 거친 비명을 내지르며 물속으로 뛰어들었다.

그 순간 갈대숲 가장자리에서 남자 세 명이 모습을 드러냈다. 그들은 공포에 질려 울부짖으며, 늪에 빠진 남자를 구하려고 말에 박차를 가했다. 그러나 방금 막 말 한 마리가 가라앉고 한 사람이 살기 위해 마구 발버둥 치고 있는, 부글부글 끓어오르는 검은 물속으로 몰아넣을 수 있는 말은 없었다.

그럼에도 불구하고 그런 말이 있었다. "그링굴예테야, 앞으로 가!" 가바인이 말했다. 그는 박차를 가할 필요도 없었다. 그링굴예테는 주인의 명령을 자발적으로 수행하거나, 아니면 명령을 받아도 전혀 듣지 않는 말이었기 때문이다.

가바인의 그링굴예테는 즉시 물속으로 걸어 들어갔다. 놀란 말은 이빨을 드러내며 두 눈을 부릅떴으나, 이미 사태를 파악하고 있었다.

그링굴예테는 발굽이 바닥에 닿지 않자, 뼈가 툭툭 불거져 나온 긴 다리로 노를 젓듯 헤엄치기 시작했다. 오, 그링굴예테는 아주 잘 헤엄쳤다. 그리고 낯선 기사의 생명을 구해냈다.

가바인은 그 남자의 머리카락을 거머잡았다. 그 외에는 잡을 것이 없었기 때문이다. 그 광경을 지켜본 그링굴예테는 명령 없이도 알아서 강가 쪽으로 몸을 돌렸다.

세 남자는 검은 물이 뚝뚝 떨어지는 축 늘어진 형체를 서둘러 받아서는, 열심히 다시 인간의 모습으로 복구하는 일에 착수했다.

몹시 권세가 높은 군주이신 모양이군,이라고 생각하면서 가바인은 세 남자가 녹색 천의 값비싼 겉옷을 할 수 있는 한 깨끗하게 털어내는 모습을 지켜보았다.

진흙을 집어삼켜서 목이 막힌 그들의 주군이 아무 말도 하지 못하는 동안, 세 남자는 흥분해서 끊임없이 말을 주고받았다.

놀란 가바인은 갑자기 주춤했다. "아이고, 이 무슨 행운입니까." 낯선 남자들 중 한 명이 이렇게 말하면서, 그에게 호기심 어린 시선을 던졌던 것이다. "하마터면 우린 또 주군을 잃을 뻔했습니다. 부왕께서 프랑크족 기사와의 대결로 목숨을 잃은 지 석 달도 되지 않았는데 말입니다."

이 말을 들은 가바인은 몹시 조심스러워졌다. 이상한 예감에 사로잡힌 그는 자신이 구출한 남자에게 몰래 재빠른 시선을 던졌다. 그때 가바인은 알아챘다. 그가 진흙이 왕창 묻은 얼굴로 골똘히 생각에 잠겨 자신을 노려보고 있다는 것을.

난 저자가 영 마음에 들지 않는데, 그 역시 내가 마음에 들지 않는 모양이군, 가바인은 생각했다. 그리고 이 물확실한 상황을 끝장내야겠다고 결심했다. 다음 순간 가바인에게 상대가 말을 걸어왔다.

"신세 많이 졌습니다!"

그 어조가 어찌나 무뚝뚝하던지, 마치 "어서 꺼져!"라고 말하는 것 같았다.

가바인은 말없이 허리를 굽혀 답했다. "보아하니 당신들은 우리 나라에 들어온 이방인들인 것 같소." 상대는 멈칫거리며 말을 이었다. "그런데도 그대를 잘 알 것 같소. 그대와 그대의 문장을 말이오."

그랬다. 이제 어쩔 도리가 없었다. 예의를 모르는 얼간이로 여겨지지 않으려면, 가바인은 자신의 이름을 밝힐 수밖에 없었다. 그러나 신분을 밝히지 않고 킹그리무르젤이 기다리고 있는 샴판춘으로 갔더라면, 그는 앞으로 일어날 일을 훨씬 많이 피할 수 있었으리라.

"난 가바인이라 하오." 어쩔 수 없이 이름을 밝힌 그는 약간 긴장했다. 물론, 아직도 몸에서 물이 뚝뚝 떨어지고 있는 이 젊은이가 두려운 것은 아니었다. 그의 수행원들 역시 칼을 차고 있지 않았다. 무슨 일이 일어난 것도 아니었다. 젊은이는 그저 약간 움찔했다. 여전히 그의 머리카락에서는 가늘고 검은 물줄기가 흘러내렸고, 피부는 한층 더 창백해진 듯했다.

그 젊은이가 입을 열어 말하기까지는 시간이 좀 걸렸다. 그는 단어 하나하나를 정확하게 생각해서 말하는 듯, 아주 느리게 말을 뱉었다. 그는 가바인을 똑바로 쳐다보지 않았다. 내리깐 속눈썹 아래로 두 눈이 하얗고 사악하게 번득이고 있었다. 이자는 몹시 젊은데도 대단히 위험할 수 있겠다고, 가바인은 속으로 생각했다.

"세상에는 가끔씩 이상한 일들이 일어나지요." 마침내 젊은이가 입을 열었다. "석 달 전 한 프랑크족 기사가 우리에게 왔습니다. 그는 제 부친을 상대로 싸웠는데, 부친은 그만 돌아가시고 말았지요. 그 기사의 이름이 가바인이었어요. 기사님, 참으로 신기한 우연이라고 생각되지 않으세요?"

가바인은 그의 얼굴을 똑바로 바라보았다. "마침 오늘 제가 때맞춰 와서 그의 아들의 목숨을 구해주었다는 사실이 훨씬 더 신기하게 생각되는군요." 가바인은 엄숙하게 말했다.

내리깐 속눈썹 아래로 거만한 시선이 가바인을 노려보고 있었다. "그럼 내가 베르굴라트 왕인 것을 아시겠군? 이제부터 어떤 일이 일어나야 한다고 생각하시는지?"

가바인은 어깨를 으쓱했다. "내가 어떻게 생각하는지는 중요하지 않소. 중요한 것은, 그대의 목숨이 그대에게 얼마나 소중한가 하는 거요. 그대의 부왕이 말에서 떨어져 돌아가신 것은 불행한 사고이지, 내 책임이 아니오. 하지만 난 목숨을 걸고 그대를 구했소. 그대 스스로 그것을 부친의 죽음과 견주어 고려해볼 수 있을 것이오."

가바인은 대단히 침착하게 말했다. 그러나 사실 그의 마음은 침착함과는 거리가 멀었다. 왜냐하면 클린쇼르의 마법의 성에 갇힌 누이 이토니가 애타게 풀려나길 기다리고 있는데, 자칫하다가는 또 결투를 벌여 귀중한 시간을 흘려보내야 할지도 모르기 때문이었다. 맙소사, 모두가 자신에게 대항하여 모반이라도 일으키고 있단 말인가? 가바인은 저 보잘것없는 어린 왕을 들어 올려 다시 늪 웅덩이에 던져 넣고 싶었다!

왕은 그곳에 그대로 서 있었다. 떨고 있는 수염을 잡아 뜯으면서 어찌해야 할지 모르는 것 같았다.

그러다가 갑자기 그의 더러운 얼굴에 움찔 경련이 일었다. "가바인 기사, 그 말씀이 옳소." 그는 느릿느릿 말했다. 그의 음성은 기름처럼 매끄러웠으나, 두 눈은 거짓으로 번득이고 있었다. "그대가 자기 목숨까지 위태롭게 하면서 날 구해주었으니, 난…… 다른 일은 다 잊고 그대를 내 손님으로 받아들이겠소. 내 기사들 중 한 사람이 그대 일행을 수도로 모시고 가서 성안으로 안내하도록 허락해주시오." 그는 손짓으로 남자들 중 한 사람을 불렀다. "가바인 기사님을 안티고네 공주님께 모셔가도록 하라. 내가 갈 때까지 기사님을 잘 보살펴 드리라고 공주님께 부탁드리거라."

그 신하는 아연한 표정으로 왕을 바라보았다. "하지만……하지만, 폐하." 그는 말을 더듬었다. "폐하도 아시지 않습니까. 낯선 남자를 공주님의 처소에 들이는 것은 엄하게 금지돼 있다는 사실을요!"

"내 말을 그대로 행하거라!" 베르굴라트는 신하에게 호통을 쳤다. 그러더니 곧 가바인에게 몸을 돌리며 공손하게 미소 지었다. "유감스럽게도 내가 직접 모시고 갈 수가 없네요. 난 우선 강에서 목욕을 하고, 옷이 햇볕에 마를 때까지 기다려야 할 것 같습니다. 그러나 안심하고 성으로 가세요. 내 누님이 아주 친절하게 손님으로 맞아줄 겁니다."

이 말과 함께 그는, 미처 그의 손님이 질문을 던질 새도 없이 급하게 강 쪽으로 걸어가 버렸다.

불쾌해진 가바인은 그의 등을 바라보고, 다시 바지에 묻은 진흙이 말라붙기 시작하는 그의 다리를 내려다보았다. 그랬다, 가바인은 안티고네 공주와 만나고 싶은 생각이 조금도 없었다! 게다가 누가 알겠는가, 어쩌면 그녀 역시 오빌로트 아가씨가 그랬던 것처럼 그의 봉사를 열렬히 요구하게 될지, 그래서 그를 온갖 불필요한 모험에 뛰어들게 만들지를 말이다! 그러나 어쨌든 그는 수도로 가야 했기 때문에, 역시 손님을 데려가는 일이 즐겁기는커녕 언짢아 보이는 기사와 함께 샴판춘을 향해 나아갔다.

그들이 도시에서 얼마 떨어지지 않은 곳에 이르렀을 때, 말 갈기에 깊이 몸을 구부린 한 남자가 급하게 뒤쫓아 왔다. 그는 쏜살같이 그들 곁을 지나갔고, 그가 베르굴라트 왕의 또 다른 신하임을 알아챈 가바인은 이상한 생각이 들었다. "목숨이 걸린 것처럼 달려가는군!" 가바인이 고개를 흔들면서 말했다. 그의 안내인은 시무룩하게 그를 쳐다보았다. "네, 저런 목은 부러지기 쉽지요." 그는 웅얼거리고는 춥다는 듯 어깨를 으쓱했다.

그러는 사이 그들은 도시 앞 들판에 다다랐다. 그곳에는 천막이 두어 채 세워져 있었고, 기사들과 하인들이 말들을 빙빙 돌리며 몰아대고 있었다. 가바인은 킹그리무르젤이 있나 하고 몰래 살펴보았으나, 그의 문장은 보이지 않았다.

그러니 공주에게 갈 시간은 있는 셈이로군. 꼭 그래야 한다면 말이지. 성문을 통과해 들어가면서 가바인은 생각했다. 그러고는 뒤돌아 자신의 수행원들을 살펴보았다. 그랬다. 그들은 모두 거기 있었다. 무장한 수행원들과 함께 공주 앞에 나타날 수는 없는 노릇이므로, 그는 그들이 묵을 숙소를 먼저 구해주어야 했다. 곧 가바인은 이 걱정에서 벗어났다. 성문 옆에 아까 그들을 빠르게 스쳐 지나갔던 베르굴라트의 신하가 지키고 서 있었던 것이다.

"기사님." 그가 말했다. 그러면서 어찌나 깊이 허리를 굽히던지, 가바인은 그의 얼굴을 보지 못했다. "기사님의 일행을 저희 폐하께서 정해주신 영빈관에 모시도록 허락해주십시오. 그곳에 묵으면 불편하지 않을 겁니다. 그리고 기사님에 대해서는 이미 공주님께 기별해놓았습니다."

"고맙소." 가바인은 대답했다.

그러나 함께 온 기사들과 하인들이 좁고 어두운 골목길로 들어가는 것을 본 가바인은 정말이지 도로 돌아오라고 불러 세우고 싶었다. 꼭 귀신을 보는 것 같네, 그는 언짢은 기분으로 생각했다. 그리고 손님에게는 아무런 주의도 기울이지 않은 채 묵묵히 앞서가는 안내인의 뒤를 따라, 그링굴예테를 몰고 갔다. 그링굴예테는 내키지 않는다는 듯 고개를 흔들면서 아주 늙은 말처럼 다리를 질질 끌었다. 그들이 마침내 성안 마당에 도착했을 때, 안장에서 내린 가바인은 직접 말을 몰고 마구간으로 가서 기둥에 묶어야 했다. 왜냐하면 그링굴예테 가 너무 사나운 나머지, 하인들은 자신들의 목숨이 위태롭다 면서 이 악마 같은 짐승은 지옥에나 떨어지라고 말했기 때문 이다.

이리하여 가바인은 그링굴예테 옆에 있는 벽에다 자신의 방패를 걸어놓고, 안내인을 따라 성안으로 들어갔다. 안내 인은 손님이 아직 허리띠에 차고 있는 칼을 못마땅하게 쳐다 봤다. "무기를 소지한 채 공주님을 뵙는 것은 예의가 아닙니 다." 그가 말했다.

가바인은 조용히, 그러나 격분한 표정으로 그를 바라보았 다. 그는 그들의 예의범절 같은 건 내 알 바 아니라고, 나는 내 칼을 지니고 있겠다고 말해주고 싶었다. 그러나 마침내 가바 인은 칼을 풀어, 정교하게 목각 조각이 새겨진 방문 앞에 서 있는 경비병들 중 한 명에게 건네주었다. 그 문 뒤에는 틀림 없이 안티고네 공주가 머물고 있으리라. 가바인은 자신의 칼 을 아무렇게나 벽에 거는 경비병의 모습을 격분하며 바라보왔다.

이제 고귀한 공주님도 동생인 왕처럼 거슬리는 인물일 테지, 가바인은 생각했다. 그러면 재빨리 방을 나와야지. 킹그리무르젤이 날 찾든지 하겠지.

그 순간 경비병들이 문을 열었다. 가바인은 방으로 들어서면서 다시 한 번 복도 쪽을 돌아보았다. 그때 그는 희미한 어둠 속에서 무장한 사람들 한 무리가 바짝 붙어 서서 소리 없이 앞으로 움직이고 있는 것을 보았다고 생각했다. 그러나 이를 확인하기도 전에 바깥에서 문이 갑자기 잠기고, 화려하게 치장된 방에 그는 혼자 서 있었다.

아니, 혼자는 아니었다. "어서 오세요, 기사님!" 목소리가 울렸다. 밝고 명랑한 소리였다. 창문 아치에 몸을 기대고 있는 시녀들도 모두 밝고 쾌활해 보였다. 아니, 공주는 남동생과는 전혀 달랐다. 다행이군, 마음이 한결 가벼워진 가바인은 허리를 굽혀 인사하면서 생각했다. 공주는 작고 둥근 얼굴의 오빌로트 아가씨―가바인은 그녀를 위해 그토록 용감하게 싸웠음에도―와도 달랐다. 아르투스 왕 궁전의 아름다운 여인들과도 달랐다. 오히려 그녀는 날씬한 소년 같았다. 그녀의 움직임에는 힘과 유연함이 함께 깃들어 있었다.

공주는 호기심 어린 표정으로 가바인을 살펴보았다. 그러더니 당황스럽다는 듯 고개를 저으며 살짝 웃었다. "동생이 제게 손님을 보내다니, 몹시 유별나다는 생각이 드는군요. 왜냐하면 그건 여기서는 예의가 아니거든요. 하지만 기사님이 여기 오셔서 기쁘네요. 틀림없이 저 멀리 세상 여기저기를 돌아다니셨겠지요. 그러니 제게 들려주실 얘기도 많을⋯⋯"

그러나 가바인은 이야기를 들려주지 못했다. 갑자기 바깥 복도가 소란스러워졌기 때문이다. 바깥에서 시끄럽게 비트적거리며 계단을 올라오는 소리가 들리고 문짝이 날아가더니, 순식간에 무장 병사들 한 무리가 방 안에 서 있었다. 물론 그들도 편한 입장은 아닌 듯, 목을 움츠리고 양떼처럼 문 앞에서 서로 밀치고 있었다. 당황한 그들의 눈은 가바인에게서 공주에게로 이리저리 왔다 갔다 하다가, 결국은 구석진 곳을 흘끔거렸다.

가바인의 손은 옆구리로 향했다. 그러나 칼은 없었다. 그의 칼은 바깥 복도의 벽에 걸려 있었다. 그리고 문 앞에는 번득이는 칼날을 거머쥔 수십 명의 남자가 지키고 있었다.

가바인의 얼굴은 굳어졌고, 그의 온몸에서 힘줄 하나하나가 팽팽해졌다. 그는 알았다. 지금 일어난 일은 교활한 배신이었다. 그리고 그에게는 무기가 없었다! 이 여인의 방에서 어떻게 무기를 구할 것인가?

이제 공주가 천천히 남자들에게 다가갔다. 가바인은 공주가 몹시 화가 났음을 알아챘다. "이게 무슨 짓이냐?" 그녀의 목소리가 위험스러울 만치 낮게 울려 나왔다. 병사들이 아주 불편한 모습으로 이리저리 움직이면서 서로를 앞으로 밀쳤으므로, 가바인은 하마터면 웃음이 터질 뻔했다.

"폐하의 명령이십니다." 마침내 한 사람이 내키지 않는다는 듯 대답했다. "예의범절과 관습을 깨고 공주님의 방에 침입한 이 이방인을 우리는 체포해야 합니다!"

한순간 공주는 전혀 이해하지 못하겠다는 듯, 빤히 그를 바라보았다. 그러더니 갑자기 큰 소리로 웃기 시작했다. 이 모든 상황이 웃을 일은 아니라고 생각되었기에, 가바인은 어리둥절해서 그녀를 쳐다보았다. 공주의 두 눈에는 눈물이 가득 고여 있었다! 그때 그는 알았다. 공주가 울지 않으려고 웃었다는 것을, 공주가 동생의 기만을 수치스러워하고 있다는 것을, 자신의 손님에게 이런 불쾌한 일이 닥친 것에 대해 몹시 슬퍼하고 있다는 것을.

그러나 용감한 공주 안티고네는 이런 부당함을 참을 생각이 전혀 없었다. "내 손님을 건드리는 것은 너희들 소관이 아니야." 공주는 화를 내며 말했다. "물러가거라. 그리고 다시는 내 허락 없이 방에 들어오지 마라. 폐하와는 내가 직접 얘기하겠다."

아이고 안됐네. 가바인은 잠깐 비죽이며 웃었다. 베르굴라트 왕에게 그리 즐거운 대화는 아닐 것 같아 걱정이네.

그러나 뒤이어 일어난 일은 기사 가바인에게도 그리 즐겁지 않았다. 병사들은 왕을 몹시 겁냈으므로, 차라리 공주의 불쾌함을 견디고자 했다. 왕에 대한 공포가 그들을 용감하게 만든 것인지, 병사들은 무어라고 위협하는 소리를 내지르며 앞으로 밀고 나오기 시작했다.

자, 이제 일은 심각해졌다. 맙소사, 양탄자와 쿠션이 가득한 이 방에서 무기로 사용할 수 있는 것은 하나도 없단 말인가?

저기 도기 꽃병…… 그러나 공주가 첫번째 병사의 투구를 맞혀, 꽃병은 산산조각 나고 말았다. 벤치 의자…… 아니, 그것은 등받이가 벽에 붙어 고정되어 있었다. 그렇다면 저 탁자…… 아, 아마 힘이 장사라야 떡갈나무로 만든 저 거대한 물건을 들어 올릴 수 있을 것이다.

"기사님, 여기 체스 판! 체스 판을 받으세요!" 순간 가바인은 바로 등 뒤에서 울리는 공주의 목소리를 들었다. 그 목소리는 아까처럼 밝지 않았고, 오히려 약간 숨이 가빴다.

그는 재빠르게 몸을 돌렸다. 거기 공주가 서서 벽 어딘가에 걸려 있었음 직한 쇠로 된 큰 체스판을 그에게 내밀고 있었다. "하!" 그는 기뻐하며 소리 질렀다. "공주님! 그대는 충실한 전우로군요. 이제 저들이 저를 해치지는 못할 것 같네요!"

"그리 확실하지는 않은 듯한데요!" 그녀는 침착하게 말하면서 창문 쪽으로 되돌아 달려갔다. 그러는 동안 가바인은 이 기묘한 무기를 들고 병사들에게 돌진했다.

그러나 결코 승리가 보장된 바는 아니라는 것을, 가바인은 곧 깨달았다. 그는 체스 판으로 칼의 공격을 수없이 막아냈다. 그가 체스 판을 내려칠 때마다, 여기저기서 병사들의 코피가 터졌다. 그러는 사이 그들은 사방에서 가바인을 둘러쌌다. 그가 아무리 날쌔게 몸을 돌리고 아무리 기민하게 몸을 움직여도, 그가 쓰러지는 데는 그리 오랜 시간이 걸리지 않을 것임이 분명했다. 그러면 그들은 가바인을 탑으로 끌고 갈 것이다. 틀림없이 왕이 그렇게 명령했을 테니까.

"조심하세요, 기사님!" 이번에 들려온 것은 밝은 외침이었다 다음 순간 무언가가 그의 얼굴을 스쳐 지나가더니, 가바인 바로 앞에 있던 병사가 크게 비명을 내지르며 칼을 떨어뜨리고 주먹으로 이마를 눌렀다. 병사의 이마에는 불같이 새빨간 반점이 생겨 있었다. 또다시 작고 검은 물체가 공기를 갈랐다. 또 다른 병사가 비틀거리며 뒤로 물러났는데, 그의 뺨에는 깊은 생채기가 나 있었다.

세번째로 던진 그 이상한 물체가 누군가의 투구에 맞고 튕겨 나와 바로 앞에 떨어졌을 때에야, 비로소 가바인은 무슨 일이 벌어지고 있는지 깨달았다. 안티고네 공주가 던진 물건의 정체는 체스 말이었다! 그것은 쇠로 만들어져 꽤 무거웠기 때문에 가련한 병사들이 맞아 좋을 리 없었다. 공주님이 체스 말들을 던지는데, 대체 병사들이 어떻게 해야 한단 말인가? 공주님에게 대적하여 싸울 수는 없는 노릇이었다. 그저 할 수 있는 한 스스로를 보호하고, 공주님이 끝내시기를 기다리는 수밖에. 다행스럽게도 체스 말은 다 해봐야 서른두 개뿐이었으니까!

"탑으로 가는 계단으로 물러나세요!" 공주가 다시 소리쳤다. "제가 공간을 확보해드릴게요! 저 위의 탑에서라면 기사님은 저들을 쉽게 막아낼 수 있을 거예요. 저들은 계단까지만 따라 올라가지, 뒤에서 공격할 수는 없을 테니까요."

쇠로 된 남자아이 형상의 체스 말이 마지막으로 날아가 병사의 코를 박살 낸 바로 그 순간, 가바인은 탑으로 가는 계단으로 뛰어올랐다. 무릎 높이의 난간이 있는 평평한 지붕의 낮은 탑이었다. 그리고 그 밑에 성의 마당이 펼쳐져 있었다.

당황한 병사들이 그를 다시 붙잡을 방법을 의논하는 동안, 가바인은 아래쪽 마당을 살펴볼 수 있는 시간을 얻었다.

그때 가바인의 입에서 격분에 찬 비명이 터져 나왔다. 마당에는 그가 너무나 잘 아는 두 남자가 말에 앉아 있었다! 한 사람은 베르굴라트 왕이고, 또 한 사람은 가바인을 이 나라로 오게 만들어 비참한 모험에 빠뜨린 킹그리무르젤이었다.

비명 소리를 듣자 두 사람은 고개를 들었다. 킹그리무르젤은 방금 베르굴라트가 한 이야기를 듣고 상당히 화가 나 보였다. 가바인은 그것을 알아챘다. 이미 한참 전에 감옥에 갇혀 있을 거라 믿은 이방인이, 탑 위에서 자신을 내려다보는 모습을 본 베르굴라트 왕은 두 눈을 크게 뜨고 입을 벌렸다.

가바인은 단숨에 난간에 올라섰다. "보시오, 킹그리무르젤 기사!" 그는 포효했다. "그대는 내게 그대의 칼 외에는 이 나라에서 어느 누구의 칼도 나를 향해 덤비지 않게 하겠다고 약속하지 않았소? 그런데 저 아래 계단 앞에 칼 든 병사들이 우글거리오! 공주의 방에 무장을 풀고 들어가는 것이 당신네 예법이라고 하여, 난 아무것도 지닌 것이 없소! 그리고 그대, 베르굴라트 왕이여, 그대는 언제나 이런 식으로 그대의 손님을 해치우는 건가요? 내가 기독교인이 아니라면, 그대를 늪에서 끌어낸 일을 후회할 것이오."

"제발 가만 계시오!" 아래쪽에서 킹그리무르젤이 소리치더니, 안장에서 내려 성안으로 들어왔다. 곧 날아갈 듯 삐걱거리며 세차게 문이 열리고, 빨개진 얼굴의 킹그리무르젤이 공주의 방으로 달려 들어왔다. "용서하시게, 질녀." 그는 헐떡였다. 그러고는 그녀를 지나쳐 병사들이 떼 지어 몰려 있는 탑의 계단 쪽으로 달려왔다.

예부터 윗분들이 싸움판을 벌일 때면 불쌍한 아랫사람들은 머리에 혹이 나고 멍이 드는 것이 예사인 까닭에, 병사들은 곧 여기저기로 흩어져 버렸다. 킹그리무르젤은 대단히 권세 높은 주인이고, 그 순간 대단히 기분이 언짢아 있었기 때문이다. 그는 탑의 계단을 뛰어 올라왔다.

"가바인 기사." 그는 엄숙하게 말했다. "이 모든 것이 내 책임이 아니라는 것을 맹세하오. 내가 그대에게 청한 결투는 포기하겠소. 그대가 이미 충분히 부당한 대우를 견뎌냈으니 말이오. 이제부터 어느 누구도 그대의 머리카락 한 올 건드리지 못할 것이오. 이를 어길 경우, 내가 상대하겠소. 그자가 설사 내 혈육이요, 조카인 왕이라도 말이오." 그는 나지막이 덧붙이고는, 아래쪽 공주의 방으로 시선을 던졌다. 그 순간 칼집에서 빼낸 칼을 거머쥐고서 베르굴라트 왕이 나타났다. 자신의 길을 막는 그 누구라도 당장 내려칠 기세였다.

그럼에도 불구하고 감히 왕을 막고 나선 사람은 안티고네 공주였다. 공주는 차분하게 왕에게로 다가가 그 앞에 멈춰 섰다. 공주는 왕을 아래위로 찬찬히 뜯어보았다. 그러자 왕의 얼굴은 몹시 붉어졌다.

"베르굴라트 왕이시여." 마침내 그녀가 아주 부드럽게 말했다. "무장한 채 공주의 방에 들어오는 것은 우리 예법이 아님을 상기시켜드려야겠군요!"

왕은 누나에게 언짢다는 눈길을 보내고는 칼집에 도로 칼을 집어넣었다.

공주는 미소 지었다. "베르굴라트 왕이시여." 공주는 더욱 공손하게 말했다. "간청하오니, 제 말 좀 들어주세요. 전 폐하께 중요한 말씀을 드려야겠어요. 하지만 그에 앞서 병사들을 내보내는 것이 좋겠네요!" 이마 왕 자신에게도 그편이 낫겠다고 생각된 모양이었다. 그는 양심의 가책을 느꼈다. 그는 누나가 어떤 사람인지 잘 알고 있었다. 그가 누군가에게 부당한 짓을 저지르면—드물지 않게 일어나는 일인데—누나는 가차없이, 그 누구도 듣고 싶어 하지 않을 갖가지 말을 늘어놓곤 했다. 왕은 병사들에게 손짓했고, 병사들은 재빨리 사라졌다.

뒤이어 안티고네 공주가 왕에게 무슨 말을 했는지, 그에 대해 아는 사람은 아무도 없었다. 잠시 후 베르굴라트 왕은 몹시 망설이면서 쭈뼛쭈뼛 탑의 계단을 올라왔다. 가바인은 그런 왕의 모습이 꼭 털이 헝클어진 수탉같이 풀 죽어 보인다고 생각하면서, 입술을 깨물며 웃음을 참았다.

"가바인 기사님." 베르굴라트는 노골적으로 심술궂은 기쁨을 드러내며 관찰하고 있는 킹그리무르젤을 건너다보며 말했다. "가바인 기사님, 당신도 알다시피 기사님은 제 수중에 있습니다. 그리고 저는 당신의 친구가 될 아무런 이유가 없습니다. 저는 제 부친의 죽음에 대해 당신에게 복수하려고 했습니다. 그러나 제 누님께서……" 그는 잠시 멈추었다가, 화를 내며 말을 이었다. "그래서 이제 저는 당신이 그 보상으로 어떤 봉사를 해주겠다고 약속하신다면, 당신을 보내드리기로 결심했습니다."

"정당하고 합당하다면, 당신을 위해 무엇이든 하겠습니다." 가바인은 기꺼이 수락하는 태도로 말했다. 그는 가능한 한 빨리 이곳을 벗어나야 했다.

"그럼, 주의해 들으세요!" 베르굴라트는 말했다. "이틀 전 저는 수도와 멀지 않은 곳에서 낯선 기사를 만났습니다. 그에게 인사를 건넸는데도, 그는 전혀 내 말을 듣지 못한 듯 그냥 지나쳐 가더군요. 그래서 전 그에게 소리쳤지요. 겁쟁이가 아니라면 싸울 준비를 하라고 말입니다. 그런데…… 이상하게도 그가 절 이겼어요. 그러면서 제게 사흘 안에 길을 떠나 어떤 성을 찾으라고 하더군요. 그 자신도 오래전부터 찾고 있지만, 아직 못 찾고 있는 성이라면서요. 이제 저 대신 당신이 그 임무를 맡으세요. 성의 이름은 몬살바트이며, 어딘가에 있는 산 위에 있답디다…… 아, 무슨 짓이요!" 그는 갑자기 소리쳤다. 깜짝 놀란 가바인이 쇠 체스 판을 베르굴라트의 발등에 떨어뜨렸기 때문이다.

"몬살바트라고 했소?" 가바인은 왕의 고통은 안중에도 없다는 듯 황급히 캐물었다. "그 기사가 어떻게 생겼습디까? 붉은 갑옷을 입고 붉은색 황금 투구를 썼나요? 그리고 붉은 말을 몰던가요?"

"바로 그대로요." 베르굴라트가 짜증을 내며 말했다.

"파르치팔이오!" 가바인은 왕의 귀가 먹먹해질 정도로 잡고 흔들며 소리쳤다. "그가 어느 쪽으로 갔는지, 어서 말하시오. 나는 그를 찾아야 하오!"

"그는 남쪽으로 갔소. 하지만……"

"안녕히 계시오!"라고 말한 가바인은 이미 계단을 달려 내려가고 있었다.

그는 공주도 보지 못하고 스쳐 지나갔다. 문밖으로 튀어 나가 자신의 칼을 낚아채서는 복도를 달려 내려갔다.

가바인이 그링굴예테를 마구간에서 끌어냈을 때, 킹그리무르젤이 마당에 서 있었다. 그는 가바인이 서두르는 모습을 보고 고개를 설레설레 흔들었다. "혼자서 갈 작정이오?" 그는 어이없다는 듯이 물었다.

가바인은 그를 빤히 쳐다보았다. "맙소사, 다른 사람들을 까맣게 잊고 있었네요! 그들은 어느 숙박소에 묵고 있을 겁니다. 킹그리무르젤 기사, 내 부탁을 들어주시오. 내 일행에게, 고향인 낭트로 돌아가라고 전해주시오. 언젠가는 나도 낭트에 갈 거라고요. 하지만 지금은 붉은 기사를 찾아야 합니다!"

그링굴예테는 쏜살같이 달려 나갔다. 말이 어쩌나 빠르게 긴 다리를 내달렸던지 발굽 아래서 흙이 날리고, 골목길의 사람들은 급히 벽에 납작 붙어 몸을 피했다.

성문으로는 막 마차 두어 대가 들어오고 있었는데, 그링굴예테는 경비병들이 붙잡을 새도 없이 번개처럼 쏴쏴 소리를 내며 그들 사이를 지나갔다. 가바인은 남쪽을 향해 말을 몰면서 한 번도 뒤돌아보지 않았다. 만약 한 번이라도 뒤를 돌아보았더라면, 공주가 탑 위에 서서 그의 뒷모습을 바라보고 있다는 사실을 알았을 것이다. 공주의 얼굴은 약간 상심한 것 같았다. 그 젊은 이방의 기사가 그녀의 마음에 들었었는데. 그러나 지난 몇 시간 동안의 일이 다시 떠오르자, 공주는 낮게 웃기 시작했다.

공주는 베르굴라트 왕에게로 몸을 돌렸다. "누님은 날 또 한 번 바보로 만들었소!" 왕이 화를 내며 으르렁거렸다.

"불쌍한 아우님!" 공주는 반쯤은 동정하는 투로, 반쯤은 빈정거리는 투로 말했다. "이 궁전에는 감히 아우님께 반대하는 사람이 하나도 없어요. 그건 아우님을 위해서도 좋지 않아요. 아우님은 자신이 하는 일이 좋은지, 나쁜지 깊이 생각하지 않아요. 그래서 이 누나는 가끔 그 사실을 아우님에게 상기시켜야 한답니다. 그것이 아우님의 마음에 들지 않더라도 말이죠. 난, 그 이방의 기사가 무사히 이곳을 떠나 기쁘답니다." 공주는 말을 맺었다. 이상하게도 베르굴라트 왕 자신도 기쁜 듯한 느낌에 빠졌다. 그러나 그는 이를 절대로 인정하고 싶지 않았다.

공주에게 작별 인사도 없이 떠나왔다는 사실이 생각났을 때, 가바인은 이미 샴판춘에서 한참을 달려온 후였다. 아이코, 그는 생각했다. 공주는 몹시 친절한 분이시니 틀림없이 날 용서하실 거야. 그러면서 그는 계속 남쪽으로 그링굴예테를 몰았다. 누가 알랴, 곧 그 앞에 파르치팔의 갑옷과 투구의 붉은빛이 번쩍거리는 것을 보게 될는지. 그러면 그 두 사람은 함께 몬살바트 성과 클린쇼르의 마법의 성을 찾을 수 있을 것이다. 가바인은 그렇게 생각하면서 기뻐했다.

가바인은 지금 자신이 파르치팔과 점점 멀어지고 있다는 사실을 알지 못했다. 마음이 매우 불안정한 파르치팔은 오래전에 다시 말을 돌려, 이미 산 저편에서 북쪽으로 가고 있었기 때문이다.

그들이 다시 만나기까지는 여러 달이 흘러야 했다. 그리고 그사이 가바인은 마침내 클린쇼르의 성을 발견하고, 그의 인생에서 가장 이상한 모험을 하게 된다.

올해 봄은 올 때가 훨씬 지났는데도 찾아올 기미가 없어 보였다. 회색 하늘은 돌처럼 무겁게 걸려 있었고, 땅은 안개 속에 놓여 지하로 가라앉아버린 것 같았다. 눈은 끝없이 소록소록 조용히 내려앉아, 이미 싹트기 시작한 모든 것을 덮어버렸다. 파르치팔에게는 하늘도 땅도 다 사라지고, 몇 시간째 말을 탄 채 통과하고 있는 이 회색의 황량함과 외로움을 빼면 아무것도 없는 듯했다. 그는 춥고 피곤했다. 갑옷의 쇠고리들이 가슴에 딱딱하게 들러붙어 있었다.

가끔 어떤 장소가 바로 얼마 전에 왔던 것처럼 아는 듯한 생각이 들면, 그는 멈춰 서서 불안하게 주위를 두리번거렸다.

그러다가 그는 시구네의 암자를 발견했다.

나는 또다시 원을 돌고 있구나, 하고 생각하면서 그리 이상하게 여기지도 않았다.

가끔씩 그는 자신이 성배의 성에 더 가까이 가지는 못한 채, 계속 큰 원을 그리며 돌고 있다고 생각했다.

"좀 쉬어야겠다." 그는 붉은 말에 앉아 지구네의 오두막으로 가면서 지친 어조로 중얼거렸다. "지구네 누나는 내게 먹을 걸 좀 줄 거야. 누나 자신이 먹을 게 있다면 말이지."

파르치팔의 그림자가 입구를 막아 어두워지자, 그 은둔 여인이 창가로 나왔다. 파르치팔을 알아본 지구네는 안됐다는 듯이 머리를 흔들었다. "가련한 사촌, 또 너야? 여전히 성배의 성을 찾지 못한 거니?"

"응." 그의 목소리는 배고픔과 피로로 잠겨 있었다.

"잠시만 누나네 집에서 쉬게 해줘. 가능하다면 빵도 한 조각 주고."

"물론이지." 그녀는 진심을 담아 대답했다. "곧 먹을 걸 줄게. 난 오늘 금식할 거지만, 넌 먹어야 할 것 같아. 잘됐다. 금요일마다 성배의 성에서 음식을 갖다 주는 쿤드리가 바로 한 시간 전에 여길 다녀갔거든."

파르치팔은 급히 안장에서 몸을 굽혔다.

"쿤드리, 그 마녀 말이야? 난 그녀와 얘기해야 해, 지구네 누나. 쿤드리는 어디 있어?"

"아마 몬살바트로 돌아갔을 거야. 보이지, 저기 나무 아래 그녀가 버새를 매어두었던 자리 말이야."

파르치팔은 배고픔과 피로를 잊었다.

거기 눈 위에 숲으로 이어지는, 반쯤은 바람에 날아간 짐승의 발자국이 있었다. 만약 이 발자국을 따라간다면, 그는 마침내 몬살바트에 이를 수 있으리라!

그러나 그가 얼마 동안 말을 달렸을 때, 발자국은 점점 희미해지더니 마침내 완전히 없어져 버렸다. 눈과 누런 풀덤불, 이끼, 딸기 덤불, 그 외에는 아무것도 없었다.

그는 희망을 포기하고 싶지 않았다. 그래서 그는 계속 나아갔다. 그래, 그렇다. 저기 나무들 뒤에 그 호수가 있는 불탄 계곡이 있지 말란 법은 없잖은가? 그의 눈에는 저기 앞쪽에서 평평한 땅바닥이 급격하게 끝나고, 길이 가파르게 낭떠러지로 떨어지고 있는 것 같았다.

파르치팔은 말을 탄 어떤 남자가 자신에게로 와서, 바로 몇 걸음 떨어진 곳에 멈춰 섰을 때에야 그를 보았다.

그 낯선 남자는 기사처럼 옷을 입었지만, 아무런 무기도 들고 있지 않았다. 파르치팔은 그것이 이상했다.

그리고 어째서 그는 파르치팔이 유령이나 지옥의 괴물이라도 되는 양 신기하게 바라보는 것일까? 불쾌해진 파르치팔은 참을 수가 없었다.

그는 말을 앞으로 몰았다.

"날 제대로 잘 보시오. 내가 사악한 유령인지 아니면 노상 도둑인지! 몬살바트의 사람들도 날 도둑이나 유령보다 더 낫게 대해주지 않았소. 그리고 쿤드리는 원탁의 기사들이 모두 모인 앞에서, 날 마치 비열한 범죄자처럼 모욕했소!"

"용서하세요, 기사님." 낯선 남자는 조용하게 파르치팔의 말을 끊었다. "저는 당신의 마음을 상하게 하려는 것이 아닙니다."

파르치팔은 탐탁지 않은 표정으로 그를 쏘아보았다. 상대방의 이런 부드러움조차도 그를 자극했던 것이다.

"대체 왜 혼자서 무기도 없이 말을 타고 오는 거요? 사람들이 말하는 것처럼 내가 그렇게 사악하다면, 나는 바로 이 자리에서 당신을 때려죽일 수도 있소!"

그러자 상대방은 미소를 짓기까지 했다.

"모든 기독교 나라에선 그 어떤 기사라도 오늘은 결투를 하지 않습니다."

파르치팔은 멈칫했다. '오늘은'이라고? 지구네도 그렇게 말하지 않았던가? 대체 오늘이 무슨 날이라는 거지?

파르치팔은 물어보려다가, 그만 잊어버리고 말았다. 그의 시선이 낯선 자의 어깨에 가 머물렀는데, 그의 옷에 은색 비둘기가 수놓아져 있었던 것이다! 그가 이미 한 번 보았던 그 은색 비둘기!

"그대는…… 그대는 몬살바트에서 오는 거요?" 그가 급히 물었다.

"그렇습니다." 상대방이 엄숙하게 말했다. "기사님, 전 금방 기사님을 알아보았습니다. 간청하오니, 말을 돌려 여길 떠나십시오. 지금 성배의 영역에 들어와 계시니까요."

한순간 파르치팔은 얼어붙은 듯이 안장에 앉아 있다가, 미친 듯이 웃기 시작했다.

"정신 나갔소?" 파르치팔은 소리쳤다. "그토록 오랫동안 성배의 성을 찾아 헤맸는데, 거의 목적지에 도달한 이 마당에 돌아가라니, 진정 그렇게 생각하는 거요? 그대가 함께 가지 않는다면, 난 그대 없이라도 곧장 몬살바트로 가겠소!"

상대방은 고개를 흔들었다. "결코 그곳에 이르지 못하실 겁니다. 오직 성배가 부르는 자만이 성을 발견한다는 걸 알고 계시잖아요. 기사님은 그 부름을 경솔하게 놓쳐버리셨습니다. 이제 기사님께서 또다시 그 부름을 받을 만한 자격이 있는지, 참고 기다리셔야 합니다. 절 따라오시더라도 오늘은 소용이 없을 겁니다." 이 말과 함께 그는 몸을 돌려, 천천히 왔던 길을 되돌아갔다.

그 순간 파르치팔은 이성을 잃었다.

"서시오." 그는 부르짖었다. "안 그러면 말로 받아 쓰러뜨릴 거요!" 파르치팔은 성배의 기사가 무장하지 않았다는 사실을 잊어버렸다. 상대방이 얼굴을 채 돌리기도 전에, 그는 말에 박차를 가했다.

붉은 말은 뛰어올랐다.

그러나—낯선 상대의 말이 꼼짝하지 않아서 불안해진 것일까?

말은 거칠게 내달리며 상대의 옆을 바싹 스쳐 지나갔고, 창은 허공을 날았다. 파르치팔은 안장에서 떨어지며 곤두박질쳤다. 바위 비탈로 굴러떨어진 파르치팔은 무성한 관목 숲에 걸려서야 겨우 멈췄다.

이것이 그의 목숨을 구했다. 얼마 뒤 그는 기진맥진한 채 다시 몸을 일으키려고 애를 썼다. 그는 주변을 둘러보았다. 저 아래쪽 깊은 곳에 있는 협곡을 보자, 그는 소름이 끼쳤다. 그리고 위쪽 가장자리에는 낯선 기사가 자신의 말 옆에 서 있었다. 그런데 붉은 말은 어디, 어디 있단 말인가?

"기사님의 말은 굴러떨어져서 목이 부러졌습니다." 그가 말했다. 파르치팔이 넝쿨 같은 것을 붙잡고 아래로 기어 내려가려고 하자, 그가 재빨리 덧붙였다. "말은 틀림없이 죽었습니다. 기사님은 아무것도 할 수 없을 겁니다. 말이 꼼짝하지 않는 것을 똑똑히 보았거든요. 제 손을 잡으십시오. 돌들이 미끄럽고 위험하니 끌어 올려드리겠습니다."

그러나 파르치팔은 그 손을 잡지 않았다. 그는 그토록 친절한 상대방에게 미움 같은 것을 느꼈다. 참담함이 그를 부당하고 악하게 만들고 있었다.

협곡 가장자리로 기어 올라온 파르치팔은 눈 속에 앉아 음울하게 앞을 내려다보았다. 말까지 잃어버린 판에 이제 어떻게 해야 한단 말인가? 성배의 기사는 그의 생각을 알아챈 듯했다. "제 말을 가지십시오." 그는 조용하게 말했다. "저보다 먼 길을 가셔야 할 테니까요. 신의 가호가 있기를!"

파르지팔이 몸을 일으키기도 전에 기사는 이미 협곡을 따라 산을 향해 가고 있었다. 파르치팔은 그의 등을 뚫어지게 노려보았다. "정말 알고 싶구나. 대체 누가 저 기사를 뒤따라 몬살바트로 가려는 나를 방해하는 것인지." 그는 고집 세게 중얼거렸다.

그러나 파르치팔은 기사를 따라가지 않았다. 얼굴에 침울한 반항의 기색을 지우지 못한 채, 그는 낯선 말에 몸을 싣고 반대 방향으로 향했다.

얼마나 멀리 왔는지도 모르고 말을 달리던 그는 이상한 소리를 들었다. 여러 목소리가 웅얼거리고 있는 것 같았다. 점점 가까워지는 소리를 듣고, 파르치팔은 그것이 남자들의 음성임을 알아챘다. 그는 방패와 창을 거머잡았다. 낯선 사람들을 경계하는 것은 나쁘지 않은 일이니까.

다음 순간 파르치팔은 무기를 내려놓고 옆으로 말을 몰아 세웠다. 아니, 그를 향해 마주 오는 남자들은 싸우러 나온 사람들이 아니었다. 그들은 수도사들처럼 털로 짠 수도복을 입고, 맨발로 눈길을 걸으며 목청 높여 「시편」을 암송하고 있었다. 만약 지금 같은 상태가 아니었다면, 파르치팔은 이들의 표정과 힘찬 걸음걸이를 보고 이들이 경건한 수도사가 아니라 기사들이라고 쉽게 판단했을 것이다.

이들은 젊은이, 늙은이를 모두 합쳐 족히 스물네댓 명은 돼 보였다. 앞장서 무리를 이끌고 있는 백발의 남자는 거친 모직 천으로 된 수도복을 걸쳤는데도 어찌나 고귀해 보이던지, 파르치팔은 자기도 모르게 깊이 허리 숙여 인사했다.

"안녕하시오, 젊은이." 그 노인은 감사의 인사로 친절하게 답하며 멈춰 섰다. 그리고 약간 의아해하면서 파르치팔을 살펴보았다. "오늘 같은 날에 무장한 채 말을 타고 다니다니, 안 됐군요. 오늘 같은 날에도 그대를 평화롭게 놔두지 않는 적이라도 있는 건가?"

파르치팔은 움찔했다. 어디에서나 그를 따라다니는 이 이해할 수 없는 말을 다시 듣다니!

"오늘이 대체 무슨 특별한 날인지 아마도 노인장께 얻어들을 수 있겠군요." 파르치팔은 시무룩하게 말했다. "누구나 제게 같은 말을 하거든요. 그러나 전 여전히 무슨 말인지 모르겠습니다!"

노인은 믿을 수 없다는 듯 고개를 저었다. "오늘이 성聖금요일*인 걸 정말 모른단 말이오?"

---

* (옮긴이) 그리스도 수난의 날. 부활절 직전의 금요일. 성금요일은 '비탄'이라는 의미의 고고古高독일어 chara에 '금요일'을 덧붙인 말로 그리스도 수난의 날을 가리킨다.

파르치팔은 말없이 말 위에 앉아 있었다. 그래, 성금요일이었구나. 그가 그런 일에 마음을 쓴 것은 매우 오래전 일이었다. "근데 성금요일인데, 무엇을 하고 계시나요?" 이상한 호기심이 그로 하여금 이런 질문을 하게 만들었다.

"우리는 매년 이날에는 트레브레첸트 은자의 암자로 순례를 한다오. 트레브레첸트 은자는 경건하고 현명하신 분이라오. 많은 사람이 그분에게서 도움을 받고 위로를 얻지."

"그래도 절 도와주실 수는 없을 겁니다!" 파르치팔은 심술궂게 웃으며 말했다. "안녕히들 가십시오!"

파르치팔이 말에 박차를 가하자, 말은 놀라서 앞으로 뛰쳐나갔다.

얼마 동안 그는 세차게 말을 몰았다. 파르치팔이 주위를 돌아보았을 때, 아까 만난 남자들은 더 이상 보이지 않았다. 그는 고삐를 거머잡았다. 말은 순순히 다시 몸을 돌려 순례자들을 쫓아갔다.

내가 왜 이러지? 파르치팔은 혼란스러운 기분으로 스스로에게 물어보았다. 트레브레첸트 은자가 대체 나와 무슨 상관이란 말인가? 어째서 나는 콘두이라무르나 졸타네의 어머니에게로 돌아갈 수 없는 것인가? 어째서 나는 가바인이나 다른 기사들처럼 유쾌한 모험을 떠날 수 없는 것인가?

그러나 그는 아무런 답도 얻지 못했다.

파르치팔은 은자의 동굴과 마주한 덤불 속에 숨어 한없이 기다렸다. 그러자 순례자들이 떠나고, 파르치팔은 그 은자가 입구 앞의 바위에 조용히 앉아 있는 것을 보았다. 마음에 드는군, 하고 파르치팔은 생각했다. 게다가 오랫동안 알고 지낸 사람 같아. 하지만 말을 건네진 않을 거야. 대체 뭐 하러 말을 걸겠어? 그냥 우연히 이 길에 들어선 것처럼 그냥 지나갈 거야. 근데 이렇게 피곤하지만 않다면 좋을 텐데!

덤불 속에서 말을 끌어내 오면서, 그는 갑자기 어지럼증을 느꼈다. 사방 모든 것이 흔들려 보였으므로, 그는 안장 앞부분에 꼭 달라붙었다.

다음 순간 트레브레첸트가 몸을 벌떡 일으켜 빈터를 가로질러 달려왔다. 그는 반쯤 의식을 잃고 말에서 미끄러지는 파르치팔을 받아 안았다.

그다음에 무슨 일이 일어났는지, 파르치팔은 알지 못했다. 그는 때때로 자신을 집어삼킨 검은 안개로부터 잠깐 떠올라왔다. 그럴 때면 그는 양치류와 이끼의 향긋한 냄새를, 그리고 나무 타는 연기 냄새를 맡았다. 그리고 자신이 동굴 안의 짚 위에 누워 있음을 알아차렸다.

누군가가 조심스럽게 그의 갑옷을 벗겨냈다. 그 은자가 파르치팔의 얼굴 위로 자신의 얼굴을 굽히는 모습이 화덕의 불빛 속에 비쳤다. 뒤이어 모든 것이 다시 사라졌다.

파르치팔은 깨어났다. 힘센 두 손이 그의 가슴을 문지르고 있었기 때문이다. 약초 냄새가 나고, 피부는 화끈거렸다.

"아이고, 마침내 정신이 들었군." 트레브레첸트가 파르치팔을 주의 깊게 살피며 말했다. "말하게, 아무것도 먹지 못한 게 언제부턴가?"

"모르겠습니다." 파르치팔이 웅얼거렸다. "2~3일은 되는 것……"

은자는 동굴 뒤쪽으로 갔다. "자네에게 줄 게 많지 않아 미안하네." 돌아온 은자가 말했다. 그의 손에는 우유와 얇은 빵 조각, 그리고 뿌리가 두어 개 담긴 대접이 들려 있었다. "하지만 이 뿌리의 즙은 원기를 되찾아줄 걸세."

파르치팔은 트레브레첸트의 말이 옳았음을 곧 알아차렸다. 기분 좋은 온기가 그의 몸을 고루 뚫고 지나가더니, 현기증과 피로가 그를 떠났다. 이제 손님의 말을 돌봐야겠다고 생각한 은자가 몸을 일으켰을 때, 파르치팔도 그를 따라 밖으로 나왔다. 존경스러운 은자가 자기를 위해 하인의 일을 자처하는데, 가만히 누워 있는 것은 무례하다고 생각되었기 때문이다.

"아닙니다, 은자님." 트레브레첸트가 말고삐를 잡았을 때, 파르치팔이 말했다. "제가 마구간으로 데려가겠습니다. 그리고 눈 밑에서 약간의 풀을 찾아보겠습니다."

은자는 대답이 없었다. 대신 그의 시선은 안장 덮개에 수놓아진 은색 비둘기에 가 꽂혔다.

같은 순간, 파르치팔도 그것을 보았다. 그의 머리로 피가 몰려왔다. 또다시 이 표지로구나!

은자는 파르치팔에게 몸을 돌렸다. 서로 마주 보고 선 두 사람은 신기하게 닮아 보였다. 두 사람 모두 키가 크고 어깨가 넓었으며, 머리카락은 똑같이 헝클어진 채 이마에서 뒤쪽으로 물결치며 흘러내리고 있었다.

"기사님은 그래, 몬살바트에서 오는 길이오? 그대의 말에 성배의 표지가 있으니 말이오." 트레브레첸트는 의아해하며 물었다. "내 그대를 성배의 성에서 본 적이 없어서 하는 말이오. 하지만 어쨌든 잘 오셨소."

"존경하는 은자님, 잘못 생각하셨습니다." 파르치팔은 황급히 말했다. "저는 몬살바트에서 오는 길이 아닙니다."

"그럼 이 말은 어디서 났소?"

"저는…… 오늘 아침 어떤 기사를 만났습니다. 그에게 절 성배의 성으로 데려가달라고 부탁했지요. 오래전부터 그곳을 찾고 있었으니까요. 하지만 그는 거절했답니다. 그래서 전 그에게 결투를 신청했지요."

트레브레첸트는 엄숙하게 머리를 흔들었다. "성배의 기사들은 싸워서는 안 된다오. 만약 꼭 싸워야 한다면 그건 신을 믿지 않는 자에게 대항하거나, 약자나 쫓기는 자를 보호하기 위해서일 때뿐이라오. 그때를 제외하고 결투를 벌인다면 엄중한 벌을 받게 된다오." 은자는 낮게 덧붙였다.

파르치팔은 고집스럽게 땅바닥을 쳐다볼 뿐이었다. "그 사람 역시 싸우지 않았습니다. 제가 그에게 덤벼들면서 제 말이 실수로 협곡으로 추락해버렸습니다. 그러자 그 기사는 자기 말을 제게 선물하고, 본인은 걸어서 가버렸습니다."

은자는 깊이 생각에 잠긴 듯했다. "오래전부터 성배를 찾고 있었다고 말했지. 왜 성배를 찾는가?"

파르치팔은 소스라치게 놀랐다. 자신이 성배의 성에 갔었고 욕설과 함께 치욕을 당하고 내쫓겼다는 사실을, 그가 알아서는 안 된다고 생각했다. 그래서 그는 모호하게 대답했다. "저도 모르겠습니다. 하지만 전 그곳을 찾아야만 합니다. 그러기 전에는 마음의 평화를 얻을 수 없습니다. 은자님, 몬살바트에 가보신 일이 있으시다면, 제게 길을 알려주십시오. 이렇게 간청합니다."

"난 자주 몬살바트에 갔소." 트레브레첸트는 망설이면서 대답했다. "하지만 안내를 할 수는 없소. 왜냐하면 성배가 부르는 자만이 그 길을 발견할 수 있기 때문이오. 자, 저 말을 바위 아래쪽에 끌어다 놓고 날 따라 동굴로 들어오시오. 내가 성배에 대해 알고 있는 것을 모두 이야기해주리다. 어쩌면 그대에게 도움이 될지도 모르니 말이오."

트레브레첸트는 입을 열었다. "몬살바트에 성을 짓고 황금과 대리석 탑을 세운 최초의 성배 왕은 티투렐이었소. 설명하자면, 당시 산 위 공중에 빛이 나는 넓적한 잔 모양의 물체가 둥실 떠 있었소. 그 물체의 가장자리에 새겨진 불꽃 문자가 티투렐에게 명령하고 있었지. 그 자리에 성을 짓고 탑을 세우라고 말이오. 티투렐은 그렇게 했소. 그는 신과 인간을 사랑하고 불의를 행하지 않는 경건한 사람이었지. 그래서 불꽃 문자는 그 신비로운 보물이 탑에 내려앉았을 때—그때부터 그것은 그 자리에 있는데—티투렐을 성배의 왕으로 소명하신 거요. 그 후 기독교 나라들에서 많은 기사가 몬살바트로 왔소. 그들의 이름은 성배에 나타나고, 그것은 기사들에게 성배의 법칙에 따라 살기 위해 지켜야 하는 비밀스러운 부름처럼 일어났다오.

티투렐이 나이가 들자, 아들인 프리무텔이 왕이 되었지. 그러나 그는 아버지만큼 고결한 사람이 아니었소. 평화로운 생활이 싫었고, 세속이 그를 유혹했지. 그는 성배의 법칙을 따르지 않고 싸움과 모험을 찾아 길을 떠났소. 그것은 그에게 행운을 가져다주지 않았어. 그는 곧 낯선 나라에서 전사했지. 프리무텔에게는 두 아들과 세 딸이 있었소. 요이지아네는 카탈로니아 공의 아내가 되었고, 딸 지구네를 낳다가 사망했소. 둘째 딸 헤르첼로이데는 발라이스와 노르갈스를 다스렸지. 그녀의 첫 남편이 죽고 나서 마상무술시합에서 승리한 가무레트 안셰빈이 그녀와 그녀의 나라들을 얻었소. 어디가 안 좋소, 기사 양반?"

파르치팔은 얼굴이 보이지 않게 양손으로 이마를 받친 채 짚 위에 웅크리고 앉아 있었다.

"아닙니다." 그는 무뚝뚝하게 말했다. "아닙니다, 은자님.

계속하십시오!"

"가무레트는 천성적으로 한곳에 머물지 못하며, 내키는 대로 살아야 하는 사람이었소. 그것이 끊임없이 그를 먼 나라들로 내몰았지. 그가 동방의 전투에서 전사하자, 헤르첼로이데는 어린 아들 파르치팔을 데리고 졸타네 황야로 들어갔다오. 그런 식으로 아들을 영원히 지키겠다고 생각했던 거지. 그러나 아들은 다 자라기도 전에 어머니를 떠났소. 이 마지막 충격을 이겨낼 수 없게 된 헤르첼로이데는 아들이 떠난 뒤 곧 세상을 떴어요. 기사 양반, 내가 그대를 놀라게 했는가?"

파르치팔은 눈앞에서 번개가 친 것처럼 튀어 올랐다. "아닙니다." 그는 말했다. 그의 목소리는 마치 꿈속에서 말하는 것처럼 불안하게 들렸다. "아니, 그럴 리가 없어요…… 아니지요, 확실하지 않은 거지요? 그저 들으신 얘기지요…… 사람들은 이러쿵저러쿵 말이 많으니까요."

그러나 트레브레첸트는 고개를 흔들었다. "유감스럽게도 아주 정확히 알고 있소. 헤르첼로이데는 바로 내 누이니까 말이오."

파르치팔은 은자의 백발을 뚫어져라 쳐다보았다. 그랬구나! 그래서 파르치팔은 트레브레첸트가 그토록 친숙하게 느껴졌던 것이다.

"은자님의 누이라고요!" 파르치팔은 맥없이 되뇌었다.
"그러니까 은자님은……" 그는 말을 중단했다. 그는 단단히
입술을 오므리고 있었다. 아니, 파르치팔은 말하지 않을 작정
이었다. '은자님은 저의 외백부님이시고, 나는 모든 행복을
놓쳐버린 비참한 바보 파르치팔!'이라고.

"프리무텔에게 두 아들이 있었다고 했지요." 그러는 사이
트레브레첸트는 계속 말했다. "한 사람은 성배의 왕인 암포
르타스이고, 또 한 사람은 바로 나요. 우리는 젊은 시절 둘 다
거친 청년들이었소. 그럼에도 불구하고 성배가 암포르타스를
왕으로 불러, 형님은 부름을 따라 고향으로 돌아왔소. 그러는
동안 나는 유쾌하게 이리저리 세상을 떠돌면서, 온갖 모험을
쫓아다녔지. 암포르타스는 몬살바트의 법칙에 따라 성실하
게 살려고 애썼소. 한동안 모든 것이 좋아 보였다오. 그러다
가 예전의 거친 성격과 모험에 대한 욕구가 그를 다시 찾아왔
소. 어느 날 더 이상 참을 수 없게 된 그는 몬살바트를 떠났다
오. 1년 뒤 돌아왔을 때, 그는 병든 사람이 되어 있었소. 독 묻
은 창에 찔린 옆구리의 상처가 도무지 낫지를 않는 거요."

파르치팔은 불에 덴 것처럼 뜨거운 두 눈을 주먹으로 눌

렀다.

"독 묻은 창이라고 하셨나요?" 그가 웅얼거렸다.

"그렇소. 난 저 아래쪽 지중해의 어느 항구 도시에서 그 소식을 들었소. 나는 말 세 필을 갈아타며 몬살바트로 달려갔소. 우리는 할 수 있는 일은 모두 해보았다오. 내 형님을 위해서 말이오. 그러나 어떤 의사도 그를 도울 수 없었소. 우리는 치료에 효과가 있다는 펠리컨 새의 피를 상처에 발라보기도 했고, 린트부름*이 죽은 장소에서만 자란다는 짚신나물을 파보기도 했소. 그게 기적적인 치유력이 있다고 하는데, 그것 역시 암포르타스에겐 아무 소용이 없었소. 우린 일각수**를 사냥하여 이 동물의 이마뼈 아래에서 자란 홍옥을 떼어내, 그의 상처에 놓아보기도 했소. 다 소용없는 짓이었지. 성배가 해결책을 마련해주었으면 하고 우린 희망했소. 그러나 성배는 침묵했고, 형님은 무시무시한 고통으로 괴로워했소. 그는 걸을수도, 일어설 수도, 앉아 있을 수도 없소. 그저 부드러운 쿠션들에 기대어 있을 뿐이라오……"

파르치팔은 고개를 들었다. 그가 어쩌나 심란해 보이던

---

* (옮긴이) Lindwurm: 용처럼 생긴 전설상의 괴물.
** (옮긴이) Einhorn: 유니콘. 전설상의 짐승.

지, 트레브레첸트는 놀라서 말을 멈췄다. 그러자 파르치팔은 기묘하게 갈라진 목소리로 상대방의 이야기를 이어나갔다. "그의 얼굴은 죽음처럼 창백하고, 고통으로 일그러져 있지요…… 완전히 절망한 것처럼 보이고요……"

"그렇다오." 트레브레첸트는 조금 놀라면서 말했다. "그대가 말한 꼭 그대로요. 그저 가끔 해가 비치는 날이면 사람들이 그를 들것에 옮겨 호수로 데려간다오. 그리고……"

"네, 네." 재차 참지 못하고 파르치팔이 은자의 말을 끊었다. "그들은 왕을 보트의 쿠션들 사이에 앉히고는, 모두 낚시를 하는 것처럼 호수 위를 이리저리 떠다니지요. 그러나 고기를 낚고 싶은 사람은 아무도 없습니다. 마치 누군가가 죽은 것처럼 그저 슬퍼할 뿐이지요."

트레브레첸트는 점점 더 의아해하면서 파르치팔을 살펴보았다. "대체 어떻게 이 모든 걸 알고 있는 거요?"

파르치팔은 짚 위에 웅크리고 앉아 불꽃을 응시했다. 불은 서서히 꺼져갔다. "아…… 그건 알려고 하지 마십시오." 그는 거의 화난 어조로 말했다. "어서 얘기를 계속하시지요. 끝이 어떻게 되나!"

저 기사는 당황해하고 있군, 트레브레첸트는 걱정스러운

생각이 들었다. 그러나 그는 조용히 이야기를 이어나갔다. "이제 더 이상 얘기할 건 많지 않소. 암포르타스 왕의 상태는 더 좋아지지도, 더 나빠지지도 않아요. 그를 삶에 붙들어 매어두고 있는 건 오직 한 가지. 매주 금요일마다 우리 막내 누이 레판세가 황금 사원에서 성배를 꺼내 왕의 연회장으로 가져오지요. 오직 레판세 누이만이 단 하나의 보석으로 조각된 성배*를 운반할 수 있다오. 이 세상의 모든 보석보다 값지고, 온통 빛으로만 만들어진 듯 광채를 내뿜는 그 성배를 말이오. 암포르타스 왕은 성배를 보고 다시 버틸 힘을 얻는다오. 금요일마다 그는 새롭게 희망하지요. 고통으로부터의 구원을 약속하는 불꽃 문자가 다시 성배에 나타나기를 말이오. 왜냐하면 이미 한 번 성배가 구원을 거의 약속했기 때문이라오. '네 일족에서 한 기사가 올 것이니라.' 불꽃 문자에는 이렇게 씌어 있었소. '그의 이름은 파르치팔이니라. 만약 그가 죄지은 일이 없고 연민의 마음으로 그대 고통의 이유를 묻는다면, 그때 그대는 구원을 받으리라.' 그때부터 몬살바트의 사람들은 파르치팔을 기다리고 있다오. 파르치팔은 한 번 왔었소. 그러

---

* (옮긴이) 성배가 무엇으로 만들어져 있는지에 대해 여러 가지 설이 있다. 원작자 볼프람 폰 에셴바흐는 돌Stein로 만들어졌다고 썼으나, 레히너는 보석Edelstein으로 만들어졌다고 쓰고 있다.

나 질문하는 것을 놓쳤다오. 그래서 모든 것이 이전과 같아진 거요."

동굴 안은 한순간 정적이 흘렀다. 파르치팔은 조용히 몸을 돌렸다. "네, 모든 것이 사실입니다." 한 마디 한 마디 내뱉기가 몹시 힘들었지만, 그는 말했다. "제가 본 것을 전혀 이해하지 못했음에도 불구하고, 저는 묻지 않았습니다. 저는 왕에게 연민도 느끼지 않았습니다. 그의 비참함을 보는 것이 그저 귀찮기만 했습니다. 죄지은 일 없이,라고 하셨던가요? 아닙니다. 제가 몬살바트에 갔을 때 죄 없는 몸이었다고 말할 수는 없습니다. 그 이전의 제 인생에서 많은 일이 있었으니까요. 아시겠지요, 이것이 은자님 이야기의 끝입니다. 아주 안 좋은 끝이지요. 백부님, 그렇지 않습니까?"

트레브레첸트는 침묵했다. "왜 아무 말씀도 하지 않으십니까?" 파르치팔은 울부짖었다. "절 내쫓으십시오. 몬살바트의 사람들이 절 내몰았던 것처럼 말입니다! 제가 무섭다고 말하십시오. 쿤드리도 그렇게 말했는걸요, 뭘. 백부님, 당신이 생각하시는 것보다 저는 훨씬 나쁜 사람입니다. 저는 화가 나서 이테르 기사를 때려죽였고, 제가 명예로운 싸움에서 이긴 것처럼 그의 갑옷과 무기를 챙겼습니다. 어머니께 얼마나 큰 마음의 고통을 안겨드릴지는 단 1초도 생각하지 않고, 어머니를 떠났습니다. 그리고 잘 들어주십시오, 경건한 백부님. 오래전부터 저는 어떤 성당도, 어떤 교회도 진정한 마음으로 보지 않았습니다. 저는 더 이상 신을 섬기지 않겠다고 결심했습니다. 아시겠습니까? 존경하는 은자님, 신이 계시지 않는 것처럼 살기로 결심했다는 말입니다. 이제 충분히 들으셨나요? 저는 이제 떠나야겠지요? 저로 인해 백부님의 평화를 깨뜨리지 않도록 말입니다. 한마디만 말씀해주신다면······."

그사이 동굴 안은 몹시 어두워져 있었다. 그래서 파르치팔은 트레브레첸트가 몸을 일으켜 자신에게 다가온 것을 보지 못했다. 그는 파르치팔 옆에 놓인 짚 위에 앉았다. 거친 천에 덮인 그의 손이 파르치팔의 등에 놓이고, 다른 손은 파르치팔의 어깨를 감싸 안았다. 크고, 선량하고, 따뜻한 손이었다.

"네가 와서 참 기쁘구나." 트레브레첸트가 말했다. "성금요일이 지나면 부활절 축제가 시작된단다."

"제게 부활절 축제는 없습니다!" 따뜻한 손을 느끼는 것은 참 좋았다. 그러나 파르치팔은 다시 한 번 떼를 썼다.

"나도 알아." 은자는 끈기 있게 대답했다. "네가 신과 결별한 것을 말이야. 많은 사람이 그렇게 하지. 그러나 신은 너를 떠나지 않으셨어. 있지, 조카님. 나 역시 한때는 자네 같은 젊은 기사였어. 지금 난 늙은 수도사라네. 그 사이에는 험한 길이 놓여 있지. 내 말을 믿어도 좋아. 우리가 가끔 삶의 넓고 평탄한 길에서 빠져나오려고 하면, 신은 우리에게 그런 길도 가게 하신다네."

"신이 절 내치지 않으셨다는 걸, 어떻게 아십니까?"

"만약 그랬다면, 자넨 여기 오지 않았겠지." 트레브레첸트는 어둠 속에서 미소 지었다. 그렇다. 파르치팔은 아직 많은 것을 인식하지 못하리라. 현명해지려면 나이가 들어야 하는 것이다.

"신은 내게 넓은 어깨를 주셨단다." 트레브레첸트는 말을 이었다. "자네를 내리누르는 모든 것을 내 어깨에 내려놓게. 내가 그것을 신 앞으로 지고 갈 테니."

부활절이 지나고 파르치팔은 외백부와 작별했다. 파르치팔은 장식이 거의 없는, 작은 쇠고리들로만 만들어진 소박한 갑옷을 걸쳤다. 유명한 장인 트레부헤트가 오래전 트레브레첸트를 위해 아주 미세한 쇠사슬들로만 꿰어 만들어준 것이었다. 그것은 마치 파르치팔을 위해 만들어진 갑옷처럼 그의 몸에 잘 맞았다. 이테르 기사의 붉은 갑옷과 번쩍거리는 붉은 투구는 동굴 안 한 귀퉁이 바위 벽에 걸어두었다.

파르치팔은 그 갑옷을 걸치면서, 어깨 위에 새겨진 은빛 비둘기를 보자 멈칫했다.

"저는 이것을 걸칠 자격이 없습니다!"

"자네가 언젠가는 당연히 이 옷을 입게 되리라는 걸, 난 이미 알고 있었다네."

트레브레첸트는 엄숙하게 말했다.

9

 가바인의 저조한 기분은 그가 말 위에 앉아 지나가고 있는 빛나는 하늘과 찬란한 경치와는 전혀 어울리지 않았다. 나는 정말 운이 없구나, 그링굴예테가 쉬지 않고 꾸준히 다리를 내뻗고 있는 등에 앉아 그는 생각했다. 이토니 누이도 파르치팔도 찾지 못하고, 나를 따르는 기사들도 돌려보내고서 이렇게 쓸쓸히 홀로 길을 가야 하다니. 길 잃은 송아지처럼 울고 싶구나. 그러면서도 그는 주의 깊게 주변 경치를 둘러보았다.

 그곳은 마치 잘 가꾼 정원처럼 모든 것이 녹색이고 다채로웠다. 올리브나무와 무화과, 석류, 순전히 노란 잎들이나 빨간 잎들로만 된 덤불숲, 그리고 크고 두툼한 이파리들에 가시가 돋친 진기한 식물들도 있었다.

그는 나무들 사이로 반짝이는 큰 강을 보았다. 그리고 이곳저곳 풀숲에서 뛰쳐나오는 짐승을 발견하기도 했다.

"이곳에는 사람만 없는 것 같네." 가바인은 시무룩하게 말했다. 그는 혼자인 것에 정말 싫증이 났다. 그러나 그곳에도 사람은 있었다.

그 말을 내뱉기가 무섭게, 그는 저 앞 약간 떨어진 곳 보리수나무 아래에 한 남자와 여자가 앉아 있는 것을 보았다. 부유해 보이는 옷차림을 한 그들 옆에는 말 한 마리가 서 있었고, 말 등에는 상당히 값비싼 여성용 안장이 놓여 있었다. 아마도 남자에게 무슨 일이 생긴 듯 보였다. 남자는 나뭇등걸에 몸을 기대고 눈을 감은 채, 두 팔을 힘없이 늘어뜨리고 있었던 것이다.

그때 여인이 가바인을 보았다. 그녀는 몸을 벌떡 일으키더니, 마구 손을 흔들어대기 시작했다.

가바인은 한숨을 내쉬었다. 여성과 관련된 일이 생기면, 언제나 그것은 결투 혹은 시간 낭비를 의미했기 때문이다. 그동안 가바인은 이런 일을 물리도록 경험했었다. 그러나 기사의 의무는 수행해야만 하는 법. 그래서 그는 말을 멈추고 자신의 봉사가 필요한지를 그녀에게 물었다.

"아, 기사님." 여인은 말하면서, 절박한 표정으로 그를 바라보았다. "제 남편이 갑자기 아프답니다. 가끔씩 그를 덮치는 고질병이지요. 그런데 고통을 멈추게 해줄 좋은 약이 있답니다. 기사님, 저기 앞쪽에 크고 검은 나무들이 보이시죠. 그 뒤에 오르겔루제 공작부인의 정원이 있답니다. 그 정원에 연붉은색의 작은 꽃들과 가느다란 잎들이 달린 약초가 있어요. 그것 두어 개만 먹으면 제 남편의 고통은 씻은 듯이 사라진답니다. 간청하오니, 부디 정원에서 그 약초를 가져다주세요."

"더 다른 청이 없으시다면," 가바인은 선량하게 답하고는 그링굴예테를 재촉했다. "곧 약초를 가져다 드리지요."

그러나 그것은 다소 시간이 걸리는 일이었다.

가바인이 그 정원에 가보니, 그곳은 모든 것이 훨씬 더 아름답고 경이로웠다. 나무들은 새빨간 잎과 진초록색 잎들을 가득 달고 있었으며, 그늘진 곳에서는 꽃들이 마치 꼬마들의 얼굴처럼 그를 바라보고 있었다. 긴 다리의 새들이 의기양양하게 걸어오며 위엄 있게 서로 고개를 숙였다.

검은색 연못에는 아주 작은 용龍, 녹색 뱀, 호박색의 딱딱한 눈을 가진 거북이 같은 온갖 종류의 진기한 작은 동물들이 헤엄치고 있었다.

정원 한가운데 언덕 위에는 성이 하나 솟아 있었다. 성을 빙 둘러싼 거대한 나무들 아래서는 기사들과 화려하게 차려 입은 여인들이 앉아 있거나 산책을 하고, 갖가지 놀이를 하며 즐기고 있었다.

"저들이 날 보지 않는 게 낫겠어." 가바인은 혼잣말을 했다. "만약 날 본다면 틀림없이 이곳에 머무르라며 초대할 테고, 나는 그럴 시간이 없거든. 어서 약초를 찾아서 여길 떠나는 게 좋겠어. 오르겔루제 공작부인이라는 여인이, 낯선 자가 자기 정원에 있는 것을 참아줄는지도 알 수 없고 말이야."

가바인은 곧 그것을 알게 된다. 그 순간 그는 양옆에서 바위들 사이로 솟구쳐 오르는 분수를 보았고, 분수 앞에는 한 여인이 앉아 있었다.

그링굴예테는 도망가려는 것처럼 껑충 뛰었다. 하지만 가련한 기사 가바인에게 때는 이미 늦어버렸다.

그링굴예테는 부드럽지만 거절할 수 없는 힘에 이끌려 분수로 가고 있음을 느꼈다. 그리고 그링굴예테의 주인은 자기가 약초를 구하러 왔으며, 잠시도 시간을 낭비해서는 안 된다는 것을 까맣게 잊어버렸다.

오르겔루제 공작부인의 눈은 분수의 물줄기와 같은 초록

색이었다. 그녀의 머리카락은 불같이 붉었다. 그녀가 어찌나 오만하게 그를 쳐다보던지, 가바인은 등줄기가 서늘해졌다. "여기 내 정원에서 뭘 하는 건가요?" 그녀가 물었다.

"당신이 명령하시는 거라면 뭐든지 하겠습니다." 가바인은 그만 이렇게 대답하고 말았다. 그녀가 너무나 아름다웠기 때문이다.

그녀는 웃었다.

"아이, 아마 후회하실 걸요! 하지만 이왕 이곳에 오셨으니 날 위해 저 성으로 올라가 주세요. 성문 앞에 말이 매어져 있을 거예요. 그 말을 내게 가져다주세요."

가바인은 그녀가 자신의 봉사를 받아들인 사실 때문에 황홀해졌다. 그래서 잽싸게 그링굴예테를 언덕으로 몰았다. 곧 그곳에서 즐기고 있던 사람들이 그를 둘러쌌다. 그들은 그에게 어디서 왔으며 어디로 가는지 캐묻고, 방금 시작한 바이올린 악사들의 연주에 맞춰 함께 윤무를 추자고 초대했다.

"제겐 그럴 시간이 없습니다." 가바인이 말했다. "오르겔루제 공작부인을 위해 성문 앞에 있는 저 말을 가져가야 합니다."

그러자 그들은 가바인을 호기심 어린 눈으로, 그리고 약간은 동정한다는 듯이 바라보았다. 그중 한 사람이 말했다. "그대는 우리의 아름다운 여주인을 만나셨군요! 네, 그렇다면 놀고 춤추는 것 말고 다른 일을 하셔야겠네요. 무사히 빠져나가도록 조심하시오!"

가바인은 그 말이 무슨 뜻인지 의아하게 생각했다.

그러는 동안 그는 성에 도착했다. 그곳에는 값비싼 재갈과 안장을 갖춘 말이 있고, 바로 옆 성벽에 기사 하나가 기대서 있었다. 눈같이 하얀 머리칼을 가진 그는 늙어 보이진 않았으나, 우울해 보였다.

그의 뺨에는 넓적한 흉터 자국이 있고, 오른손은 붕대로 싸매어져 있었다. 그는 시무룩한 표정을 지으며, 가바인에게 인사했다.

"또 한 명이 왔군!" 그가 말했다. "오르겔루제는 아무리 많이 따도 만족을 모르는 여자지. 물론 그대는 그녀에게 저 말을 가져다주어야겠지! 늘 그렇게 시작하거든. 그대에게 충고 하나 하리다. 그녀가 그 초록색 눈으로 당신을 완전히 반하게 만들기 전에, 저 동물을 여기 그대로 두고 즉시 달아나시게. 그녀는 날 충분히 가지고 놀았거든. 그 후로 난 다른 이들에게 경고하고 있다네. 근데 보아하니 이미 늦었군그래. 그러니 그대가 벗어날 수 없는 일을 하시게나."

가바인이 그 아름다운 황금색 말에 묶인 줄을 푸는 동안, 기사는 몸을 돌려 떠났다.

아, 뭐야. 가바인은 생각했다. 사람들은 꼭 그렇게 얘기하곤 한다니까. 대체 내게 무슨 일이 일어날 거란 거지? 조심해야겠다. 이봐, 그링굴예테야, 그 말을 좀 가만히 놔둬!

그러나 그링굴예테는 화가 나서 그 낯선 암말을 흘겨보며 누렇고 긴 이빨을 드러내는가 하면, 헛발질을 하면서 물려고 킁킁거렸다. 결국 가바인은 양손에 말 두 필의 재갈을 각각 잡고 걸어오는 수밖에 없었다.

분숫가로 돌아왔을 때, 가바인은 땀을 흘리고 있었다. 공작부인은 그를 맞으며 비아냥거렸다. "그대는 기사이고자 하는 사람인데, 내 눈에는 겨우 이 말 두 필 때문에 거의 결딴난 것처럼 보이네요. 내 암말은 양처럼 순해요. 그대의 저 검고 흉측한 괴물이 이빨을 드러낸 채 너무 가까이 오지 않게 조심해 줘요. 잘못하다간 내 말의 비단 같은 털이 상할 테니까!"

가바인은 그녀의 불친절한 말에 상심하여 고개를 저었다. 그링굴예테는 괴물이 아니었다. 하지만 공작부인이 그의 말에 대해 무엇을 알겠는가?

그러는 사이 오르겔루제는 가바인의 손에서 고삐를 받아 잡고는 가뿐하게 안장에 올라탔다.

"원한다면 함께 가도 좋아요." 이렇게 말을 건넨 그녀는 영롱하게 빛나는 초록빛 눈으로 그를 내려다보며 미소 지었다.

가바인의 상심은 씻은 듯이 사라졌다. 초록빛 눈은 그토록 막강한 힘을 지니고 있었다. 그 두 눈은 공작부인이 원하는 대로, 가련한 기사 가바인을 슬프게도 기쁘게도 만들 수 있었다.

가바인은 한동안 행복하게 그녀 곁에서 말을 타고 가면서도 어딘가 마음이 편치 않았다. 풀밭 곳곳에는 기다란 잎들을 매단, 연홍색 작은 꽃들이 만발해 있었는데…… 그의 마음을 방해한 것은 이 꽃들과 관련이 있는 것 같았다.

"아이고 맙소사." 가바인은 소스라치게 놀라며 말했다. "공작부인, 전 그 아픈 남자를 잊고 있었습니다. 빨리 약초를 가져다 드리러 가봐야겠습니다. 그렇지 않으면 그는 죽을지도 모릅니다."

공작부인은 멈칫하더니 급히 얼굴을 돌렸다. 그래서 가바인은 그녀가 웃고 있는 것을 보지 못했다.

가바인은 말에서 뛰어내려, 서둘러 작은 식물을 한 움큼 꺾었다.

"그대는 아마 의사인 모양이지요?" 그녀는 어느새 다시 비아냥거리는 어조로 말했다. "그렇다면 그대와 함께 가서, 그대의 의술이 어떻게 한 남자를 죽음에서 구하는지 보고 싶군요."

그녀는 병든 남자와 약초에 대한 이야기를 처음 듣는 것이 아니었다. 이 낯선 기사를 둘러싼 모종의 음모를 이미 알고 있었던 것이다. 그래서 그녀는 이 이야기가 어떤 결말을 가져올지 몹쓸 호기심이 발동했다.

곧 그들은 저 멀리 앞쪽에 있는 보리수나무를 보았다. 긴장한 가바인은 자신이 구해주고자 하는 남자 쪽을 몰래 살펴보았다.

"다행히도 저기 그가 앉아 있네요!" 마침내 안도한 듯 가바인의 입에서 말이 튀어나왔다. "아직 살아 있는 것 같네요!"

"그래요. 내 생각도 그러네요." 공작부인이 말했다. 그녀의 목소리는 다시 몰래 웃고 있는 것처럼 들렸다. 그녀는 이미 보리수나무 아래의 그 부부를 알고 있었다. 그 부부는 근처 어딘가 반쯤 폐허가 된 성에서 살고 있는데, 몹시 몰락한 신세가 되어 사람들이 꺼리는 온갖 나쁜 짓을 저지르고 다녔다. 비록 폭력을 쓰지는 않았지만 그들이 지나가는 기사들을 속여 말을 훔친 다음, 말이 귀한 지방에 가서 비싼 값에 팔아 치운다는 소문을, 이 지방 사람들은 모두 알고 있었다.

공작부인은 그링굴예테에게 시선을 던졌다. 그녀는 지금 몹시 오만하게 굴고는 있었지만, 이 말 때문에 불쌍한 기사 가바인이 아무것도 모른 채 덫에 걸려들었으므로 그리 편한 마음은 아니었다.

하지만 이 기사가 저 검은 흉물을 잃어버린다고 해도 그리 애석한 일은 아니야, 그녀는 그 말을 경멸하며 생각했다. 맙소사, 이렇게 못생긴 말은 본 적이 없어! 그리고 이 기사는 그리 가난해 보이지도 않는데, 뭘. 그러니 나는 즐기면서 일이 어떻게 되나 지켜볼 거야. 그녀는 속마음을 감춘 채 크게 말했다. "난 여기서 기다리는 게 낫겠어요. 저 불쌍한 남자가 마지막 순간에 숨을 거두지 않게 서둘러 가세요!"

그랬다. 오르겔루제 공작부인은 그런 사람이었다. 아름답고, 남을 깔보고, 오만하고, 그리고 가슴속에는 심장 대신에 딱딱한 돌덩이를 하나 얹고 있음에 틀림없다고, 그녀의 초록색 두 눈 때문에 불운을 겪은 기사들은 얘기했다. 아주 가끔이긴 하지만, 그녀는 갑자기 죽고 싶을 만큼 슬퍼지기도 했다. 그러나 그녀는 조심스럽게 이를 감추고 더욱 대담하게 굴었다.

가바인은 그링굴예테를 보리수나무 옆에 멈춰 세우면서, 병자의 얼굴을 걱정스럽게 바라보았다. 그 남자는 전과 조금도 달라 보이지 않았다. 그런데 더 나빠 보이진 않는군, 가바인은 혼자 생각했다.

곧 병자의 아내가 가바인에게 달려와, 그의 손에서 꽃들을 빼앗았다. "고맙습니다." 그녀는 황급히 말했다. "기사님, 보이시죠. 이 약초가 얼마나 빠르게 도움이 되는지."

맙소사, 그것은 진정 기적의 약초임에 틀림없었다. 그녀가 남편에게 잎 두어 장을 이 사이로 집어넣자마자, 그는 곧바로 눈을 떴다. "벌써 나왔군." 남자는 웅얼거리면서 일어나 앉았다. "곧 기운을 차릴 거예요." 여자는 열심히 설명했다. "기사님, 한 가지만 더 봉사해주시겠어요? 저를 저 말 위에 좀 앉혀주세요. 그러면 남편이 제 앞에 올라탈 수 있을 거예요. 남편 소유의 말은 도망을 가버렸답니다."

말에서 내린 가바인은 방패와 창을 풀밭에 놓고, 그녀와 함께 약간 떨어져서 풀을 뜯고 있는 그녀의 말에게로 갔다. 그는 말을 묶은 끈을 조심스럽게 풀어 끌고 와서는 그녀를 안장 위로 들어 올렸다. "이제 남편분을 도와드리겠습니다. 틀림없이 아직 힘이 없으실 테니까요……"

몸을 돌린 가바인은 말문이 막혀버렸다. 그 순간 병자라던 그 남자가 단숨에 그링굴예테의 등에 뛰어오르더니, 지금까지 매라고는 맞아본 적 없는 그의 말을 무시무시하게 채찍으로 내리쳤던 것이다. 그러자 그링굴예테는 그야말로 곧게 수직으로 뻗쳐올라, 말에 탄 사람과 함께 미친 듯이 뛰쳐나갔다.

가바인의 입에서 격분의 외침이 터져 나왔다. 말을 가져가다니! 그는 그링굴예테를 도로 찾아야 했다! 그러나 그가 남자의 아내를 찾기 위해 둘러보았을 때, 그녀는 멀찌감치 떨어져 무성한 수풀 뒤로 막 사라진 도둑 남편을 따라 내달리고 있었다. 공작부인은? 건너편의 공작부인은 안장에서 굴러떨어질 정도로 소리 내어 웃고 있었다!

그야말로 잔뜩 화가 난 가바인은 창과 방패를 집어 들고 공작부인 쪽으로 갔다. 격분한 얼굴로 그는 천천히 걸어갔다.

"어서 오세요, 내 불쌍한 영웅님!" 그녀가 인사했다. "아직 갈 길이 머네요. 그대는 처음에는 말 탄 기사였다가, 다음에는 의사가 되었어요. 그런데 지금은 어린 짐꾼 소년처럼 걷고 있네요. 아무래도 그대의 유모에게 도로 돌려보내야 할 것 같군요. 바로 코앞에 있는 노상 도둑에게 말을 빼앗길 정도로 어리숙하니 말이에요." 그녀는 뒤편에 있는 자신의 정원 쪽으로 시선을 던졌다. "하지만 너무 슬퍼 말아요. 내가 도와드리지요." 그녀가 말을 이었다. "저기 내 궁전의 어릿광대인 말크레아투레가 오는군요. 그가 그대에게 자기 말을 빌려줄지도 몰라요. 그대가 도둑을 따라잡도록 말이죠."

가바인은 때맞춰 말을 타고 온 곱사등이 남자를 살펴보았다. 맙소사, 그 작자는 원숭이처럼 못생긴 데다 머리카락은 고슴도치의 뻣뻣한 털처럼 뻗쳐 나와 있었다. 그리고 그가 웅크리고 앉은 말은 늙어빠져서 네다리를 모두 절룩거리고 있었다. 이 말을 본 가바인은 그링굴예테를 다시 찾겠다는 희망을 포기했다.

"아니오." 그는 화를 내며 말했다. "이 늙어빠진 암말은 그대의 어릿광대나 타라고 하시죠. 난 안 타겠어요!"

"말크레아투레, 내려! 이 기사님께 말을 드려." 공작부인은 가바인의 거절에도 아랑곳없이 명령했다. "넌 길이 멀지 않으니 걸어가도 될 거야."

"오, 아닙니다, 공작부인." 난쟁이는 애처롭게 탄식하면서 홀쭉한 두 손을 비비 꼬았다. "제가 잘 걷지 못한다는 걸 아시잖아요! 전 지쳐서 쓰러질 거고, 들짐승들이 절 먹어치울 거예요! 그렇게 되면 당신을 돌봐주고, 당신이 슬퍼할 때 웃게 만들어줄 사람도 없어지겠죠. 그리고……"

"조용히 해!" 그녀는 광대에게 화를 내며 으르렁거렸다.
"난 한 번도 슬퍼한 적 없어, 똑바로 알아둬! 어서 시키는 대
로 해."

"하하, 아무렴요. 한 번도 슬퍼한 적이 없으시죠." 난쟁이
는 웅얼거리면서 한숨을 내쉬더니, 말에 꼭 붙어서 기어 내렸
다. 그는 아마 여주인의 의사를 거역하지 못하는 것에 익숙한
듯했다.

"자, 기사님?" 오르겔루제는 조급하게 말했다. "그대가 나
와 함께 가겠다면, 좋든 싫든 저 말라빠진 암말에 만족해야
할 거예요. 왜냐하면 걸어서는 날 제대로 쫓아오지 못할 거
고, 그러면 그대의 그 검은 흉물은 영영 가버리고 말 테니까
요. 난 빨리 강으로 내려가 봐야 해요. 그곳에서 나룻배 사공
이 날 기다리고 있을 테니까요."

가련한 기사 가바인에게 달리 무슨 수가 있겠는가? 가바인
이 안장에 올라타려고 하자, 난쟁이 광대는 자기 두 손이 쇠
집게라도 되는 양 양손으로 가바인의 다리를 꽉 움켜잡았다.
하는 수 없이 가바인이 말크레아투레의 머리 꼭대기를 잡고
밀쳐내니, 고슴도치 털 같은 머리카락이 뽑혀 나왔다. 마침내

가바인이 말 위에 올라앉자, 암말의 등에서 탁 하는 소리가 났다. 순간 가바인은 말의 등이 두 동강이 났나 하고 생각했으나, 제대로든 아니든 그런대로 말은 가바인을 싣고 공작부인 옆에서 강을 향해 내려갔다. 만약 그링굴예테에 대한 걱정만 없었더라면, 아름다운 오르겔루제와 배로 가서 함께 떠난다는 생각은—어디로 가든 상관없었다—가바인을 몹시 행복하게 만들었을 것이다.

그러나 이런 행복은 그에게 허락되지 않았다. 그들이 도착했을 때, 강둑에는 이미 나룻배가 매어져 있었다. 노櫓들 앞에는 하인들이 서 있고, 시녀 두어 명이 난간에서 대기하고 있었다. 그리고 사공이 다리를 건너와서 공작부인이 탄 말을 배 위로 끌고 갔다.

뒤이어 배의 캡스턴*이 삐걱대는 소리를 내고, 다리는 들어 올려지며 걷혔다.

그랬다. 기사 가바인은 거기 가련한 암말 위에 꼼짝 않고 앉아 있었다. 그는 심연처럼 깊은 슬픔 속에 가라앉아, 결코 다시는 헤어 나오지 못할 것만 같았다.

---

* (옮긴이) 수직으로 된 원뿔형의 몸체에 밧줄이나 쇠줄을 감아 그것을 회전시켜 무거운 물건을 끌어 올리거나 당기는 기계. 주로 선박의 정박용 밧줄을 감는 데 쓴다.

오르겔루제는 말에서 미끄러져 내려와, 다시 배의 난간으로 왔다. "닭들이 그대의 빵을 다 먹어치운 듯한 얼굴을 하고 있군요." 그녀가 말했다. 그러나 그 어조는 아까와 같은 조롱기를 띠고 있지 않았다. "설마 그대를 함께 데려갈 거라고 생각하셨나? 그건 안 되지. 난 멀리 갈 거거든요. 그리고 언제 돌아올지 몰라요. 그러니 잘 가세요!"

마지막 희망의 불꽃이 꺼지려 하고 있었다. "그대를 다시 볼 수는 없는 건가요?"

그녀는 무엇인가를 생각하는 듯이 보였다. 초록색 두 눈이 아주 진지해졌다. "왜 날 다시 보려는 거죠? 그대가 아직 내게 한 가지 봉사를 더 해줄 수는 있지요." 그녀는 망설이면서 말을 이었다. "저기 강 건너 큰 숲 뒤에 성이 하나 보이죠? 그곳에 살던 일족이 모두 죽고 오랫동안 비어 있던 성이랍니다. 그런데 얼마 전에 새 주인이 이사를 왔다고 들었어요. 내 사냥꾼들이 그 성을 두고 꽤 이상한 이야기들을 하더군요. 그래서 그 이야기들이 사실인지 아닌지, 몹시 알고 싶네요. 그대가 그곳으로 가서 좀 알아봐 주시겠어요? 후에 내가 돌아왔을 때, 그대가 들은 것을 이야기해주지 않겠어요?"

이렇게 오르겔루제 공작부인은 두어 마디 말로써 젊은 기사 가바인을, 그녀가 방금 전에 밀어 넣었던 암담한 기분에서 다시 끌어 올렸다. 그리고 그는 말했다. 물론 그렇게 하겠다고, 어떤 것도 그를 막을 수 없다고. 그녀는 미소 지었다. 그가 그토록 젊었기 때문에, 또 그를 행복하게 만들거나 불행하게 만드는 것이 너무나 쉬웠기 때문에. 이 오만한 공작부인은 갑자기 그녀가 가바인을 다른 남자들과 마찬가지로 바보 취급했다는 사실이, 자신이 생각해도 이상할 만큼 마음이 아팠다. 그래서 그녀는 배가 이미 부드럽게 강둑에서 멀어지고 있는데도 한마디 덧붙였다. "조심하세요. 그대에게 무슨 일이 생기는 건 원치 않아요."

그런 다음 나룻배는 아래로 내려가며 강가 수풀 뒤로 사라졌다. 가바인은 주위를 둘러보았다. 어쩌면 최소한 말크레아 투레라도 근처에 있을지 몰랐다. 그러면 그 난쟁이와 그의 여주인에 대해 조금이나마 이야기를 나눌 수 있을지도 몰랐다. 하지만 난쟁이는 이미 비틀거리는 걸음으로 오르겔루제의 정원을 향해 멀리 가고 있었다. 만약 가바인의 속마음을 알았더라면, 난쟁이는 틀림없이 몹시 화를 내며 비웃었을 것이다.

곧 가바인은 친구를 얻었다. 평평한 길 위에 말을 탄 사람이 나타났던 것이다. 가바인은 마갑을 두른 말 위에, 역시 갑옷을 두른 남자가 앉은 것을 보고 속으로 걱정하며 자문했다. 그것이 자신과 결투하자는 의미가 아닐까 하고. 말크레아투레의 말라빠진 늙은 말로는 어떤 상대도 당해낼 수 없을 것이기 때문이었다.

그러나 애초에 그 기사는 결투를 생각할 여유조차 없는 것 같았다. 왜냐하면 그의 말이 미쳐버린 숫염소처럼 행동하고 있었던 것이다. 그 말은 두어 번 화난 걸음으로 앞으로 튕겨 나오더니, 이쪽저쪽으로 왔다 갔다 하다가 앞다리 사이에 머리를 끼어 박았다. 그런 다음 뒷발을 공중으로 치켜들고 등에 탄 불행한 남자를 마치 공처럼 이리저리 흔들리게 해서, 그 광경을 바라보던 가바인은 조마조마하다 못해 숨이 멎는 것 같았다. 그 짐승이 등에 탄 남자의 목을 꺾어 죽게 만들지도 모른다는 생각이 든 가바인은 자신의 빈약한 말을 급히 몰았다. 아마 그가 이 이방인을 도울 수 있을지도 모른다.

그때 뜀틀 넘기를 하는 것처럼 날뛰던 그 말이 갑자기 멈춰 서더니, 마비된 듯이 굳어졌다. 말은 높이 치켜든 고개로 쿵쿵거리며 냄새를 맡고서, 다음 순간 총알처럼 앞으로 튀어나갔다. 그리고 이제…… 말 등이 팽팽히 조인 활처럼 구부러지면서 쾅 하는 소리와 함께 가바인이 탄 늙은 암말을 향해 돌진했다. 늙은 암말은 즉각 뒷발로 주저앉았다. 갑옷 차림의 남자는 두 말의 머리 위를 날아 가바인에게 와 부딪혔고, 뒤이어 두 사람은 잔디 위에 굴러떨어졌다.

가바인은 갑옷 차림의 남자 아래에서 기어 나오며 낮게 욕을 했다. 그러고는 애써서 팔다리를 바로 세웠다.

"아이, 악마에게나 가버려!" 가바인은 그 바보 같은 말이 바로 자기 위에 서서, 머리 보호대의 구멍으로 조심스럽게 자신을 탐색하는 것을 보고는 화가 나서 말했다.

뒤이어 가바인은 불꽃처럼 붉은 말의 콧구멍과 역시 불꽃처럼 붉은 귀, 그리고 안장 덮개 밑으로 삐져나온 다리의 뼈마디들을 보았다.

"그링굴예테다!" 가바인이 소리 질렀다. "그링굴예테, 정말 너니?" 화려한 덮개, 가슴의 흉갑, 머리 보호대가 바닥으로 날아와 떨어졌다. 그랬다. 그곳에 검고 못생긴 그링굴예테가 서 있었다. 그러고는 즉각 다시 찾은 주인을 다정하게 반기기 시작했다.

그러는 동안 그 갑옷 차림의 남자도 두 다리로 일어나 미심쩍은 듯이 살금살금 가까이 다가왔다. 가바인을 알아본 그의 입에서 놀란 비명이 나지막이 새어 나왔다. 가바인은 유유히 돌아보고는, 시무룩한 표정으로 말 도둑을 바라보았다. "또 당신이오? 그래, 내 말을 갖고 그리 즐거움을 누리진 못한 것 같소만. 이렇게 금방 돌려주는 걸 보니 말이오!" 가바인이 말했다.

"저 악마 같은 짐승에게서 놓여나니 좋네요." 상대방은 툴툴거렸다. "그런데 날 어떻게 할 생각이오?"

가바인은 잠시 생각했다. "아, 어서 꺼지시오!" 뒤이어 그는 덧붙였다. "단, 저기 저 말을 가지고 가서 성안의 광대에게 돌려주시오. 저 말은 훔칠 가치가 없을 것이오."

말을 마친 가바인은 등을 돌려 그링굴예테의 고삐를 잡고, 아까 나룻배가 놓여 있던 강 아래를 향해 내려갔다.

사공이 돌아올 때까지 여기서 기다려야겠다. 그러면 그가 곧장 날 강둑 저편으로 데려다줄 거야. 그리고 내일은 그 성을 찾으러 길을 떠나야지.

이렇게 가바인은 그링굴예테가 만족스럽게 풀을 뜯으며 주인이 여전히 그곳에 있는지 보려고 가끔씩 뻐기는 걸음걸이로 와서 살피는 동안, 풀밭에 누워 갖가지 생각을 하고 있었다.

이제부디 해야 할 일늘이 머릿속에 떠오르자, 젊은 기사 가

377

바인의 마음은 몹시 무거워졌다. "만약 이런 식이라면, 난 죽을 때까지 누이와 친구를 찾아다녀야 할지도 몰라." 그는 괴로운 마음으로 혼잣말을 했다. "이토니와 파르치팔, 클린쇼르의 마법의 성과 몬살바트 성, 그리고 저 숲 뒤에 있는 성─어떻게 될지 정말 궁금하구나."

그는 오랫동안 그렇게 누워 있었다. 그가 마침내 다시 찰랑거리는 노 젓는 소리를 들었을 때는 이미 부드럽게 땅거미가 지고 있었다.

신기하게도 뱃사공은 가바인이 그곳에서 자기를 기다리고 있을 줄 미리 알고 있기라도 한 듯, 가바인이 소리쳐 부르기도 전에 먼저 하인들에게 배를 갖다 대라고 명령했다.

"당신이 여기 있을 거라고 공작부인께서 말씀하셨어요. 그러면서 당신을 태워주라고 하시더군요." 그는 이를 드러내고 웃으며 말했다. "오늘 밤 저희 집에 기사님의 잠자리도 마련해드려야 한답니다."

"고맙소." 가바인은 몹시 기뻐하면서 말했다. "그렇다면 그대는 틀림없이 숲 뒤편에 있다는 그 성에 대해서도 잘 알고 있겠지?"

그러자 사공은 내키지 않는다는 듯 고개를 저었다. "아닙니다." 그는 무뚝뚝하게 말했다. "그 성에 가까이 가지 않는 편이 가장 좋다는 것 정도만 알고 있지요."

가바인은 웃었다. "오호! 그 일을 해선 안 되겠다는 생각이 드는군! 공작부인에게 약속했는데……"

"네네." 사공은 웅얼거렸다. "하지만 공작부인은 지금 기사님을 걱정하고 계세요. 조심하라고, 다시 한 번 이르라고 말씀하셨어요."

그 말이 어찌나 가바인을 행복하게 만들었던지, 그는 성의 비밀을 파헤치기 전에는 절대로 이 일을 그만두지 않겠다고 속으로 다짐했다.

그들이 반대편 강둑에 다다라 강 위쪽 비탈에 있는 사공의 집에 도착했을 때는 이미 한밤중이었다. 가바인은 이날 오랫동안 말을 타서 피곤했기 때문에, 곧장 방으로 데려다 달라고 하고는 잠자리에 누웠다.

잠이 들면서 그의 시선은 창에 가닿았다. 멀리 창밖으로 검은 숲이 벽처럼 솟아 있었다.

그 위에 별이 하나 떠 있었다. 가끔씩 약하게 깜박거리는 큰 황색 별이었다. 그러나 두 눈이 어둠에 익숙해질 무렵, 그는 다른 무언가를 보았다. 나무들 위로 탑의 성첩이 하늘을 향해 뚜렷하게 드러나 있고, 그 별은 탑의 방 안에 밝혀놓은 불빛이었다.

숲 뒤의 성이로군, 그는 생각했다. 내일 아침 일찍 말을 타고 가봐야겠다. 잘 자요, 아름다운 오르겔루제여!

바깥에서 첫 새들이 노래하기 시작할 때, 가바인은 잠에서 깼다. 하늘은 은빛으로 반짝이는 녹색이었고, 강에서는 옅은 안개가 올라오고 있었다. 가바인은 몸을 일으켰다. 그 비밀에 가득 찬 성이 밝은 데서는 어떻게 보일지 궁금했던 것이다. 그는 발코니로 나갔다.

다음 순간 가바인의 눈과 입은 깜짝 놀라서 크게 벌어졌다.

그렇다. 그것은 바로 그 성이었다. 그리고 성은 그리 멀지 않은 곳에 있었다. 나무꼭대기 위로 팔라스*가 우뚝 솟아 있었다. 번쩍이는 지붕이 얹힌 네 개의 탑, 거대한 망대望臺, 돌출창 하나—그 성에서 주목할 만한 것은 그것들밖에 없었다. 단지 창문과 발코니에서 소녀들이 아래를 내려다보고 있는 것이 눈에 띌 뿐이었다.

"맙소사!" 가바인은 중얼거렸다. "이건 마치 완전히……응? 근데 어디로 갔지?" 그는 바보처럼 그쪽을 노려보고 손

---

* (옮긴이) 중세 성의 본관.

으로 두 눈을 비벼보았지만, 아무 소용이 없었다. 발코니와 창은 텅 비어 있었다. 금발이든 검은 머리든, 소녀들은 모두 바람에 날아간 것처럼 사라지고 없었다.

가바인은 황급히 갑옷을 차려입고 방에서 달려 나갔다. 그는 마침 안장 없은 말 세 필을 마구간으로 끌고 가는 사공을 만났다.

"건너편 성에 있는 많은 소녀를 보았소?"

"전 매일 아침 보지요. 그래서 걱정하지 않는답니다." 사공은 무뚝뚝하게 대답했다. "그러니 기사님도 저처럼 관심을 끄시는 게 좋을 겁니다!"

"잘 듣게!" 가바인은 사공의 작업복 윗도리를 꽉 잡으며 말했다. "당신이 날 돕든 말든, 난 저 성이 어떤 상황에 처해 있는지 보러 갈 거요! 하지만 최소한 저 성의 이름이 뭔지, 누가 사는지 정도는 알려줄 수 있겠지!"

사공은 음울하게 땅바닥을 내려다보았다. 그리고 가바인은 그가 겁내고 있음을 알아차렸다. "전 그런 위험한 일에 끼어들고 싶지 않아요." 그는 툴툴거렸다. "또 기사님이 스스로 파멸에 빠지는 것도 원치 않고요. 그러니 제가 아는 것을 신의 이름을 걸고 말씀드리죠. 클린쇼르가 내 목을 비틀든, 아니면 날 당나귀로 만들어버리든 말이죠!"

가바인은 그의 말에 놀라 옆으로 튈 정도로 펄쩍 뛰어올랐다. "클린쇼르라고!" 그는 부르짖었다. "클린쇼르라고 했는가?"

"그렇게 소리치지 마세요, 부탁입니다!" 사공은 놀란 눈으로 성 쪽을 건너다보며 속삭였다. "그가 기사님 말을 들을지도 모릅니다. 그는 수 킬로미터까지 내다볼 수 있고 들을 수도 있는 마법의 도구를 갖고 있어요. 그래요, 기사님. 저건 클린쇼르의 마법의 성이랍니다. 악랄하고 불가사의한 일들과 유령들로 가득 찬 곳이죠. 감히 그 안으로 들어가려는 사람은 살아 나오지 못한답니다. 성 주위를 떼 지어 돌아다니면서, 가까이 가는 사람을 쫓아내는 거친 경비병들에게서는 벗어난다고 하더라도 말이죠. 근데 보세요, 기사님. 이 말 세 필은 말이죠, 오늘 아침 일찍 날이 채 밝기 전에 제가 강 건너편으로 모셔다 드린 어떤 기사분이 선물로 주고 가신 거랍니다. 그분은 아무것도 모른 채 숲을 지나왔는데, 클린쇼르에게 고용돼 있는 거친 녀석 세 명이 그를 공격했답니다. 하지만 그가 그들을 모두 말에서 떨어뜨리고 말을 빼앗았기 때문에, 그 셋은 그 기사분에게 약속해야 했답니다. 펠라파이레로 가서 콘두이라무르 왕비에게, 남편은 여전히 성배를 찾고 있다고 전하라고요. 그 기사분이 명령하는 것을 저도 직접 들었다니까요."

"맙소사!" 하며 가바인은 운 좋게도 마침 자기 뒤에 놓인 돌 벤치에 주저앉았다. 그는 정신이 혼미해지는 기분이었다. "말하게." 그는 말을 이었다. "그 기사는 아마도 붉은 말을 몰았겠지. 갑옷도 붉은색이고, 방패와 투구도 그렇고 말이야?"

"아닌데요." 사공은 의아해하면서 대답했다. "그런 것은 갖추고 있지 않았습니다. 그의 말은 철회색이고, 갑옷도 아주 단순했답니다. 물론 아주 귀중한 것처럼 보이긴 했습니다만."

가바인은 우울하게 머리를 흔들었다. "그는 틀림없이 파르치팔이야. 난 정확히 알 수 있어. 하지만 이제 그를 다시 만날 수 없을지도 모르겠군. 이제 더 이상 붉은 기사를 보았느냐고 물어볼 수는 없을 테니까. 자네, 이것이 클린쇼르의 성임을 그에게도 얘기했는가?"

"오, 아닙니다. 기사님! 그분 역시 몹시 서두르고 있었어요. 그저 제게 몬살바트로 가는 길을 아느냐고만 물었어요."

"언젠가는 나도 그곳으로 가야 해." 가바인은 시무룩하게 말했다. "그 비열한 베르굴라트 왕에게 그리로 가겠다고 약속했거든. 그가 매 맞을 짓을 했는데도 난 약속했어. 하지만 지금은 우선 저 마법사 클린쇼르를 방문해야겠네. 일이 제대로 풀린다면, 그는 내 누이를 납치한 것을 곧 후회하겠지."

"그렇다면 제가 힘껏 도와드리겠습니다." 사공은 집 안으로 들어가서 얼른 쇠를 박아 넣은 방패를 들고 나왔다. "기사님의 방패는 너무 약합니다." 사공은 설명했다. "듣자 하니 건너편 저 성에서는 사람 머리통만 한 돌들이 비처럼 내린다고 해요. 화살도 말벌떼처럼 날아오고요. 그것들을 견뎌낸 사람은 사자가 찢어발긴답니다. 보통 사람들이 강아지를 기르듯 클린쇼르는 거대한 사자를 곁에 두고 있다지요. 아, 기사님, 기사님께서 마침내 클린쇼르가 그런 일들을 그만두게 해주셨으면 좋겠네요! 거기 갇혀 있는 그 불쌍한 아가씨들이 얼마나 딱한지요. 세어보니 스물네댓 명이 넘는 것 같아요. 그 중 몇몇은 아마도 멀리 동방에서 온 듯 아주 이국적으로 보였어요. 클린쇼르가 그녀들을 어떻게 납치해왔는지는 신만이 아실 겁니다! 그녀들이 비어 있던 성으로 들어오는 것을 본 사람은 없으니까요. 어느 날 보니 아가씨들이 와 있었고, 그

후로 그녀들은 매일 아침 일찍 창밖을 내다본답니다. 그녀들
이 미소 짓는 걸 본 적이 없고, 모두가 슬퍼하고 있어요. 그러
다가 그녀들은 다시 사라져요. 낮 동안 그곳을 지나는 사람들
은 저 조용한 성안에 스물네댓 명이나 되는 아가씨들이 잡혀
있다는 걸 상상도 못 할 거예요. 그리고 저도 이런 얘기 하길
꺼린답니다. 성안으로 말을 타고 달려갔던 몇몇 남자를 다시
는 보지 못했으니까요."

그는 가바인에게 갑옷을 입혀주며 모든 죔쇠를 조심스럽게
채워주었다. "기사님이 돌아오지 않으신다면, 아마도 오르겔
루제 공작부인께서 매우 슬퍼하실 거예요." 사공은 갑자기
중얼거렸다. "하지만 공작부인 앞에서는 조심하세요. 그녀는
봄 날씨만큼이나 변덕이 심하시니까요. 게다가 기사님 같은
분들과 늘 그런 장난을 하시니까요." 이 말과 함께 사공은 급
히 그곳을 떠나 집 안으로 사라졌다.

가바인은 웃어야 할지, 화를 내야 할지 알 수 없었다. 아, 어
떻든 마찬가지였다! 모든 사람이 공작부인에 대해 비방하고
있는지도 모를 일이었다. 그는 사공의 말을 한 마디도 믿지 않
았다! 그랬다. 기사 가바인은 약간의 아름다움 때문에 이성이
흐려져 버린 다른 젊은 남자들과 조금도 다르지 않았다.

그링굴예테는 유순하게 숲으로 가는 길로 접어들면서, 머리를 비스듬히 기울이고 두 귀를 쫑긋거렸다. 그러나 아무리 주의 깊게 귀 기울여도 주인이 내뱉는 혼잣말을 이해할 수 없었다. 게다가 그링굴예테는 예전에도 주인이 혼잣말을 한 적이 있었는지 도통 기억할 수가 없었다. 가바인의 혼잣말은 대강 이러했다. "오르겔루제, 아름다운 공작부인 오르겔루제." 그러나 영리한 암말 그링굴예테는 그것이 무엇을 의미하는지 알지 못했다.

이윽고 정신을 차린 기사 가바인은 약간 창피한 생각이 들었다. 오르겔루제를 생각하느라 누이 이토니를 깜박 잊고 있었던 것이다.

그는 단호하게 자세를 바로 했다. "이제 이 일을 끝내야 해! 그링굴예테야, 전진!"

길은 점점 오르막이 되었다. 촘촘하던 덤불이 나무들 사이로 넓어지면서, 넝쿨식물들이 커튼처럼 걸려 내려왔다. 얼마 동안 가바인은 어디로 들어가는지도 알지 못한 채, 녹색의 우거진 숲을 가로질러 달렸다.

마침내 숲이 트이고 나뭇가지 두어 개를 옆으로 밀쳤을 때 그는 목적지에 온 것을 알았다. 그 바로 앞에 거대한 성벽이 솟아 있고, 맞은편에는 성문이 있었다. 가바인은 녹색의 나무 장막 뒤로 자신의 암말을 거칠게 잡아끌었다. 성문 아래에 말 탄 남자 두 명이 보초를 서고 있었던 것이다. 가바인은 그중 한 남자가 말하는 소리를 들었다. "넌 오른쪽으로 뱃사공 집 근처 숲 가장자리까지 가봐. 난 도로를 따라 다른 방향으로 갈 테니까." 그러더니 그들은 언덕 아래쪽으로 사라졌다. 다행히 그들은 가바인을 보지 못한 것 같았다. 가바인은 급히 생각을 가다듬었다. 두 경비병은 머지않아 돌아올 것이다. 그들은 성문을 잠그지 않았다. 성안의 클린쇼르가 모든 침입자를 물리칠 만큼 충분한 수단을 갖고 있으므로, 그들은 굳이 성문을 잠글 필요가 없다고 여기는 듯했다. 가바인은 시무룩하게 웃었다. 이제 곧 그는 모든 것을 알게 되리라. 경비병들이 다시 오면 문이 잠길 수도 있으니, 그 전에 가바인은 안으로 들어가야 했다.

생각을 했으면 행동해야 하는 법. 가바인은 말에서 뛰어내렸다. 그링굴예테를 촘촘한 숲 깊숙한 곳에 있는 나무에 묶어 놓고 신중을 기해 칼을 빼 들고는, 성문을 향해 잔디가 깔린 좁은 길을 내달렸다.

성의 마당이 황야처럼 인적 없이 펼쳐져 있고, 오른편으로 좁은 문 하나가 모퉁이의 탑들로 이어지고 있었다.

아마 난 운이 좋은 모양이군, 가바인은 생각하면서 그곳으로 달려갔다. 문이 약간 열린 채 기대어져 있는 것을 보며 안도의 숨을 내쉬는 동안, 어디선가 번쩍이는 빛이 날아와 그의 두 눈을 맞혔다. 마치 햇빛이 하나의 거대한 수정체에 부딪혀 부서지는 듯한 그 빛은 망대에서 떨어진 것이 틀림없었다. 가바인은 그 빛에 특별히 신경 쓰지 않았다. 그는 작은 입구를 미끄러지듯 통과해 들어갔다. 곧 가파른 나선형 계단의 발치에 도달한 그는 조심조심하며 계단을 올라갔다. 실내는 몹시 어두웠다. 위쪽에서만 대낮의 빛이 약하게 한 줄기 떨어지고 있었다.

마침내 그는 천장이 둥근 긴 복도에 이르렀다. 한쪽 벽에는 격자가 촘촘히 쳐진 작은 창들이 나 있고, 다른 쪽 벽에는 여기저기 문이 나 있었다.

가바인은 살금살금 앞으로 나아갔다. 문이 있는 곳에서는 귀를 기울였다. 그러나 모든 것은 쥐 죽은 듯 고요했고, 저 앞에서 복도는 끝이었다. 그러니 되돌아가야 할 것인가, 아니면…… 그의 시선이 멈칫거리며 마지막 문에 못 박힌 듯 멈추었다. "뭐, 곧장 목이 달아나진 않겠지." 그는 중얼거리면서, 단호하게 마지막 문 쪽으로 걸음을 옮겼다.

그런데 그 문이 갑자기 저절로 펄쩍 열렸고, 그는 기겁하며 뒤로 튕겨났다. "맹세컨대, 손도 안 댔는데." 그는 어안이 벙벙해서 중얼거렸다.

그러나 그는 자기 본분에 충실한 그 문을 곧 잊어버렸다. 가바인 앞에 지금까지 그가 본 것 중 가장 이상한 방이 놓여 있었기 때문이다. 그 방은 제각각 색깔이 다른 유리판들로 이뤄져 있었다. 무지개처럼 반짝이는 벽과 천장에는 체처럼 어디에나 검은 구멍이 뚫려 있었다. 방 한복판에는 침대가 덩그러니 놓여 있을 뿐, 그 외에는 아무것도 없었다. 비단 이불, 값비싼 동물의 털, 그리고 부드러운 쿠션—가바인은 마치 초대라도 받은 듯한 기분이 들었다. 그는 잠깐 침대로 가 앉아, 이제 어떻게 해야 할지 생각하려던 참이었다.

그러나 그는 앉을 수 없었다. 그가 가까이 다가가자 침대는 저절로 움직이기 시작하더니, 번개가 치듯 방의 아주 구석진 곳까지 사납게 쇄쇄 소리를 내며 나아갔다.

"혜!" 가바인은 깜짝 놀라서 크게 소리를 질렀다. 그리고 자기 뒤편의 문 쪽으로 펄쩍 물러났다. 그 순간 그는 등 뒤에서 낮게 윙윙거리는 소리를 들었다. 그가 황급히 뒤를 돌아다보니, 문은 닫혀 있었다. 닫힌 문이 마음에 걸린 그는 문에 손잡이나 자물쇠가 있는지 살펴보았다. 그러나 그런 것은 없었고, 가바인은 그 점이 더 마음에 걸렸다. "날 이 무지개 방에 가두는 것은 그 마법사에겐 누워서 떡 먹기겠지." 가바인은 혼잣말을 하며, 침대가 다시 자신에게 서서히 다가오는 것을 지켜보았다. 침대에는 붉은색 발들이 달려 있었는데, 그 발들의 끝에는 루비처럼 번쩍이는 큰 공이 붙어 있었다.

그는 침대가 앞으로 바싹 다가올 때까지 기다렸다. 그런 다음 재빠른 걸음으로 가 앉았다. 그러나 아! 그 음흉한 침대는 어느새 빠져나가 가바인은 바닥에 나가떨어졌다. 유리판으로 된 바닥은 몹시 딱딱했으며, 갑옷을 두른 가바인의 바지 역시 딱딱했다. 게다가 방패의 가장자리가 정확히 그의 코를 때렸다.

가바인은 격분하여 일어섰다. "기다려라, 이 보기 싫은 괴물아!" 그는 툴툴거렸다. "너하고 나, 둘 중에 누가 더 영리한지 보자."

침대가 다시 움직이자, 그는 도움닫기를 하며 펄쩍 뛰어올랐다. 그러고는—그래 됐어, 그는 침대 중앙에 앉아 있었다.

그러나 그는 금세 후회했다.

이제 그 악마 같은 물건은 온 방 안에 원을 그리며 이리저리 돌아다녔고, 불쌍한 기사 가바인은 곧 자기 머리가 어디고 다리가 어딘지조차 알 수 없게 돼버렸기 때문에.

갑자기 사방이 조용해졌다. 그러나 이 침묵이 어딘지 위험해 보여 가바인은 급히 방패를 머리와 가슴에 끌어당겨 쓰고, 그 아래서 잔뜩 몸을 웅크리고 있었다. 조금만 늦었더라면 큰일 날 뻔했다. 이제 무시무시하고 요란한 소음이 들려오더니, 돌들이 공기를 가르고 날아와 쿵쿵 소리를 내며 방패에 떨어졌다. 그 돌들이 어디서 오는지는 신만이 아실 터였다. 방패의 나무는 쪼개졌지만, 그 위에 박아 넣은 쇠들은 돌들을 견뎌내어 가바인은 이번에도 목숨을 부지할 수 있었다. 물론 그의 온몸을 덮기에는 방패가 충분히 크지 않았기에, 가바인은 여기저기 돌에 맞아 상당히 고통스러웠다. 그래도 어쨌든 뼈가 부러지지는 않았다.

돌 우박은 시작했던 것과 마찬가지로 갑자기 그쳤다. 그래서 가바인은 울퉁불퉁해진 방패를 약간 옆으로 밀쳐보았다. 뱃사공은 참 기특한 사람이네, 그는 고마워하면서 생각했다. 그가 준 방패가 아니었다면, 난 아마 지금쯤 죽사발이 되었을 텐데.

이때 가바인은 또다시 그에게 경고하는 소리를 들었다. 그가 잘 아는 소리였다. 순식간에 그는 다시 방패 밑으로 기어들었다. 벌써 그의 주변에서는 쉿쉿거리는 소리, 윙윙거리는 소리가 들리고 있었다…… 화살들, 그야말로 한 떼의 화살들이었다! 그것들은 날렵하고 우아하게 윙윙거리며 날아와서, 음흉한 작은 동물들처럼 가능한 곳 어디에나 단단하게 꽂히며 물어뜯었다……

이번에 가바인이 몸을 일으키기까지는 꽤 시간이 걸렸다. 이런 일을 겪고 나니, 방 안이 조용해도 가바인은 더욱 조심스러워졌다. 그는 방패 아래에서 힘들게 기어 앞으로 나가, 침대에서 내려오려고 애를 썼다. 그러나 그것은 그리 간단하지 않았다. 작은 쇠고리들로 이루어진 갑옷 사이사이마다 화살이 박혀 그를 사정없이 찔러댔기 때문이다. "내 모습이 지금 꼭 고슴도치 같겠구나." 그는 신음하면서 이를 악물고 화살을 하나하나 뽑아내기 시작했다. 유리 바닥에 방울방울 피가 떨어졌다. 그리고 얼마 뒤 그는 눈앞이 캄캄해졌다.

그러나 그 상태가 지속된 것은 그저 잠시뿐이었다. 이제 바깥 복도에서 무거운 발걸음 소리가 울려와, 가바인은 얼른 정신을 차릴 수밖에 없었다. 그는 정신을 잃으면 지게 된다는 것을 알고 있었다. 그래서 급히 방패와 칼을 움켜쥐고 기다렸다.

문이 펄쩍 열리더니 거대한 형체가 밀고 들어왔다…… 가바인은 숨이 막혔다. 맙소사, 만약 이자가 클린쇼르라면…… 불쌍한 이토니는 이 괴물 앞에서 얼마나 무서웠을까! 그 남자는 농부처럼 옷을 입고 있었다. 그러나 그가 입은 작업복 윗도리와 바지는 순전히 은빛으로 번쩍이는 고기비늘로 만들어진 것 같았다. 그의 거대한 주먹은 곤봉을 움켜쥐고 있었다. 그리고 이 얼굴…… 오, 그것은 기괴했다! 옛날에 누군가가 칼로 그의 얼굴을 죽 그은 것처럼, 뺨에서 이마로 흉터가 퍼렇게 부풀어 올라 있었다. 이런 꼴로 망가진 남자라면 아마 사악한 일들에 기꺼이 몸 바칠 수 있겠다는 생각이, 순간 가바인의 머리를 스치고 지나갔다. 그러나 클린쇼르는 그에게 생각할 시간을 그리 많이 주지 않았다.

"정말이지, 이 녀석이 아직도 살아 있네!" 클린쇼르는 소름 끼치는, 찍찍거리는 음성으로 말했다. "넌 고양이처럼 질긴 목숨을 지녔구나. 이것 봐, 하지만 아무 소용 없을 거야……" 그는 뚜벅뚜벅 두어 걸음 앞으로 나왔다. 그때 가바인의 칼이 공중으로 솟았다.

"오호!" 그 괴물은 소리 지르며, 단번에 문 앞으로 갔다. "나 같은 괴물도 싸움은 할 수 있다네! 근데 난 칼과 그리 친하지 않아. 난 직접 싸우는 건 좋아하지 않지. 잠시만 기다리게. 곧 너는 다른 적수와 겨룰 수 있을 테니."

그는 손을 등 뒤로 가져갔다. 낮게 윙윙거리는 소리와 함께 문이 저절로 열렸을 때, 가바인은 앞으로 펄쩍 뛰어나갔다. 그러나 때는 늦었다. 클린쇼르는 이미 몸을 빼낸 뒤였고, 그의 뒤에서 문은 다시 마술처럼 재빠르게 닫혀버렸다.

가바인은 그곳에 서서, 대체 이게 어찌 된 일인지 알고 싶었다.

그는 문을 자세히 살펴보기 시작했다. 그러나 거울처럼 반반한 평면 외에는 아무것도 없었다.

그러다가 무슨 소리가 들려왔다. 그것은 둔탁한 꿍음처럼 울렸다. 그 사이사이 쇠사슬이 짤랑거리는 소리, 그리고 뒤이어…… 바깥쪽 문 앞에서 나는 소름 끼치게 굶주린 하품 소리를 들었을 때, 가바인은 자신을 기다리고 있는 것이 무엇인지 알아차렸다.

다음 순간 그는 유리벽에 등을 기대고 섰다. 그랬다. 이제 이토록 녹초가 된 그를 도울 수 있는 이는 신뿐이었다.

문이 열리는 것을 바라보는 그의 모든 힘줄이 팽팽히 긴장했다. 사자는 소리 없이 미끄러져 들어왔고, 문도 소리 없이 다시 닫혔다. 그 동물은 주변을 냄새 맡으면서 강력한 머리통을 쳐들고 가만히 서 있었다. 뒤이어 부드럽고 탄력 있는 걸음걸이로 벽을 따라 방 안을 빙빙 돌기 시작했다. 사자의 꼬리가 화려한 유리 바닥을 때렸다. 이윽고 가바인을 발견한 사자는 날카롭게 그를 노려보았다. 사자의 두 눈은 호박색으로 변하면서 찢어졌다. 그런 다음 놈은 웅크려 앉더니 펄쩍 뛰어올랐다. 가바인은 날렵한 몸체가 흐릿하게 자신을 향해 날아오는 순간, 방패를 공중으로 치켜들었다. 그것이 그가 할 수 있는 유일한 행동이었다.

사자가 그에게 와 부딪치자, 가바인은 벽으로 비틀거리며 쓰러져 신음하면서 숨을 내쉬었다.

분노에 찬 씩씩거림…… 뒤이어 방패의 가장자리 위로 맹수의 쫙 벌린 아가리가 가바인의 얼굴 바로 앞에 나타났다. 그놈의 앞발이 방패를 때리면서, 발톱이 나무판 틈새를 깊숙이…… 밀고 들어왔다! 만약에 사자의 앞발이 가바인에게서 방패를 낚아챈다면, 그는 죽은 목숨이었다!

가바인은 자신도 모르게 번개처럼 재빨리 방패를 내려쳤

다. 사자가 울부짖는 소리와 함께 뒤로 물러나자 사방의 유리벽이 덜컹거렸다. 사자의 앞발은 방패 가장자리에 박힌 채 매달려 있었고, 발톱은 단단하게 방패의 나무판 속에 박혀버렸다.

분노로 광포해진 사자는 다시 한 번 뛰어들었다. 그러나 놈은 더 이상 뛰어오를 수 없었다. 가바인의 칼이 놈의 가슴 한가운데를 뚫고 심장을 찔렀기 때문이다. 사자는 번개에 맞은 것처럼 경련을 일으키더니, 그 자리에서 이리저리 몸을 굴렀다.

가바인은 너무 힘을 써서 지친 나머지, 사자의 가슴에서 칼을 뽑지 못하고 그대로 사자 위에 고꾸라졌다. 그는 일어설 수가 없었다. 정신을 잃었기 때문이다……

한동안 성안은 모두가 죽어버린 것처럼 고요했다. 그러다가 바깥 복도를 스치는 발걸음 소리가 들려왔다. 그 소리는 문 앞에서 멈추었다. 겁먹은 듯한 두 목소리가 속삭이고 있었다. 발걸음 소리는 계속 다가왔다.

유리방 안으로 들어오려던 두 아가씨는 너무 놀라, 할 수만 있다면 그곳에서 도망치고 싶었다. 방문 아래 틈 사이로 가느다랗게 붉은 물이 실개천처럼 흘러나오고 있었기 때문이다.

"봐…… 피야!" 한 아가씨가 말했다. "난 분명히 그 무시무시한 소리를 들었어. 사자의 울부짖음도…… 아 이토니, 틀림없이 또 어떤 불쌍한 외지인이 성안으로 들어와서, 송장이 되어 저 안에 누워 있는 거야. 우리 도망가자, 난 무서워!"

그러나 함께 온 아가씨는 머리를 흔들었다. 그 창백한 얼굴은 대단히 단호해 보였다. "아니야, 장기베. 도망 다니기만 해선 안 돼! 아마도 누군가가 부상을 당해서 우리 도움이 필요할지도 몰라! 하지만 조심해야겠지. 방 안에서는 이 유리문을 열 수 없다고 들었어. 방의 비밀을 알지 못하면 말이야. 그러니 내가 들어가는 동안, 넌 문 앞에 서 있어야 돼!"

그 문이 소리 없이 저절로 그녀들 앞에서 열린 순간, 용감한 아가씨 이토니도 적잖이 놀랐다. 그러나 클린쇼르의 성에는 이상한 물건들이 너무 많았기에, 그 문이 어떻게 해서 저절로 열리는지는 전혀 중요하지 않았다. 뒤이어 이토니는 온 용기를 짜내 두어 걸음 더 앞으로 나아갔다. 물론 사자는 죽은 것 같았다. 그리고 그 불쌍한 기사는―맙소사, 그가 제발 죽지 않았기를! 그의 갑옷은 온통 피 칠갑을 하고 있었으며, 그는 바닥에 얼굴을 박은 채 조용히 누워 있었다. 그의 얼굴은 반쯤 사자의 검은 갈기 속에 묻혀 있었다.

이토니는 기사 곁에 무릎을 꿇고 앉아, 조심스럽게 그의 몸을 돌렸다.

　가바인의 창백한 얼굴을 본 이토니는 너무 놀라 심장이 멎을 것만 같았다. 그러나 정작 입에서는 아무 말도 나오지 않았다. 그녀는 공포에 사로잡혀 가바인의 숨소리에 귀를 기울이면서, 잽싸게 그의 투구를 벗기고 갑옷에 달린 끈을 풀었다. 그러나 아무 소리도 나지 않았다. 그녀는 그의 입술에 뺨을 대보았다. 전혀 입김을 느낄 수도 없었다. 이토니는 서둘러 옷의 솔기를 장식하고 있는 검은담비 모피를 한 조각 뜯어내, 비단결 같은 담비 털을 그의 입술에 갖다 댔다.

　다음 순간 그녀의 입에서 낮게 환희의 외침이 터져 나왔다. 담비 털이 움직였다! 그러자 갑자기 이토니의 눈에서 눈물이 솟아 나와 두 뺨 위로 흘러내렸다.

　"가바인, 사랑하는 오빠." 그녀는 말했다. 그가 그녀의 말을 알아듣든 말든 상관없었다. "사랑하는 오빠, 오빠가 살아 있어서 너무 기뻐. 오빠가 나 때문에 죽었더라면, 난 정말이지 살고 싶지 않았을 거야. 오빠가 언젠가는 날 찾아내고, 클린쇼르와 싸워 이기리라는 걸 난 항상 알고 있었어. 그리고……"

　그 순간 가바인이 눈을 번쩍 떴다. 그는 애써서 미소를 지어 보였다. 여기저기 몸이 몹시 쑤셔댔기 때문이다. "이토니,

네가 여기 있으니 참 좋구나." 그는 중얼거렸다. "너, 내 몸에서 화살들을 좀 빼내주겠니?"

그사이 장기베는 솜과 상처에 바를 고약을 가져오기 위해 이미 달려 나간 뒤였다. 장기베는 다른 아가씨들에게도 자신들을 구출하기 위해 이토니의 오빠가 왔다는 이야기를 들려주었다.

곧 가바인은 스물네댓 명의 사랑스러운 아가씨에게 둘러싸였다. 그녀들은 붕대를 매어주고 상처에 잘 듣는 고약과 물약을 발라주며 맛있고 상쾌한 먹을거리를 입안에 넣어주는 등 가바인이 목이 멜 정도로 법석을 떨어서, 마침내 이토니는 이마를 찡그리며 말하지 않을 수 없었다. 이제 됐다고, 가바인 오빠는 잠을 자야 한다고.

"오빠, 여기 그대로 있을래?" 그녀가 물었다. "참 좋은 침대네!"

"아이고 맙소사!" 가바인은 깜짝 놀라며 말했다. "저 흉물 곁에는 절대 가지 않을 거야!"

그녀는 가바인을 자신의 침실로 데려가서 눕힌 다음, 침대 발치에 앉아 오빠를 지킬 준비를 했다.

가바인은 온종일, 그리고 밤새도록 잠을 잤다. 그가 깨어났을 때, 이토니는 구겨진 옷 무더기처럼 웅크린 채 여전히 그의 발치에 앉아 있었다. 그녀 역시 잠들어 있었다.

아주 이른 아침인 것 같았다. 가바인은 소스라쳐 놀랐다. 모든 일을 다 완수한 것처럼, 클린쇼르의 성안 침대에 누워 잠자면서 시간을 보내다니. 그렇다면 클린쇼르는 어디 있단 말인가?

그 시각 클린쇼르는 위쪽 탑의 방에 있었다. 그 방의 열쇠는 오직 그만 가지고 있었다. 방 한복판에는 투명한 수정 조각으로만 짜 맞춘 기둥이 하나 서 있었다. 클린쇼르는 그곳에 웅크리고 앉아 기둥을 뚫어지게 들여다보고 있었다. 그의 얼굴은 점점 어두워졌다. 가끔씩 그는 기둥의 손잡이를 돌렸다. 그러면 기둥은 원을 그리면서 돌고, 수정들은 번쩍이는 작은 거울들처럼 옮겨가며 위치를 바꾸었다. 오, 그것은 수백 년 전 학식 높은 게오메트라스가 이집트의 알렉산드리아에 세운 것을, 어느 날 마법사 클린쇼르가 여왕의 보물 창고에서 훔쳐 온 정교한 물건이었다.

그 수정 거울들을 들여다보면, 주변 9~10킬로미터 반경 내에서 일어나는 모든 일을 알 수 있었다. 그것은 떳떳치 못한 일을 저지르는 클린쇼르에게 몹시 유용한 물건이었다.

그러나 지금 이 시각, 수정 기둥에서 목격한 것은 전혀 그의 마음에 들지 않았다.

저기, 3~4킬로미터 떨어진 곳에서 군대가 다가오고 있었다. 번쩍이는 갑옷들, 제대로 치장한 말들, 우아한 문장들이 그려진 세모꼴의 깃발들을 갖춘 화려한 군대였다. 그리고 가장 기분 나쁜 것은 그 문장들 사이로 어제 성안에 들어온 젊은 기사의 투구에 그려진 문장이 그의 눈에 띄었다는 점이다! 만약에 이 기사 가바인을 찾기 위해 저 전사들이 몰려들어 온다면 어떻게 될 것인가? 만약 납치해온 아가씨들을 발견한다면?

클린쇼르는 저주의 말을 토해냈다. "여기로 오는 게 아니었는데." 그는 웅얼거렸다. "행운이 날 떠나는 것 같군. 저 건너 동방에서는 모두가 사악한 정령들과 마법을 무서워했건만. 하하, 마법! 바보 같은 사람들보다 조금만 더 많이 알고 있으면, 그게 곧장 마법이라고 떠든다니까! 그런데 이 서방의 기사들은 아무것도 두려워하질 않는군! 사자도 죽었어. 이제 누가 날 위해 싸워준단 말인가? 그래, 떠나야겠다. 내가 저들의 수중에 넘어가면, 저들은 날 가볍게 처리해버릴 거야!" 그의 얼굴 위로 창백한 비웃음이 스쳐 지나갔다. "내 능력으로는 저들을 도망가게 할 수 없겠지!"

그는 서둘러 탑의 방을 나와 지하실로 내려갔다. 그곳에는 금은 집기 및 도구 들로 가득 찬 궤짝들과 보석 및 장신구 들이 가득한 작은 상자들이 있었다. 클린쇼르는 젊은 시절부터 꽤 짭짤한 도둑의 삶을 살아왔던 것이다. 그는 황급히 값비싼 물건들을 네 개의 가죽 부대에 채웠다. 그런 다음 마구간으로 가서, 말 한 필과 버새 두 마리에게 안장을 얹었다. 그리고 버새들 등에는 짐을 실었다. 마지막으로 그는 자신의 고기비늘 옷을 감출 수 있는 검은 망토를 걸치고, 망토에 붙은 후드를 얼굴 깊숙이 끌어다 썼다. 이렇게 그는 벽 속에 감춰진 쪽문을 통해 아무에게도 들키지 않고 성을 빠져나갔다.

말에 앉은 클린쇼르는 해가 떠오르기 전, 이미 황야를 지나 멀리 가고 있었다.

한편 가바인과 이토니는 이제 어떻게 해야 할 것인지 상의하고 있었다.

"난 먼저 클린쇼르를 찾아야겠어." 가바인이 말했다. "그 작자가 그렇게 흔적 없이 사라져버렸다는 게 영 마음에 걸려. 어쩌면 또다시 새로운 악행을 꾸미고 있을지도 몰라."

그러자 그의 머리에 어떤 생각이 떠올랐다. 그는 호기심을 품고 이토니를 바라보았다. "너 대체 어떻게 여기까지 오게 된 거야?"

그녀의 작은 얼굴에 당황한 표정이 떠올랐다. "나도 그걸 좀 알았으면 좋겠어. 난 그날 아침, 우리 궁전의 정원에 앉아 있었어. 주변은 몹시 조용했고, 꿀벌들이 윙윙거리는 소리만 들렸지. 그런데 어디선가 달콤한 향기가 날아왔어. 갑자기 그 향기가 너무 강하게 느껴져서, 왜 그런지 살펴보려고 몸을 일으키려던 참이었지. 그런데 바로 그때, 내 얼굴 위로 같은 향기를 내뿜는 검은 베일이 내려왔어. 그다음엔 어찌 된 영문인지 나도 몰라. 꼭 깊은 잠에서 깨어난 것 같았는데, 캄캄한 한밤중이었어. 누군가가 내 팔을 잡고 있었고, 우린 바람처럼 빠른 말 위에 앉아 미친 듯이 앞으로 가고 있었어. 난 소릴 지르려고 했지. 그때 다시 그 이상한 향기가 나를 덮쳤어. 그리고 내가 다시 정신을 차렸을 땐, 이 성안의 난로가 있는 어떤 방에 많은 아가씨들과 함께 있더라고. 그 후로 클린쇼르를 자주 보진 못했어. 그는 우리에게 뭘 못 하게 막진 않았어. 그저 성을 떠나지만 않으면 되었지. 성안에 있을 때면, 그는 며칠 씩 저 위 탑 방의 유리 기둥 앞에 앉아 있곤 했어. 그러곤 자주 말을 타고 나가서는 몰래 한밤중에 돌아왔고, 우린 그가 무엇인가를 지하실로 끌고 들어가는 소릴 듣곤 했어. 그런 다음 날 아침이면, 그는 언제나 기분이 좋았어."

"가만, 기다려봐!" 가바인이 참지 못하고, 그녀의 말을 끊었다. "너, 유리 기둥이라고 했니? 내가 그걸 직접 봐야겠다! 갑옷 입는 것 좀 도와줘! 지하실부터 탑까지 성을 샅샅이 뒤져봐야겠어. 이곳엔 틀림없이 갖가지 진기한 물건들이 가득할 거야. 그리고 클린쇼르도 틀림없이 어딘가에 처박혀 있을 거고."

그러나 그는 신기한 것을 전혀 보지 못했으며, 클린쇼르의 흔적도 찾지 못했다. 가바인은 실망하고 피곤에 지친 채, 마지막 순서로 탑의 계단을 기어 올라갔다. 가바인은 손에 칼을 쥐고 그 방에 들어섰다. 그곳에는 유리 기둥이 햇빛 속에 번쩍이며 서 있었다. 그는 호기심 어린 눈으로 작은 벤치에 앉아 그 유리 기둥을 들여다보았다. 아이코, 저게 뭐람? 눈앞에 거울을 들여다보는 것같이 낯선 풍경이 펼쳐져 있었다. 목동이 양떼를 뒤따르고, 큰 농장에서는 많은 사람이 들락날락하고, 강가의 트인 숲을 가로질러 온갖 야생동물이 배회하는 것을 볼 수 있었다. "이건 마법의 장난감이네." 황홀해진 가바인은 중얼거리며 대臺에서 옆으로 솟아 나와 있는 손잡이를 약간 돌렸다. 그러자 기둥 안이 빙빙 돌아가더니, 수정 조각들이 서로 밀치기 시작했다. 기둥이 다시 섰을 때, 그 안에는 다른 풍경이, 인적 없는 황무지가 보였다. 그러더니 버새 두 마리를 끌고 가는 말 탄 사람이 나타났다. 가바인은 이상하게도 이 거대한 형체를 본 듯한 느낌이 들었다. "저건 클린쇼르다!" 그는 갑자기 부르짖었다. "그러니까 마법사는 줄행랑을 쳤군! 하지만 그렇게 쉽사리 날 벗어날 순 없어!"

그는 급히 벤치에서 일어났다. 그러나 아뿔싸! 화살을 뽑은 수십 군데의 상처와 혹 들 때문에 어찌나 아프던지, 그토록 용감한 기사 가바인도 어쩔 수 없이 얼굴이 창백해져 주저앉을 수밖에 없었다.

기사 가바인은 통증이 가라앉을 때까지 신음하면서 약간 욕을 했다. 그러는 사이 서두르는 듯 급한 발걸음이 계단을 올라오더니, 이토니가 문에 나타났다.

"오빠, 소리 질렀어?" 그녀가 놀라며 물었다.

그는 그녀를 옆으로 끌어당겼다. "이 안을 들여다봐!" 그녀는 궁금해하며 시키는 대로 했다.

다음 순간 이토니는 환희의 외침과 함께 펄쩍 뛰어오르

면서 오빠의 목을 껴안았다. "그는 갔어." 그녀가 환호했다. "오, 오빠, 많은 상처를 입은 오빠가 이제 더 이상 싸울 필요가 없게 되어 난 정말 기뻐……"

"아야!" 가바인은 숨 막히는 소리를 내지르며, 재빨리 누이를 밀쳐냈다. 그가 오늘 당장 싸울 필요가 없다는 것은 정말이지 다행이었다!

이토니는 미안해하며 그를 바라보았다. "미안해. 내가 오빠를 더 아프게 하다니! 하지만 난 오빠가 너무 걱정돼! 근데 이제 모든 것이 좋아졌어! 있지, 우리 조금만 더 이 이상한 물건으로 세상을 둘러보자!"

그녀는 재빠르게 손잡이를 돌리기 시작했다. 곧 반짝이는 수정들이 마구 섞여 돌아가더니, 다시 멈춰 섰다.

"군대 진영이야!" 가바인은 이상해하면서 마술 거울 속에 나타난 혼잡한 장면을 자세히 살펴보았다. 진영은 멀지 않은 곳에 있었다. 기사들, 하인들, 말들 그리고 천막 위에 걸린 삼각 깃발들까지 모든 것이 분명하게 보였다.

갑자기 이토니가 그의 팔을 꽉 붙잡았다. "우리 가문 문장이 보여!" 그녀가 크게 말했다. 두 사람은 숨도 멈춘 채, 수정 기둥 안을 노려보았다.

"우리 백부님, 아르투스 폐하셔!" 가바인이 부르짖었다. "아마도 우릴 찾아 나서신 건가 봐! 백부님께 심부름꾼을 보내야겠어! 진을 친 곳은 큰길에서 멀지 않아. 사흘 전 내가 지나온 곳이야. 오, 이제 그 장면이 없어졌어!"

이토니가 부지중에 손잡이를 건드려, 아르투스 왕과 군대는 이리저리 소용돌이치더니 사라져버렸다.

수정 기둥이 다시 조용히 서자, 이제 그 안에는 숲을 가로지르는 한적한 길이 나타났다. 가바인은 성 옆으로 나 있는 길임을 알아보았다.

"저것 봐, 얼마나 고귀한 기사인지!" 이토니가 말했다. "또 얼마나 아름다운 여인인지! 그들이 말을 타고 우리 쪽으로 오고 있어!"

그랬다. 이 모든 것을 가바인도 보았다. 그러나 그는 그 아름다운 여인을 보고도, 또 그녀의 빛나는 동반자를 보고도 그리 기뻐하는 것 같지 않았다. 그의 얼굴은 급격하게 불처럼 빨개졌다. 깜짝 놀란 이토니는 오빠의 손이 칼을 집으려고 꿈틀거리는 것을 보았다. 거울 속의 여인은 붉은 머리카락에 초록색 눈을 하고 있었다. 그녀는 웃으면서 기사와 농담을 주고받고 있었는데, 대단히 즐거워 보였다. 그것이 기사 가바인을 엄청 화나게 만들었다. 이토니는 오빠가 수정 기둥에서 눈을 떼지 않은 채, 혼자서 중얼거리는 소리를 들었다.

"오호, 아름다운 공작부인 오르겔루제여, 우리가 약속했던 건 이게 아닌데." 그는 계속 혼잣말을 했다. "난 여기서 온몸이 화살투성이가 되어 죽을 맛인데, 그대는 잘 차려입은 풋내기와 시시덕거리다니. 내가 어제 하마터면 사자 밥이 될 뻔한 것을 생각지도 않다니! 하지만 기다려요. 내가 금방 끝장을 내줄 테니." 그는 수정 기둥의 손잡이를 콱 움켜잡았다. 그러자 순식간에 공작부인 오르겔루제와 그 화려한 기사는 수천 개의 조각으로 산산이 부서지더니 흔적 없이 사라져버렸다.

가바인은 격분하여 칼을 움켜잡고는 다리를 절며 방을 나가 계단을 내려갔다. 걱정이 되어 살금살금 뒤따라간 이토니는 오빠가 자기를 까맣게 잊어버린 것을 깨달았다.

아래쪽 넓은 마당에는 경비병 두 명이 어쩔 줄 몰라 하며 나란히 서 있었다. 그들은 자신들의 주인이 어디에 있는지 몰라, 이제 어떻게 해야 하나 상의하던 중이었다. 클린쇼르는 사라지고, 사자는 죽어 누워 있으며, 탑의 방에는 낯선 자가 앉아 있었다. 그때 가바인이 성에서 나와 몹시 노한 표정으로 노려보자, 그들은 목을 움츠렸다. "너희들 마침 잘 만났다."

가바인이 그들에게 말을 붙였다. "너희들의 주인은 자취를 감췄다. 이제 성은 내 소유가 되었다. 내게 복종하고 싶지 않은 자는 당장 나가도 좋다. 내 말 알아들었느냐?"

그들은 그 자리에서 꿈쩍도 하지 않고 웅얼거렸다. 아니, 자기들은 어디로 가야 할지 모르겠다고, 자기들에게 명령만 내리신다면 잘 따르겠노라고.

"좋다." 가바인이 말했다. "하지만 이제 너희들의 도둑 생활은 끝났다. 너희 중 어느 누구라도 내 마음에 들지 않는 짓을 하는 게 발각될 시에는, 난 그를 녹초가 되도록 패줄 것이야. 이제 주의해 들어라. 너는 말을 타고 큰길로 가거라. 그곳에 가면 천막 진영이 있을 것이다. 그곳에서 아르투스 왕을 찾아 말을 전해라. 조카 가바인이 폐하와 기사들을 클린쇼르의 성으로 안내하기 위해 보낸 거라고. 자, 서둘러라!"

가바인은 다른 경비병에게 몸을 돌렸다. "너는 마구간에서 내 말을 가져다오. 저 위 유리방에 있는 방패도 가져오고."

경비병들은 가바인이 자기들에게 관대한 것에 기뻐하며, 서둘러 그곳을 떠났다. 새 주인이 그리 친절해 보이지는 않았지만, 아무럼 클린쇼르보다는 낫다고 그들은 생각했다.

두번째 경비병이 금방 되돌아왔다. "주인님, 주인님의 말이 안 보이는데요."

"이 바보 멍청이, 붉은 귀를 가진 검은 암말이⋯⋯"

하인이 눈을 크게 뜨며, 가바인의 어깨 너머로 무엇인가를 쏘아보았다. "저기요!" 그는 말하며 손가락으로 벽 쪽을 가리켰다. "저기 옵니다!"

가바인은 화들짝 놀라 돌아보았다. 성문으로 달려 들어오는 그링굴예테를 보며, 그는 머리끝까지 열을 받았다. 맙소사, 그는 어제 그링굴예테를 저 바깥 우거진 덤불숲에 매어놓고서 그냥 잊어버렸던 것이다!

"그링굴예테야." 그는 깨끗하게 물어뜯긴 채 말 옆에 질질 끌려 따라온 고삐를 들어 올리며 말했다. "그링굴예테야, 너는 이 세상에서 가장 귀중한 말이야. 그리고 난 몹시 나쁜 주인이고."

얼마 뒤 말에 앉은 가바인은 성벽을 따라 공작부인 오르겔루제가 기사와 함께 올 것으로 짐작되는 길을 향해 가고 있었다. 그러나 의아하게도 그녀는 혼자였다. 가바인은 속으로 고소해하면서 이를 드러내고 웃었다. 그 기사의 봉사에 싫증이 난 그녀가 재빨리 그를 쫓아버린 것이 분명했다.

그래, 내게는 그런 일이 일어나지 않게 할 거야. 가바인은 너무나 아파 눈앞에서 한바탕 불꽃이 튀었음에도 불구하고, 이를 악물고 안장에서 뛰어내리면서 굳게 결심했다.

그녀가 그의 곁에서 말을 멈추자, 그는 험상궂은 얼굴로 올려다보았다. "안녕하시오, 공작부인!" 그는 그녀와 함께 있던 기사 때문에 화가 나 있었으므로 그 말밖에 하지 않았다.

그러나 그녀는 미소 지었다. 오, 그녀는 마음만 먹으면 이렇게 매혹적으로 미소 지을 수가 있었다!

그녀는 재빨리 가바인을 훑어보았다. 그리고 마침내 그녀의 두 눈은 부서진 방패 속에 박혀 있는 사자의 앞발에 가 멈췄다.

그에게 말을 거는 그녀의 음성은 달콤했다. "가바인 기사, 그대는 진정 용감한 영웅이군요. 난 그대의 하인을 만나 무슨 일이 있었는지 전부 들었어요. 그 얘기를 듣지 않았더라면, 난 혼자서 이리로 오지 않았을 거예요. 어서 말에 올라타 절성안으로 안내해주세요. 잡혀 있던 아가씨들과 클린쇼르의 보물들을 보고 싶군요."

그러나 가바인은 뻣뻣하게 고개를 흔들었다. "아니오, 공삭부인. 민지 그대아 단둘이 얘기를 좀 해야겠소. 그대는 내게 봉사를 요구했고, 난 그것을 잘 수행했소. 그리고 모든 봉사에는 보답이 따르는 법, 그래서 난 그대에게 내 아내가 되어달라고 청하는 바입니다."

그녀는 한순간 말이 없더니 낮게 웃기 시작했다. 그 웃음에 조롱기는 없었다.

"나의 가련한 기사님, 너무 큰 걸 요구하시는군요! 어쩌면 나와의 결혼은 그대에게 불행이 될지도 몰라요."

"아니오." 그는 말했다. "그건 내 최상의 행복이 될 것이오!"

그녀는 호기심에 찬 얼굴로 그를 바라보았다. "그대는 바보 같은 사람이네요. 하지만 내 마음에 들어요. 좀더 생각해 봐야겠어요. 그런데 날 위해 아직 뭔가를 더 해주었으면 해요. 지금 내가 그대에게 요구하는 건 아주 작은 봉사일 뿐이랍니다. 분명 거절하시지 않을 거예요."

물론 가바인 기사는 거절할 수 없었다. 그래서 오르겔루제 공작부인은 재차 가바인에게 말에 오르라고 하고는, 앞장서서 숲을 가로질러 골짜기 앞까지 갔다. 그 골짜기를 가로질러 강이 거세게 흐르고 있었고, 강 건너편에 화려한 붉은 꽃들이 치렁치렁 매달린 나무가 한 그루 서 있었다.

"저기 나무가 보이지요?" 오르겔루제가 물었다. "저기서

412

가지 하나만 꺾어다 주세요. 저 나무는 그라모플란스라는 이름의 기사 소유예요. 저런 종류의 나무가 온 서방 세계에서 저곳에 딱 한 그루만 있기 때문에, 그는 눈에 불을 켜고 저것을 지키고 있지요. 그리고 바로 그런 이유로 난 저 나무의 가지 하나를 가져야겠어요."

"뭐, 꼭 그것을 원하신다면." 가바인은 그링굴예테를 약간 뒷걸음질 치게 한 후, 골짜기를 뛰어넘으라고 박차를 가했다. 사실 말은 힘차게 도약했다. 그러나 지반이 약한 강 건너편 땅이 무너져 내리는 바람에, 말은 기를 쓰며 저항했지만 흙무더기와 함께 골짜기 속으로 미끄러지고 말았다. 가바인은 마지막 순간 가지 하나를 붙잡았다. 그리고 얼마간 이리저리 공중에서 그네를 타고는 강둑에 뛰어내릴 수 있었다. 하지만 그링굴예테는 어디 있단 말인가? 가바인은 골짜기를 따라 아래로 달려갔다. 그곳에 자신의 암말이 물속에서 허우적대는 것이 보였다. 물살의 소용돌이가 말을 이리저리 내동댕이치면서 말의 다리를 밑으로 끌어내렸다. 물이 얕은 곳에는 큰 돌들이 솟아 나와 있어, 그 사이를 뚫고 헤엄치기는 불가능했다. 상황은 말에게 몹시 불리해 보였다.

가바인은 있는 힘껏 온 힘을 다해 달렸다. 땀이 얼굴로 홀러내리고, 몸에 난 상처들은 심하게 아팠다. 좀더 아래로 내려가면 골짜기는 끝이었다. 만약 그가 빨리 달려 내려간다면, 아마 그곳에서 그링굴예테를 건져 올릴 수 있을 것이다. 그가 헐떡거리며 아래에 닿았을 때, 물은 포말을 이루며 바위 벽들 사이로 솟구치고 있었다. 그가 막 마지막 바위 계단을 뛰어내리자, 계곡의 물거품 위로 말의 머리가 떠올랐다. 그 순간 가바인은 바닥에 세로로 몸을 던지고는 강둑 위로 멀리 손을 뻗었다. 그링굴예테를 돕기 위해서는 무슨 수를 써서라도 고삐를 움켜잡아야만 했다! 그러나 말은 너무 멀리 있었다. 그의 손이 말의 머리를 잡으려고 했으나 바로 옆에서 물만 찰싹거렸을 뿐, 하마터면 앞으로 고꾸라지며 급류에 곤두박질칠 뻔했다. 그렇다. 이제 아마도 그 충성스러운 그링굴예테는 끝장난 듯했다. 그링굴예테가 물에 맞서 헛되이 싸우는 모습을 지켜보는 가바인의 두 눈에 눈물이 솟았다. 갑자기 그는 자신의 손가락에 잡히며 흘러내리는 무언가를 느끼고, 그것을 거머잡았다. 그것은 말의 재갈이었다. 곧 그는 온 힘을 다해 끌기 시작했다. "그링굴예테야!" 그는 헐떡이면서 말했다. "아주 조금만 헤엄쳐 오면 돼! 아주 조금만……" 그러나 물살이 어찌나 거센지, 그것은 불가능해 보였다. 그보다 가바인 자신이 저항할 새도 없이 앞으로 끌려 들어가고 있었다. 만약 지금 말의 고삐를 놓지 않는다면, 자신이 곧 물속에 빠질 판국이었다.

"그링굴예테야!" 그는 아주 큰 소리로 다시 한 번 말을 불렀다. 주인의 목소리를 듣자 말은 고개를 들었다. 아마도 말은 발굽 아래에 단단한 바닥을 찾은 것 같았다. 고개를 쳐들고 뒷다리로 일어서면서 온 힘을 다해 강둑이 있는 방향으로 몸을 내던졌다.

가바인이 두 손으로 세게 고삐를 잡아끄는 바람에, 단단한 가죽끈이 살을 파고들어 고통스러웠다. 그러나 상관없었다. 그링굴예테가 씩씩거리고 눈을 부라리면서, 귀는 뒤로 젖혀진 채 물에서 기어올라 왔던 것이다. 그링굴예테는 두어 번 고개를 흔들고 나서 주인을 찾아 두리번거렸다. 마치 아무 일도 일어나지 않았다는 듯이.

가바인은 그 자리에 가만히 앉아 있고 싶었다. 그러나 그럴 수는 없었다.

"가자, 그링굴예테야." 그는 한숨을 내쉬며 몸을 일으켰다. "우리 여주인께서 원하시는 나뭇가지를 꺾으러 가야지. 내 생각엔 말이야, 때로는 사랑의 봉사가 정말 어려운 것 같구나."

그는 안장에 기어올라 말을 타고 경사진 비탈을 올라갔다.

그 비탈의 꼭대기에 붉은 나무가 반짝이고 있었다. 저쪽에서 공작부인 역시 자기 말을 산 쪽으로 몰고 있는 것이 보였다. 그러나 가바인과 공작부인 사이에는 물길이 미친 듯이 날뛰는 골짜기가 가로놓여 있었다. 기사 가바인은 자신의 마음이 더 아픈지 아니면 상처투성이 몸이 더 아픈지 알 수 없었다. 아름다운 오르겔루제 역시 물길을 들여다보는 것이, 가바인보다 더 즐거워 보이지는 않았다.

이 세상에서 사랑이 가장 아름답다고 가수들이 노래하는 건 거짓말이야, 가바인은 그 어느 때보다 자신이 불행하게 느껴졌다.

그러는 동안 그는 나무가 서 있는 곳으로 왔다. 가지들은 늘어지고, 붉은 꽃들은 비단처럼 우아하고 부드러웠다. 정말로 기막히게 아름다운 나무였다. 기사 그라모플란스가 이 나무를 그토록 애지중지한다면, 그건 나무랄 일이 아니었다. 물론 그 기사는 가지 하나쯤 없어도 별문제 없을 것이다. 그리고 그라모플란스가 하필 지금 당장 나타나서 목격하는 것이 아니라면, 아마 가지 하나쯤 없어진 것을 알아채지 못할 수도 있었다.

그러나 가련한 기사 가바인은 정말 운이 없었다. 가지를 자르려고 막 칼을 빼 든 순간, 그는 성난 부르짖음을 들었다. 어떤 기사가 비탈을 따라 그를 쫓아오고 있었다.

"이봐, 내 나무에게 무슨 볼일이 있는 거지?" 그는 고래고래 소리 지르면서 자기 말고삐를 잡아당겨 세우더니, 노한 얼굴로 가바인을 아래위로 훑어보았다.

"내가 당신을 안장에서 거꾸로 떨어뜨려야겠지만, 창도 없는 데다가 너무 지쳐 보여서 손가락 하나로도 말에서 밀칠 수 있을 것 같군!" 그는 공작부인이 멈춰 서 있는 건너편을 한 번 보더니 화를 내면서 큰 소리로 웃었다. "그럼 그렇지! 빨간 머리 마녀가 내 나무의 햇가지를 자기 정원에 옮겨 심으려고 결심하셨구먼. 그래서 내 머리 위로 연신 기사들을 보내시는군. 젊은 기사 양반, 참 안됐구려. 내 충고를 하나 하지. 집으로 돌아가 잠이나 주무시지그래, 다시 조금이라도 힘을 회복하려면 말이야. 내일 아침 해가 뜰 때, 나는 자네와 결투하기 위해 이곳에서 기다리고 있겠네. 자네가 날 이기면, 어쨌든 작은 나뭇가지를 하나 가져가도 좋네. 그래야지 나도 마음 놓고 살지. 그럼 잘 있게! 저 건너편 다리에서 필시 오르겔루제 공작부인이 자네를 기다리고 있을 걸세."

그라모플란스 기사의 말이 옳았다. 그러나 가바인의 마음은 유쾌해지지 않았다. 그들이 클린쇼르의 성에 이를 때까지, 오르겔루제 공작부인 역시 말없이 고개를 떨어뜨린 채 가바인을 앞서갔다. 그녀는 성문 앞에 이르러서야 그에게로 몸을 돌렸다. "그라모플란스와 무슨 얘기를 했나요?"

"우리는 내일 아침 일찍 나뭇가지를 두고 싸울 겁니다!"

그녀는 아무 대답도 하지 않았고, 가바인은 그 결정이 그녀의 마음에 들었는지 아닌지 알 수 없었다.

성에서는 아가씨들이 기뻐하며 그들을 맞아들였다. 공작부인도 그녀들 모두에게 친절하고 다정했다. 그녀는 가바인하고는 말 한 마디 나누지 않았고, 한 번도 쳐다보지 않았다.

그 때문에 속상해진 가바인은 자기 방으로 가 잠자리에 들었다.

이번이 그녀를 위한 내 마지막 봉사야, 그는 잠들면서 생각했다. 그녀가 계속 날 갖고 논다면, 난 그녀 발치에 나뭇가지를 던지고 내 갈 길을 갈 거야! 그는 몹시 기분이 나빴기 때문에 그날 밤 자신이 꼭 그렇게 할 것이라고 믿었다.

다음 날 아침 가바인은 투쟁심에 불타 일찍 잠이 깼다. 약간 비탄의 소리를 내뱉고 신음하면서, 그는 갑옷을 챙겨 입고 무기 창고에서 창을 가져왔다. 그리고 해가 뜨기 훨씬 전에 성문을 나섰다.

상쾌한 아침이었다. 이슬을 머금은 풀과 꽃 들은 은빛으로 반짝이고, 대기에는 새소리가 넘쳐났다. 그러나 가바인은 이 모든 아름다움을 전혀 알아채지 못했다. 망치로 때리는 듯 머리가 지끈거렸고, 가끔 오한이 소나기처럼 온몸을 덮치기도 했다.

가바인은 언덕에 올라서서 하늘을 살펴보았다. 해가 뜨려면 족히 한 시간은 더 기다려야 할 것 같았다. 그때 기사 한 사람이 말을 타고 붉은 나무를 향해 천천히 다가오고 있었고, 그를 본 가바인은 의아한 생각이 들었다. 아니, 이 결투를 끝내려고 그라모플란스도 이렇게 서둘러 왔단 말인가?

난 뭐 어째도 좋아, 가바인은 이렇게 생각하면서 투구 끈을 꼭 매고는 적을 향해 그링굴예테를 돌려세웠다.

가바인이 보기에 상대가 순간 멈칫하는 것처럼 보였다. 그러나 가바인의 암말은 이미 앞으로 달려 나가고 있었다. 무시무시한 충격이 그의 방패에 가해졌고, 가바인은 간신히 말안장에 앉아 있었다. 두 사람의 창은 쟁강 소리를 내고 부딪치며 산산조각이 났다.

말에서 펄쩍 뛰어오르며 칼집에서 칼을 뽑아 든 가바인은 순간 비틀거렸다. 그러나 그는 이를 악물고 공격했다.

한편 그사이 클린쇼르의 성은 몹시 활기를 띠었다. 사람들을 부르는 뿔피리 소리, 말들이 히힝 우는 소리, 무기들이 딸그락거리는 소리, 그리고 남자들의 목소리가 숲 곳곳에서 울려 퍼졌다.

이토니는 위쪽 방 창가에 서 있었다. 그녀는 투구 위에 왕관을 쓴 위대한 기사가 성문을 통과해 들어오는 것을 보자, 방을 나와 복도를 가로질러 가바인의 침실로 달려갔다. 그녀는 방문을 벌컥 열었다. "빨리 나와. 백부님이 오셨어!" 그러나 그녀는 아무 대답도 듣지 못했다. 방은 텅 비어 있었다.

오빠는 틀림없이 먼저 내려간 모양이라고 생각한 이토니는 계단을 껑충껑충 뛰어내려가, 곧장 아래에 서 있던 아르투스 왕의 품에 안겼다. 왕은 웃으면서 그녀를 안았다.

"맙소사, 마침내 널 다시 찾았구나." 그러면서 왕은 진지하게 물었다. "가바인은 어디 있느냐?"

이토니는 의아하게 생각하면서 주위를 둘러보았다. "벌써 여기 내려와 있다고 생각했는데요."

"가바인 기사가 어디 있는지는 제가 알아요." 그 순간 계단 위에서 어느 목소리가 말했다. 이토니는 급히 고개를 돌렸다.

허리를 굽혀 인사하는 아르투스 왕의 얼굴은 몹시 냉담했다.

"오르겔루제 부인, 그대를 여기서 만날 줄이야." 왕은 천천히 말했다. "그대가 내 조카를 쓸데없는 모험에 몰아넣은 것이 아니라면 좋겠군요."

오르겔루제 공작부인은 아무 대답도 하지 않은 채, 재빠른 걸음으로 그들을 지나 마당으로 내려왔다. 그리고 아르투스 왕은 그녀의 두 눈에 눈물이 가득 고여 있는 것을 보고 몹시 놀랐다.

곧이어 하인이 마구간에서 그녀의 말을 끌어내 오자마자, 그녀는 말에 올라타 성문을 빠져나갔다.

왕의 미간에 주름이 잡혔다. "무슨 속셈인 거지? 저 여자를 혼자 가게 둬선 안 돼! 내 말을 가져오거라!"

얼마 지나지 않아 아르투스 왕은 한 무리의 기사들과 함께 공작부인을 뒤쫓고 있었다. 그녀는 미친 듯이 말을 몰고 있었다. 마침내 그들이 오르겔루제 부인을 보았을 때, 그녀는 벌써 활활 타는 듯 붉은 꽃이 만발한 나무가 있는 언덕에 가 있었다.

그 나무 옆에서는 두 남자가 싸우고 있었다. 그것을 본 기사들은 참 이상한 결투라고 생각했다. 한쪽은 칼을 들어 올릴

힘조차 없는 것 같았고, 다른 한쪽은 상대의 굼뜬 공격을 전혀 힘들이지 않고 막아내기만 하면서 맞받아치지 않고 있었다.

오르겔루제 공작부인이 이 이상한 두 싸움꾼에게 다가갔다. 아르투스 왕과 다른 사람들은 약간 머뭇거리면서 그녀 뒤에 서 있었다.

곧 그녀는 고삐를 잡아당겨 말을 멈춰 세웠다. "제발 결투를 멈추세요. 가바인 기사는 상처 때문에 몸이 성치 않아요."

낯선 기사는 들어 올린 팔을 급히 아래로 떨어뜨렸다. 그의 칼이 바닥으로 떨어졌다. "가바인…… 맙소사!" 그가 말하더니 투구를 벗었다.

여러 목소리가 뒤섞여 외치는 소리가 울려 퍼졌다.

가바인은 비틀거리며 앞으로 나갔다. "파르치팔, 너야?" 그는 희미하게 웅얼거렸다. "난 또, 나뭇가지 때문에 결투하기로 한 그라모플란스인 줄 알았지."

파르치팔은 몹시 근심 어린 표정으로 방패를 집어 던지고는 가바인을 껴안았다. "나뭇가지 때문이라고?" 그는 급하게 가바인의 투구 끈을 풀면서 걱정스러운 듯 물었다. "머리가 아픈 거야? 많이 아파? 맙소사, 그런데도 한 시간이나 너와 싸웠다니!"

가바인의 지친 얼굴에 미소가 피어올랐다. "맙소사, 마침내 너를 찾아서 얼마나 기쁜지 몰라." 그는 이렇게만 말했다.

아르투스 왕과 원탁의 기사들이 파르치팔과 인사를 나누는 사이, 가바인은 오르겔루제 공작부인에게 갔다. 그녀는 말 옆에 서 있었는데, 아무도 그녀에게 관심을 보이지 않았다.

그녀의 얼굴이 갑자기 너무 슬프고 외로워 보여서, 가바인도 가슴이 찢어지는 듯했다.

"저쪽에 그라모플란스가 오고 있네요." 가바인이 엄숙하게 말했다. "내가 가서, 나뭇가지 때문에 그와 싸워야 할까요?"

그녀는 고개를 마구 흔들었다. "아녜요! 더 이상 가지 같은 건 필요 없어요! 하지만……" 그녀는 망설였다. 그리고 그녀가 몹시 나지막이 말하는 동안, 그녀의 양 볼 위로 짙은 홍조가 떠올랐다. "그게 그대의 불행이라고 생각하지 않는다면, 나에게 다시 한 번 물어봐주시겠어요? 당신의 아내가 되겠느냐고요."

10

오르겔루제 공작부인의 성은 즐거운 결혼식의 소란으로 시 끌벅적했다.

모든 손님을 다 안으로 들일 수 없어서, 성의 정원에는 천 막들이 쳐져 있었다. 많은 수행원을 이끌고 온 기노퍼 왕비는 클린쇼르의 성에 갇혀 있던 아가씨들이 부모님의 품으로 돌 아갈 때까지, 자신이 받아들여 보호하기로 했다.

그럭저럭하는 사이 놀이와 춤과 갖가지 궁정 오락들 속에 날은 그렇게 흘러갔다. 그 모든 것이 헛된 즐거움이겠지만.

단지 파르치팔만이 이곳에 머무는 것이 그다지 즐겁지 않 았다.

그는 콘두이라무르 왕비가 그리웠고, 오랜 방랑 생활에 지처 있었다. 그럼에도 불구하고 그는 알고 있었다. 성배의 성을 다시 발견할 때까지, 계속 찾아 헤매야 한다는 것을. 그 전에는 펠라파이레로 돌아갈 수 없다는 것을.

그리하여 사흘째 되는 날, 그는 몰래 결혼식 무리에서 빠져나왔다. 말에 안장을 얹고는, 어디로 가야 하는지도 모른 채 큰길을 따라 떠났다.

얼마 뒤 말 탄 사람 하나가 맞은편에서 왔다. 그가 어찌나 이상하고도 화려하게 옷을 입고 있던지, 파르치팔은 호기심에 차서 그를 바라보았다.

마치 싸우러 나가는 것처럼 그가 쓴 투구는 닫혀 있었다. 그리고 그가 탄 말은 아라비아 사막에서 나는 귀한 품종의 것이었다. 그의 투구와 목 부분에서 보석들이 번쩍거렸다.

"안녕하시오, 기사님!" 그 낯선 이방인이 자기 앞에 멈춰 섰을 때, 파르치팔은 이상하게 생각하며 말했다.

상대방은 고개를 깊이 숙였다. 그러나 이런 인사에 어떻게 답해야 하는지 모르는 듯 아무런 말도 하지 않았다.

그러더니 머뭇머뭇 말하기 시작했다. "고귀한 기사님." 그의 음성은 짚있고, 그 소리는 마치 다른 지방의 말을 하는 것 같았다. "원컨대 말해주십시오. 이 길로 가면 안쇼우베 왕국의 수도로 가게 되는지요?"

파르치팔은 귀를 기울였다. "안쇼우베로 가시려는 겁니까?" 그가 물었다. 그러면서 사람들이 태곳적의 전설을 잊어버리듯, 그가 자신의 나라와 수도를 까맣게 잊고 있었다는 생각이 떠올라 가슴이 먹먹해졌다.

"그렇습니다." 이방인이 말했다. "전 안쇼우베로 아버님을 찾아가는 중입니다."

"아버님의 성함을 말씀해주신다면, 제가 도울 수 있을지도 모르겠군요." 파르치팔이 제안했다. "그곳에 아는 사람들이 많으니까요."

"제 아버님은 가무레트 안셰빈 왕이십니다."

파르치팔이 놀라서 펄쩍 튀어 오르는 바람에, 그가 탄 말도 놀라서 함께 펄쩍 튀어 올랐다.

"이방인이여, 거짓말하지 마시오!" 그가 격분하며 말했다. "가무레트 왕은 이미 여러 해 전에 돌아가셨소. 이 세상에는 오직 한 사람의 안셰빈만 있을 뿐이오. 그리고 그 사람은 바로 나요."

이방인은 아주 조용하게 멈춰 서 있었다.

"제게 거짓말쟁이라고 하는 사람을 그대로 둘 순 없습니다." 이방인의 말에는 위엄이 서려 있었다. "하지만 그게 만약 진실이라면, 그대는 파르치팔임이 분명하군요. 가무레트왕이 제 어머니가 돌아가신 뒤 결혼하신 헤르첼로이데 왕비의 아드님 말이오. 난 사라센의 여왕이신 벨라카네의 아들 파이레피스라네."

그 순간 파르치팔의 머릿속에 진기한 기억 하나가 떠올랐다. 언젠가 묵었던 성에서 어느 음유시인이 가무레트 왕과 아름다운 사라센 여왕의 이야기를 들려주었던 기억이.

그때 파르치팔은 음유시인이 지어낸 이야기라고만 생각했었다.

그런데 이제?

"저도 들은 적이 있습니다." 파르치팔은 생각에 잠겨 말했다. "벨라카네 여왕의 아들의 피부색은 밝지도 검지도 않고 점투성이라고요. 머리카락도 그렇다고요."

"제대로 들으셨군." 파이레피스는 조용히 파르치팔의 말을 끊고 투구를 벗었다. 크고 검은 눈을 가진 아름다운 얼굴이 드러났다. 그러나 그의 얼굴은 점들로 얼룩져 있었다. 나무 아래 서 있는 사람에게 나뭇잎들 사이로 햇빛이 비쳐 들어온 것처럼, 그의 얼굴에는 빛과 그늘이 공존해 있었다.

그리고 그의 머리카락에도 똑같은 현상이 나타나 있었다.

그렇다. 이 사람은 파이레피스 안셰빈이었다. 그리고 이국적으로 생기긴 했지만, 그는 틀림없이 자신의 형이었다. 파르치팔은 이 뜻밖의 만남으로 약간 혼란스러워졌다.

그러나 파이레피스는 기뻐하는 것 같았다.

"아버님을 더 이상 찾을 수 없는 마당에 아우님을 만나서 참 좋군." 그가 말했다. "이제 함께 지내세. 난 서방에는 아주 낯설다네. 지금까지 대부분의 시간을 어머니의 일족이 천막을 치고 무리를 이루어 사는 아프리카에 있었으니 말이야."

파르치팔은 가볍게 고개를 저었다. 오, 아니야. 그렇게 간단하지 않아요.

어떻게 그가 언제 어디서 끝날지도 모르는 방랑길에 파이레피스를 데려갈 수 있겠는가? 그리고 어느 날 몬살바트를 발견하게 된다면―파이레피스는 기독교도가 아니었다―그는 성배의 성에서 낯설고 불행하게 느낄 것이 뻔했다.

"제 앞에는 형님이 함께 가실 수 없는 길이 놓여 있어요." 파르치팔은 이렇게 말했다. "형님께서 언젠가 서방 세계에 대해 이해하게 된다면, 제 말뜻을 아실 겁니다. 하지만 형님을 위해 할 수 있는 일은 모두 하겠습니다. 이리 오세요. 제가 막 떠나왔던 곳으로 되돌아가십시다. 그곳에는 최고의 기사들과 아름다운 여인들이 있고, 형님을 따뜻하게 받아들여줄 겁니다.”

이렇게 해서 그들은 파르치팔이 영원히 떠나왔다고 여긴 오르겔루제의 성으로 되돌아갔다. 그리고 얼마 뒤 파르치팔은 자신이 되돌아간 것을 신의 섭리처럼 여기게 된다. 왜냐하면 거기 한 나무에 말라비틀어진 버새가 매어져 있었는데, 그는 수백 마리의 버새가 있다 하더라도 이 녀석을 알아보았을 것이기 때문에.

이곳에 쿤드리가 와 있구나! 그는 불안한 마음으로 생각했다. 무엇을 하려는 거지?

그는 하인들에게 말을 맡기고, 파이레피스와 함께 연회장으로 들어갔다.

연회장 안은 흡사 특별한 일이라도 일어난 듯 큰 목소리들이 뒤섞여 시끌벅적했다. 그들이 문을 닫자, 흥분한 얼굴들이 그들을 돌아보았다.

“저기 파르치팔이다!” 누군가가 소리쳤다. 그러자 연회장 안이 고요해셨나. 기사들은 말없이 비켜서면서 길을 열어주었다. 맨 앞에 아르투스 왕이 서 있었다. 그들은 놀란 얼굴로 바라보는 시선들 사이를 뚫고 왕에게로 다가갔다.

"아르투스 왕이시여." 파르치팔은 말했다. "제 형님 파이레피스 안셰빈을 폐하의 보호 아래 두실 것을 부탁드립니다. 제 자신이······"

그는 말을 멈췄다. 그의 고개가 천천히 돌출창 쪽을 향했다. 그곳에 쿤드리가 서 있었다. 그녀는 혼자 서서 똑바로 그를 바라보았다. 참기 힘든 긴장이 파르치팔의 온몸을 감싸는 것을 느꼈다. 그는 예전에 쿤드리를 만난 적이 있었다. 그것은 그의 인생에서 최악의 순간이었다. 그런데 그녀가 또 자기 때문에 이곳에 와 있었다. 파르치팔은 그것을 알고 있었다.

파르치팔은 아르투스 왕과 파이레피스를 그대로 세워둔 채 돌출창 쪽으로 건너갔다.

"쿤드리." 그의 음성은 흥분으로 인해 맥 빠진 것처럼 들렸다. "왜 여기 와 있소, 쿤드리?"

파르치팔은 그녀의 흉측한 모습에 예전처럼 놀라지 않았다.

그런데 이번에는 어딘가 달라 보였다. 못생긴 얼굴 위에 행복과 기쁨의 기미 같은 것이 느껴졌다.

그리고 이제 마녀 쿤드리는 모두가 숨을 멈춘 침묵 속에서 무릎을 꿇었다.

"안녕하시오, 기사님." 그녀가 투박하고 거친 음성으로 말했다. "전 성배의 성에서 보내 이곳에 왔습니다. 그대의 시험 기간은 끝났습니다. 그대는 몬살바트의 왕으로 소명받았습니다! 파르치팔 왕 만세! 만수무강하소서!"

순간 정적을 깨고 연회장 안에 굉장한 소동이 일었다.

"파르치팔 왕 만세! 만수무강하소서!" 사람들은 외치고 소리치고 울부짖었다.

파르치팔은 어떻게 해서 이렇게 된 것인지 알지 못했다. 단지 이것이 그에게 모든 비참함의 끝을, 떠도는 방랑 생활의 끝을 의미한다는 사실을 알았을 뿐이다. 그토록 오랫동안 찾아 헤맸으나 찾을 수 없었던 성배의 성을 마침내 발견하게 되리라는 사실, 한때 그가 놓쳤던 것을 이제 제대로 할 수 있게 되리라는 사실.

그때 갑자기 공포가 그를 사로잡았다. 맙소사, 대체 얼마나 많은 시간이 흐른 것인가? 그러면 암포르타스 왕은?

"쿤드리." 그는 급하게 불렀다. "암포르타스 왕은 어떠신 가요?"

"왕은 괴로워하시면서 여전히 기다리고 계십니다, 기사님! 그분의 고통은 더 심해져서, 이제는 호수로 모시고 내려갈 수도 없답니다.”

"그럼 갑시다!" 그는 명령했다. "가장 빠른 길로 저를 몬살 바트로 인도하세요! 폐하께서 나의 죄 때문에 더 이상 한시도 고통받아서는 안 됩니다.”

"신께서 보답하실 겁니다!" 쿤드리가 부르짖었다. "모든 것이 잘될 거예요. 하지만 난 그대와 함께 몬살바트로 갈 수 없어요. 또 다른 임무를 마쳐야 하거든요. 안심하시고 말에 올라타서 말이 이끄는 대로 맡겨두세요. 그 길은 더 이상 멀지 않아요!”

그리하여 파르치팔은 아르투스 왕을 비롯해 원탁의 기사들과 작별했다.

그는 가바인과 포옹했다. "언제나 행복하기를!" 그러나 가바인은 침울해하며 거의 화난 표정이었다.

"그토록 그대를 찾아 헤맸는데, 이제 영원히 멀리 가는군!”

"영원히는 아니야. 그대가 도움이 필요하다면, 난 그곳에 갈 걸세. 하지만 우린 같은 세계에서 살 순 없어. 그대는 몬살바트에서 살 수 없고, 난 아르투스 왕의 궁전에서 살 수 없어. 그것을 내 최고의 행복으로 여겼던 때가 있었지만 말이야.”

파이레피스 역시 동생에게 닥친 명예에 감격해하고 있었다.

"나도 아우님과 함께 몬살바트로 가고 싶구나." 그가 요구했다. "아우님이 왕인 곳이라면, 분명 날 위한 자리도 있겠지. 아우님께 절대 폐가 되지 않을 거야. 우리 부족 사람들에겐 나도 용맹한 전사로 알려져 있으니까 말이야."

파르치팔은 웃을 수밖에 없었다. 가련한 파이레피스 형, 성배의 기사들에겐 결투가 금지돼 있다는 사실을 그가 어찌 알겠는가. 꼭 싸워야 한다면, 그건 신앙이 없는 자들에게 대항해서거나 약한 자나 박해받는 자를 위할 때뿐이라는 것을.

"몬살바트에서의 삶은 형님 마음에 들지 않을 겁니다." 그는 다정하게 말했다. "얼마 동안 원탁의 기사들과 함께 지내십시오. 서방의 생활을, 그리고 기독교 신앙을 배우십시오." 파르치팔은 진지하게 덧붙였다. "그런 다음에 비로소 형님이 몬살바트에서 살 수 있는지, 아시게 될 겁니다."

얼마 지나지 않아 오르겔루제의 성과 그 빛나는 궁정 사교계는 파르치팔의 등 뒤에서 가라앉아 버렸다.

파르치팔은 교차로에 다다를 때까지, 쿤드리와 나란히 큰길을 따라 말을 몰았다. 교차로 앞에서 그녀는 자신의 버새를 멈춰 세웠다. "이제 동쪽으로 가십시오. 저는 서쪽으로 갑니다."

서쪽이라고, 파르치팔은 생각했다. 서쪽에는 펠라파이레가 있었다. 그의 가슴은 그리움으로 사무쳤다.

"만약 가는 길에 펠라파이레를 지나시거든," 그가 말했다. "그곳에 들러 콘두이라무르 왕비에게 전해주시오. 나는 곧 목적지에 이를 것이며, 그러고 나면 그녀를 다시 볼 수 있을 것이라고."

"그러지요, 기사님, 그리고 폐하." 쿤드리의 얼굴 위로 미소 같은 것이 스쳐 갔다. 그런 다음 그녀는 깊이 허리 숙여 절하고는 버새에 몸을 싣고 떠났다. 그녀는 곧장 펠라파이레로 갔다. 그것이 그녀의 임무였기 때문이다. 그러나 파르치팔은 이를 전혀 눈치채지 못했다.

파르치팔은 말이 가는 대로 내버려 두었다. 얼마 뒤 말은 대로를 버리고 계곡에서 오르막으로 이어지는 큰 숲을 향해 나아갔다. 땅바닥은 이끼에 덮여 젖은 흙의 냄새를 풍겼다. 보이지 않는 산에서 굴러떨어진 듯한 돌무더기들이 여기저기 놓여 있었다.

파르치팔은 사방을 둘러보았다. 숲은 낯이 익었다. 그러나 그건 무의미했다. 얼마나 많이 그런 숲을 달려 지나왔던가. 이미 늦은 시간임이 분명했다. 나무들 위로 하늘은 투명한 빛에 싸여 있었다. 저녁이 되면 종종 그러하듯이. 어쩌면 저건 지구네 누나의 암자가 있는 숲인지도 몰랐다. 아니면 졸타네의 숲일지도. 어쩌면 곧 트레브레첸트 백부님의 동굴에 가 닿을지도 모르는 일이었다. 그는 이 모든 것을 알지 못했지만 걱정하지 않았다. 그는 말이 이끌고 가는 대로 내맡겨 두었다.

마지막 나무들이 있는 곳에 이르자 작은 계곡이 나타났다. 그 안에는 엄청난 화마에 완전히 불타버린 것 같은 바위들이 있었고, 계곡 한가운데 호수가 있었다.

모든 것이 처음 왔던 그때 그대로였다. 단지 빈 배들만이 강둑의 물에서 흔들거리고 있었다.

파르치팔은 천천히 투구를 풀었다. 그렇게 해야 할 것 같았다. 그가 좁은 바위 문을 향해 협곡으로 올라갈 때, 계곡을 따라 시원한 바람이 불어와 머리칼이 날렸다. 바위 문 뒤의 하늘은 은빛이었다.

뒤이어 파르치팔 앞에 석양 속에서 가물거리는 성이 나타났다.

모든 것이 꿈속에서 일어나는 일 같았다. 사건들이 재빠르게 말없이 흘러가는 꿈.

성문은 열려 있었다. 성벽 위에는 경비병들이 서서 진지한 얼굴로 그를 내려다보고 있었다. 파르치팔의 말을 받고 무장을 벗기기 위해 시종들이 계단을 지나 마당으로 달려왔다. 그들은 고귀한 손님을 맞을 때처럼, 공손하게 파르치팔을 반겼다. 그러나 아무도 미소 짓지 않았다.

그들은 침묵 속에서 파르치팔을 연회장으로 안내했다. 또다시 모든 것이 옛날 그대로였다. 수천 개의 촛불이 켜져 있고, 둥근 천장 아래에서는 사방 귀퉁이에 밝혀놓은 불길들로부터 나오는 알로에나무의 향이 퍼져가고 있었다. 벽 앞에 양쪽으로 앉아 있던 기사들은 파르치팔이 들어서자 즉시 몸을 일으켰다. 그들은 깊이 허리 숙여 절을 했다. 그러나 그들의 얼굴은 계속 굳어 있었다. 그들은 아직 어떻게 영접해야 할지 모르는 새 지배자를 이렇게 맞이했다.

파르치팔은 그런 것에 신경 쓰지 않았다. 그는 곧장 앞으로, 연회장 정면의 벽 있는 곳으로 걸어 나갔다. 그는 높은 좌석에 앉아 있는 형체로부터 시선을 돌릴 수가 없었다. 촛불이 따스하게 비추는 가운데, 여전히 창백한 그림자처럼 앉아 있는 그 형체를 목격하기 전까지는 시선을 돌릴 수 없었다. 파르치팔의 가슴은 연민으로 오그라들었다. 불쌍한 암포르타스 왕, 그는 왜 이렇게 고통받아야 하는가! 그의 발걸음은 점점 빨라졌다. 그러나 자신은 그것을 알아차리지 못했다. 그가 아는 사실은, 곧 이 일을 끝내야 한다는 것뿐이었다.

위쪽 높은 좌석 앞에 무릎을 꿇었을 때, 파르치팔은 자신이 몬살바트의 왕이 된다는 사실 같은 건 까맣게 잊고 있었다.

"암포르타스 폐하." 파르치팔은 급히 말하기 시작했다. "제발 말씀해주십시오. 어디가 안 좋으시고, 제가 어떻게 도와드리면 되는지. 제가 할 수 있는 모든 일을 하겠습니다."

다음 순간 그는 주위를 두리번거리며 깜짝 놀라 벌떡 일어났다. 뭐라 형용할 수 없는 환호성이 연회장 가득 울려 퍼졌다. 그것은 둥근 천장에 메아리쳐 식탁 위의 크리스털 잔들이 달그락거리고, 불길에서는 불꽃이 단壇을 이루며 마치 별들처럼 번득이며 튀어나왔다. 남자 100여 명의 목소리가 뒤섞여 환호했고, 촛불이 환하게 번득이는 얼굴들을 비추었다.

파르치팔은 미친 듯이 요동치는 연회장을 내려다보면서도 무슨 일이 벌어졌는지 영문을 몰랐다.

그때 그는 어떤 손이 자기 손을 잡는 것을 느꼈다. 옆에 암포르티스 왕이 서 있었다.

"넌 이미 날 도왔느니라." 왕이 말했다. "저곳을 보렴!" 연

437

회장 아래쪽 끝에 있는 문이 또 한 번 열렸다. 레판세 여왕이 양손에 성배를 들고 들어오고 있었다. 여왕이 연회장을 가로질러 위쪽을 향해 오는 동안, 빛을 발하는 성배의 가장자리에 글자가 나타나 깜박거렸다. "암포르타스는 치유되었다. 몬살바트의 왕 파르치팔!" 또다시 환호성이 굉음처럼 둥근 천장으로 울려 퍼졌다. 그러나 곧 그 소리는 다시 침묵했다. 기사들은 조용히 공손하게 머리를 숙인 채 서 있었다.

몹시 늙은 노인이 들어섰다. 그의 긴 머리카락은 은빛으로 반짝였다. 파르치팔은 그가 처음 방문했을 때 본 작은 옆방에서 졸고 있던 그 노인임을 알아보았다. 가문의 시조 티투렐이었다.

그는 파르치팔과 포옹했다. "잘 왔다!" 힘찬 목소리로 그가 말했다. "오랫동안 기다려야 했구나. 우리의 최상의 계명이 싸움이 아닌 사랑인 것을 네가 알지 못했기 때문에 말이다. 하지만 이제 네가 여기 있으니, 나는 영원히 안식을 취해도 될 것 같구나."

이 말과 함께 그는 몸을 돌려 천천히 장중한 걸음걸이로 다시 밝은 방으로 돌아갔다. 어느 누구도 감히 그를 따르려고 하지 않았다. 그의 등 뒤에서 문이 닫혔다.

"우린 이승에서는 그를 다시 볼 수 없을 거야." 암포르타스 왕이 파르치팔을 높은 좌석으로 인도하면서 말했다.

깊은 밤, 성배의 성에서 열린 연회가 끝나가고 있었다.

그러나 암포르타스 왕은 여전히 자리를 지키고 있었다. 그는 무엇인가를 기다리고 있는 것처럼 보였다.

마침내 자정도 한참 지나, 시종 두 명이 아래쪽 문을 열어 젖혔다. 쿤드리가 들어섰다. 그녀의 푸른색 우단 외투에는 먼 길을 다녀온 듯 먼지가 앉아 있었다.

파르치팔은 그녀와 함께 온 손님을 보고 천천히 일어섰다. 그는 이것이 꿈인지 생시인지 알지 못하는 듯했다. 그러자 암포르타스 왕이 여러 해 만에 처음으로 웃음을 터뜨렸다. "이리 오시게, 조카님." 그가 말했다. "콘두이라무르 왕비를 맞이해야지."

파르치팔은 문 앞에 서 있는 아름다운 아내에게서 눈을 떼지 못했다. 그녀가 환영처럼 다시 사라져버릴까 봐 그는 겁내고 있었다.

콘두이라무르가 그에게 입을 맞추었을 때, 그는 그녀 뒤에 어린 소년이 서서 진지한 눈빛으로 자기를 바라보고 있는 것을 알았다. 콘두이라무르가 미소를 지으며, 그 소년을 부드럽게 파르치팔 앞으로 밀었다.

"당신 아들 로엔그린이에요." 그녀가 말했다.

옮긴이 해설

볼프람 폰 에셴바흐와 『파르치팔』

이 책 『파르치팔의 모험』(이하 『파르치팔』)은 '파르치팔'이라는 이름을 가진 한 소년이 어른으로 성장해가는 이야기이다. 다시 말해 지금부터 800년도 더 전인 중세 유럽에서 '기사'라는 특정 계급의 이상을 향해 발전해가는, 그리하여 결국 '성배聖杯의 왕'으로 올라서는 한 인간의 특이한 성장 이야기이다.

중세 게르만 서사시로 잘 알려진 이 작품의 원작자는 독일의 볼프람 폰 에셴바흐Wolfram von Eschenbach(1170?~1220?)로, 그는 그 자신이 기사 계급에 속했던 시인이다. 그의 대표작 『파르치팔』은 1210년경에 발표한 것으로 추정되며, 무려 2만 5,000행에 가까운 방대한 분량으로 당시 가장 많이 읽혔던 운문서사시에 속한다. 『파르치팔』의 필사본과 부분적인 단편斷篇들이 아직도 75종 이상 남아 있다고 하니, 이 작품이 당시 유럽에서 얼마나 넓게 퍼져 나갔었는지 짐작할 수 있다.

볼프람 역시 『파르치팔』을 완전히 독자적으로 창작한 것은 아니다. 이 작품에는 당시까지 전해져오던 성배 전설, 파르치팔 전설, 아르투스 왕 전설 등이 혼재되어 있다. 이제 『파르치팔』이 담고 있는 내용과 그 사상을 제대로 이해하기 위해, 이 작품의 원작자인 볼프람 폰 에셴바흐와 중세의 궁정기사 문학에 대해 이야기해보기로 한다.

아르투스 왕 전설의 요소들

파르치팔은 유복자로 태어나 졸타네의 황량한 숲에서 홀어머니에 의해 양육된다. 어머니는 그를 싸움과 모험의 세상으로부터 보호하기 위해 숲으로 피신해왔지만, 그럼에도 불구하고 소년은 동경하던 기사가 되기 위해 숲을 떠난다. 파르치팔의 이야기는 기사가 되기 위한 그의 여정과 기사 수행, 이 와중에 그가 겪는 갖가지 무용담, 성배의 성에서 추방당한 후 그곳으로 되돌아가기 위한 고난의 수행을 거쳐 마침내 성배 왕으로 즉위하는 것으로 구성되어 있다.

　『파르치팔』의 배경이 되는 이상적인 기사 세계의 중심에는 아르투스 왕(아서 왕)이 있다. 그는 궁정 기사정신의 화신化身으로, 원탁 기사들의 모든 행위는 아르투스 왕의 궁정과 원탁에서 시작하여 그곳으로 되돌아간다. 아르투스 왕의 기사들에게는 나라 사이의 경계나 종파적 경계가 없다. 이들은 자신들이 기사라는 신분으로 연결되어 있다고 느끼며, 그들이 앉는 원탁에서는 왕을 포함하여 모두가 동등하다. 아르투스 왕의 거처는 실상 북프랑스의 낭트에 있지만, 기사가 원탁을 떠나면 시간과 공간은 현실성을 상실하면서 동화 같은 모험이 시작되게 된다.

　아르투스 왕의 기사들은 오로지 자기 자신의 모험과 여성에게 봉사하는 연사戀事(민네Minne)에만 의무감을 느낀다. 이들을 움직이게 하는 윤리적인 동력은 기사라는 신분의 명예이며, 이는 끊임없이 시험당하면서 증명되어야 한다. 그러니 아르투스 왕의 원탁에 속한 기사들의 삶은 모험의 연속일 수밖에 없다. 이러한 아르투스 왕 전설의 요소는 볼프람의 『파르치팔』에서도 얼마든지 찾아볼 수 있다. 특히 마법의 성에서 겪는 모험을 포함하여, 원탁의 기사들 중에서도 가장 뛰어난 가바인(가웨인)이 등장해 펼치는 모험들은 아르투스 왕의 전설에서 나온 것임이 분명하다. 그러나 볼프람의 『파르치팔』에는 아르투스 왕 전설에서 벗어나는, 그것과 대조되는 또 다른 중요한 요소가 있다. 그것은 그랄Gral, 즉 성배 전설이며, 바로 이 전설이 『파르치팔』의 핵심적인 주제라고 할 수 있다.

성배를 찾아서

기사가 되고자 하는 파르치팔의 꿈은 그리 어렵지 않게 이루어진다. 그러나 그는 무력은 뛰어났으나 기사도에 대해서는 전혀 무지했기에, 그로 인해 여러 가지 실수를 저지른다. 예슈테 공작부인에게서 보물을 예의 없이 빼앗거나, 붉은 기사 이테르를 어처구니없게 죽이는 등의 실수를 말이다. 기사가 되기 위해서는 지켜야 할 다양한 덕목이 있다. 우선 자신이 섬기는 주군에게 충성해야 하고, 전투에 나가 주군을 보호할 수 있도록 평소에도 무예를 닦아야 하며, 동시에 정신을 수양하고 예절을 익혀야 한다. 즉, 기사는 눈에 보이는 외면의 것뿐만 아니라 내면의 아름다움도 동시에 지녀야 하는 사람인 것이다. 그들은 훌륭한 기사가 되기 위해 절도, 항심, 명예, 성실 등을 덕목으로 갖추고자 노력했다. 그리고 민네, 즉 연사는 이 같은 덕목을 잘 지켜 모험을 행하는 기사가 그 공로에 대해 받는 보상이었다.

그런데 파르치팔을 자신의 성에 머물게 하여 무예와 예법 등을 가르치며 기사로서의 모범을 보인 노老기사 구르네만츠는 그에게 특히 '절도'의 덕목을 강조한다. 기사로서 상대방에 대해 함부로 호기심을 내비치지 말 것, 다시 말해 품위를 지키고 말조심할 것을 당부했던 것이다.

이제 기사로서 갖춰야 할 것을 다 갖췄다고 생각한 파르치팔은 구르네만츠의 성을 떠나 다시 편력을 시작하고, 구혼자 클라미데에게 포위당한 콘두이라무르 여왕을 구출하여 그녀의 남편이자 그녀가 다스리는 나라의 왕이 된다. 그러나 졸타네의 황야에서 외롭게 지내는 어머니를 모셔오고자 아내와 잠시 이별하고 길을 떠난 파르치팔은, 어느 호숫가에 이르러 고기 잡는 노인—성배 왕 암포르타스—을 만나게 된다. 하룻밤을 신세 지고자 노인의 말을 듣고 찾아간 곳이 바로 몬살바트 산에 있는 성배의 성이었다. 그는 이곳에서 성배를 구경하고 성배의 연회에도 참석했으나, 암포르타스 왕의 안색이 병자처럼 창백한 것, 신하들의 얼굴에도 수심이 가득한 것, 성 전체의 분위기가 침울하고 비통한 것에 대해서는 전혀 관심을 보이지 않는다. 오랜 병고로 인해 고통스러워하는 암포르타스 왕을 보고도 파르치팔은 그 이유를 묻지 않고 외면하는데, 이는 호기심을 내보이지 말고 말을 삼가라는 기사도의 덕목에 기계적으로 따른 것이었다. 그는 인간이라면 응당 품어야 할 연민의 정과 고통받는 사람에 대한 동정심을 내리누르고, 자신의 외백부이기도 한 암포르타스 왕에게 그 간단한 병문안을 하지 않은 것이다. 따라서 형식적인 기사도에 함몰되어 '사랑'과 '연민'의 감정이 앞서지 않은 파르치팔에게는 아직 성배가 허용될 수 없었다. 진정한 기사가 되기 위해서는 무엇보다도 한 인간으로서 진심 어린 공감과 인간애를 지녀야 함을, 시인 볼프람은 이 작품을 통해 분명하게 보여주고 있다.

물론 파르치팔이 암포르타스 왕에게 전혀 연민을 느끼지 않았던 것은 아니다. 그것을 겉으로 드러내지 않았을 뿐이다. 하지만 동정심은 행동으로 표현될 때 윤리적 가치를 얻게 되며, 상대에 대한 진심 어린 질문이 그 행동의 시초가 되는 것이다. 그러므로 파르치팔이 아무리 훌륭한 기사라고 하더라도, 병으로 고통받는 타인에 대한 연민을 억누르는 그의 행동은 성배로부터 거부당할 수밖에 없었다. 성배는 사랑과 희생의 상징인 그리스도의 유물이니 말이다.

이후 파르치팔은 성배 성의 저주를 받아 평안도 안식도 없이, 선택받은 자만이 갈 수 있다는 성배의 성을 찾아서 거친 황야와 숲을 헤매고 또 헤맨다. 아내 콘두이라무르 왕비와 졸타네의 황야에 계신 어머니에 대한 한없는 그리움을 품고서. 신에 대한 믿음마저 잃고 성배를 찾아 헤매는 고행의 세월을 보내며 파르치팔은 끝없이 방황하지만, 모두 헛일이었다.

그렇게 여러 해가 흐른 어느 날—그날은 부활절을 앞둔 성금요일Karfreitag이었다—여전히 절망 속에서 헤매던 파르치팔은 우연히 숲속 동굴에 은둔해 사는 수도사 트레브레첸트의 암자에 가 닿게 된다. 그는 성배의 왕 암포르타스의 동생이며 파르치팔의 외백부이기도 했다. 파르치팔은 트레브레첸트에게 자신이 신을 버렸음을, 그리고 성배의 성에 가기 이전에도 이후에도 죄지은 자였음을 털어놓는다. 이렇듯 자신의 죄를 깨닫고 고백함으로써 파르치팔은 다시금 신과 자기 존재를 연결시키는 결정적인 한 걸음을 내딛게 되며, 이제 원탁의 바깥에 자신을 세우게 된다.

트레브레첸트의 암자에 잠시 머무르는 동안 파르치팔은 암흑과도 같았던 영혼의 고통에서 벗어나게 되며, 신에게 다시 귀의한다. 마침내 파르치팔은 그토록 찾아 헤매던 성배의 성에 도달하여 성배 왕으로 즉위하는데, 이는 그가 고통과 수난을 통해 형식적인 기사도에서 벗어나 진정으로 인간에 대한 연민을 내면화했음을 말해준다. 성배는 분명 모험과 연회로 이어지는 아르투스 왕의 영역과는 구별되는 영적이고 정신적인 영역에 속하며, 성배를 수호하는 기사단의 수장이 되기 위해 갖춰야 할 가장 중요한 덕목은 진심 어린 인간애, 타인에 대한 연민, 사랑임을 알 수 있다.

기사가 지켜야 할 덕목으로 절도를 지키는 일은 필요하되, 외면의 형식은 내면의 정신이 뒷받침되지 않으면 의미가 없다. 주인공 파르치팔이 오랜 기간 방황하고 고뇌하면서 자신의 죄를 깨닫고 고백하고 노력하는 과정은 기사의 세속적 이상과 종교적 이상을 합일시키기 위한 통과의례라고 할 수 있다. 볼프람은 『파르치팔』에서 형식화된 의례로 굳어져버린 당시의 궁정 기사도를 비판하고, 더 높은 차원인 내면의 수련 과정을 깊이 있게 다룸으로써 작품에 새로운 의미를 부여하고 있다.

성배와 이복형의 의미

　성배(그랄)란 그리스도의 시신을 씻을 때, 그가 찔린 창에서 흘러나온 성혈聖血을 받았던 그릇을 일컫는다. 그것이 사발 또는 잔 모양일 것이라 여겨 성배 혹은 성잔聖盞이라고 부르는 것이다. 일반적으로 와인글라스 같은 형태의 은제 컵을 연상할 때가 많지만, 많은 아르투스 왕 전설에서는 '은으로 된 큰 접시'로 묘사되기도 한다. 볼프람 폰 에셴바흐는 성배를 '성스러운 돌'로 취급하였다. 그러나 성배가 어떤 형태, 어떤 재질로 되어 있는가는 그리 중요하지 않다. 어떤 재질, 어떤 형태든 간에 성배는 하느님의 뜻을 나타내는 상징물이다. 그것은 가장 고귀한 기사단이 지키는 이 세상 최고의 품위를 지닌 보물이며, 신의 은총의 표시인 것이다.

　작품의 끝부분에서 성배의 성으로 서둘러 가던 파르치팔은 도중에 이복형 '파이레피스'를 만나 동행하는데, 이 역시 작품이 나타내는 의미가 있다. 파이레피스는 선친 가무레트와 그의 첫번째 아내 벨라카네 사이에서 태어난 왕자로, 어머니의 핏줄을 받아 흑백의 피부를 지닌 혼혈아이다. 아우구스테 레히너의 『파르치팔』에서는 그의 얼굴과 목덜미 등 모든 피부뿐 아니라 머리카락마저 마치 나뭇잎들 사이로 햇빛이 비쳐

들어온 것과 같이 얼룩덜룩하다고 표현돼 있다. 혹자는 그의 외모를 두고 그가 고결한 영웅적 기질과 악마에게로 향하는 이교異敎의 마음을 동시에 갖고 있음을 나타낸다고 해석하기도 한다. 하지만 볼프람이 『파르치팔』에 아르투스 왕의 전설에는 없는 이 인물을 삽입한 이유는 기독교뿐 아니라 이교까지도 감싸 안는 폭넓은 기독교 정신을 나타내기 위해서였다. 볼프람은 이복형 파이레피스뿐 아니라 작품의 처음에 등장하는 선친 가무레트 안셰빈 왕의 이야기도 독자적으로 삽입해 넣었다.

독일적인 교양소설

파르치팔의 성장 경로는 이미 분명하게 예정돼 있다. 즉 철모르는 소년에서 아르투스 왕의 원탁의 기사로 인정받으며, 결국에는 성배의 왕이 되는 것이 파르치팔의 삶에서 정해져 있는 행로이다. 성배를 수호하는 왕은 특정한 가계에서만 선출되는데, 파르치팔이 바로 그 가계의 후손이기 때문이다.

졸타네 숲에 갇혀 세상과 단절된 유년 시절을 보낸 소년 파르치팔은 순진하고 우직한 바보이다. 그는 순진하기 때문에 무지하고, 무지했던 까닭에 자신도 의식하지 못하는 사이 도덕적인 죄를 저지르며 신을 떠나 힘든 방랑길에 오른다. 이 모든 것은 그가 마침내 성배의 왕이 되기 위한 필요조건이 된다. 이처럼 차근차근 단계를 밟아 나가며 변화를 거쳐 성숙한 인간으로 발전한다는 점에서, 이 소설은 독일 특유의 교양소설(발전소설)에 해당한다. 한 고독한 영혼이 방황을 거쳐 인격을 완성하고, 나아가 사회 안에서 자신의 위치를 획득한다는 점에서 볼프람 폰 에셴바흐의 『파르치팔』은 교양소설의 효시로 불린다. 원작자 볼프람은 『파르치팔』을 써냄으로써 세계 문학사에서 처음으로 내면적 성숙을 이뤄내는 발전소설을 만들어낸 것이다.

후일 독일 작곡가 리하르트 바그너(1813~1883)는 이 소재를 바탕으로 오페라 「파르치팔」(1882)을 작곡하기도 했다.

아우구스테 레히너를 말하다

오스트리아의 작가 아우구스테 레히너(1905~2000)는 중세의 이 대서사시를, 오늘날의 언어로 청소년들이 흥미롭게 읽을 수 있는 소설로 재창조했다. 비평가들은 그녀의 작품을 두고, 세련된 언어와 긴장감 넘치는 구성 방식으로 독자들을 역사적인 소재로 끌어들이는 "재미와 지식"을 함께 갖추었다고 평한다.

아우구스테 레히너는 오스트리아의 대표적인 청소년 문학 작가이다. 인스부르크에서 태어나 인스부르크 대학에서 철학과 역사학을 전공했고, 제2차 세계대전이 끝난 후 본격적으로 청소년 문학을 집필하여 책으로 펴냈다. 레히너는 고대와 중세의 신화와 영웅 설화를 새롭게 작업하여 총 24권의 작품을 발표하였는데, 그를 통해 가치 있는 고전들을 청소년과 일반 대중들에게 확산 및 전달하는 데 큰 역할을 했다.

레히너의 작품들은 1950년대에 대중적으로 큰 성공을 거둔 이래로 독일어권에서만 발행부수가 수백만 부가 넘는 것으로 집계되고 있으며, 현재까지도 유럽에서 가장 많이 팔리는 청소년 도서로 손꼽히고 있다. 이는 레히너의 작품들이 읽는 재미는 물론이요, 원전이 지니고 있는 문학적 가치와 의의를 오롯이 담아내어 청소년뿐 아니라 성인에 이르는 폭넓은 독자층을 아우르며 큰 공감대를 불러일으켰기 때문이라고 할 수 있다.

아우구스테 레히너의 작품 세계

레히너의 작품을 논할 때면 언제나 영웅 설화를 소재로 한 작품을 통해, 작가가 청소년들에게 역사적 지식을 전달하고자 한다는 점이 강조되곤 했다. 하지만 이 점은 그다지 중요하지 않다. 레히너는 전설과 신화 속의 소재들을 흥미진진하면서도 극적으로 표현하는 데 탁월한 작가로, 독자들이 너무나 흥미롭게 그녀의 작품에 빠져든 나머지 그것이 역사적 사실인지 아닌지조차 잊게끔 만들기 때문이다. 레히너만의 생생한 서술 방식을 통해 독자들은 작품 속에서 자기 자신과 동일시할 수 있는 인물을 만나는 이상적인 기회를 얻게 된다. 바로 이 점이 레히너의 작품들이 오늘날까지도 엄청난 인기를 누리며 꾸준히 읽히는 주된 이유이자, 독일어권의 중·고등학교에서 읽기 교재로 각광받고 있는 데 대한 설명이 될 것이다.

많은 고전을 새롭게 풀어쓴 레히너의 가장 큰 관심사는 전해 내려오는 옛날이야기들을 놀랍도록 생생하게 다시금 불러내어, 우리 안에 있는 자아를 일깨우고 발전시키는 것이었다. 레히너는 고대와 중세의 신화와 서사시들을 재구성한 작품들을 통해 독자들에게 시대를 초월한 진정한 인간의 정신, 신의 섭리나 운명에 굴복하지 않고 고난을 적극적으로 극복하는 영웅들의 면모를 전달하고자 했다.

또한 레히너의 작품들은 독자들에게 문학적인 소양을 길러 주려 한다거나, 지식을 전달하려고 애쓰지 않는다. 작품 어디에서도 현학적인 표현들은 찾아볼 수 없으며, 역사적인 사건들이 등장인물과 아무 연관성도 없이 단순하고 건조하게 나열되어 있지 않은 것만 보아도 잘 알 수 있다.

레히너는 작품을 통해서 독자들을 감동시키고 변화시키는 데 관심을 가졌다. 일례로 레히너의 작품에는 독자들이 자신과 동일시할 수 있는 좋은 모델들이 많이 등장하는데, 훌륭한 장수나 훌륭한 보초병, 훌륭한 전령은 어떠해야 하는지 등이 잘 그려져 있다. 바로 그러한 점들이 레히너가 과거의 전설이나 신화들을 단순히 반복하여 서술하지 않고, 완전히 새롭게 재구성했다고 평가할 수 있는 근거이다. 원작에 나타난 지나치게 폭력적이거나 선정적인 장면들은 되도록 줄이고, 인간 정신의 위대함과 어려운 상황을 극복해내는 용기 등이 그려진 부분은 더욱 세밀하게 서술했다. 레히너는 원작이 다루었던 소재와 시대적 배경의 특징을 훼손하지 않으면서도 수천 년이 지나도 퇴색되지 않는, 오히려 현대를 살아가는 우리에게 더욱 절실한 미덕들을 쉽고도 생생한 언어로 전달해준다.

　이러한 레히너의 작품들이 우리나라 독자들에게도 널리 읽히길 기대하며, 특히 고전의 위대함과 필요성을 절감하면서도 원전을 접하기 힘들었던 이들에게 도움이 되었으면 한다.